periplaneta

DAVID WONSCHEWSKI: „Schwarzer Frost"
3. Auflage, März 2019, Periplaneta Berlin

© 2012 Periplaneta - Verlag und Mediengruppe
Bornholmer Str, 81a, 10439 Berlin
www.periplaneta.com

Alle Rechte vorbehalten. Nachdruck, Übersetzung, Vortrag und Übertragung, Vertonung, Verfilmung, Vervielfältigung, Digitalisierung, kommerzielle Verwertung des Inhaltes, gleich welcher Art, auch auszugsweise, nur mit schriftlicher Genehmigung des Verlags.

Lektorat: Michael Tietz
Coverfoto: Marion Alexa Müller
Cover, Satz & Layout: Thomas Manegold

Gedruckt und gebunden in Deutschland
Gedruckt auf FSC- und PEFC-zertifiziertem Werkdruckpapier

print ISBN: 978-3-940767-97-4
epub ISBN: 978-3-943876-18-5

DAVID WONSCHEWSKI

SCHWARZER FROST

ROMAN

periplaneta

ERSTER TEIL
VOR LOHWALD

Gleich kommt Lohwald. Um sich mit mir auszusprechen. Das wäre doch mal gut, hat er gemeint. Wir hätten uns zu oft überworfen in letzter Zeit. Sehr ruhig hat er das gesagt, es klang fast nett. Aber geschaut hat er dabei, als wäre es allein meine Schuld. Ist es aber nicht, sondern nur eine logische Folge. Erst hat er bemerkt, dass er mit seinen cholerischen Anfällen nicht weiterkommt bei mir. Und dann, dass ich seine Arbeit als Radiomoderator nicht sonderlich schätze. Seitdem begegnen wir uns mit dieser falschen, fast süffisanten Liebenswürdigkeit. Einer zuckersüßen und spitzmündigen Freundlichkeit, wie sie konkurrierenden Frauen zu eigen ist. Leider sind wir keine Frauen und dementsprechend unbegabt für ein solches Verhalten. Seit wir uns nicht mehr gegenseitig anbrüllen, flirrt also die Luft zwischen uns. Und etwas Unheilvolles staut sich auf.

Ja, sich mit Lohwald auszusprechen, könnte eine gute Idee sein. Ich habe nur überhaupt keine Lust darauf. Und glaube auch nicht, dass unser Gespräch weit führen kann. Dafür sind wir zu verschieden. Und auch zu eingefahren. Er ist ein Kotzbrocken. Und ich, tja, ich höre anderen Leuten schon lange nicht mehr richtig zu. Schon gar nicht Arbeitskollegen.

Nein, ein solches Gespräch führt nirgendwohin.

Vollkommen klar, wie das gleich ablaufen wird: Er wird hier in meine Wohnung kommen und sich die ganze Zeit beschweren. Er wird wieder nicht laut werden, aber belehrend, von oben herab. Seine jahrzehntelange Berufserfahrung wird er ins Feld führen und mich als das lebensunerfahrene Bübchen hinstellen, als das er mich sieht. Er wird versuchen mich weichzukochen, mit zusammengekniffenen Augen und ausladenden Bewegungen. Über Musik wird er die ganze Zeit diskutieren wollen. Und über die Songs meckern, die ich ihm Tag für Tag in seiner morgendlichen Radiosendung vorsetze. Und er wird mir verbieten, Balladen einzuplanen, obwohl er genau weiß, dass er mir das nicht verbieten kann. Schließlich bin ich der Musikchef. Er moderiert, ich bestimme welche Lieder laufen, so steht es im Arbeitsvertrag. Aber Balladen am Morgen, findet

Lohwald, verleiten die Hörer sich aufzuhängen. Oder freiwillig vor den nächsten Baum zu fahren. Vor der versammelten Mannschaft hat er das schon gesagt, mitten in der Redaktionskonferenz. Ist grinsend aufgestanden, hat mit dem Finger auf mich gezeigt und gesagt, dass ich eine Mitschuld daran trage, dass es in Berlin so viele Selbstmorde gibt. Weil ich ihn zwinge, jeden Morgen langsame Lieder von Phil Collins oder Elton John zu spielen. Dann hat er gelacht, so als hätte er einen Witz gemacht. Und natürlich haben alle anderen mitgelacht, wie sie immer mitlachen, wenn Lohwald lacht.

Dabei müssten sie doch wissen, dass es nirgendwo auf der Welt Selbstmorde gibt. Sondern immer nur Freitode. Aber einen Scheiß wissen sie. Lachen über Dinge, von denen sie keine Ahnung haben. Aber woher sollten sie auch? Schließlich waren nicht sie es, die ihren besten Freund in den Freitod gedrängt haben.

Das war ich. Ich ganz allein.

Ich stehe in meiner Wohnung und lasse den Blick schweifen. Wie verhält sich einer, der Besuch bekommt? Was ist da vorzubereiten? Ich habe es verlernt, über die Jahre vergessen. Kaum Besuche über einen längeren Zeitraum führen auch in einer Stadt wie Berlin zu einem Einsiedlerleben. Ich gehe in die Küche, greife mir zwei Gläser und bringe sie ins Wohnzimmer. Doch kaum habe ich sie auf den Beistelltisch neben der Couch gestellt, erscheinen sie mir falsch, ja geradezu lächerlich angeordnet. Ich schiebe ein wenig daran herum, stelle mir vor, wie Lohwald gleich hier sitzen, nach dem einen Glas greifen und trinken wird. Ungelenk drapiere ich zwei Papierservietten um die Gläser. Bis mir einfällt, dass ich weder Knabberzeug noch Gebäck habe. Also weg mit den Servietten. Und auch weg mit den Gläsern. Lohwald wird mit Bier vorlieb nehmen müssen, mehr gibt es hier nicht. Muss er halt aus der Flasche trinken. Ja, so könnte es gehen. Wir werden hier sitzen wie Zechbrüder und uns zuprosten. Erst erfreuen wir uns am Zischen entweichender Luft beim Öffnen der Bierflaschen, dann prosten wir uns zu und sehen uns dabei tief in die Augen, so wie es sich halt gehört. Und dann trinken wir, trinken bis uns die Blicke glasig werden. Eine schale Verbrüderung, natürlich. Aber doch ein emotionaler Meilenstein für zwei, die sich am liebsten gegenseitig einen Dolch zwischen die Rippen jagen würden.

Ich werfe die Papierservietten in den Müll und trage die Gläser zurück in die Küche. Als ich den Kühlschrank öffne, fällt mein Blick auf ein gutes Dutzend Bierflaschen. Die habe ich extra für meinen

Gast gekauft, glaube ich. Vielleicht aber auch nicht. Vielleicht stehen sie immer da, weil ich selbst längst zu einem Säufer geworden bin. Ach, keine Ahnung. Ich habe aufgehört, mir dauernd zu merken, was ich wann und warum getan habe. Führt doch zu nichts.

Ein Bier werde ich Lohwald also sofort in die Hand drücken, wenn er hereinkommt. Was anderes ist eh nicht da, Leitungswasser allenfalls. Aber wenn wir das trinken, dann bleiben wir Lohwalds ganzen Besuch über vollkommen bei Sinnen. Keine gute Idee.

Und wie ich nun durch meine Wohnung streife und aufräume, denke ich an Lohwald und die nervigen Diskussionen mit ihm. Ich erinnere mich, wie ich vor einigen Jahren noch den Gedanken gehabt habe, dass es doch nur Radio sei, nur Musik. Und somit nichts, worüber Lohwald und ich dermaßen in Wallung geraten müssten. Ein guter, geradezu grundvernünftiger Gedanke. Der mir über die vielen verbalen Scharmützel mit Lohwald aber nach und nach abhanden gekommen ist. Na und ihm sowieso. Wegen ein paar blöder Pop-Songs würden Lohwald und ich uns also am liebsten gegenseitig den Schädel einschlagen. Wenn das nicht das Ende der Zivilisation ist, was dann?

„Langsame Lieder am Morgen führen zu Selbstmorden!" – Wenn Lohwald es wagt diesen bescheuerten Satz sogar hier, in meiner eigenen Wohnung, auch nur ein einziges Mal auszusprechen, raste ich aus. Ich wohne hier, nicht er. Und ich bin es auch, der zwischen diesen Wänden von Leere und Ratlosigkeit belagert wird, seit Moritz freiwillig in den Tod gegangen ist. Kommt Lohwald mir also wieder mit seinem Unfug, kann ich für nichts garantieren. Hier gelten andere Benimm-Regeln als drüben im Sender.

Ja, aus unserem Arbeitsalltag kennt Lohwald mich nicht als aufbrausend. Dementsprechend überrascht wird er sein, sollte ich ihn nachher ungehemmt anbrüllen. Aber vielleicht will er genau das bezwecken mit seinem seltsamen Besuch: Dass ich ihm gegenüber endlich die Fassung verliere und meine Glitschigkeit ablege, die mich bisher unangreifbar macht.

Zu Beginn, als Moritz noch lebte und Lohwald die ersten Male mit seiner kruden Balladen-Selbstmord-Theorie kam, habe ich ihn gekonnt auflaufen lassen und im Beisein unserer Chefs allerhand Gegenargumente geliefert, lässt sich anhand diverser Studien doch glasklar belegen, dass Lohwald einer groben Fehleinschätzung unterliegt. Ja, James Blunt und Bryan Adams mögen mit ihrem zahnlosen Geseiere viel Leid über die Welt gebracht haben – Freitode aber gehen nicht auf ihr Konto. Wie auch diese unselige *Kuschelrock*-Compilation bemerkenswert unangesagt unter suizidal veranlagten Menschen ist. Der Zusammenhang zwischen langsamen Songs im Radio und Selbsttötungsdelikten? Es gibt keinen, Ende.

Lohwald soll also endlich aufhören einen solchen Stuss zu labern, habe ich damals betont kühl zu meinen Vorgesetzten gesagt. Und sie haben genickt, wie sie immer nicken, wenn ich ihnen mit sauber recherchierten Zahlen und Grafiken komme. Und dann haben sie Lohwald einen Einlauf verpasst. Seitdem regiert zwischen uns der Hass.

Heute, mit dem Freitod von Moritz im Rücken, sage ich aber gar nichts mehr zu dem Thema. Ich bin komplett verstummt, ummantelt von Ratlosigkeit und Leere. Sein ahnungsloses Gemecker, das Lohwald selbstverständlich nicht eingestellt, sondern sogar noch vermehrt hat, bleibt ohne Reaktion meinerseits. Was soll ich auch zu einem solchen Mist sagen? Wenn Lohwald meint, sich und sein Radiogequatsche derart überhöhen zu müssen, dass es über Leben und Tod anderer entscheiden würde, bitte. Soll er gerne tun. Nur mit der Realität, wie ich sie kenne, hat das wenig zu tun. Denn Menschen, so wie Moritz, wollen manchmal sterben. Freiwillig. Ohne Zwang. Einfach nur sterben wollen sie, endlich nicht mehr auf dieser Welt sein. Mit Eigenmord hat das gar nichts zu tun. Mordopfer sind ja gerade deswegen Mordopfer, weil sie mit Gewalt in den Tod gezwungen werden. Bei Moritz aber war es die freie Entscheidung eines freien Menschen. Jahrelang hat er darüber geredet und genauso lange habe ich ihn darin unterstützt, ihn immer wieder ermuntert, doch endlich Hand an sich zu legen. Bis er es dann getan hat. Einfach so. Mit Lohwalds tumber Radiosendung hatte das nichts zu tun, natürlich nicht. Und mit Balladen schon gar nicht. Aber es zeigt, dass Lohwald einen Dreck über das Leben weiß. Und noch viel weniger über das Sterben. Wie sollte er auch, hockt den ganzen Tag allein in einem schalldichten Studio und labert in ein Mikro. Mehr Ahnungslosigkeit geht nicht. Wozu soll ich mich mit so einem noch herumärgern? Es gibt nichts zu bereden. Gar nichts. Alles was es einmal zu sagen gab, habe ich bereits mit Moritz besprochen. Und hat man den besten Freund erstmal in den Freitod gequatscht, erübrigen sich alle nachfolgenden Gespräche automatisch. Vor allem solche mit Lohwald. Und vor allem über seine dämliche Radiosendung.

Ich laufe zurück in mein Wohnzimmer und setze mich auf die Couch, auf exakt den Platz, auf dem auch Lohwald gleich sitzen wird. Von hier aus, denke ich, wird er also gleich meine Wohnung überblicken. Wird zum ersten Mal sehen, wie ich lebe. Er wird meine Einrichtung begutachten, die raumhohen Regale, den Parkettboden, die vielen Bücher und CDs. Und dann wird er von diesem Platz aus jede Nichtigkeit in das negative Bild einordnen, das er von mir hat. Er wird registrieren, dass ich kein einziges Deckenlicht habe, sondern nur Stehlampen. Und er wird denken: „War doch klar." Er wird in den Flur hinüberspähen und sehen, dass ich über keinen Schuhschrank, ja nicht einmal eine kleine Kommode verfüge. So dass sämtliche Schuhe offen an der Wand aufgereiht sind. Und er wird sich sagen: „Typisch." Und dann, wenn er alles begutachtet und zu meinen Ungunsten ausgelegt hat, dann wird sein Blick auch auf mich fallen. Und vielleicht wird er hier, von diesem Platz aus, exakt jene Unsagbarkeit erkennen, die ihm bei aller Geringschätzung für mich im Sender bisher verborgen geblieben ist. Er wird sehen, dass ich wahrhaftig in der Lage bin, Menschen in den Freitod zu drängen. Ohne Balladen.

Wäre so etwas möglich? In der richtigen Konstellation und in der passenden Situation, wenn das Licht in einem ganz bestimmten Winkel durch die Fenster fällt – könnte sich dann jede Scham und jede Schande wie von selbst offenbaren? Und jedes heuchlerische Versteckspiel endlich sein Ende finden? Lohwald könnte hier sitzen, an seinem Bier nippen und mich ansehen. Und mit einem Mal alles klar vor Augen haben. Alles. Wie oft Moritz und ich über seinen Freitod geredet haben. In aller Ruhe. Wie oft wir uns überlegt haben, wie er eines Tages so daliegen könnte, in seinen letzten Sekunden. Wie er ganz widerlich röcheln und schwitzen wird – und wie er diesen einen hellen Tunnel entlangschlurft, langsam und schleppend. Ganz vernarrt sind wir beide in solche Gedanken gewesen. Und ja, ich habe mir wahrlich die Zunge fusselig geredet, um ihm den Freitod schön schmackhaft zu machen. Gut möglich, dass Lohwald das alles sehen wird, von diesem Platz aus.

„Man muss auch was zu Ende bringen können!", habe ich oft lachend zu Moritz gesagt. Naja, was man halt so herauströtet, wenn man einen provozieren will, der keinen Sinn im Leben sieht. Und Moritz? Hat immer mitgelacht. Und zurückgekeilt. Und es schließlich wirklich zu Ende gebracht.

Ich weiß, ich sollte traurig sein. Aber das bin ich nicht.

Eher ratlos. Ich sitze hier in meiner Wohnung, warte auf Lohwald und weiß, dass ich meinen besten Freund in den Freitod getrieben habe. Doch ich fühle gar nichts. Ich habe ihn doch nicht aus purer Langeweile immer wieder mit Tipps versorgt. Wo man sich am besten aufhängt, ohne gleich nach zehn Minuten gefunden zu werden. Wie man sich den Schädel durchschrotet, ohne dabei einen Mucks von sich zu geben. Und was in einen formgerechten Abschiedsbrief hineingehört. Das habe ich getan, weil ich sein Freund bin. Oder war. Und als Freund habe ich am allerbesten gewusst, dass Moritz und der Freitod eine beneidenswerte Einheit bilden. Moritz und Freitod – das ist wie Topf und Deckel, wie Arsch und Eimer. Oft sagte ich ihm: „Wenn du dich umbringst, Moritz, kann das ganz großes Kino werden. Vergeig' das bitte nicht!" Der Freitod des besten Freundes als Event.

Und Moritz? Der hat stets begeistert mitdiskutiert und permanent eigene Vorschläge und Ideen eingebracht. Dabei sind wir nie sonderlich morbide Gestalten gewesen. Wir haben weder den Tod noch den Freitod glorifiziert und auch die Nähe von Grabmalen, düsteren Satanszeremonien oder gar Gothics haben wir nie gesucht. Nein, für derlei Auswüchse sind wir beide viel zu bürgerlich und viel zu angepasst gewesen. Wir haben lediglich ausgiebig diskutiert, existentialistische Texte ausgetauscht und Argumente gewälzt. Um am Ende dann das festzustellen, wofür es gar kein Philosophie-Studium braucht: Dass wir eines Tages sterben werden.

„Die Welt ist voller alberner Tode. Menschenunwürdiges Sterben, wohin man auch schaut!", hat Moritz mir damals, nach meinem Sturz vom Rad, auf meinen Gipsarm geschrieben. Ich erinnere mich wie lustig ich das gefunden habe, immerhin hatte es mich bei jenem Sturz kopfüber über das Lenkrad gezogen, mit einem lauten „Uaaaah!" auf den Lippen. Und wäre ich seinerzeit mit dem Kopf auf dem Betonpfeiler aufgeschlagen und nicht nur mit dem Arm, es wäre in der Tat ein ganz miserabler und unwürdiger Tod gewesen. Mit Stolz und mit Stil muss also gestorben werden, darin sind wir uns immer einig gewesen. Denn auf die hundsgewöhnliche Tour plötzlich wegsterben, das kann schließlich jeder. „Nieder mit dem Standardsterben!" – Ach, wie oft haben wir beide das skandiert? Ich bekomme noch jetzt eine Gänsehaut, denke ich daran zurück, wie inbrünstig wir uns unsere selbstzerstörerischen Thesen und Parolen zugerufen haben. Wie beim Ping Pong. Ein Todeswort hat das nächste ergeben. Super war das.

Deswegen hat ihn nicht der Krebs zerlegt oder die Cholera oder Frau AIDS. Er ist auch aus keinem Flugzeug gefallen, ihm ist kein

Kran auf den Kopf gestürzt, kein Geisterfahrer hat ihn auf einer Autobahn abgegriffen und nichts und niemand ist in seiner unmittelbaren Nähe explodiert. Eben weil wir uns frühzeitig genug und sehr intensiv Gedanken gemacht haben. Und weil wir es schöner wollten. Heroischer. Und vor allem etwas mehr, nun, täterbasiert.

Nein, Opfer kann jeder und so haben wir uns ausgiebig die Köpfe darüber zerbrochen, wie wir dem Tod zuvorkommen und uns unsere Autonomie bewahren können. Und unsere Würde. Doch gerade das ist Moritz nicht gelungen. Denn auch ein Freitod ist bekanntlich nicht immer gleich ein Freitod. Vom Ergebnis her vielleicht schon, aber als Kür betrachtet, gibt es in dem Bereich horrende Qualitätsunterschiede. Und Moritz, tja, der hat seinen eigenen Freitod irgendwie – vermurkst. Und genau deswegen schafft es sein Abgang nun nicht in jene Kategorie von Freitoden, die einen nostalgisch werden lassen.

Dabei kann das doch nicht so schwer sein, denn bekanntermaßen ist nichts einfacher zu haben, als der eigene Tod – und gerade einer wie Moritz hätte das alles dramaturgisch wesentlich stilvoller haben können. Schneller. Entspannter. Sogar günstiger! Aber Effektivität, nein, das ist nie seine Sache gewesen. Und so musste er sich erst ein sündhaft teures Flugticket leisten, quer über den Globus bis nach China jagen, da noch eine Weile vor sich hin öden – um sich erst dann, nach all dem Zinnober, doch noch wie besprochen, ans aktive Sterben zu machen. Unter einem von Dauer-Smog verhangenen Himmel, inmitten von lauter Gelbgesichtern und mit dem Geruch von angebrannten Hund in der Nase.

So leid es mir auch tut: Schön sterben geht anders.

Und ausgerechnet jetzt, wo alles zu spät ist, kommt mich Lohwald besuchen. Um mit mir über seinen Radio-Blödsinn zu labern. Nicht einmal in meiner eigenen Wohnung bin ich noch vor ihm sicher. Er wird mir wieder weismachen wollen, bei seiner Radiosendung ginge es um das Wohlgefühl einer ganzen Stadt. Er wird mir wieder erzählen, dass er es ist, der ganz Berlin frühmorgens mit seinen Moderationen aus dem Bett holt und sie gutgelaunt in den Tag bringt. Und ich werde wieder dasitzen und denken, dass sich kein einziger Berliner für sein dämliches Gequatsche interessiert, wie sich auch kein einziger Berliner dafür interessiert, welche Songs ich ihm in die Sendung gebe. Wir sind nur dazu da, einen watteweichen Klangteppich aus Sprache und Musik zu erzeugen, auf dem sich hervorragend Werbebotschaften platzieren lassen, das ist alles und genau das werde ich wieder denken. Aber sagen werde ich es ihm nicht. Ich habe bereits Moritz mit meiner Kälte provoziert, das reicht.

Moritz wird jung sterben, das hatten wir miteinander verabredet. Wir hatten es sogar schriftlich festgehalten, mitsamt Ortsangabe, Datum und Unterschrift. „Der Moritz", so stand es in diesem Vertrag, „verpflichtet sich hiermit, unter keinen Umständen das dreißigste Lebensjahr zu erreichen." Geworden ist er dreiunddreißig, genau wie Jesus. Dusseliger Moritz. Vertragsbrüchiger Moritz. Was zum Teufel sollte das? Warum hat er gewartet? Hat er dort hinten in China Argumente gefunden, die er mir nicht mitgeteilt hat? Einsichten, die ihn haben zögern lassen?

Himmel, wie lange ich nicht mehr an das alles gedacht habe! Über Wochen und Monate habe ich weder Moritz noch seinen blödsinnigen Tod im Kopf gehabt. Und nun kommt einmal der Lohwald zu Besuch und plötzlich denke ich nur noch daran. Offiziell habe ich ja auch erst am Telefon davon erfahren, dass Moritz doch noch gestorben ist. Was es am Telefon auch zu quasseln gegeben haben mag zwischen irgendwem und mir – am Ende stand jener beiläufige Satz, schnell eingeschoben zwischen „Ciao" und Auflegen: „Ach, schon gehört, dass Moritz tot ist?" Ich weiß noch, wie ich lediglich „Ja, schon gehört – schrecklich" gesagt und auch aufgelegt habe. Eine glatte Lüge, natürlich, ist doch so gar nichts schrecklich an seinem Tod. Denn wenn es eine Todesart gibt, die durch ihre glasklare Gewollt- und Geplantheit nun wahrlich frei von Unglück und Tragik ist, dann den Freitod. Zu analysieren, wie lange es dauert, bis sich jemand endlich selbst vernichtet, ist demnach auch niemals schrecklich, niemals entsetzlich. Und schon gar nicht pietätlos. Sondern so amüsant wie die Beobachtung einer Fliege, die am Klebeband verreckt. Wissenschaft und Sadismus bezeichnen schließlich dieselbe menschliche Grundbestrebung. Nur dass die eine Bezeichnung etwas verschleiert, wozu die andere sich bekennt. Und ich, ich habe eben den Moritz und seinen Weg zum Freitod studiert, na und?

Alles in allem ein rein menschliches Verhalten.

Aber es stimmt schon, ist jemand erst an diesen Punkt gelangt, so kann ihm definitiv nicht mehr geholfen werden. Nein, nicht Moritz meine ich, dem ist eh nicht mehr zu helfen, der ist doch längst in Vermoderung und Verschimmelung begriffen, in irgendeiner Kiste, irgendwo in China. Aber mir, mir ist nicht mehr zu helfen. Schließlich weiß ich am besten, dass ich Schwarzen Frost angesetzt habe. Und das schon zu einer Zeit, als ich Moritz noch gar nicht gekannt habe. Schlimm ist daran überhaupt nichts. Denn es bedeutet auch, dass ich mich im Gegensatz zu Moritz niemals umbringen werde, mich gar nicht umbringen kann.

Ist doch toll.

Nur unweigerlich kentern werde ich, über die vielen Jahre eines schrecklich langen Lebens ganz elendig auf Grund laufen. Aber eint mich das nicht eher mit allen anderen Menschen, als dass es mich von ihnen trennt?

Ja, so wie es bei Moritz vollkommen klar war, dass er ein Mensch ist, der sich umbringen wird, so ist auch vollkommen klar, wie es bei mir kommen wird. Meine Existenz wird lange dauern und zäh sein, und partiell wohl auch ziemlich qualvoll. Daran ändern kann ich nichts. „Gefahr erkannt, Gefahr gebannt" ist schließlich ein Spruch, der von Blinden für Blinde erfunden worden ist. Das genaue Gegenteil ist der Fall: Gerade weil ich so genau weiß, wie es kommen wird – wird es auch so kommen. *Self-fulfilling prophecy*.

Das war bei Moritz so. Und das wird auch bei mir so sein.

Nein, Hilfe ist nicht zu erwarten, Schwarzer Frost, das ist wie die Krätze, den kriegt man nicht mehr abgeschabt. Auch abducken bringt da wenig. Allein der Gedanke an ein Ausweichmanöver ist schon absurd. Moritz ist, nach seinem verbockten Freitod, doch das beste Beispiel. Wie dämlich zu glauben, dass er in China angesichts von Schlitzaugen und Reisfeldern seinem Freitod-Schicksal entgehen könnte. Da frage ich doch: Wie hätte er? Wobei, dieses Nach-China-rennen bei Moritz schon nicht mehr viel mit Verzweiflung oder gar Überlebenskampf zu tun gehabt hat. Das war einfach nur Blödheit. Wie er mir gegen Ende überhaupt sehr unterzuckert und blutarm vorkam. Vor allem im Schädel.

Nein, Ausweichmanöver funktionieren nicht, sie sind vor diesem Hintergrund absurd und bieten dementsprechend immer Anlass für Gelächter, natürlich. Und so stehe ich jetzt hier in meiner Wohnung und gebe keinen Laut von mir – aber stelle ich mir Moritz vor, wie er so im Flugzeug nach China gesessen hat, auf der Flucht vor seinem eigenen Freitod, dann ist da ein großes und wieherndes Lachen in mir. Denn so schnell fliegt nun wirklich kein Jet.

Was für überflüssige Gedanken. Wir wussten nicht nur, dass Moritz sich umbringen wird, wir wollten es sogar. Wir haben oft gelacht, zynische Witze gerissen und uns selbst vorgemacht, dass wir über einen tiefgründigen schwarzen Humor verfügen. Aber das war nur Fassade. Moritz wollte sich unbedingt umbringen. Und ich wollte unbedingt erleben wie er es tut. Also hat er es gemacht. Fertig. Da gibt es nichts zu überlegen, nichts zu sinnieren. Da ist auch kein Rätsel, das es zu lösen gilt. Und etwas zu entdecken, das mir bisher verborgen geblieben ist, gibt es auch nicht. Dass Moritz sich umgebracht hat, ist weder tragisch noch traurig noch erschütternd – sondern logisch.

Wie ekelhaft von mir. Schlichtweg widerwärtig. Dieser plötzlich, mit fast schon perverser Lust, verfolgte Ansatz, Moritz' Freitod doch noch irgendwie gewinnbringend auszuschlachten, es überzieht mich auch mit Selbstekel. Sich diesen Freitod zu greifen und ihn aus einer Laune heraus auszuschlachten, ihm also einen Sinn zu geben, den er niemals gehabt hat und den er auch niemals haben wird, das ist nicht nur grotesk, sondern auch überaus respektlos. Und ja, es widert mich an. Ich widere mich selbst an. Denn der, der ich heute bin, der wollte ich niemals sein. Und treffe ich auf Typen wie mich, dann packt mich das blanke Würgen.

Moritz widmete sich dem Freitod und ich, gerade ich, der es doch nun wirklich besser wissen müsste, es auch besser weiß, lasse mich zu der Geschmacklosigkeit hinreißen, mir hellen Gedankens und klar bei Sinnen einzureden, dass da vielleicht noch etwas zu holen wäre für mich. Nicht genug, dass ich mich selbst damit der Lächerlichkeit preisgebe, auch Moritz, meinen nun tatsächlich toten und etwas dämlichen Moritz, trete ich durch dieses amoralische und unplausible Nachdenken mit Füßen. Und das hat er nicht verdient. Als hätte es überhaupt zur Debatte gestanden, seinem Freitod in der Retrospektive einen tieferen Sinn zu geben, eine Moral der Geschichte oder ihm auch nur einen lumpigen guten Zweck zu unterstellen. Dabei ist gerade das nicht der Sinn eines guten Freitods. Gute Freitode werden gerade deswegen begangen, damit danach schön sauber der Deckel zugemacht werden kann. Klappe zu, Affe tot –, das ist ein guter Freitod, und das ist auch der Sinn eines guten Freitods. Aber ich kaue hier auf ein paar billigen Gedanken herum, als ginge es darum, nun doch noch zu beweisen, dass jemand wie Moritz nicht umsonst gestorben ist. Doch genau das ist er, natürlich ist er das. Denn Märtyrertum ist nie seine Sache gewesen, so ehrlich muss ich ihm, aber auch mir gegenüber sein. Im Gegenteil, hätte es nur einen Tropfen Märtyrerblut in ihm gegeben, so hätte gerade dieser Tropfen ihn länger am Leben erhalten, als ich es mir jemals hätte denken können. Aber er war kein Märtyrer, der Moritz, und so ist er ebenso umsonst in den Freitod gegangen, wie er auch umsonst gelebt hat.

Und Lohwald? Der ist vermutlich bereits im Anmarsch, zu einem Gespräch, das ebenso umsonst sein wird. Vollkommen umsonst gelebt hat Moritz. Und vollkommen umsonst habe ich Lohwald in meine Wohnung eingeladen. Ausgerechnet den Lohwald! Und ausgerechnet ich! Dass es doch schön wäre, bei einer Flasche Wein einmal in meiner umfangreichen Plattensammlung zu wühlen, habe ich zu ihm gesagt, irgendwo zwischen Cafeteria und Sendestudio A, wo ich ihm, nichts denkend und nichts fühlend, in die Arme gelaufen bin. Dass es doch schön wäre, bei einer Flasche Wein einmal in meiner umfangreichen Plattensammlung zu wühlen, genau das habe ich tatsächlich gesagt, wohl wissend, dass selbst dieser kleine Satz von mir gleich drei Lügen enthält. Denn Wein trinke ich nie, ich beneble mich seit Jahren mit Wodka, statt Platten habe ich nur CDs – und dass es schön sein könnte, Lohwald auch nach Feierabend zu begegnen, nun, das will mir, trotz all der mir eigenen Fantasie, nun wahrlich nicht als schlüssiges Bild ins Hirn wandern.

Aber jetzt ist es zu spät, er hat den Moment genutzt und gesagt, dass es an der Zeit wäre, sich mal zu unterhalten. Und so dauert es nicht mehr lange und er wird hier in meiner Wohnung hocken, der leibhaftige Lohwald, während ich so gar nicht begreife, wie ich schon wieder derart naiv zu einem Opfer meiner eigenen Worte habe werden können. Moritz hätte die Antwort darauf gekannt. Er wusste warum Menschen wie mir dauernd solche Dinge passieren. Dass Berlin zu einer Stadt ohne Antworten mutiert sei, hat er immer gesagt. Damals noch, bevor er dann nach China ging, um doch noch sein Glück im Freitod zu finden. Berlins Straßen kleben nur noch und an jeder Ecke springt einem – großfratzig und lüstern – das Unbehagen entgegen. Hat er exakt so gesagt, der Moritz.

Und tatsächlich: Wie Lohwald plötzlich vor mir gestanden hat, zwischen Cafeteria und Sendestudio A... Ja, wenn ich es mir recht überlege ist er mit den plumpen Bewegungen und seinem grotesken Gesichtsausdruck sogar geradezu aggressiv in mich hineingerannt, da hatte ich auch schon diese Worte von Moritz im Ohr sitzen. Das Klebrige, das Unheil – und die Lust dieses Unheils, sich immer und überall seine Opfer zu suchen. Denn ich hasse Lohwald, ich verabscheue ihn. Er ist der Tiefpunkt der menschlichen Entwicklung. Niemand der Augen im Kopf und Ohren am Schädel hat, wird dieses Faktum bezweifeln. Und doch habe ich ihn zu mir eingeladen, so absurd auch das nun wieder ist. Und da hocke ich nun, als gefangener und bedrohter Gastgeber, inmitten meiner eigenen vier Wände. Und wünsche mir fast, auch ich wäre nach China ausgewandert.

China. Ausgerechnet Moritz, der diese Klebrigkeit und Ausweglosigkeit Berlins doch lange vor mir erkannt hat. Ausgerechnet in China hat er sich eine Linderung seiner Freitodsehnsucht erhofft. Milliardenfach das für uns Europäer immer gleiche chinesische Gesicht, hat er sich wohl gedacht. Milliardenfach das immer gleiche Gesicht, in der Bahn, auf der Straße, in den Läden. Immer das gleiche Gesicht, und dahinter der immer gleiche Mensch, eine einzige Existenz, milliardenfach kopiert, genau das hat er sich dort wohl erhofft.

Berlin, hat Moritz immer gesagt, ist nicht mehr als ein Sammelsurium von Individualisten. Oft hat er mich gefragt, wie eine Stadt, in der die Mitläufer dermaßen in der Minderheit sind, denn bitteschön überhaupt funktionieren soll. Aber ich habe ihm nie eine Antwort darauf geben können. Und ihm stattdessen die Mutter aller Antworten nahegebracht: Den Freitod.

Mit einem Umzug nach China hat Moritz gehofft, wenn schon nicht irgendwo anzukommen, dann zumindest zur Ruhe zu kommen. Wohltuend unterzugehen in der Gleichförmigkeit. Er wollte partout nicht länger gezwungen zu sein, sich mit der Dummheit und der Ignoranz so vieler Einzelner beschäftigen zu müssen, wie hier in Berlin. Und, aufgemerkt, gerade ich habe ihn gewarnt. Aller suizidal-vertraglichen Absichtserklärungen zum Trotz habe ich ihn gewarnt. Und habe ihm ins Gesicht gesagt, dass es ein Akt der Unehrlichkeit wäre, nach China zu gehen. Von Flucht habe ich nie gesprochen, nein. Aber davon, dass Ausweichmanöver lächerlich seien, begibt sich ein ausweichender Charakter doch lediglich von einem Trommelfeuer ins nächste. Nach China gehen, um dort ein besseres Leben zu führen, das sei Quatsch, habe ich also zu ihm gesagt. Aber: Nach China gehen, um am Jangtsekiang zu sterben, anstatt hier an der Spree erst zu vertrotteln und dann zu verrotten, das hätte Stil. Genau das habe ich damals zu ihm gesagt. Und ich meine, mich zu erinnern, dass wir daraufhin beide in lautes und ehrliches Gelächter ausgebrochen sind.

Wie wir überhaupt sehr viel gelacht haben, damals.

Aber meine Warnung, sie ist natürlich nur eine fadenscheinige Warnung gewesen, fernab freundschaftlicher Aufrichtigkeit. Denn ich habe den Gedanken, den philosophischen Moritz im fernöstlich-weisen China sitzen zu haben, unterm Strich als gar nicht so unsinnig erachtet. Auf ekelhaft opportunistische Weise habe ich darauf spekuliert, durch einen in China platzierten und sich so vielleicht zwangsläufig mit asiatischer Philosophie beschäftigenden Moritz genau jene positiven Lebensgeister zu wecken, die uns in Berlin so unmöglich erschienen.

Okay, ich gestehe: Ich habe ihn missbraucht. Und das nicht nur einmal, sondern immer. Immer und unentwegt. Denn sämtliche Lebenseinsichten, all diese heute von mir als Weisheit erachteten Konklusionen, ich konnte sie nur erhalten, weil ich Moritz beim ständigen Stolpern beobachtet habe. Dass sein Leben so kurz war und meines so überaus lang werden wird, ist also kein Zufall. Natürlich nicht. Es hängt zusammen, bedingt sich gegenseitig.

Zu der Zeit, als Moritz nach Zentralchina gegangen war, um an einer Schule in Wuhan kleinen Chinesen die ersten kümmerlichen Brocken Englisch einzutrichtern, da habe ich auch Marie noch an meiner Seite gehabt. Schwach erinnere ich mich an Blicke, an Umarmungen, an Küsse und natürlich auch an diese monotone Langeweile. Wie lustig. Moritz weg, Marie weg.

Nur diese Langeweile, die ist immer noch da.

Vielleicht ist das aber nicht mehr die Langeweile, sondern längst der Wahnsinn, dass mir ausgerechnet jetzt, wo ich Lohwald erwarte, nicht nur Moritz, sondern auch Marie wieder in die Gedanken springt. Eines ist es jedoch mit Sicherheit nicht: Zufall. Dafür hängt auch hier alles viel zu sehr zusammen, ist zu stark miteinander verknotet.

Denn wie Moritz damals nach China ging, so frei von Angst, wie ich ihn überhaupt immer nur gänzlich frei von Angst gekannt habe, da war es an Marie, mit ihren vielen Ängsten und Komplexen, ihn ausgiebig zu bewundern. „Ich bewundere dich für deinen Mut, Moritz", hat sie zu ihm gesagt. Ohne ihm freilich im selben Atemzug oder auch später schlüssig erklären zu können, wovor er denn ihrer Meinung nach überhaupt Angst hätte haben sollen, ist Angst doch nur Besitz jener glücklich-selbsttrügerischen Existenzen, die wirklich und wahrhaftig der Ansicht sind, sie hätten etwas zu verlieren.

Marie, die mit ihren Ängsten immer schon ein an sich selbst leidendes Wesen war, hat niemals verstehen können, wie ein Mensch, so wie Moritz, frei von Ängsten sein kann.

Und sie hat auch nicht begriffen, dass Angst vermutlich eine Regung gewesen wäre, die ihn und seinen Freitod hätte aufhalten können. Doch Moritz ist immer eine bedauernswert angstfreie Person gewesen, denke ich jetzt, während ich vor meinem großen Regal stehe und mir überlege, mit welcher Musik ich Lohwald nachher am schnellsten wieder loswerden könnte.

Erst habe ich offenbar alles daran gesetzt, ihn einzuladen – und jetzt versuche ich alles, ihn gleich wieder loszuwerden. Widersprüchlicher und aufreibender dürfte eine Existenz kaum zu führen sein. Zumal es erschreckender Weise ein Wesenszug ist, den ich mit Lohwald gemeinsam habe.

Denn wie alle anderen Radiomoderatoren und überhaupt alle sich im Mediengeschäft verdingenden Leute, so ist auch Lohwald über die vielen Jahre seiner beruflichen Tätigkeit zu einem durch und durch wankelmütigen Charakter geworden, so wie Moritz über die Zeit zu einer angstlosen Person geworden ist und ich zu einer gelangweilten Person mutiert bin.

Das einzige, worauf man sich bei Lohwald immer verlassen kann, sind seine cholerischen Anfälle, seine steten Beleidigungen und vor allem seine maßlose Selbstüberschätzung. Meine Abneigung ist also verständlich, denn einen solchen Widerling kann man einfach nur loswerden wollen.

Lohwald ist wegen der halbseidenen Berühmtheit, die ihm seine nunmehr dreißigjährige Karriere im Radiogeschäft eingebracht hat, zu etwas geworden, was mir meine allererste Redaktionsleiterin, eine damals bereits mehrfach von Männern verlassene, zweifach geschiedene Frühvierzigerin, als „Männer im dritten Frühling"-Phänomen umschrieben hat. Geld plus Berühmtheit ergibt Macht, hat sie damals verbittert zu mir gesagt, und Macht macht Männer immer jung, während sie die wenigen Frauen, die überhaupt jemals in ihren Genuss kommen, immer nur alt macht.

Und auch wenn ich jeden Kerl, der die Redaktionsleiterin verlassen hat, voll und ganz verstehen kann, so bin ich doch noch heute gänzlich überfordert damit, nachzuvollziehen, was solche „Männer im dritten Frühling" zu der durchaus bewundernswerten Energieleistung antreiben kann, sich mit Ende vierzig von Haus, Hof, Frau und Kindern loszusagen. Sich stattdessen eine junge Geliebte zu suchen, geduscht und parfümiert hippe Cocktail-Bars zu frequentieren und sich einen Sportwagen nach dem anderen vor das frisch erworbene Yuppie-Loft zu stellen.

Oft schon habe ich Lohwald, den Programmdirektor und den Chefredakteur beobachtet, wie sie zusammen sitzen und dicke Zigarren rauchen. Zigarren, die sie scheinbar immer dann griffbereit haben, wenn gerade kein Sportwagen zur Hand ist. Sitzen also beisammen, paffen, machen charakterlose Witze und drehen dabei genüsslich und machtbeflissen an den Inhalten unseres Radioprogramms.

Hocken da wie Regierungschefs, wiegen gewichtig die aufgedunsenen Schädel hin und her und wähnen sich als sehr einflussreich und sehr mächtig. Ein armseliges Trio von „Männern im dritten Frühling", das mit demselben gewissenlosen Genuss Mitarbeiter einstellt und noch vor Ende der Probezeit wieder rausschmeißt, wie es sich junge Geliebte beschafft und wieder zum Teufel jagt. Und Sportwagen zu Bruch fährt. Führen sich auf, wie Rotlichtfürsten – und befehligen dabei doch nur ein beschissenes, abgehalftertes, auf Luft und Kommerz basierendes Radioprogramm. Und ich hocke mittendrin und bin kein Stück besser, mit meinem negativen Menschenbild und dieser arschlosen Angewohnheit, ausgerechnet in den entscheidenden Momenten immer die Klappe zu halten. Natürlich bringen sich immer mehr Menschen um. Aber doch nicht, weil unser Radioprogramm so bescheuert ist. Sondern weil die Menschen, die an den Schaltstellen von Medien, Politik und Wirtschaft sitzen, so degeneriert sind. Weil sie egozentrische Menschenhasser sind. So wie ich.

Berlin ist schuld, da lag er schon richtig, mein mausetoter Moritz. Berlin mit seinen klebrigen Straßen, den vielen profilneurotischen Individualisten und dem Unbehagen, das an jeder Ecke bereitsteht, sensiblen Geistern und unbescholtenen Bürgern in den Nacken oder bei Gelegenheit auch gleich mitten ins Gesicht zu springen.

Dass es doch schön wäre, bei einem Glas Wein einmal in meiner Plattensammlung zu wühlen, habe ich zum Lohwald gesagt – und war mir noch im selben Moment der großen Diskrepanz zwischen Gesagtem und Gedachtem bewusst gewesen. Und ich habe es dennoch gesagt, einfach so. Eine große Dummheit, eine totale Eselei, ja eine Torheit Moritzscher Dimension. Aber auch ein weiterer Beleg für die Existenz einer Widersprüchlichkeit tief in mir. Einer Widersprüchlichkeit, die ganz und gar unzweifelhaft auch alle meine Frauen an mir hat verzweifeln lassen.

„Du liest bis spät in die Nacht diesen grässlichen Thomas Bernhard", hat Marie mir damals dauernd vorgehalten. „Und dann schluckst du am nächsten Morgen deine Paroxetin, als ginge es darum, das am Abend zuvor bei diesem Bernhard Gelesene, das Gedachte und in den Stunden des Schlafs schließlich Geträumte durch Antidepressiva wieder rückgängig zu machen. Und wenn nicht das, so doch zumindest alles in dir Aufgenommene und nur halbherzig Verarbeitete kräftig zu betäuben. Du betäubst dich, in der Hoffnung ein besserer Mensch zu werden", hat Marie wieder und wieder gesagt, wenn ich mir des Morgens frivol meine Paroxetin in den

Rachen schob. „Du betäubst dich, in der Hoffnung zu funktionieren, dabei bräuchtest du dich gar nicht betäuben, wenn du allem Belastenden einfach konsequent aus dem Weg gehen würdest. Aber nein, du badest ja darin!"

Ich erinnere mich noch gut an den Tag, an dem diese doch so leise und im Grunde angstvoll verzagte Marie sich aufraffte, um mir, wie sie später sagte, das Leben zu retten. Ausgerechnet die Marie! Und ausgerechnet mir!

Es ist grotesk, ich weiß nicht mehr, wie ich meinen ersten Arbeitsvertrag unterschrieben habe. Auch an mein Abitur oder meine Kommunion habe ich keinerlei Erinnerung mehr. Sogar, dass ich als Jugendlicher ein renommiertes BMX-Rennen gewonnen habe, weiß ich nur noch Dank eines aufdringlichen Fotoalbums, das mein Opa mir zu allen erdenklichen Anlässen immer wieder unter die Nase gehalten hat, während er mich als Stolz und die Zukunft seiner Sippe bezeichnete.

Dieser Schmerz jedoch, der bereits nach wenigen Sekunden von blanker Panik abgelöst wurde, als ich sah, dass Marie meine Lieblingsbücher entsorgt hatte; dieser Schmerz wird mir für alle Zeit gegenwärtig bleiben. Schopenhauers *Welt als Wille und Vorstellung* – weg! Kierkegaard und sein *Tagebuch des Verführers* – fort! Sartres *Ekel*, Bernhards *Auslöschung*, das tocotronische Textbuch – Vergangenheit!

Ich erinnere mich wirklich an jedes verdammte Detail jener unfassbaren Tat der Marie. Die verlogen-warme Frühlingsluft, welche die plötzlich so leeren Regale umschlich. Die plastikartig und billig vor sich hin blühenden Hyazinthen vor dem Fenster. Das fröhliche Krakeelen der türkischen Kinder unten im Hof. Und über all dem, wie ein bleierner Schatten liegend: Meine Beklemmung, meine Angst, meine Panik. Maries Tränen, ihr in naiver Zuneigung aufleuchtendes Gesicht, ihr unbedingter Wille, der mich erschreckte. Und ihre aufrichtige, vorbehaltlose Liebe, die gleich einer Monsterwelle vor mir aufgetaucht war, sich aufgetürmt und mich zu vernichten gedroht hatte.

Marie hat später gesagt, alles wäre halb so schlimm gewesen. Alles wäre ja hauptsächlich ihre Schuld gewesen. Sie allein habe alles herbeigeführt, indem sie meine Bücher entsorgt hatte. Sogar entschuldigt hat sie sich. Aber alle Frauen reden so. Eine dämliche Frauentradition ist das. Aber ich, mit meinem widerlichen Erinnerungsvermögen für schlechte Erfahrungen, ich kenne die Wahrheit: Es waren genau neun Schläge, die ich Marie an jenem warmen

Frühlingstag gegeben habe. An einem Stück, Stakkato sozusagen. Ich. Ausgerechnet ich. Und so war es genau jener Moment, in dem mir angesichts dieses in mir wuchernden Schwarzen Frosts und dieser permanenten Widersprüchlichkeit klar wurde, dass ich irgendwann und irgendwo ein Mörder werden könnte.

Dass gerade Marie in ihrer Welt aus Komplexen und Schuldgefühlen zu solch einer resoluten, alles erschütternden Tat, ja zu einer solch zupackenden Lebensphilosophie fähig gewesen ist, das hat mir, fast schäme ich mich, es auch nur zu denken, so etwas wie Hoffnung gegeben. Mehr noch: Es ist wohl der Grund dafür gewesen, dass ich es überhaupt so lange an ihrer Seite ausgehalten habe. Und ja: Sie hat auch Recht gehabt. Frauen haben eindeutig immer Recht – und verhalten sich doch wie tumbes Schlachtvieh, das sich mit Wonne dem nächstbesten Brutalo-Metzger an den Hals wirft. Auch bei Marie ist das so gewesen, denn obwohl sie gesehen hat, dass da ein alles zerstörender Widerspruch in mir ist, der alles unmöglich macht und obwohl ich sie sogar geschlagen habe – ist sie sechs lange Jahre bei mir geblieben. So dämlich wäre kein Mann.

„Du bist ein lebender Widerspruch", hat sie gesagt, „pumpst dich abends mit diesem grässlichen Thomas Bernhard voll und am Morgen danach mit Paroxetin. Du willst mich heiraten und eine Familie gründen, schaffst es aber nicht, eine einzige Nacht neben mir durchzuschlafen. Du sagst, dass du mich und meinen Körper begehrst, musst zum Sex aber regelrecht getrieben werden, sagst, dass ich eine Heilige für dich bin, hast aber für mich, wie für alle anderen Menschen, offenbar nur Verachtung und Langeweile übrig. Du zitierst ganze Passagen von Schopenhauer, schaust dir diese zermürbenden Ingmar-Bergman-Filme an und versuchst andauernd, mir diese verquere Post-Punk Musik näherzubringen – und behauptest doch standhaft und aufrichtig, ein glücklicher Mensch werden zu wollen. Dabei willst du gar kein glücklicher Mensch werden, was du suchst ist immer nur das Unglück! Du suchst das Versagen, weil nur das dich zufrieden macht, dir die Bestätigung gibt, Recht zu haben. Du willst ein Untergeher sein, wie eine dieser Figuren aus deinen bescheuerten Bernhard-Romanen!"

Ja, so hat die Marie immer gesprochen. Und manchmal sogar geschrien: „Wie Moritz ein gewollter Angstloser ist, bist du ein gewollter Untergeher!"

Und Lohwald ist ein gewollt Eingeladener, denke ich. Ein gewollt Eingeladener, der als maskiertes Unheil an der Ecke zwischen

Cafeteria und Sendestudio A ganz offensichtlich, anders kann es gar nicht sein, nur darauf gewartet hat, in mich hineinzurennen. Dass es doch ganz schön wäre, bei einer Flasche Wein in meiner umfangreichen Plattensammlung zu wühlen, das habe ich tatsächlich gesagt. Und Lohwald, durchaus ein Mann von hoher Intelligenz, hat sein schiefes und falsches „Mann im dritten Frühling"-Lachen gelacht und die Einladung angenommen. Zugegeben, ich habe als erstes mein falsches Lachen gelacht, ihm meine falsche Freundlichkeit entgegen geschleudert. Dennoch bin ich das Opfer, das vom klebrigen Unheil überfallene Opfer! Denn ein Mann wie Lohwald, der führt doch schon von Beruf, aber auch von Alters wegen die ganze Palette menschlicher Regungen wie einen Werkzeugkasten stets mit sich. Ist lustig, wenn es von Vorteil ist, lustig zu sein; ist bedächtig, wenn es von Vorteil ist, bedächtig zu sein; und ist nur dann cholerisch, wenn es einen Sinn ergibt, cholerisch zu sein. Keine seiner Regungen geschieht aus sich selbst heraus, so habe ich schon vor einigen Jahren bewundernd an ihm festgestellt. Lohwald ist ein perfekter Roboter, alles an ihm ordnet sich automatisch seinen „Mann im dritten Frühling"-Zielsetzungen unter. Hätte er diese eitlen Ziele nicht, er würde wohl, wie eine unbrauchbare Geisterbahnpuppe erschlafft, in irgendeiner dunklen Ecke herumhängen. Aber so, vollgestopft mit Zielen aus Eitelkeit und Intrige, zieht es ihn mit seiner „Männer im dritten Frühling"-Kraft immerfort zum Licht, in die Sonne. Und so ist er wie unter Strom stehend in mich hineingerannt, anders kann es ja gar nicht gewesen sein, ein wildes Tier mit Jagdinstinkt ist auf ein lahmendes Tier mit Fluchtinstinkt geprallt. Ein vollkommen natürlicher Vorgang also, mit einer ebenso klaren Täter-Opfer-Verteilung. Obwohl ich zuerst mein falsches Lachen gezeigt habe, bin ich das Opfer, denn im Gegensatz zu ihm habe ich nie diesen mimischen Werkzeugkasten besessen, nie ein zweckgebundenes Verhalten an den Tag legen können. Nein, Menschen wie ich agieren niemals, sondern reagieren lediglich. Sie sind die Projektionsfläche der Agierenden, ja halten den ganzen Menschenbetrieb überhaupt erst am Laufen mit ihrer ständigen Reaktion. So wie Moritz sterben musste, damit ich ein langes Leben führe, so braucht auch ein Akteur wie Lohwald einen Reagierenden wie mich, um überleben zu können.

Lohwald hätte alle Möglichkeiten, ja sogar alle Fähigkeiten gehabt, meine Einladung mit einem cholerischen Brüllen oder einem arroganten Schweigen aus der Welt zu schaffen. Und wir beide wären besser damit gefahren, natürlich wären wir das. Aber er braucht mich, um seinen Lebenstrieb aufrecht zu erhalten. Und so wurde er zu einem gewollt Eingeladenen.

Und dass mich niemand gewarnt hätte, nein, das stimmt nicht, hat doch schon Marie, als ich sie seinerzeit als Praktikantin bei uns im Sender kennenlernte, zu mir gesagt, dass Lohwald mich hasst. Da wusste sie noch nicht, dass sie mich nur wenige Jahre später genauso hassen wird wie Lohwald, wenn nicht sogar heftiger, stärker, aufrichtiger. Und mir fällt nun eine ihrer Postkarten ein, die sie mir später so gerne aus Leipzig hat zukommen lassen und die ich lange nach unserer Trennung zufällig beim Blättern zwischen den Seiten des *Amras* wiederentdeckt habe. Als vermutlich letztes, von mir noch nicht aus meiner Wohnung getilgtes Erinnerungsutensil. „Halte durch", hatte sie auf diese Karte geschrieben. „Halte durch mit mir, alle Anstrengungen, alle Entbehrungen ergeben einen Sinn, denn es ist alles für unsere Zukunft, unsere gemeinsame Zukunft!" So liebevoll und kämpferisch war Marie, damals.

Mir selbst war die komplette Aussichtslosigkeit unserer Situation schon zu Beginn unserer Beziehung bewusst gewesen, denn so wie ich immer gewusst habe, dass Moritz sich eines Tages das Leben nehmen wird, so habe ich immer gewusst, dass Marie mich eines Tages verlassen wird. Gedrängt und emotional erpresst von mir, seelisch nach Luft japsend, nach Licht, nach Liebe, wird Marie mich eines Tages verlassen. Das habe ich immer gedacht, immer gewusst.

Gehasst haben mich alle meine Frauen, nicht nur Marie. Jedoch nicht erst nach dem Scheitern dieser künstlichen Beziehungen haben sie mich gehasst, sondern schon von Anfang an. Die Zahmen, Passiven und Selbstdestruktiven unter ihnen haben mich eine Beziehung lang mit ihren Blicken belagert, mit dem Gesichtsausdruck stumm leidender Frauen, die das Pech hatten, sich in einem Netz verfangen zu haben, das noch nicht einmal von mir ausgeworfen worden ist. Hatten sich in mich verliebt, all ihre Träume und Sehnsüchte auf mich projiziert und hassten mich fortan für ihre Schwäche, lieben, hoffen und träumen zu können. Und machten mich für ihre gottverdammt fehlgeleitete Menschlichkeit verantwortlich. Die extrovertiert-aggressiven Frauen hingegen zerkratzten mir beim Versuch, mich doch noch zum Geschlechtsakt zu bewegen immerfort den Rücken, die Schultern, die Arme. Maskierten und verkauften es zwar als sexuelle Leidenschaft, aber da war nur Hass – Hass auf mich. Emotional und sexuell ausgehungert, besinnungslos um sich schlagend, mir blutige Striemen und blaue Bisse auf den Körper setzend, wild entschlossen mich zu töten, zu töten, zu töten und sich selbst endlich zu befreien. Von mir.

Ich habe sie immer verstanden. All diese Frauen habe ich immer verstanden, die passiven genauso wie die aggressiven, ihren Hass, ihre Verzweiflung, sogar ihre Sehnsucht habe ich verstanden, ich bin tatsächlich ein unglaublich verständnisvoller Mensch, schon immer gewesen. Frauenhassen und Frauenverstehen, vielleicht geht das eine ohne das andere auch nicht. Zunächst Segen und dann immer nur Fluch für eine jede einsame, liebesbedürftige Frau. Doch ich habe gelernt. Und ehrlicher geworden bin ich auch. Lasse ich mich heute überhaupt noch auf eine Frau ein, dann nur mit dem direkten Ziel vor Augen, unsere Beziehung, zu unser beider Sicherheit, zu einer sehr kurzen Episode werden zu lassen. Und so ist das Ende schon von Beginn an der eingeplante Höhepunkt unserer Liebe.

Auch bei Marie habe ich immer gewusst, dass sie mich eines Tages verlassen wird. Und als ich ihr nach unserer Trennung sagte, dass ich immer eine Heirat angestrebt hätte, so war das gelogen.

Nein, ich bin seinerzeit nicht traurig über ihren Weggang gewesen, nicht zornig, nicht gekränkt, nicht desillusioniert. Und doch, als Marie endgültig fort war, da hatte ich das letzte Mal ein seltsames Gefühl dafür, was es heißt ein Mensch zu sein.

Schön, wie ich mich selbst aufarbeiten kann. Und schade, dass mir das so gar nichts bringt, denn trotzdem bin ich dämlich genug, mir einen Lohwald in die Wohnung zu holen. Einen Menschen von derart widerlichem Naturell, dass nur ein Held oder ein Narr zu einer solchen Wahnsinnstat fähig sein konnte.

„Lohwald hasst dich," sagte Marie. Das konnte mich nicht verwundern, da Menschen wie Lohwald alles und jeden hassen. Schon aus purer Eitelkeit und Egomanie. Der Lohwald hasst den Techniker, weil der – wie im Übrigen fast jeder andere Mann auch – größer ist als Lohwald. Er hasst den Produzenten, weil der auch im fortgeschrittenen Alter noch volles Haar hat. Er hasst unseren Comedy-Redakteur, weil er ohne dessen Unterstützung keinen einzigen Hörer zum Lachen bringen könnte. Und er hasst unseren Nachrichtensprecher, weil der die einzige Stimme hat, die im Radio länger zu hören ist als Lohwalds. Ich habe mehrfach beobachtet wie Lohwald sämtliche Moderatoren-Autogrammkarten, die für unsere Gäste stets am Empfang ausliegen, kontrolliert hat, peinlich darauf bedacht, dass sein Stapel der kleinste, also vergriffenste und somit er der beliebteste von allen ist. Wie die böse Königin, die den Spiegel jeden Tag aufs Neue befragt, wer denn die Schönste im ganzen Land sei, so befragt diese personifizierte Eitelkeit jeden Tag die Autogrammkarten am Empfang. Und natürlich hat Lohwald auch Marie gehasst, weil sie eine der wenigen Praktikantinnen gewesen ist, die trotz ihrer Schönheit zugleich auch immer das Niveau, die Qualität und die Intelligenz besessen haben, diese ekelhaften „Mann im dritten Frühling"-Avancen Lohwalds mühelos und fast schon spöttisch an sich abtropfen zu lassen. Den Lohwald verschmähen, sich später aber ausgerechnet in mich verlieben –, ja, so war sie, die Marie. Deshalb allein wäre es für Lohwald also nicht weiter schwierig gewesen, mich zu hassen. Männer sind so. Dass ich nur selten Wort halte, meine Meinung von gestern mir heute nur noch fremd ist und ich charakterliche Standhaftigkeit als äußerst hinderlich erachte, ist dabei nebensächlich, sind dies doch allgemein akzeptierte berufliche Voraussetzungen, die nicht nur Lohwald und ich öffentlich zu Schau stellen. Dass ich grausam und egozentrisch werden kann, vorsätzlich Menschen verletze und hoffe, durch die Wut, das Leid oder die Scham anderer doch noch an eigene Regungen zu gelangen, das kann der kleine Glatzkopf nicht wissen.

Aber wofür hasst mich Lohwald dann? Ausgerechnet mich, den Musikredakteur und Feuilletonisten, den Verfasser von immerhin bereits vier Musikerbiografien und Besitzer von 12 000 pedantisch nach Alphabet in einem großen Regal archivierten Alben... gerade mich hasst er, weil ...Trommelwirbel... ich keine Ahnung von Musik habe. So hat er es jedenfalls dem Redaktionsleiter, dem Techniker, dem Produzenten, der Marie und, nicht zu vergessen, allen meinen Vorgesetzten gegenüber mehrfach erwähnt. Und auch wenn es ihm natürlich vollkommen frei steht, mich für musikalisch ahnungslos zu halten, so offenbart diese unfassbare Dummheit doch den Selbstzweck, der dem Hass Lohwalds zu Grunde liegt. Menschen wie Lohwald geht es stets um das Kämpfen als solches. Und nicht um dessen adäquate Begründung.

Belustigt und tatsächlich für einen kurzen Moment auch herausgefordert, habe ich damals einen Streifzug durch den Sender unternommen, um herauszufinden, wem gegenüber er diesen diffamierenden Unsinn geäußert hat. Mit dem Ergebnis, dass im ganzen Hörfunkgebäude nur eine einzige Person aufzutreiben war, der er niemals mit seiner schlechten Meinung über mich auf den Wecker gefallen ist – und die war ich.

Obwohl ich also weiß, dass er mich hasst und dass ich ihn hasse, und obwohl auch Lohwald wiederum weiß, dass er mich hasst und dass ich ihn hasse, wir also alles, was nötig ist, über uns wissen und diese eindeutige Wahrheit auf dem Gang zwischen Cafeteria und Sendestudio A schier zum Greifen war, trotzdem sagte ich zu ihm, aus reiner Dämlichkeit, dass es doch schön wäre, bei einer Flasche Wein in meiner Plattensammlung zu wühlen.

Und er, mit seiner ganzen widerwärtigen Angriffslust, hatte sogleich dieses lüsterne Glitzern in den Augen, missdeutete meine Dämlichkeit als Intrige und die Intrige als Aufforderung zum Kampf.

Worin er übrigens Marie ganz ähnlich ist, denn auch sie hat sich ständig von mir angegriffen gefühlt. Nicht einen einzigen Handschlag habe ich damals tun können, ohne nicht im Anschluss daran von ihr auf einen Seziertisch gezerrt zu werden. Ja, der Egoismus selbstverliebter Menschen mag bereits nervtötend sein – aber er ist nur ein Dreck im Vergleich zum borniertern Egoismus verängstigter und komplexbehafteter Möchtegern-Altruisten.

Da war zum Beispiel die Sache mit den Fotos. Wie hat es Marie immer verletzt, dass ich Fotos kategorisch abgelehnt habe. Eine Aversion, die ich Moritz zu verdanken habe, für den Fotos eine einzige Farce waren. Eine perfide Zurschaustellung unserer Orientierungslosigkeit, unserer Mängel und unserer Ahnungslosigkeit. Fotos, hat Moritz oft doziert, seien der zum Scheitern verurteilte Versuch, wenn schon nicht das ganze Leben, so doch zumindest einen kurzen Moment davon festhalten zu können, diesem ewigen, stumpfsinnigen Fortschreiten der Momente zu entrinnen.

„Was denkst du", hat er mich einmal gefragt, „warum Menschen, wenn sie fotografiert werden, entweder immer zwanghaft lachen oder aber Grimassen schneiden? Weil sie schon im Moment der Aufnahme bereit sind, ihr zukünftiges Ich zu betrügen. Sie lachen oder ziehen Grimassen in der verzweifelten Hoffnung, eines fernen Tages, wenn sie diese Fotos betrachten, tatsächlich der Illusion erliegen zu können, dieser Moment wäre schön oder aufregend gewesen. Wie gut sie sich alle verstanden und was für verrückte Zeiten sie doch gemeinsam durchlebt hätten. Und genau das", so Moritz weiter, „werfe ich den Menschen vor: Sie wissen während des Fotografierens von der Nichtigkeit des Augenblicks, machen diese Farce aber mit. Wir nehmen die Belanglosigkeit des Augenblicks wie ein Bagger direkt vor uns auf und schütten ihn als schönen Moment hinter uns zu Boden, ein ganzes Leben lang! Denn das Hier und das Jetzt, das macht den Menschen genauso viel Angst wie die Zukunft. Und der

Mensch vermag weder das eine noch das andere glücklich zu gestalten. Nur unsere Vergangenheit, die können wir beeinflussen, so dass immer, wenn wir uns umschauen, nach hinten spähen, tief in unsere Vergangenheit hinein, etwas Schönes da ist, etwas zum Festhalten. Die ganze Nostalgie- und Melancholie-Branche zehrt von diesem Selbstbetrug. Die Menschen möchten um jeden Preis vermeiden, beim Blick nach hinten mit der gleichen Ungewissheit konfrontiert zu werden, wie beim Blick nach vorne, also spielen sie diesen faulen Budenzauber mit. Aber wer will es ihnen verdenken? Wer leben will braucht Kraft, doch von Dunkelheit und Ungewissheit umgeben verdorren wir, kommen nicht weit, verenden auf halber Strecke. Da grinsen wir lieber blöde, lachen, schneiden Fratzen. Für wen? Für die Kamera, für unser Zukunfts-Ich, das betrogen sein will."

Natürlich war Moritz ein Sonderling, viel schrulliger, als ich es jemals sein werde. Und doch bekomme ich seine Worte nicht mehr aus meinem Kopf. Wann immer ich Gefahr laufe, fotografiert zu werden, packt mich das Unbehagen. Das Unbehagen gerade in einem dieser scheißschönen Momente zu stecken, der mir in naher oder auch ferner Zukunft das Leben lebenswert machen soll.

Marie hat all das nie verstanden, nie verstehen können, dass es ein Akt der Aufrichtigkeit und der Nähe zu ihr gewesen ist, mich nicht mit ihr ablichten zu lassen. Ausgestattet mit jenem so gefährlich passiven Egoismus hat sie immer nur denken können, dass ich mich für sie schäme, keine Erinnerung an sie in meiner Wohnung oder an meinem Arbeitsplatz wünschen und überhaupt das Gefühl einer möglichst großen Ungebundenheit bevorzugen würde.

Dass ich es aber einfach nicht ertragen habe, dass mir schon im Moment der Aufnahme das Wissen um die Endlichkeit unseres gemeinsamen Glücks im Gesicht stehen würde, das ist ihr verschlossen geblieben. Je heftiger ich mit ihr zusammen in eine Linse gegrinst hätte, desto bigotter wäre es doch geworden.

So gesehen bin ich durchaus ein Flüchtender, klar. Ich befinde mich auf der Flucht vor einem Status Quo, einem Hier und Jetzt, einem Ankommen und Verharren. Ich sage zwar: Jetzt. Doch ich denke bereits: Gestern. Deswegen erlebe ich schöne Momente ja auch niemals live, sondern immer nur als schwarz-weiße Rückschau. Und formuliere bereits Nachrufe, während alles noch in voller Blüte steht. Ich bin immer und überall, ich bin die Fleisch gewordene Zeitlosigkeit. Nur im Hier und Jetzt bin ich nie. Ich sabotiere alles, was ich greifen kann. Und spreche jedem Augenblick von vornherein seinen Zauber, seine Wichtigkeit und sogar seine pure Präsenz ab. Kompliziert? Nein, nur die simpelste aller Milchmädchenrechnungen: Wer nichts hat, kann nichts verlieren.

Es ist schon seltsam, wie ähnlich Moritz und ich in vielen Dingen gedacht und empfunden haben. Und wie verschieden wir uns dennoch verhalten haben. Denn so wie es mir niemals einfallen würde, bis nach China zu laufen oder mich umzubringen, so hat er immer nur den Kopf schütteln können, über die Befürchtungen und Ängste, denen ich so konsequent und brutal aus dem Weg zu gehen versuche. Denn auch wenn er stets einen schärferen Blick auf das absurde Wesen des Seins gehabt hat als ich –, nie hat diese verfluchte Gabe der Tiefensicht ein Gefühl der Angst oder der Panik in ihm entstehen lassen. Im Nachhinein ist ihm höchstens eine gewisse Verzweiflung anzudichten, doch selbst inmitten dieser Verzweiflung hat er bis zu seinem Ende die lässige Souveränität eines routiniert Scheiternden besessen.

Wir haben uns in Potsdam kennengelernt. Damals, zu Beginn unserer Studienzeit, hatten wir in einer Wohngemeinschaft zusammengelebt. Und auch da ist er schon bereit für den Freitod gewesen. In einem Neubau, der abstoßend kinderfreundlich war, haben wir uns auf siebzig Quadratmetern fast zwei Jahre lang dieselbe Haustür, dieselbe Küche und dasselbe Klo geteilt, eingezwängt zwischen dem kitschigen Schloss Sanssouci, mitsamt seinem wuchtigen Park im Norden und den hoch aufgeschossenen, kastenförmigen Plattenbauwohnungen im Süden, in denen bis zu Beginn der Neunziger Jahre hinein noch die in Potsdam stationierten russischen Soldaten gelebt haben. Potsdam ist mir wie eine schwangere Frau vorgekommen, den Bauch gefüllt mit Geschichte, genauso ächzt sich diese Stadt schwitzend und fluchend durch die Moderne, ihren dicken Wanst als Blankoentschuldigung für jede Unverschämtheit vor sich hertragend, dabei aber nur furchtbar beliebig und furchtbar austauschbar. Und ausgerechnet in dieser Stadt, die sich wie keine andere deutsche Stadt nicht entscheiden kann, wie oder was sie sein will, die, wie die Foto-Menschen, nur in ihrer Vergangenheit glücklich ist, sind Moritz und ich uns begegnet. Schnell habe ich seinerzeit gemerkt, dass Moritz trotz seiner Klugheit und Weisheit ein lebensunfähiger Mensch war. Nacht für Nacht hörte ich ihn die Wohnung verlassen und in den dunklen Schlosspark gehen, denn damals wollte er noch seine Angstlosigkeit überwinden. Nicht wenige Kommilitonen hielten ihn daher für einen Durchgedrehten, einen Verrückten, eben weil er Nacht für Nacht allein durch den düsteren Schlosspark streifte, sich bevorzugt mit Rechtsradikalen, Türstehern und Drogenabhängigen anlegte und prinzipiell – selbst zur Überquerung verkehrsreicher Hauptstraßen – keine Ampeln beachtete. Einige hielten Moritz wegen dieser Marotten für einen zerstreuten Philosophen, andere für einen lebensmüden Draufgänger. Ich aber habe schnell erkannt, dass ihn nur eines trieb: Die Sehnsucht nach dem Gefühl Angst. Nur etwas Angst verspüren, so wird er sich gesagt haben, und schon könnte alles anders sein.

In jenen frühen Potsdamer Tagen bin ich noch mit Frauen zusammengekommen, und habe noch jede „Freundin" genannt. Zwar bin ich immer weit davon entfernt gewesen, ein Frauenheld zu sein, dennoch habe ich in diesen zwei Jahren mit Moritz wohl an die zwanzig Frauen, zuerst in unsere Wohnung und dann in mein Zimmer gebracht. Zwanzig Frauen. Zwanzig Mal ein erdachtes Gefühl von Freundin, zwanzig Mal Kribbeln, zwanzig Mal Schluss. Zwanzig Frauen mit denen ich Hand in Hand durch den Schlosspark spaziert bin, zwanzig Frauen mit denen ich versonnen das Fotoalbum meiner Kindheit durchblättert habe, zwanzig Frauen, die mich romantisch glotzend fragten, ob ich mir vorstellen könnte, ewig mit ihnen zusammenzubleiben. Und zwanzig Frauen, von denen ich meiner jedes Mal aufs Neue euphorisierten Mutter erzählt habe.

Zwanzig Frauen – und nicht eine einzige hat mir eine Antwort auf mein so tief sitzendes sexuelles Desinteresse geben können.

Frauen sind in den Gesprächen mit Moritz nur selten ein Thema gewesen. Nach einiger Zeit in dieser Wohngemeinschaft bin ich dazu übergegangen, ihm meine neuen Bekanntschaften zu verschweigen, da ich seine betont knappen Reaktionen darauf gefürchtet habe. Denn Moritz interessierte sich nicht für Namen oder Handlungen. Er interessierte sich lediglich für Gründe, Sinn und Perspektiven. Und da ich nie imstande war, ihm zu erklären, wozu ich Liebschaften eingehe, was es mir bringt, die Hand einer Frau zu halten und was sich an meinem Leben ändert, wenn morgens jemand neben mir liegt, hielt ich meine Amouren geheim. Auch aus Angst vor mir selbst, weil ich einfach keine Antworten fand. Der beruhigende Umstand, dass ich heute, Jahre später, keine Furcht mehr vor diesen Fragen verspüre, ist dabei weniger der Illusion zu verdanken, dass ich endlich Antworten gefunden hätte. Das Gegenteil ist der Fall: Ich habe akzeptiert, dass ich niemals Antworten auf diese Fragen finden werde, weil es keine Antworten auf diese Fragen gibt. Eine Frau oder

Freundin zu haben, wird nichts schlimmer und nichts besser machen, ich werde nicht mehr begreifen und auch nicht weniger und auch ein besserer Mensch werde ich dadurch genauso wenig wie ein schlechterer. Der ab und an in mir auftauchende Gedanke, dass ich mich verlieben sollte, er bleibt also amüsant und absurd. Einfach weil es keinen Grund gibt, diesen Gedanken zu denken.

Auch Marie ist nie eine Antwort gewesen, natürlich nicht. Sechs lange Jahre hat sie es an meiner Seite ausgehalten, für sie absolut gewinnbringende Jahre, hat sie doch mit mir zunächst ihren Vater- und Männerkomplex überwinden können, um danach erfolgreich ihr Minderwertigkeitsgefühl zu bekämpfen.

Unsere Beziehung ist, abgesehen von den wenigen Wochen während ihres Praktikums, eine Fernbeziehung gewesen. Die ganzen sechs Jahre haben wir vergeblich versucht einen Ausgleich zwischen unseren Berufsorten Berlin und Leipzig zu finden. Einen Ankerpunkt haben wir gesucht, dabei hatten wir uns selber noch nicht gefunden. So wie sie keine Ahnung hatte wer sie war und was sie wollte, so bin ich mir schon damals immer nur fremd gewesen. Und so haben wir uns wie zwei unpassende Puzzlestücke sechs Jahre lang um die eigene Achse gedreht, immer wieder versucht aneinander anzudocken und darauf spekuliert, dass es irgendwann „Klick!" machen und passen würde. Doch je mehr wir um uns selbst zirkulierten, je angestrengter wir versucht haben uns zu ergänzen, umso mehr haben wir uns verrenkt, haben uns verbogen, so dass wir statt glücklicher, immer nur deformierter und trauriger wurden. Das Ende kam abrupt. Ich hatte einige Tage beruflich in London verbracht. Wie immer, wenn ich von Auslandsaufenthalten zurückkehre, hatte ich schon im Anflug auf Tegel diese plötzliche Sehnsucht nach irgendeiner Form von Halt, nach einem – wie kitschig! – Hafen. Nach jemandem, der einen erwartet, nach einer Seele, die einfach nur da ist, die Sinn gibt und Sinn ergibt. Doch wie immer in all der Zeit war Marie immer dann, wenn ich sie tatsächlich gebraucht habe, in Leipzig gewesen. Wir schliefen alleine ein, wachten alleine auf, behielten unsere Gedanken für uns und gaben uns dennoch sechs Jahre lang der Illusion hin, so etwas wie eine Beziehung zu führen. Und wenn ich es mir jetzt, all die Jahre später, genau überlege, so hat es in meinem Leben keinen Menschen gegeben, den ich weniger gekannt habe als Marie.

Den Schlussstrich, von dem ich immer gewusst hatte, dass Marie ihn eines Tages ziehen wird, den hat sie dann am Telefon gezogen; in jener Nacht, in der ich kraft- und mutlos aus London zurückgekehrt bin. Dass sie keine Kraft mehr habe, hat Marie in jener Nacht ins Telefon geflüstert. Dass sie nicht mehr könne, einfach nicht mehr könne. Erst einige Tage später ist mir dieser Widerspruch aufgefallen, wie kraftlos Marie doch ausgerechnet im kraftvollsten Moment ihres Lebens geklungen hat. So sehr muss ich sie in die Enge getrieben haben, so sehr bin ich ihr zur Bedrohung geworden, zur Bedrohung ihres Lebens. Für Marie ist es damals um Leben oder Sterben gegangen, wie ein angeschossenes Reh hat sie sich, den Tod vor Augen, Kräfte erschlossen, die sie im Grunde niemals gehabt hat. Nur so konnte sie sich, waidwund und im letzten Augenblick, meinem Hang zum Untergang entziehen.

Oh doch, ich habe immer gewusst, dass mich Marie eines Tages verlassen wird. Ich habe es sechs Jahre lang gewusst und darauf gewartet; nur um dann vollkommen überrascht zu sein. Wie wir von unseren Großeltern und unseren Eltern ein Leben lang wissen, dass sie eines Tages sterben werden und wir im Grunde doch alle Möglichkeiten hätten, uns jahrelang auf diesen Moment vorzubereiten, so habe ich über all die Jahre auch gewusst, dass mich Marie verlassen wird. Und auch wenn ich nicht wütend gewesen bin, nicht sauer und auch nicht traurig, so bin ich doch verletzt gewesen. Ja, tatsächlich – verletzt. Und überrascht.

Ich versuche, mich an dieses verschollene Gefühl von Verletzung und Überraschung zu erinnern. Doch so sehr ich mich bemühe, ich stoße nur noch auf Grau, auf Kälte und auf Belanglosigkeit. Ich schätze, in jener Nacht, in der Marie von mir gegangen ist, bin ich das letzte Mal Mensch gewesen. Wie wäre es, wieder eine solche Wärme empfinden zu können? Nostalgie! Platte Nostalgie. Ich bemerke wie sich ein Grinsen in mein Gesicht schlängelt. Eine kitschige Nachbetrachtung ist das hier, knallbunte Glanzbilder. Schön anzusehen – solange nicht tiefer gebuddelt wird.

Aber ich grabe tiefer, natürlich. Und ich sehe, dass auch jene Wärme, die ich bei Marie empfunden habe, immer nur eine trügerische, falsche Wärme gewesen ist. „Halte durch", hat sie schließlich auf die Postkarte im Amras geschrieben. Und dass Lohwald mich hassen würde, hat sie mir ungläubig und erschüttert zugeflüstert. Und am Ende hat mich Marie weitaus mehr gehasst, als Lohwald mich jemals hassen könnte. Halte durch? Genau das habe ich doch getan, ich habe durchgehalten. Aber sie? Sie ist abgehauen, ab durch die Mitte, zack. Was also sollte diese bescheuerte Postkarte? Warum schreiben Menschen einander dauernd einen solchen Stuss, wenn doch allen klar ist, dass es nur fadenscheiniges Gelaber ist? Wer dir gestern noch gesagt hat, dass er dich ewig lieben würde, kann schon heute komplett aus deinem Leben verschwunden sein. Das ist auch nicht weiter schlimm, im Gegenteil, es lässt sich ganz wunderbar leben, mit einem Bekenntnis zur Vergänglichkeit aller Beziehungen. Nur bekennt sich eben keine Sau dazu. Lieber schicken wir uns verlogene Postkarten und stecken uns gegenseitig überfrachtete Ringe an die Finger. Und machen genau dadurch alles noch schlimmer. Romantik? Ein Tinnef ist die Romantik. Romantik ist wie Zuckerguss, viel zu klebrig und viel zu süß. Diese Zuckerguss-Romantik haut uns auf Dauer sämtliche Zähne aus dem Kiefer. Dementsprechend hohlwangig und ausgeknockt sehen Verlassene aus, wenn Schatzi erstmal weg ist und Bärchi mit einer Jüngeren vögelt, wenn Mausi sich dem nächstbesten Gigolo an den Hals geworfen hat und Engelchen plötzlich einfällt, dass ein etwas wohlhabenderer Lover keine so schlechte Idee wäre.

Aber ich will nicht übertreiben, ich bin nicht wie Moritz und dementsprechend durchaus zu Glücksempfindungen fähig, das weiß ich. Es hat sie ja gegeben, diese glücklichen Momente. Nur so wenig ich stets imstande gewesen bin, sie zu begreifen, geschweige denn genießen zu können, so wenig sind sie mir auch im Gehirn haften geblieben. Ich bin schlichtweg unfähig, mich an glückliche Momente zu erinnern. Glück und Wärme sind mir immer nur Ahnungen, niemals Gewissheiten. Aber genau diese Ahnung ist es, die mich so sehr vom Moritz unterschieden hat und die dafür sorgen wird, dass ich mich niemals umbringen werde. Moritz hat diese Ahnung nie gehabt, hat sein ganzes Leben lang in einer fürchterlich gefühlsneutralen Ahnungslosigkeit herumgestochert und sich, als er emotional und seelisch erfroren war, konsequenterweise das Leben genommen. Eine Ahnung von Wärme versagt mir diese Konsequenz und lässt mich weder zu den Toten, noch zu den Lebenden gehören. Meine sture Negation jeglicher Werte und der Schwarze Frost haben also auch mit Trotz zu tun, natürlich. Wer nicht mitspielen darf, der zieht nun einmal sein eigenes Ding durch. Aber es ist auch Selbstschutz, denn was Anderen Wärme ist, ist mir eine gleißende Glut geworden, die mich umbringen würde, käme ich ihr zu nahe.

„Du bist ein gewollter Untergeher", hat Marie gesagt. Aber das stimmt nicht. Denn ich habe nie mein Einverständnis dazu gegeben unterzugehen, wie ich auch niemals eine klammheimliche Freude daran empfunden habe, an dem Glück anderer Menschen so wenig

Anteil nehmen zu können. Und: Ich kämpfe, jede Sekunde meines Lebens ist ein Kampf, eine permanente Auseinandersetzung, die mich Abend für Abend abgehetzt, ermüdet und trübsinnig zu Bett gehen lässt. Ja, meinen Ekel vor mir selbst, den habe ich mir sauer erstritten. Gewollt ist da gar nichts.

Sobald Lohwald da ist, wird er hier in meinem Wohnzimmer sitzen und husten. Lohwald hustet immer, dauernd und überall. Es ist ein ekelhaftes „Männer im dritten Frühling"-Husten, das er da hustet, tief, inbrünstig und auf seltsame Weise ehrlich. Er möge daran ersticken, denke ich immer, wenn ich ihn im Sender höre. Keine Frage: Meine Hemmschwelle, anderen Menschen den Tod zu wünschen, sinkt. Neigte ich früher zu Phlegma und Langeweile, bricht sich seit Kurzem immer stärker mein Hass auf Menschen Bahn. Eine wilde Entschlossenheit richtet sich zähnefletschend gegen mich selbst und gegen andere. Lohwalds dreckiges Husten erinnert mich daran, wie mir schon als Teenager diese Empfindungslosigkeit gegenüber sterbenden Menschen klar geworden ist.

Ich war noch keine zwanzig Jahre alt, als mein Großvater starb. Auf Kinderart geliebt habe ich meinen Großvater, doch als er starb war ich der einzige Verwandte, der das Begräbnis vollkommen ruhig und tränenlos hinter sich brachte. Ich empfand das Begräbnis als überflüssig und musste ein Gefühl von Langeweile bekämpfen. Diese ganze elendige Leierkastenzeremonie lang. Noch am Grab stehend, habe ich meine heulende Schwester, meine weinende Oma und meine traurigen Cousins betrachtet, und mich gewundert, wie plötzlich und wie schnell der Tod Fakten geschaffen hat. Da geben sich die Menschen über Jahre und Jahrzehnte ihren Ängsten und Sorgen hin, plagen und rackern sich ab und dann sterben sie eines Tages, sind plötzlich einfach weg und mit ihnen ihre konkreten Ängste und Sorgen. Alles verschwindet unter einem schweren Holzdeckel, wird zwei Meter tief in die Erde eingelassen, zugeschüttet und fertig. Einfach fertig, der Kummer und die Anstrengungen einer langen Existenz, mal eben in Gänze ad absurdum geführt, erschreckend schnell, erschreckend einfach.

Und bereits damals am Grab verstand ich: All meine Ängste, meine Gedanken, meine Gefühle: Belanglos, unwichtig, nicht der Rede und schon gar nicht einer Aufregung wert.

Denn irgendwann verschwinden sie sowieso unter einem schweren Deckel und in zwei Metern Tiefe.

Leben und Sterben ist wie Licht ausmachen, habe ich damals an

Großvaters Grab gedacht. Klack und Ende. Und wie ich so früh erkannt hatte, dass Sterben wie Licht ausmachen ist – unkompliziert, nüchtern und wunderbar wertfrei –, da erkannte ich auch das Potential zum Mörder in mir. Ich kann ein Mörder sein. Wer mag mir diesen Gedankengang verwehren? Menschen wie ich sind ideale Soldaten, Mafiosi oder Schlachter. Als leere Hülle, befreit von unsinnigen Werten und Vorstellungen, schnell, sauber, zuverlässig. Den Übergang vom Leben zum Tod lässig mit einem Fingerschnippen zelebrierend. Und reihenweise Lichtschalter betätigend.

Und doch, obwohl ich fraglos Mörderpotential besitze, habe ich auch sechs Jahre lang vergeblich versucht, Marie ihre rosaroten Wünsche zu erfüllen. Nicht, dass ihre Wünsche so abwegig, außergewöhnlich oder kompliziert gewesen wären, im Gegenteil. Maries Wünsche sind immer von einer abartigen Normalität geprägt gewesen, dass sie mich regelrecht aushöhlten in ihrer einfallslosen Stumpfheit. Etwas Außergewöhnliches habe ich ihr immer spielend geben können, gescheitert jedoch bin ich an den täglichen, ganz normalen Wünschen, die nicht nur die Frauen, sondern die alle Menschen haben. *Schöne* Musik hat Marie immer nur hören wollen. Und ich, ich bin fast besinnungslos, fast ohnmächtig geworden, bei dem Versuch, ihr genau diese *schöne* Musik zu geben. So verzweifelt habe ich mich abgearbeitet an dem Versuch, Marie *schöne* Musik zu liefern, dass ich jedes Maß verloren habe. Ja, der große Musikjournalist hat sich selbst vollgestopft mit vermeintlich großer Kunst und mit der zuweilen schmerzhaften Trivialität, die Menschen absondern und ist bei dem Versuch, *schöne* Musik zu erkennen, immer wieder gescheitert. Fast taub bin ich dabei geworden, wenn auch nur im übertragenen Sinne, natürlich. Ich bin der Beethoven unter den deutschen Radiojournalisten. Und wüsste Lohwald, dass seine Vermutung, ich habe keine Ahnung von Musik, zwar falsch ist, es jedoch stimmt, dass ich bei *schöner* Musik rein gar nichts empfinde, so hätte er endlich einen wirklichen Grund, mich zu diffamieren.

Immer nur *schöne* Musik hat sie hören wollen, die Marie. Moritz hingegen hat gar keine Musik vertragen. Er hat jeden Song, egal welchen Genres, immer nur als Gejammer wahrgenommen. Jede künstlerische Betätigung sei nur Gejammer, hat er immer wieder gesagt und ist mir damit genauso oft, wie er es gesagt hat, auf die Nerven gegangen. Und jedes Ergebnis künstlerischen Tuns – egal ob ein Buch, ein Film, ein Bild oder eben ein Song – sei nichts anderes als verschnörkeltes Selbstmitleid. Als emotionale Müllwegwerfer und eitle Mitmenschenverpester hat er meinen Bergman, meinen Bernhard und meinen Townes van Zandt sogar einmal bezeichnet. Ich erwiderte, dass man ganz offensichtlich kein Künstler sein muss, um ein guter Müllwegwerfer und Mitmenschenverpester zu sein,. Aber gerade ich soll der gewollte Untergeher sein? Das ist doch lachhaft. Aber Marie hat wirklich felsenfest daran geglaubt, dass ich uns beide zerstören will. Sogar meinen Hang zu vertrackter Musik hat sie als Angriff auf das von ihr ersehnte schöne Leben betrachtet. Ich habe ihr natürlich erklären wollen, dass gerade das, was sie als lebensverneinenden Quatsch bezeichne, in seiner Sperrigkeit, seiner Unzugänglichkeit und seiner Nerven zermürbenden Penetranz schlicht und ergreifend dem Chaos gleicht, das mein Leben ist. Ich habe ihr auch sagen wollen, dass mich Musik, je experimenteller und schwieriger sie ausfällt, mehr trösten kann, als all ihre Umarmungen und Küsse es jemals könnten. Und ich habe ihr darlegen wollen, dass sich mein einziger Traum, der mich zuverlässig Nacht für Nacht befällt und in dem ich jedes Mal ein Verschollener, ein Vermisster, ein Unauffindbarer bin, nur noch durch diese Sperrigkeit in Beruhigung verwandeln lässt. Je komplexer etwas auf meinem Gemüt lastet, desto ruhiger werde ich, genau das wollte ich Marie erklären. Doch ihr, mit ihrem ständigen Hang zu schönen Momenten, hat immer das nötige Verständnis für derlei Lösungswege gefehlt. Während mir die Sprache fehlte, um das in mir wohnende Chaos in Sätze zu packen, die sie hätte begreifen können.

Und wenn mich heute, Jahre später, ab und zu noch der lustige Einfall überkommt, ich müsse mich vielleicht einmal richtig verlieben, so wird mir nur eines klar: Ich habe Marie niemals geliebt.

Ich habe vielleicht den Wunsch gehabt, sie zu lieben, habe mich verzweifelt festgekrallt an der Idee, sie zu lieben und auch sechs Jahre lang tapfer den Ertrinkenden gegeben, der sich an sie klammert, um nicht früher unterzugehen als geplant. Ich bin in meiner Umklammerung sogar so weit gegangen, sie heiraten und mit ihr eine Familie gründen zu wollen, in der lachhaften Hoffnung auf diese Weise endlich zur Ruhe zu kommen. Und auch sie, Marie, mit all ihren Komplexen und Problemen endlich zur Ruhe kommen zulassen. Und nun ist es allein meine Schuld, dass wir getrennt voneinander genauso wenig zur Ruhe kommen werden, wie wir es gemeinsam schon nicht vermocht haben. Denn es ist vollkommen gleich, was für einen Mann sie sich nun zur Seite genommen hat. Und es ist auch vollkommen egal, wie groß seine Kraft und gesund seine Emotionen sind –, denn wie ich, wird auch sie niemals vergessen können. Marie, diese so schlaue und so ehrgeizige Frau, hat schon vor vielen Jahren erkannt wie brandgefährlich und hochinfektiös es sein kann, sich neben einem Mann aufzuhalten, der Schwarzen Frost angesetzt hat.

Ja, Marie hat mich gesehen. Wirklich erkannt hat sie mich und festgestellt, dass sie das, was sie da erkannt hat, niemals lieben kann und darf. Und auch wenn sie noch rechtzeitig geflohen ist, wird sie das Gesehene nicht vergessen können. Sie möchte mich und all das Widerwärtige, was sie in mir gesehen hat, abschütteln – und wird es einfach nicht können. Und genau deshalb hasst mich Marie heute mehr, als mich Lohwald jemals hassen könnte.

Was für ein guter Gedanke, um nun in ätzendes Selbstmitleid zu versinken. Ich armer Unglücksbringer, könnte ich jetzt denken. Ich bringe immer nur Pech. Ich reiße alle und jeden in einen dunklen Schlund. Zu dumm nur, dass ich nicht ein einziges Argument für Selbstmitleid habe. Denn Maries Leben ist nicht erst durch mich in diese emotionale Schieflage geraten, sondern ist schon immer ein zerstörtes Leben gewesen. Marie ist schon vollkommen verkorkst zur Welt gekommen und erst diese a priori vorhandene Zerstörung konnte uns dermaßen aneinanderpressen. Denn was könnte ein Mann wie ich schon mit einer gesunden Frau anfangen? Ja, natürlich, exakt diese grundsätzliche Kaputtheit ist es gewesen, die uns zueinander geführt hat und die uns dann in den hirnlosen Wahn hat treiben lassen, tatsächlich füreinander bestimmt oder gar ineinander verliebt zu sein. Warum hätte es bei Marie und mir auch anders sein sollen als bei anderen Menschen? Auch wir haben zu Beginn nur das gesehen, was wir sehen wollten. Und all das, was wir nicht sehen wollten, tja, das haben wir ausgeblendet, so lange und so gut es eben ging. Bis es dann, nach leichten und flockigen Anfangsmonaten, uns langsam aus den Eingeweiden sickerte und uns die Hässlichkeiten des Anderen offenbarte. Marie begann, mich zu sehen und ich begann, Marie zu sehen. Und das war für uns beide kein schöner Anblick. Selbstverständlich haben auch wir zunächst darauf spekuliert, dass der Andere sich im Laufe der Partnerschaft einfach etwas verändert hat und nicht mehr derjenige ist, der er noch zu Beginn war. Marie hat angefangen, nach dem überaus tollen Mann zu suchen, in den sie sich verliebt hatte. Und fand ihn nicht. Doch anstatt mich sofort zum Mond zu schießen, hat sie geglaubt, dass sich dieser tolle Anfangsmann lediglich von bösen Geistern hat vertreiben oder unterbuttern lassen.

Was für ein gigantischer Selbstbetrug. Ich bin immer der gleiche gewesen, wie auch Marie immerzu nur die eine Marie gewesen ist. Vollständig entblättert, von Anfang an. Das einzige was sich verändert hat ist, die Wahrnehmung dessen, was unmissverständlich ist und sein wird und schreit. Und um sich schlägt.

Die Illusion von der Lust auf den Anderen wich der Lust, die vielen Makel am anderen zu entdecken und dessen Wunden zu inspizieren und immer wieder mit spitzen Gegenständen darin herumzustochern. So lange bis endlich einer weint oder schreit. Oder eben schlägt. Aber auch das ist kein Ausnahmefall und genauer betrachtet keinen einzigen Gedanken wert. Denn kein Paar findet sich aus Liebe, sondern immer nur in der gemeinsamen und sehr verzweifelten Hoffnung sich gegenseitig von Furcht, Angst und Leere befreien zu können. Mag sein, dass mit den Jahren dann ab und an Liebe daraus werden kann, ich bin nicht befugt, das allumfassend zu beurteilen. Was Marie und mich jedoch betrifft, so haben wir schon zu Beginn einige unserer psychischen Gebrechen verglichen und frohgemut festgestellt, dass der eine fühlt, was auch der andere fühlt, dass der eine befürchtet, was auch der andere befürchtet und dass den einen quält, was auch den anderen quält. Und getrieben vom unerklärbaren menschlichen Selbsterhaltungswillen haben wir uns dann aneinander gekettet und geglaubt unsere jeweiligen Komplexe aneinander auskurieren zu können. Mit Liebe aber hat das alles nur wenig zu tun gehabt. Opportunismus trifft es da schon eher. Ja, Singles mögen Egoisten sein. Opportunisten aber, die finden sich in jeder Beziehung. Als emotionale Bandwürmer hat Moritz Beziehungsmenschen oftmals bezeichnet.

Eine ganz treffende Bezeichnung, wie ich finde.

Marie und ich waren keine guten Opportunisten. Denn anstatt unsere Qualen zu lindern, haben wir sie immer nur noch weiter vergrößert. Die Leiden des anderen durch unsere wahnwitzige Aneinanderpressung tagtäglich greifen, fühlen und riechen zu können, sie als real existierendes Leiden immer und immer wieder erfahren zu müssen, hat uns nicht nur der lächerlichen Illusion beraubt, dass menschliche Zuneigung irgendeine Seele retten könnte. Es hat uns auch noch die Hoffnung genommen, das eigene Leid könnte vielleicht doch ein lediglich eingebildetes Leid sein, ein durch Jämmerlichkeit und einen schwachen Charakter entstandener Trugschluss. Doch Marie Tag für Tag an ihren Komplexen leiden zu sehen, hat mir früh ein Gefühl für die Allgemeingültigkeit von Schmerz vermittelt. Und mir immer wieder vor Augen geführt, dass es lediglich eine innere Leere, eine innere Monotonie ist, welche die Menschen beständig zueinander treiben lässt, bevor sie durch die vielen widerwärtigen Eigenschaften und unerträglichen Fehler des anderen doch wieder voneinander abgestoßen werden.

Leere, Monotonie, Fehlerhaftigkeit – ja, es ist ein Albtraum von einem Gedanken. Und er stammt nicht einmal von mir, sondern von Schopenhauer, dem vielleicht größten aller Mitmenschenverpester. Seit 200 Jahren hängen die Worte Schopenhauers zwar bleischwer, aber klar und aufrichtig warnend über uns in der Luft. Wir sehen sie, verstehen sie – doch die charakterliche Größe, auch dementsprechend zu handeln, ist nur den wenigsten zu eigen. Der formvollendete Selbstbetrug hat weiterhin Hochkonjunktur.

Ich weiß noch genau, wie sie damals plötzlich vor mir stand, ausgestattet mit einem Mikrofon und einem Kassettenrekorder. Ich war erst wenige Minuten zuvor aus dem Sender geeilt, um im angrenzenden Supermarkt Nudeln und Eier für den Abend zu kaufen. Ich habe es mir zur Gewohnheit werden lassen, immer nur soviel einzukaufen, wie ich für den Moment brauche, weshalb mein Kühlschrank immer leer war. Und das ist heute noch so. Ein Umstand, der Marie später regelmäßig zur Weißglut gebracht hat. Warum ich nicht einfach zweimal die Woche richtig einkaufen gehe, hat sie mich mehrfach angefahren, das sei preisbewusster, gesünder und auf lange Sicht sogar bequemer. Ich habe ihr damals immer entgegnet, dass ich mich vor langer Zeit schon gegen das Anlegen von Vorräten entschieden hätte. Eine Marotte, auf die mich, wie kann es anders sein, Moritz gebracht hat. „Vorräte sind nur etwas für naive Optimisten und Menschen im Atomkrieg", hat Moritz immer gesagt. Marie gegenüber habe ich diesen Satz immer als den meinen verkauft. Und auch jetzt, da ich mich wieder an ihn erinnere, gefällt er mir noch immer ausnehmend gut. Denn erinnere ich mich an diesen Satz mit den Vorräten und dem Atomkrieg, dann habe ich sogleich Maries von Mal zu Mal gequälter werdenden Gesichtsausdruck im Kopf. Und auch ihr anschließendes Schweigen, wann immer ich diesen Satz wiederkäute.

„Du bist seltsam", hat Marie oft zu mir gesagt. Doch Argumente, die mich und meine angebliche Seltsamkeit widerlegt hätten, die ich einer Frau von ihrer Intelligenz auch jederzeit zugetraut hätte und auf die ich, wenn ich es mir jetzt recht überlege, sogar stets ein wenig gehofft habe, tja, die kamen nie. Nur: „Du bist seltsam." Mehr hat Marie nie zu bieten gehabt.

Die Nudeln in der linken, die Eier in der rechten Hand war ich also aus dem Supermarkt hinausgetreten – und schon hatte Marie mitsamt Mikrofon und Kassettenrekorder vor mir gestanden, um mich zu einem tagesaktuellen Thema zu befragen. An dieses tagesaktuelle Thema kann ich mich jetzt beim besten Willen nicht mehr erinnern, aber dass ich Marie geantwortet habe, dass es mir an sich ziemlich egal sei, das weiß ich noch. Ich erinnere mich noch wie Marie, die als frische Praktikantin keine Ahnung hatte, dass sie gerade einen Vorgesetzten befragt, daraufhin ihre klaren, eisblauen Augen zu kleinen Schlitzen verzog, ihr herrliches Lachen gelacht und mich gefragt hat, wie es sein könne, dass mich ein für jedermann so wichtiges Thema unberührt lasse. Ich sehe sie noch genau vor mir: Ihre hölzern-stolze Haltung, antrainiert in 15 Jahren Ballettunterricht; der schwarze, in ihrer kleinen Hand reichlich überdimensioniert wirkende Ploppschutz auf dem Mikrofon, ihre wippenden und schwingenden silbernen Ohrringe. So hat sie vor mir gestanden, die Marie: stolz, hölzern, wippend, schwingend und eisblau. Und hat mich gefragt, wie es sein kann, dass mich dieses für jedermann so wichtige Thema derart unberührt lasse. Ganz unwirsch mit dem Mikrofon vor meinem Gesicht herumgefuchtelt hat sie dann, während ich ihr erklärte: „Ich belaste mich prinzipiell nur noch mit Dingen, von denen ich ganz klar weiß, dass sie mich auch betreffen."

„Aber das neue Gesetz tritt doch schon zum ersten Januar in allen Bundesländern in Kraft und gilt für jeden!", erwiderte Marie.

Dieser erste Januar erschien mir unrealistisch weit weg und so gab ich ihr mit einer wegwerfenden Handbewegung zu verstehen, wie lange hin das doch noch sei. Aber Marie ließ sich von meiner Geste einfach nicht beeindrucken. Sie blieb hartnäckig: „Nein, wir haben doch schon Oktober, es sind also keine drei Monate mehr."

Und in jenem Moment, als Marie diesen Satz aussprach, schoss es mir durch den Kopf: Diese Frau, stolz und wippend und eisblau, lebt definitiv nicht in meiner Welt. Sie sieht anders, sie erlebt anders, sie empfindet anders. Und obwohl ich das spürte, begann ich in exakt diesem Moment damit, sie zu zerstören. Und ihr auf grausame Art ihre Unschuld zu nehmen. Denn etwas übermotiviert sagte ich: „Drei Monate? Reichlich viel, wenn man bedenkt, wie vergänglich wir Menschen sind. Sollte es uns alle am ersten Januar noch geben, dann können wir uns gerne noch einmal unterhalten."

Ja, solch einen platten Nihilisten-Quark habe ich tatsächlich von mir gegeben, als ich das erste Mal mit Marie gesprochen habe. Mit den Nudeln in der linken und den Eiern in der rechten Hand. Ein

Supermarkt-Philosoph vor dem Herrn. Und auch wenn keines meiner Worte theatralisch gemeint war – kaum hatte ich diese Plattitüden abgesondert, schämte ich mich auch schon für sie.

Natürlich hat Marie mich damals nicht verstanden. Sie sah mich mit ihren eisblauen Augen an, als hätte ich sie gerade arg enttäuscht. Ihr herrliches Marie-Lachen erfror und ich konnte plötzlich nur noch Entfremdung und Widerwillen in diesem schönen Gesicht erkennen. Unverständnis und Abschätzigkeit ließen sie das erste Mal vor mir flüchten. Und es sollte einige Wochen dauern bis Marie begriff, dass sie vor mir nicht davonlaufen konnte.

„Der Mann, der noch nicht weiß, ob er nicht morgen vielleicht schon zu Staub zerfallen sein wird!", rief sie mir, für mich ziemlich überraschend, bei aller Ironie aber bemerkenswert korrekt zusammengefasst, zu, als sie mich einige Tage später in der Cafeteria antraf. Ich erinnere mich genau, wie sie daraufhin wieder ihr herrliches Marie-Lachen gelacht und mich mit ihren eisblauen Augen angesehen hat, klar und auf für mich anziehende Weise strukturiert. Diese Frau ist unsagbar strukturiert, genau das war der erste Gedanke, den ich dann in dem Moment hatte, als ich mich in die Idee verliebte, in Marie verliebt zu sein.

Jetzt, also viele Jahre später, frage ich mich, ob nicht vielleicht doch etwas wahres und ehrliches zumindest ganz am Anfang gestanden haben könnte. Ein echtes Verliebtsein, welches ich nur jetzt nicht mehr wahrhaben will, weil es nicht mehr in mein Weltbild passt.

In dem verzweifelten Versuch, schlagfertig zu sein, hielt ich ihr damals in der Cafeteria entgegen, dass es mich gar nicht so sehr stören würde, morgen eventuell bereits zu Staub zerfallen zu sein, solange mir nur jemand glaubhaft versichern könnte, dass ich nicht erst gestern noch Staub gewesen bin. *Asche zu Asche und Staub zu Staub* nervt, habe ich damals lachend hinzugefügt. Und noch heute bin ich mir nicht ganz sicher, ob dies eine entsetzlich alberne oder eine besonders gute Antwort gewesen ist. Marie zumindest hat auf diese Aussage hin einfach nur ihr herrliches Marie-Lachen gelacht, eisblau, stolz, wippend. Und gemeint, dass sie schon vor den seltsamen Leuten aus der Musikredaktion gewarnt worden sei. Dann war sie zurück in die Redaktion gegangen und ich entsinne mich, wie ich ihr damals hinterhergesehen und gleich gewusst habe, dass ich diese wunderbare Frau zwar niemals bewusst verletzen, dafür aber nachhaltig verstören werde. Lieben und hassen zugleich: Ein Balanceakt, der mir bei Marie beängstigend gut gelungen ist.

Auch bei Lohwald habe ich genau diesen Balanceakt, diesen unerhörten Kunstgriff über Jahre hinweg hinzubekommen versucht. Vergeblich, bei einem wie Lohwald muss ich mit einer ungleich höheren Sensibilität zu Werke gehen und darf die Möglichkeiten der Demütigung eben nicht bis zum Letzten ausreizen, so wie ich es bei Marie einst getan habe. Ich versuche mich zu erinnern, worüber ich mit ihm schon gesprochen habe, wo nachher ein guter Ansatzpunkt zu finden sein könnte. Täglich haben wir Kontakt, doch formell betrachtet, ist weder Lohwald mein Chef, noch ich seiner. Was ein gütiges Auskommen mit ihm von vornherein verhindert hat, denn ohne klare Hierarchien schlagen sich Menschen nun einmal gegenseitig den Schädel ein. Moritz hat einmal gesagt, dass gleiches Recht für alle, also diese vielbeschworene Gleichberechtigung, nicht nur überschätzt wird, sondern sogar eines der größten Übel der Menschheit sei! Der Mensch sei immer und überall darauf aus, nicht nur seinen Vordermann, sondern auch seinen Neben- und Hintermann zu zerstören. Es brauche keinen Darwin, um zu sehen, dass das Gesetz der Natur und des Lebens keine Gleichberechtigung kennt. Die Gleichberechtigung, wie wir sie definieren, sei ein durch und durch unnatürlicher und damit künstlicher Begriff, eine Spinnerei und, so Moritz, menschlicher Gedankenkrebs! Und so sehr ich ihn in seiner Angstlosigkeit auch immer für einen unglaublichen Übertreiber gehalten habe, so sehr bestätigt mein Verhältnis zu Lohwald ihn nun posthum. Denn meine Probleme mit Lohwald basieren darauf, dass weder Lohwald mein Chef ist, noch ich seiner. Wir existieren in exakt jener künstlich erdachten Gleichberechtigung, die Moritz so oft kritisiert hat. In jenem Moment, in dem Lohwald erkannt hatte, dass er mir trotz seiner langen Berufserfahrung und trotz seiner durch Geld und Einfluss entstandenen „Mann im dritten Frühling"-Macht, keinerlei Befehle geben kann, er ohne meine Zustimmung in seiner Radiosendung faktisch nichts ausrichten kann, hatte er auch schon begonnen, mich zu hassen. Mir Befehle zu erteilen hätte er geliebt, der Lohwald, Befehle von mir zu erhalten, zumindest ertragen, doch in diesem Machtvakuum, in dem wir beide uns befinden, hatte er seinen Guerilla-Krieg gegen mich begonnen. Mit unfairen Mitteln und stets aus dem Hinterhalt versucht er seitdem mich zu vertilgen. Wir sagen Gleichberechtigung und es ist doch der Aufruf zum Kampf. Wir fordern Diskussion und wissen um das Recht des Stärkeren, das noch jede Diskussion beendet hat.

Ich versuche, mich an ein Thema zu erinnern, über das ich mit

Lohwald in den vergangen Monaten diskutiert und debattiert habe, doch mir will einfach nichts einfallen. Wie ich die tagesaktuelle Frage, mit der mich Marie seinerzeit vor dem Supermarkt konfrontiert hat, schlicht und ergreifend vergessen habe, so habe ich ganz offenbar auch alles, womit Lohwald und ich uns zuletzt langatmig und quälend auseinandergesetzt haben, vergessen. Einfach vergessen. Es sind Momente wie diese, die ein Gefühl von Taubheit in mir wachrufen. Je älter ich werde, umso öfter passiert es mir, dass ich mein Gestern betrachte und nichts sehe. Gleich einer körperlichen Lähmung, bei der man seinen linken Fuß oder ein Bein oder einen Finger nicht mehr spürt, spüre ich mein Gestern immer weniger. Ich klopfe und hämmere dagegen, kann in besonders grotesken Momenten noch live erleben, wie sämtliches Gefühl aus meinem Gestern entweicht. Doch dann ist da nur noch diese Kälte. Meine bewusste Ablehnung des Hier und Jetzt, meine Weigerung greifbare Momente entstehen zu lassen, und mir scheint, ich werde immer erfolgreicher damit. So erfolgreich, dass auch diese Revolution nun beginnt, ihre eigenen Kinder aufzufressen.

Doch wie könnte ich mich darüber beschweren? Wer allen Dingen ihre Wichtigkeit nimmt, braucht sich auch nicht zu wundern, wenn ihm nach und nach der Gesprächsstoff ausgeht. Immer sei mir alles egal, hat Marie öfters geschimpft. Woraufhin ich sie mit einem Kuss, dem belustigten Kommentar, dass sie nun mal einen taubstummen Freund habe, und einem weiteren Kuss zu besänftigen versucht habe. Wie ich Marie überhaupt sechs lange Jahre immer und immer wieder mit einem Kuss zu besänftigen versucht habe. Wann immer sie sich über meinen permanent leeren Kühlschrank aufgeregt hat, bin ich mit meinem Besänftigungskuss gleich zur Stelle gewesen. Wann immer ich mich für die von ihr so geliebten tagesaktuellen Themen nicht habe interessieren können, bin ich auch schon im nächsten Moment mit einem solchen besänftigenden Kuss zur Stelle gewesen. Und auch ihre zu Beginn noch beständigen, später dann aber kaum noch auftretenden Versuche, mit mir Sex zu haben, habe ich stets mit einem dieser besänftigenden Küsse zu parieren versucht. Besänftigende Küsse. Es klingt fast romantisch. Und doch ist es nichts anderes als der Anfang meiner Demütigungen gewesen. Besänftigende Küsse, zuerst noch auf den Mund, später dann immer nur noch auf die Stirn. Es ist schon grotesk, vor Maries verzweifelten sexuellen Annäherungsversuchen bin ich so gut, so oft und so erbarmungslos geflohen. Und doch habe ich sie sechs Jahre lang schändlich missbraucht. Bin sechs Jahre lang mit ihr zusammengewesen, habe mit ihr ein Paar gebildet und sogar mehrfach behauptet, dass ich sie eines Tages heiraten und mit ihr eine Familie gründen würde. Und dennoch habe ich sie letzten Endes einfach nur missbraucht. Habe sie benutzt, ekelhaft und pervers benutzt, an ihr meine Misanthropie ausgelebt und all ihre eigenen Versuche, Glück zu finden wieder und wieder als Begründungen und Rechtfertigungen für mein eigenes taubstummes Weltbild hervorgezogen. Nicht ein einziges gutes Haar habe ich an Maries Bemühungen, Glück zu finden, gelassen, jede dieser Bemühungen auf das Unappetitlichste seziert und ihr dann Stück für Stück um die Ohren geschlagen. Kein Wunder also, dass sie mir immer wieder gesagt hat, dass ich nur ein gewollter Untergeher sei. Und eben kein richtiger. Manchmal hat sie es sogar geschrien. Ja, die leise Marie hat es gebrüllt, direkt in mein Gesicht. Und dennoch hat sie nie auch nur ein einziges verdammtes Gegenargument parat gehabt. Sechs lange Jahre hat sie das Glück gesucht und sechs Jahre lang habe ich ihre Suche nach Glück mit meinem felsenfesten und wasserdichten misanthropischen Wahnsinn erst seziert, dann lächerlich gemacht und schließlich komplett zerstört.

Wann habe ich eigentlich begonnen, Frauen derart zu missbrauchen? Theoretisch, emotional und psychisch auf das Übelste zu misshandeln? Und sie für meine perverse Beweisführung über das grundsätzliche Scheitern des Menschen einzuspannen?

Lohwalds Husten fällt mir wieder ein. Manchmal klingt es, als würde der Glatzkopf sich erbrechen. Als laufe ihm direkt die Galle über. Ich sollte ihm nachher sofort etwas zu trinken anbieten, nicht dass er mir noch verreckt in meiner Wohnung. Aber mir ist nicht nach geschauspielerter Nettigkeit. Soll er doch verrecken an seinem Husten! Und gerne auch hier, mitten in meiner Wohnung. Hier darf er das, denn diese vier Wände, sie kennen sich vortrefflich aus mit verreckten Gestalten. Einer mehr oder weniger spielt da auch keine Rolle mehr. Schließlich ist ja auch Marie bereits in diesen Räumlichkeiten verreckt. Verreckt beim Versuch, mich zu verführen. Zum Glück, zum Leben, zum Sex. Sexuell hat sich Marie so sehr an mir verrenkt und verhoben, dass sie schließlich nicht nur alle Argumente für ihr Glück, sondern auch ihre ganze Weiblichkeit eingebüßt hat. Und auch wenn ich mich nicht mehr erinnere, wann genau ich angefangen habe, Frauen zu missbrauchen, so entsinne ich mich doch zumindest noch genau jenes schwülen Sommertages, an dem ich Marie zum ersten Mal wissentlich zum Weinen gebracht habe.

Ich war damals gerade erst in diese Dachgeschosswohnung hier gezogen, eine, wie ich etwas blasiert sagen kann, wirklich vorzeigbare Künstlerimmobilie mit dazu passender bürgerlich-liberaler Adresse, komplett mit Parkett ausgelegt, 90 Quadratmeter, die geradezu dafür geschaffen sind, die erste gemeinsame Wohnung eines aufstrebenden jungen Paares zu werden. Und auch wenn ich Marie damals immer gesagt habe, dass ich mir eine so große Wohnung nur deshalb suche, damit sie dann, sobald sie aus Leipzig zu mir nach Berlin kommt, einfach hinzuziehen kann, so habe ich in Wahrheit immer nur daran gedacht, allein hier zu leben. Die ganze Wohnung besteht, abgesehen von dem Schlafzimmer, dem großzügigen Bad und der geräumigen Küche, nur aus einem einzigen, riesigen Raum. Ein Großteil der Wände besteht aus vom Fußboden bis zur Decke reichenden Großfenstern, an verschiedenen Stellen ist der Boden darüber hinaus durch Podestbauten tiefer und höher gelegt worden. Als Prunkstück ist jedoch die direkt daran angrenzende Wohnküche zu sehen. Eine Küche mit eleganter Theke, kleinen Barhockern und von der Decke herabhängenden Lounge-Lampen. Mit Genugtuung habe ich gesehen, wie vielen Leuten beim Betreten meiner Wohnung die sprichwörtliche Spucke weggeblieben ist, ganz genau wie auch Marie an jenem schwülen Sommertag vor einigen Jahren die Spucke weggeblieben ist. Mit naiv-törichter Inbrunst, wie sie nur verliebten Frauen zu eigen ist, hat sie in den Tagen und Wochen nach meinem Einzug geholfen, dieses Schmuckstück in punkto Mobiliar und Wandfarbe zu etwas ganz Besonderem, ja sogar Einzigartigem zu machen. Und wenn ich ehrlich bin, hat sie nicht nur vereinzelt etwas mitgeholfen, sondern alles fast im Alleingang hergerichtet. Die Farbe an den Wänden, die Couch, die Sessel, der Tisch, die Pflanzen – das alles atmet noch immer, bis zum heutigen Tag, den künstlerischen Geist und den Elan von Marie. Dabei hat sie, dessen bin ich mir sicher, schon von Beginn an gewusst, dass sie niemals mit mir in dieser Wohnung leben würde. Dass ich mir meine selbst auferlegte Misanthropen-Existenz in diesem Wolkenkuckucksheim, wie sie es später oft nannte, doch niemals durch ihren Einzug kaputt machen lassen werde. Und obwohl sie das wusste, hat sie sich damals sofort an die Arbeit gemacht. Sie hat diese Wohnung so gestaltet, wie ich es, das muss ich zugeben, alleine niemals hinbekommen hätte.

Das Beste an der neuen Wohnung war allerdings nicht Maries individuelle Gestaltung, sondern dass hier bereits drei junge Paare gewohnt hatten, deren Beziehungen jeweils nach kurzer Zeit zwischen diesen Wänden zerbrachen. So erzählte es mir die Maklerin bei der Erstbesichtigung, weshalb sie in der Wohnungsanzeige dann auch nach einem kreativ-aufgeschlossenen Junggesellen als Nachmieter gesucht hatte. Nur durch die Vortäuschung, ein vollendeter Solist zu sein, so habe ich Marie an jenem Tag nicht ohne Stolz erzählt, war ich dann an diese Wohnung gekommen. Ich war in meiner Rolle als Junggeselle so gut gewesen, wie ich Marie lachend berichtet habe, dass mir die Maklerin freimütig erzählte, dass der letzte Bewohner, der nach dem Beziehungsende und dem Auszug seiner Ex-Freundin alleine hier gelebt hätte, ein aufstrebender Theaterdramaturg gewesen war. Nur wenige Wochen hatte er alleine hier gelebt, und sich dann das Leben genommen. Aber – so sind sie wohl, die Künstler – kreativ hatte er dabei sein wollen, und so hatte er sich mit Hilfe giftiger Säure freiwillig ein Körperteil nach dem anderen verätzt, ja sogar die Augen hatte er dabei nicht ausgespart. Als er einige Tage später dann gefunden worden war, hätte man einen zwar unschönen, dafür aber komplett freien Blick auf seine inneren Organe erhalten, so kolportierte ich die Worte der Maklerin. Und während mich diese Geschichte der Qual und Ausweglosigkeit vom ersten Moment an fasziniert hatte und ich beim Erzählen von einer Begeisterung erfasst wurde, wie sie Marie nie zuvor an mir erlebt hat, war sie selbst immer ruhiger geworden. Hatte ihren leidenden Blick aufgesetzt und mich leise flüsternd gefragt, ob mir klar wäre, dass ich der Mann ihres Lebens sei. Woraufhin ich gelacht und ihr einen Kuss auf die Stirn gegeben hatte.

Wie hat es so weit kommen können? Wie hat es überhaupt dazu kommen können, dass ich heute der felsenfesten Überzeugung bin, mehr vom Leben verstanden zu haben, als all die von mir missbrauchten Frauen? Obwohl ich ebenso sicher weiß, dass ich in meiner Hoffnungslosigkeit gefangen und damit komplett lebensunfähig bin. Marie hat diese Lebensunfähigkeit immer gesehen. Und ist dennoch zu blockiert gewesen, um schon früher das Weite zu suchen. Ich weiß noch, wie sie mit mir den ersten gemeinsamen Urlaub in Amsterdam verbrachte. Ich habe diese Stadt immer geliebt, erachte Amsterdam bis zum heutigen Tag als eine der wenigen Städte, die mir nicht dauerhaft das Gefühl geben zu ersticken. Ich liebe Amsterdam, aufrichtiger und ehrlicher, als ich vermutlich jemals eine Frau zu lieben imstande sein werde. In den Straßen von Amsterdam blühe ich regelrecht auf, ich bekomme Luft, wie sich auch meine ganze, ansonsten stets immer leicht verkrampfte Haltung verbessert. Mein

Gang wird aufrechter, die Schultern stolzer, das komplette Rückgrat entkrampft. Aber Marie hat von Beginn an nichts anderes als Diskussionen im Gepäck gehabt. Das Hotelbett war ihr schmutzig erschienen, das regnerische Wetter hat sie als Zumutung empfunden und wo immer wir auch zum Essen einkehrten – hinterher hatte es daran etwas auszusetzen gegeben. Ich weiß noch wie wir zu Fuß auf Höhe der Rozengracht in Richtung Rembrandtpark unterwegs gewesen waren und ich Marie ihr ständiges Gemecker lustvoll vorgehalten habe. Beständig von ihr als gewollter Untergeher betitelt, ging ich dazu über, ihr im Gegenzug ihre eigene Unausgeglichenheit so oft es nur ging vor Augen zu führen. Wohl wissend, dass Marie mit all den Narben, die ihr verschwundener leiblicher Vater, ihr vergewaltigender Stiefvater und ihre zu Tobsucht und Depressionen neigende Mutter in ihr hinterlassen hatten, nichts anderes als ihren Wunsch nach Harmonie verfolgt hat. Dennoch habe ich es mir zu einem Sport gemacht, jedes unharmonische Vorgehen der Marie frühzeitig zu ahnden. Und wie ich ihr also, wir hatten fast den Rembrandtpark erreicht, ihr paradoxes Verhalten vor Augen geführt habe und sie gönnerhaft und arrogant von oben herab belehrte, da passierten wir ein großes, kräftig rot blühendes Tulpenbeet. Unwillkürlich unterbrach ich meinen Redefluss, denn mir erschien es grotesk mitten in den Niederlanden ein Tulpenbeet zu erblicken. Als geradezu lachhaft habe ich das empfunden, so dass ich sogar kurz laut auflachen musste. Marie hat natürlich nicht verstanden, was ich an dem Anblick eines Tulpenfeldes mitten in den Niederlanden als so komisch empfinden konnte, wo die Niederlande doch geradezu berühmt für ihre wunderbaren Tulpenfelder sind. Ich habe ihr dann umständlich und etwas ungelenk zu erklären versucht, dass aber gerade das doch das Verblüffende und geradezu Irrwitzige sei. Man denkt sich im Vorfeld, dass man in den Niederlanden bestimmt Tulpen sehen wird, eben weil alle Welt sagt, dass man in den Niederlanden Tulpen sehen wird und auch in jedem Reiseführer geschrieben steht, dass man welche sehen wird. Und so fährt man in die Niederlande mit nichts anderem als der Vorstellung, dass man ganz bestimmt und vollkommen fraglos Tulpen sehen wird. Und was passiert, kaum dass man angekommen ist in den Niederlanden? Man sieht Tulpen! „Die Welt als Wille und Vorstellung, verstehst Du?", habe ich Marie triumphierend zugerufen, obwohl sie keine zwei Meter neben mir gegangen war. „Wir kommen in die Niederlande mit der festen Vorstellung, Tulpen zu sehen und sehen, kaum angekommen, tatsächlich Tulpen!"

Ich erinnere mich jetzt, vor dem großen Regal stehend, wie Marie mir ihr „Du bist seltsam" zwar nicht in Worten, dafür aber mit Blicken zugeworfen hat und wieder in ihr leidendes, komplexbehaftetes Schweigen verfiel, diese ewiggleiche Schutzmauer, die sie sich einst zum Schutz vor ihrem Stiefvater aufgebaut hat. Und wie wir so schweigend nebeneinander hergegangen waren, längst den Rembrandtpark erreicht und uns dort schließlich auf einer Bank niedergelassen haben, war mir plötzlich wieder eingefallen, wie ich als Schüler, es mag im Alter von zehn oder elf Jahren gewesen sein, zum ersten Mal davon gehört hatte, dass Farben gar nicht existieren würden, sondern letzten Endes nur eine Einbildung seien. Genau dies war die Information gewesen, die mein Leben schlagartig verändert und mich meine gesamte Jugend hindurch nicht mehr zur Ruhe hat kommen lassen. Und so habe ich mich auch an jenem Tag in Amsterdam noch mehrere Male nach dem Tulpenfeld umgeblickt. Und jedes Mal erneut exakt das kräftige Rot geliefert bekommen, das mir schon von Anfang an suggeriert worden war und das ich, der Macht der Gewohnheit folgend, ja auch erwartet hatte. Ich erinnere mich, wie ich mich an jenem Tag in Amsterdam gefragt habe, ob dieses kräftige Rot auch dann noch auftauchen würde, wenn ich meine Erwartung, Rot zu sehen, ignorieren könnte?

Da mir dies bei aller Anstrengung naturgemäß nicht gelingen wollte, habe ich es daraufhin erst mit schielen und danach mit einer leicht schiefen Kopfhaltung versucht. Wie man sich denken kann, war es mir auch damit nicht gelungen, die äußerst fintenreiche Farbe Rot auszutricksen. Als befriedigende Bestätigung habe ich es aber empfunden, dass sich zwar nicht die Farbe veränderte, dafür aber, durch meine schiefe Kopfhaltung und die verdrehten Augen bedingt, immerhin die Position und die Klarheit des Tulpenfeldes. „Meine Damen und Herren, wie Sie sehen – sehen Sie nichts!", hat Moritz mit dem Tonfall eines Zirkusdirektors in ähnlichen Momenten immer ausgerufen.

Der verschiedenen Ansichten des Tulpenfeldes satt geworden, habe ich daraufhin Marie aus den Augenwinkeln heraus beobachtet, wie sie dort saß, mit versteinerter Miene, und sich einfach nicht mehr rührte. Es müssen bestimmt an die zehn Minuten gewesen sein, die Marie derart unbeweglich neben mir gesessen hat und ich erinnere mich, wie ich Marie lange und ausdauernd angesehen habe und mit einem Mal das komische Gefühl bekam, ihr mit jeder weiteren in Reglosigkeit verstreichenden Sekunde immer näher zu kommen.

Und somit zum allerersten Mal eine wirkliche Chance zu erhalten, sie so zu sehen, wie sie wirklich ist. Ich erinnere mich, wie ich meinen Atem kontrolliert und auch meinen Kopf ganz ruhig gehalten habe, Marie nicht aus den Augen lassend. Und da auch sie sich nicht bewegt hat, bin ich ihr in jenem Moment auf der Bank im Rembrandtpark tatsächlich so nah gekommen, wie nie zuvor und erst recht auch niemals danach. Aber es war leider nur ein kurzes Glück, denn schon kurz darauf hat sie sich wieder bewegt, hat angefangen zu sprechen und auch ich habe meine angespannte Körperhaltung nicht länger aufrechterhalten können. Und so war die kurzzeitig entstandene Intimität, das Gefühl, Marie vielleicht tatsächlich erkennen zu können, im Handstreich wieder zerstört worden. Marie war aus ihrer minutenlangen Regungslosigkeit erwacht und hatte damit auch das Puzzle wieder zerstört.

„Meine Damen und Herren, wie Sie sehen – sehen Sie nichts!", hat Moritz immer gesagt. Und in der Tat habe ich, zumindest was die Marie angeht, sechs lange Jahre immer nur im Dunkeln getappt, versorgt lediglich mit einem Sammelsurium an Eindrücken, jedoch ohne jeglichen Leitfaden, wo Einbildung am Werke gewesen ist und wo vielleicht eine echte Marie. Wo ein beeinträchtigter Gebrauch meiner Sinnesorgane mich mit falschen Daten versorgt hat – und wo die Bilder, die letzten Endes gleich den Farben immer nur in meinem Kopf zusammenlaufen, vielleicht doch einmal vertrauenswürdig gewesen sind.

Vielleicht müsste man sich also doch einfach nur einmal richtig verlieben. Sich einfach verlieben, um diese absurden und albernen Gedanken von der ewigen und zwangsläufigen Unsicherheit der Sinne und der Dinge endgültig los zu sein und damit nichts anderes als Wärme in die Glieder fließen zu lassen. Die Wärme, die jeder doch so dringend braucht. Zum Leben.

Gleich, sobald Lohwald hier in meinem Wohnzimmer hockt, wird auch dieses Spiel wieder von vorne beginnen. Ich werde ihn erahnen, werde ahnen, dass er direkt neben mir sitzt, mit seinem grotesken Gesicht, einem Gesicht, das noch immer nicht begreifen mag, dass seine guten Zeiten endgültig vorüber sind. Ich werde ihn dort also erahnen – doch zu mehr Gewissheit werde ich mich erneut nicht aufraffen können, da ich meinen Augen seit jener unseligen Geschichte mit den Farben und dem Lichteinfall grundsätzlich nicht mehr traue. Ich könnte mich einfach umdrehen und ihn dort dann sitzen sehen und doch würde ich es nicht glauben, mich schlichtweg weigern, es zu glauben, bevor ich nicht alle fünf Sinnesorgane befragt habe. Gehört werde ich ihn längst haben, sein widerwärtiges „Mann im dritten Frühling"-Husten wird in regelmäßigen Abständen die trügerische Stille in meiner Wohnung durchschneiden. Auch gesehen werde ich ihn natürlich bereits haben, schon durch den Spion meiner Tür werde ich ihn beobachten, wie er schwer atmend, keuchend und leise vor sich hin schimpfend, die letzten Treppenstufen zu meinem Wolkenkuckucksheim erklimmt. Natürlich verfügt mein Wohnhaus auch über einen Fahrstuhl, doch in einem spontanen Augenblick der Vernunft werde ich Lohwald über die Fernsprechanlage bedeuten, dass genau dieser Fahrstuhl in just dieser Woche bereits dreimal steckengeblieben sei. Eine Lüge, natürlich. Doch das Wissen darum, dass Lohwald, kurz bevor er zu einem „Mann im dritten Frühling" mutiert ist, einen schweren Herzanfall gehabt hat, lässt mich zu dieser perfiden Notlüge greifen. So wie ich Marie immer und immer wieder an ihren empfindlichen Stellen gepackt habe, so werde ich auch den herzkranken Lohwald über seine weiche Flanke angreifen. Und so wird er also zu Fuß zu mir heraufkommen müssen, zunächst noch durchaus flinken Schrittes, wie durch das hallende Treppenhaus zu hören sein wird. Dann, ab dem dritten Stockwerk in etwa, wird sein Gang bereits schleppender sein, bis ab dem fünften Stockwerk längere Momente der Stille zwischen seinen Schritten eintreten werden. Momente, die mich gebannt aufhorchen lassen werden, mir das Bild eines im Sterben liegenden Lohwalds irgendwo dort unten, auf den kalten Steinstufen meines Treppenhauses, vor meinem geistigen Auge entstehen lassen. Du könntest ein Mörder sein, denke ich, alle Leute, die dir begegnen, treibst du in den Tod, auf die eine oder andere Weise. Selbst einen Mann wie Lohwald, einen herzkranken, alten Mann, würdest du ohne Erbarmen in den Tod locken. Doch Ungetüme wie Lohwald sterben nicht, zumindest nicht so einfach. Und so werde ich sein widerwärtiges Husten hören und auch sein groteskes Gesicht sehen. Im Spion meiner Wohnungstür wird es dann doch noch auftauchen, schwitzend, fluchend, gerötet. Dem Tode wie gerade noch einmal von der Schippe gesprungen, wird Lohwald nach seinem Kampf durch mein Treppenhaus in unerträglichem, ja geradezu unschicklichem Maße nach Schweiß riechen. Das muss der Schweiß alter Männer sein, werde ich denken. Ich werde ihn also gehört haben, den Lohwald, werde ihn gesehen und auch gerochen haben. Drei von fünf Sinnesorganen werden mir also zu verstehen geben, dass er tatsächlich in meinem Wohnzimmer sitzt.

Lohwald zur letzten Sicherheit noch zu berühren und zu schmecken, hat naturgemäß auszufallen. Auch wenn mein Verstand mir weiterhin zu verstehen geben wird, dass er von seinem Veto-Recht Gebrauch zu machen gedenkt, was bedeutet, auch bei übereinstimmendem Ergebnis aller fünf Sinnesorgane schlichtweg nicht zu glauben, dass Lohwald nun wirklich und wahrhaftig in meinem Wohnzimmer sitzt. Denn zu viele Indizien würden dagegen sprechen. Schließlich ist es absurd und sinnlos, den Lohwald, den ich hasse und der mich hasst, hier in die Wohnung zu holen. Zu welchem Zweck hätte das geschehen sollen? Was ist da der Sinn? Mir will nicht ein einziger einfallen. Kann es stattdessen nicht sein, dass ich in dem Moment, als Lohwald im Sender in mich hineingerannt ist, einfach nur mein falsches Lachen mit einer falschen Entschuldigung kombiniert habe? Er hat dann seinerseits ebenfalls eine falsche Entschuldigung aus sich herausgepresst und die ganze Angelegenheit ist somit einfach versandet. Könnte das nicht viel eher der Fall, viel eher Realität sein? Ich bin noch immer so angefüllt mit Moritz und auch so angefüllt mit Marie, dass ich mir meinen eigenen Lohwald als Projektionsfläche erschaffen habe, um nicht wahnsinnig zu werden. Möglich wäre es, plausibel auch. Und auch kein Neuland für mich.

Denn ist es nicht schon sehr oft so gewesen, dass ich von Erinnerungen, Gedanken und abstrusen Träumereien ergriffen und erschlagen worden bin, wenn ich vor meinem großen Regal stand und meine CDs durchwühlte?

Selbst wenn ich Lohwald also hören, sehen, riechen werde – was können diese simplen Sinneseindrücke schon bedeuten, im Vergleich zu dem, was mir mein Verstand sagt? Und überhaupt: Warum hätte jemand wie Lohwald eine Einladung von mir annehmen sollen, in der es darum ging, über Musik zu sprechen? Was für ein Quatsch, wo er mich doch hasst und ganz genau weiß, dass auch ich ihn hasse und er darüber hinaus der Meinung ist, dass ich keine Ahnung von Musik habe. Wie ich es drehe, nichts an dieser Szenerie ergibt auch nur irgendeinen Sinn. Männer wie Lohwald treffen sich nie mit jüngeren Männern, warum sollten sie auch, führt das doch bekanntlich nur zu pawlowschem Rebellentum auf der einen und borniert er Besserwisserei auf der anderen Seite. Sein Sohn ist doch das beste Beispiel. Der Sohn vom Lohwald, gerade Anfang zwanzig, ist exakt zu jener Zeit bei einem Autounfall gestorben, als ich Moritz das erste Mal in China besucht habe. Auch das kann doch kein Zufall sein. Dass Lohwald seine ganze verkürzte Vaterschaft hindurch ein widerwärtiger

Vater gewesen sein muss, liegt auf der Hand und dass sein Sohn, mit den miesen Erbanlagen seines Alten ausgestattet, sich zu einem ebensolchen Widerling entwickelt hätte, ist ebenso zwangsläufig. Auch wenn ich Lohwalds Sohn niemals kennengelernt und auch nie ein Foto von ihm gesehen habe, so kann ich ihn mir dennoch bestens vorstellen. Wie er da gelegen haben muss, in seinem vollkommen demolierten und zusammengedrückten Fiat Punto. Die Zeitungen haben geschrieben, dass ein Schwertransporter sich in die linke Seite des Fiat Punto des Sohnes des berühmten Radiomoderatoren gedrückt und das Gefährt dann langsam, zielbewusst und lautstark vor sich hergeschoben hätte. Bis schließlich die rechte Seite des Fiat Punto auf eine Betonwand traf. Lohwalds Sohn hat sein Ende also definitiv auf sich zukommen sehen. Er muss ganz genau gesehen haben, was in wenigen Augenblicken passieren wird, dass ihm die Schulter- und Armpartien als erstes zersplittern werden. Dass kurz darauf seine Wirbel bersten und ihn endgültig bewegungsunfähig machen werden. Und dass zu guter letzt sein Kopf zwischen der Stoßstange des Schwertransporters und der Betonwand zu einer breiigen Masse zerdrückt werden wird. All das wird er vorausgesehen haben, der Sohn vom Lohwald. Doch was mag er in diesen Momenten gedacht haben? Wird er an seinen widerwärtigen Vater gedacht haben? Wird Angst ihn umfangen und gelähmt haben, lange bevor seine Wirbelsäule zerbrochen ist? Oder wird er etwas gesehen haben? Etwas erkannt haben? Etwas begriffen haben, das nur diejenigen begreifen, die dem Tode geweiht sind? Und wird ihm, so frage ich mich, warm gewesen sein oder kalt?

Als seinem Sohn dieses Schicksal zuteil geworden war, hatte Lohwald seinen ersten Herzanfall bekommen, was insofern ganz ulkig ist, da der Fahrer des todbringenden Schwertransporters später genau deswegen von jeglicher Schuld freigesprochen worden ist, da auch er selbst, wenige Sekunden bevor sein großes Gefährt ihm außer Kontrolle geraten ist, eine solchen Herzanfall erlitten hatte. Der Fahrer hatte überlebt und Lohwald hatte überlebt und nur der Sohn vom Lohwald ist – eingerahmt von zwei Herzanfällen – auf ganz absurde Weise gestorben. Schande über jeden, der angesichts einer solch lustigen Verkettung von Leid noch immer standhaft behaupten mag, der Tod sei eine durchweg ernste und traurige Angelegenheit.

Oh, doch, natürlich gibt es neben all den lustigen Facetten des Leids auch wahre Anlässe durchzudrehen. Vergewaltigung zum Beispiel. Ein toller Grund, um so richtig durchzudrehen. Auch

Alkoholsucht, Krieg, Schulden, Pest und Cholera: Die Welt ist voller verdammt guter Gründe sich jeglicher sozialen Mitarbeit zu verweigern, wie Moritz es immer ausgedrückt hat. Im Vergleich zu all diesem wirklichen Leid erscheint es sogar mir als albern, an welchen Widrigkeiten ich selbst verzweifle. Nichts Schlimmes ist mir bisher passiert, gar nichts. Mir wurde einmal Prügel angedroht, das ist richtig. Doch als ich meinen Widersacher freudig aufforderte loszuschlagen, mir doch bitte ordentlich die Fresse zu polieren, da hat er nur „Pah" gesagt. Hat „Pah" gesagt, sich umgedreht und ist ganz eklig souverän einfach weggegangen. Alles, womit ich mich also herumschlage, sind Luftschlösser. Und rote Tulpen, die vielleicht gar nicht rot sind. Pah.

Oder ein Lohwald, der zu Besuch kommt. Oder eben auch nicht. Über Lohwald werde ich nachher nicht sagen können, ob er wirklich da ist. Aber meine Verzweiflung und meine Bestürzung, die sind Wirklichkeit, das weiß ich mit Bestimmtheit. Denn ich habe den menschlichen Röntgenblick, mein Schwarzer Frost versetzt mich in die Lage, wenn schon kein guter Mensch, so doch zumindest ein guter Menschendurchleuchter zu sein.

Ja, ich sehe mehr als Leute mit Wärme und bin bestürzt und verzweifelt. Denn ich sehe alles – und kann doch nichts tun.

Damals, als meine Schwester heulend in der Küche unseres elterlichen Einfamilienhauses gestanden hat, weil ihr erster Freund sie verlassen hatte. Ich erinnere mich genau, wie sie all die Belanglosigkeiten absonderte, die Teenager immer absondern, wenn sie denken, den emotionalen Tod vor Augen zu haben: Dass sie niemals einen anderen Jungen lieben werde, dass sie niemals glücklich werden würde, dass er jetzt eine andere hätte, dass sie nicht mehr zur Schule gehen könne und alles keinen Sinn mehr ergäbe. Ich kauerte als unsichtbarer Beobachter dieser Szene in der Dunkelheit auf dem Treppenabsatz, während meine Mutter versuchte, meine Schwester zu trösten. Niemand konnte mich sehen, ich war wie nicht da – und bekam doch alles mit, jedes einzelne Detail. Ich erinnere mich genau an die Dunkelheit des Abends, an die Härte der Treppenstufen und wie ich mich plötzlich wohl gefühlt hatte, für einige Momente derart untergehen zu können, in den Schattenfarben der Dämmerung. Eins zu werden mit dem Nichts, als Beobachter und stummer Zeuge. Und wie albern ich mich, als ich meine Schwester so schluchzen und jammern hörte, dann wieder gefühlt habe, auch daran erinnere ich mich. Während meiner Schwester das Herz zerbrach, schämte ich mich zum ersten Mal für meine eigenen Ängste und Befürchtungen. Denn während sie schluchzend und wimmernd ihren ersten Liebeskummer durchlebte, hatte ich nur mit einer höchst abstrusen Farbtheorie zu kämpfen. Die mich allerdings so sehr ängstigte und nachhaltig verwirrte, dass sie kaum zu artikulieren, kaum zu kommunizieren – und schon gar nicht in den Griff zu bekommen war. Und im Gegensatz zu meiner Schwester, die ihr Herz eine ganze Jugend lang auf der Zunge zu tragen pflegte, stecke ich seit jenem Tag in der Dunkelheit fest, und ich habe es bis zum heutigen Tage nicht geschafft, diesen Treppenabsatz zu verlassen. Meine Verwirrung blieb meine Verwirrung und meine Angst blieb von meinen Eltern zeitlebens unentdeckt. Und meine Unfähigkeit, das Unbestimmbare zu artikulieren, hat mich schließlich in die Isolation getrieben.

Er entsage sich jeglicher weiteren sozialen Mitarbeit in Deutschland, begründete Moritz später seinen plötzlichen Weggang nach China. Und auch wenn er sich diesen betont intellektuellen Anstrich gegeben hat, es bedeutete nur, dass er es in Deutschland nicht mehr ausgehalten hat. Dass er hier durchgedreht ist. Und deshalb...

Laufen, laufen, laufen. Keine andere Chance hat er hier mehr gehabt. Aber der angstlose Moritz ist nicht weggelaufen, sondern nur seiner nicht vorhandenen Angst hinterhergerannt – und so zwangsläufig in China gelandet. Viel weiter kann man sich von Deutschland auch nicht entfernen. Und ich bin ihm natürlich hinterhergerannt, schon weil ich ein verdammtes Anrecht darauf habe mitzubekommen, wie er dort unten verreckt. Was das angeht, habe ich Moritz bedingungslos vertrauen können. Wo er sich aufhielt, war auch für mich immer der größte Lustgewinn zu finden. Um von Berlin aus nach China zu gelangen, habe ich seinerzeit den von den Fluggesellschaften gewählten Umweg über Helsinki nehmen müssen, was mich damals sehr amüsiert hat. Auch jetzt noch bewundere ich den offensichtlich handfesten Humor dieser Fluggesellschaften.

„Nach China via Helsinki", sage ich jetzt laut vor mich hin und erinnere mich daran, wie Lohwald bei einem seiner schalen Radio-Gags einmal gesagt hat, dass er nur eine einzige finnische Band kenne und das sei *Kaurismäki*. Natürlich weiß auch Lohwald, dass *Kaurismäki* keine Band, sondern ein Filmregisseur ist. Und auch dass diese Moderation nicht die Bohne witzig war, wird er selbst wissen. Aber clever wie er ist, hat er sich diverse Lacher vorproduzieren lassen, die er während seiner Sendung abdrückt, wann immer er will. Und er drückt oft. Heiterkeit aus der Dose, Morgen für Morgen. Aber ich, ausgerechnet ich, soll derjenige sein, der Hörer dazu bringt, freiwillig vor einen Baum zu fahren.

Ausgerechnet über das Land mit dem größten Anteil an Amokläufern in Europa gen China zu fliegen, das fand ich witzig. Ich erinnere mich, wie ich sogar kurzzeitig bereit gewesen bin, diesen Amokläufer-Hinweis als eine Warnung anzunehmen, eine Warnung davor, in dieses schrecklichste aller schrecklichen Länder zu reisen. Doch so wie Moritz an seiner Angstlosigkeit alle Warnungen abprallen ließ, so hat mich meine stete Langeweile beflügelt, dieses Wagnis auf mich zu nehmen. Und so war ich via Helsinki also in Wuhan gelandet, was für einen Europäer das tatsächlich schizophrene Gefühl mit sich bringt, in einer Millionenstadt gelandet zu sein und zugleich am Ende der Welt. Und vielleicht sogar am Ende des Lebens. Die trostlose Dummheit des chinesischen Volkes, die der Dummheit des deutschen Volkes unterm Strich in nichts nachsteht, hat mich dabei vom ersten Moment auf chinesischem Boden an gepackt und zu Boden geworfen. Diese trostlose Dummheit hat mich früh getroffen, die gleichzeitige Naivität und Dämlichkeit der Chinesen aber, die hat mich bereits kurz danach erzürnt. Ich erinnere mich, wie sich das in meinen Hoffnungen so weise asiatische Volk vor Ort als eine Horde dümmlich grinsender Gar-Nichts-Wisser geoutet hat und wie ich habe erkennen müssen, dass sowohl ihr Reden als auch ihr Gehen und überhaupt ihre gesamte Art zu Leben, nichts als Dummheit in sich trägt. Mehrere tausend Kilometer haben Moritz und ich seinerzeit gemeinsam in China zurückgelegt, haben Land- und Stadtbevölkerung besucht, arm und reich, und haben am Ende doch nichts anderes angetroffen als einen Ekel, der sich aus der Enttäuschung zuvor bestehender Hoffnungen genährt hat. Wir sind mit Bus und Bahn durch dieses verdammte, wahrlich gottvergessene Land gereist und haben an jeder Ecke und an jedem Rinnstein doch nur einen weiteren Beleg für die Dämlichkeit dieser Asiaten bekommen. Und entgegen dem Klischee vom ruhigen, in sich ruhenden, Weisheit ausdünstenden Wesen, waren die Millionen Asiaten, die wir in den Millionenstädten dieses überzüchteten Milliardenstaates angetroffen haben, auch noch unvorstellbar laut, unvorstellbar aufdringlich, unvorstellbar nichtssagend gewesen. Als Moritz und ich uns bei einem Straßenhändler wunderbar schmackhafte Fleischspieße besorgt haben, bei einem Uiguren, der in einem unfassbaren Elend direkt neben seinem Stand gehaust hatte, da musste ich plötzlich austreten und fragte nach einem WC, woraufhin er, der Händler, mir bedeutet hatte, dass er kein Gäste-WC habe, ich aber gerne in sein Wohnzimmer urinieren könnte. Daraufhin war ich eine Treppe, die diesen Namen nicht verdient, hinaufgestiegen und hatte mich im gleichen Moment über einer Schotterhalde befunden, auf deren Grund – ich hatte mich fast wie auf einem Sprungbrett gefühlt – ich eine Lampe und eine Couch entdeckte. Und wie ich noch überlegte, wie ich da hinunter komme, hatte mir der Uigure schon bedeutet, dass ich einfach jetzt, aus der Höhe, loslegen sollte. Jetzt, vor dem großen Regal stehend, erinnere ich mich noch ganz genau, wie ich mich, obwohl durchaus ein Freund grotesker Wahrheiten, äußerst unwohl gefühlt hatte, beschämt und fast sogar etwas erniedrigt. Wie ich zögernd meinen Hosenschlitz aufgemacht, mein Glied herausgeholt und versucht habe, allenfalls einen Randstreifen dort unten zu treffen. Und wie ich schon wenige Sekunden später nur noch von dem absurden Versuch durchdrungen gewesen bin, möglichst viel von der Inneneinrichtung dieses Menschen aus der Höhe zu beschmutzen. Habe dort also gestanden und mit voller Wucht auf all das gehalten und gezielt, was dem Fleischspießmacher eine Heimat bedeutete. Und habe dabei nicht nur einen unsagbaren Spaß, sondern auch eine ebenso unsagbare Berechtigung empfunden. Habe diesem Uiguren, sozusagen auf seine Aufforderung hin, nicht nur die Couch komplett durchnässt, sondern auch dafür gesorgt, dass sein Schrank, oder was immer er in diesem Freilicht-Schreckensszenario auch dafür halten mochte, der Gefräßigkeit eines hartnäckigen Schimmels übergeben werden wird. Es war erschreckend, denn obwohl ich niemals ein Chauvinist, niemals ein Faschist und auch niemals – als Deutscher muss es ja zumindest erwähnt werden – Nationalsozialist gewesen bin, fühlte ich mich berechtigt, diesem mittellosen Mann auch noch den letzten Rest Würde zu nehmen. Und während ich dort oben gestanden und ihm im wahrsten Sinne des Wortes die Wohnung kaputt uriniert habe, war mir mit einem Mal ein sehr klarer Gedanke gekommen. Nämlich der, dass ich einer dieser Menschen bin, die niemals Kinder haben werden. Niemals.

Jetzt, hier in meinem Wohnzimmer stehend, frage ich mich, ob Lohwald, der sich doch so sicher ist, Kraft seines Talents und seiner Erfahrung alle seine Gegner zu durchschauen, ob also dieser Lohwald sich bewusst ist, wie weit am Rande der Zivilisation ich mich zu bewegen bereit bin. Wie groß meine Verzweiflung ist und dass ich gemeinhin keine Gefangenen zu machen pflege, wie man so sagt.

Ich erinnere mich, wie ich damals, während meiner insgesamt neun

Wochen in China natürlich auch immer wieder an Marie gedacht habe, die in Leipzig auf mich wartete, wie ich seinerzeit zumindest noch annahm. Ja, das chinesische Volk erwies sich als derart erschreckend töricht, dass ich sogar sehnsuchtsvoll an Marie zu denken begann, an ihre wunderschönen, eisblauen Augen, ihren warmen Atem und ihre beständigen Versuche auch an und in mir Wärme zu erzeugen. Ihre weiche Haut ist mir ausgerechnet dort in China immer wieder in den Sinn gekommen, ihre weichen Schenkel, ihr stolzer Ballerina-Gang und dazu meine Absicht, sie heiraten, ja mit ihr eine Familie gründen zu wollen. Ich erinnere mich, wie ich in jenen neun Wochen in China einen jeden Tag mit einem Gefühl der Abscheu, des Ekels, der Langeweile und des Widerwillens erwacht bin. Und mit dem irrwitzigen Gedanken, Marie ganz schnell heiraten zu müssen. Jetzt, hier vor meinem Regal stehend, erkenne ich diese Ironie, die Ironie des Lebens, dass ich sie ausgerechnet in dem Moment, in dem ich am weitesten von ihr entfernt gewesen bin, am meisten geliebt habe; während ich sie, je näher sie mir gekommen ist, immer nur verachtet habe, ihr ihre Fehler vorgehalten habe, keine Rücksicht auf ihre Ängste genommen und auch nicht mit ihr geschlafen habe. Doch damals, in China, noch während ich dem Fleischspießmacher bewusst und gezielt auf die Couch genässt habe und mir klar geworden war, dass ich niemals in meinem Leben Kinder haben werde –, in genau jenem Moment war auch mein Bedürfnis mit Marie zu schlafen, das allergrößte gewesen. Und ich habe mir bis heute nicht erklären können, warum.

Wie ich seinerzeit über Helsinki nach China gekommen bin, hatte mich Moritz vom Flughafen in Wuhan abgeholt. Fast zwei Stunden hatte er sich verspätet, der Moritz, ganz nach Philosophenart verspätet. Zwei Stunden lang irrte ich auf dem kleinen chinesischen Flughafen umher, begleitet von der Befürchtung, dass Moritz nicht auftauchen könnte. Bei allen meinen Auslandsaufenthalten habe ich es mir zur Gewohnheit gemacht, auf jegliche Rettungsschirme zu verzichten, was damals nicht nur Marie, sondern bis heute auch meine Mutter, meine Schwester und meinen Chefredakteur regelmäßig zur Verzweiflung bringt. „Schreib Dir alle wichtigen Handynummern und Kontaktadressen genau auf!", hat Marie, die meiner Handymüdigkeit nie etwas hat abgewinnen können, mich oft ermahnt. „Nimm Dir immer eine Auflistung vor Ort befindlicher Hotels und Taxifirmen mit, damit Du notfalls auch immer alleine klarkommst!", hat mein Chefredakteur schon damals immer wieder heruntergebetet, wenn ich im Auftrag des Senders durch die Welt flog. Ich aber war, wohin auch immer ich reiste, stets einfach so aufgebrochen, ohne Rückversicherung, fast schon naiv darauf vertrauend, dass alles schon irgendwie klappen wird. So habe ich zumindest oft gedacht, dass es Naivität sei, ein letzter Rest in mir glimmernder Gutgläubigkeit. Doch wie ich dann so am Flughafen von Wuhan herumgeirrt bin, ist mir klar geworden, dass es weder Optimismus, Gottvertrauen noch Gutgläubigkeit ist, was mich auf meinen Fernreisen geleitet hat, sondern einzig und allein die Bereitschaft, verloren zu gehen.

Die Tatsache, dass ich schon seit vielen Jahren in Kauf nahm, vielleicht sogar darauf spekulierte, verloren zu gehen, das wurde mir erst in jenen zwei Stunden am Flughafen von Wuhan vollends klar. Wie es wäre, wenn Moritz nun einfach nicht auftauchen würde, hatte ich also überlegt. Was ich tun könnte. Was ich tun würde. Schon bei meiner Ankunft war mir aufgefallen, dass Englisch in China zu gar nichts führt und man dort als Westler komplett aufgeschmissen ist. Ein Umstand, den ich auch in den folgenden Wochen immer wieder fasziniert habe beobachten können. Wer der törichten Vorstellung erliegt, dass die Menschen gar keine gemeinsame Sprache bräuchten, um sich zu verstehen, muss nur nach Zentralchina reisen. Hände, Füße, Malerei in der Luft, Malerei in den Staub: Zwecklos. Chinesen gehören jener Spezies Mensch an, die eine andere Spezies Mensch grundsätzlich falsch, womöglich auch gar nicht zu verstehen scheint. Nur um mit einem debilen Lächeln auf dem Gesicht schon nach kurzer Zeit die Flucht zu ergreifen und den Umherirrenden seinem Schicksal zu überlassen.

Jetzt, hier an meinem Regal, komme ich einfach nicht umhin, an all die Menschen zu denken, die ich kenne. Und zugleich eben doch kein Stück kenne, vielleicht nie gekannt habe. Und mir fällt auf, dass ich den Chinesen damals auch ein Stück weit Unrecht getan habe mit meiner Kritik, hätte ich doch nicht erst bis nach China reisen müssen, um festzustellen, dass mittels nonverbaler Kommunikation kein Schritt weiterzukommen ist. Hier rede ich und verstehe niemanden – und in China konnte ich nicht reden und habe ebenso niemanden verstanden. Folglich ist es also total belanglos, ob ich nun rede oder nicht rede, denn dem Lohwald, der Marie und, wenn es ganz mies läuft, sogar mir selbst werde ich ein Leben lang immer nur ein Chinese bleiben: Nichts begreifend, nichts verstehend, ja überhaupt gänzlich ohne Erkenntnis – und mit einem debil-hilflosen Lächeln auf dem Gesicht, flüchtend.

Bevor Moritz an jenem Tag mit zweistündiger Verspätung dann doch noch aufgetaucht war, habe ich mich also auf dem kleinen Flughafen von Wuhan umhergetrieben, habe mit einiger Faszination die Unmöglichkeit jeglicher Kommunikation eingeatmet und mich für einen seltsamen kurzen Augenblick sogar, ich muss es sagen, wohl gefühlt. Dann jedoch war Moritz in der Nähe des Terminals erschienen, für alle Chinesen schon durch seine blonden Haare sofort zu erkennen, für mich jedoch einzig und allein durch seinen gehetzten Gesichtsausdruck. „Schau nur, wie gut es mir hier in China geht!", hat Moritz während meiner Zeit bei ihm mehrmals ausgerufen. Und ich habe schon in diesem Moment, in dem er in das kleine Flughafengebäude geeilt kam, an nichts anderes mehr denken können, als dass er nun wohl bald Suizid begehen müsste, wie doch vor so langer Zeit besprochen. Er ist mit seinem gehetzten Gesichtsausdruck im Terminal erschienen, verloren und gedemütigt – und hat trotzdem ständig darauf beharrt, wie gut es ihm in China gehen würde. Für einen kurzen Augenblick habe ich mich, dort in dem kleinen Flughafengebäude, tatsächlich dem Zauber hingeben können, ein in China Verschollener zu werden. Doch dann war Moritz gekommen, hatte mir seinen gehetzten Gesichtsausdruck präsentiert und geschworen, dass es ihm jetzt endlich gut ginge.

Mit einem Taxi waren wir dann vom Flughafen bis in die Stadt zu seiner Wohnung gefahren und allein dem Taxifahrer zu erklären, wo wir hinwollten, hatte seine Zeit gebraucht, denn ganz nach der Art aller Chinesen hatte uns der Taxifahrer fast aus seinem Gefährt geschmissen, nur um der für ihn ehrverletzenden Erkenntnis aus dem Weg gehen zu können, uns schlichtweg nicht verstanden zu haben. Dennoch waren wir tatsächlich zu der Wohnung im Zentrum von Wuhan gelangt, Moritz hatte mir noch mehrmals mit seinem gehetzten Gesichtsausdruck zu verstehen gegeben, wie gut es ihm in China gehen würde und kaum waren wir in seiner Wohnung angelangt, hatte ich gedacht, dass dies aber dann doch sehr eindeutig die Wohnung eines Sterbenden sei. Ich kann von mir behaupten, in meinem bisherigen Leben bereits in vielen Wohnungen auf Leid gestoßen zu sein. Ich saß bereits am Sterbebett eines Aids-Kranken, stand in der Küche einer Krebskranken und begutachtete während meines Israel-Aufenthalts sogar die Wohnungen mehrerer Holocaust-Überlebender. Doch nie habe ich so sehr gespürt, dass ich mich in der Wohnung eines komplett verlorenen Menschen befinde, wie an jenem Tag, als ich mit Moritz vom Flughafen gekommen bin.

„Schau nur, wie gut es mir hier geht!", hat Moritz erneut ausgerufen, kaum dass wir seine Wohnung, die Wohnung eines Sterbenden, betreten hatten und ich mich daran machte, meine Bettstatt herzurichten. Ich habe ihn nur angesehen, woraufhin er sein abgehetztes Lächeln präsentiert hat, schief und unglaubwürdig. In aller Ruhe habe ich meinen Schlafsack ausgerollt, meine Unterwäsche und meine Socken zu kleinen übersichtlichen Haufen daneben getürmt und dann, während ich noch versucht habe, meine widerspenstige Isomatte zu glätten, zu Moritz gesagt, dass es aus meiner Sicht so langsam an der Zeit wäre, sein Sterben einzuleiten. Und zwar hier, in genau dieser angeranzten chinesischen Wohnung.

Schon mehrfach habe ich krampfhaft versucht, mich daran zu erinnern, wie Moritz auf meine Aussage reagiert hat. Ist er bestürzt gewesen? Beleidigt? Oder haben wir uns wie früher lachend in den Armen gelegen? Wie bei so vielen Gedächtnislücken, so will mir auch jetzt einfach keine plausible Erinnerung mehr ins Hirn kommen, dafür jedoch eine seltsame Assoziation zu einem Film von Ingmar Bergman aus den frühen sechziger Jahren. Ich erinnere mich noch, wie ich diesen Film während meiner Pubertät zu sehen bekommen habe und von einer kleinen Szene innerhalb dieses Films so ergriffen gewesen bin, dass ich diese Szene bis zum heutigen Tag mit mir herumtrage. In dieser Szene hatte die Frau des selbstmordgefährdeten Fischers Jonas ihren Mann zu einem Gespräch mit dem Pastor gedrängt. Der Pastor, selbst gerade auf Sinnsuche, hatte natürlich sofort eingewilligt mit Jonas zu reden und ihn daraufhin gefragt, was ihm denn auf dem Herzen liege, was es sei, dass seine Gedanken so verdüstere. Der Fischer Jonas, gespielt vom jungen Max von Sydow, hatte daraufhin keinerlei Antwort gegeben, stattdessen nur stumm in der Kirche vor dem Pastor herumgesessen, so dass seine Frau dem Pastor die Antwort gegeben hatte. Jonas habe eines Tages in der Zeitung gelesen, dass die Chinesen jetzt auch Atombomben bauen könnten. Und als er das gelesen habe, sei er, obwohl gar kein sonderlich politischer Mensch, mit einem Mal trübsinnig geworden. Ich erinnere mich, wie mich die Schlichtheit dieser Aussage sogleich fasziniert hatte, zumal sie auch später im Film nie wieder thematisiert worden war, ja überhaupt, man kann es so sagen, gänzlich unwichtig für den gesamten Hauptplot gewesen war. Er hat sich später dann umgebracht, dieser kleine schwedische Fischer Jonas, und niemand konnte sich im Film so Recht erklären, warum.

Aber jetzt, während ich auf Lohwalds Eintreffen warte, erinnere ich mich wieder daran, wie mich ausgerechnet diese Aussage in all ihrer schrecklichen Abstraktheit fasziniert hat. Wie kann ein Mann über etwas, was ihn selbst gar nicht direkt betrifft, so verdammt trübsinnig werden? Ich habe eine halbe Jugend, ein halbes Erwachsenwerden und viele gescheiterte Beziehungen an diesem Kuriosum herumgekaut, bis ich eines Tages plötzlich verstand, dass der Grund meiner Faszination für diese Filmszene gar nicht so sehr darin liegt, dass auch ich ein Problem mit den Chinesen oder mit Atomwaffen habe, sondern darin, dass ich genauso wie der kleine Fischer Jonas von einer simplen Erkenntnis betrübt, ja vielleicht sogar komplett aus der Bahn geworfen worden bin. Ich habe zwar keine Chinesen und keine Atomwaffen, doch dafür habe ich diese Theorie mit den Farben und dem Einfall des Lichtes. Und auch wenn mir jetzt nicht mehr einfallen will, was Moritz mir damals auf meine Aussage, dass er dort in China in dieser Wohnung endlich sterben müsse, entgegnet hat, so kann ich zumindest nicht vergessen, dass er später einige Male davon gesprochen hat, dass genau diese Aussage von mir ein enormer Wendepunkt in seinem Leben gewesen wäre. Egal wie oft wir in all den Jahren zuvor bereits über seinen Tod gesprochen hatten, egal wie ausgiebig wir sein Sterben thematisiert hatten –, dieser eine Satz von mir, obgleich in der Summe und vor unserem Hintergrund fast schon belanglos, hat dafür gesorgt, dass für Moritz mit einem Male nichts mehr selbstverständlich war. Wo der Fischer Jonas chinesische Atomkrieger gebraucht hat, habe ich die hochkomplizierte Farbenlehre zur Beweisführung meines Denkens und meiner Sicht der Dinge herangezogen. Bei Moritz hat dann schon eine klare Zurechtweisung von mir ausgereicht, um ihn aus dem Kreis der Lebenden zu befördern.

„Aus dem Kreise der Lebenden befördern...", murmele ich wie zur Eigenbestätigung noch einmal vor mich hin. Noch immer suche ich nach einer Musik, die mir den Lohwald nachher schnellstmöglich aus dem Hause treibt. Doch anstatt hier vom Fleck zu gelangen, lasse ich mich in Beschlag nehmen von den Leichen in meinem Keller. Oder von den Menschen, die schon sehr bald dazu gehören könnten, so wie Marie oder noch besser ihre Mutter, die ein ganzes Leben in einer solchen Dauerkrankheit verbracht hat, dass ich, anstatt mit Moritz, viel eher mit ihr einen dreckigen Freitod-Vertrag hätte aushandeln sollen. Diese Frau ist durch eine besonders penetrante Form der Nebenhöhlenentzündung ständig Eiter den Rachen hinunter geronnen. Natürlich habe ich diesen Eiter nie direkt sehen können, aber ich erinnere mich an ihre belegte Stimme und ihren verzerrten Gesichtsausdruck, der immer dann zu Tage trat, wenn es schon wieder so weit war. Nie habe ich diesen Eiter gesehen, doch bin ich mir sicher, ihn ein jedes Mal gerochen und auch gehört zu haben, wie er glibberig und bitter die pikierte Stille durchwaberte, die immer dann auftrat, wenn Marie und ich diesen verzerrten Gesichtsausdruck ihrer Mutter bemerkt haben. Maries Mutter, im Grunde eine durchaus kluge Frau, hatte immer wieder erzählt, dass sie in den frühen achtziger Jahren an der Kunstakademie in Leipzig Jahrgangsbeste gewesen wäre und kurz vor einer vielversprechenden Karriere als Grafikerin gestanden habe. Dann sei sie jedoch an den falschen Mann, dann an die ungeplante und unerwünschte Marie und schließlich an den Krebs geraten.

Der erste Mann von Maries Mutter – Maries leiblicher Vater – hatte sie im Suff regelmäßig auf den Kopf geschlagen, so fest, so lange, so ausgiebig und so vorsätzlich, bis ihr eines Tages eine wichtige Verbindung innerhalb ihres Gehirnes geplatzt war. Die Ärzte haben zwar hinterher gesagt, dass es der Krebs gewesen sei, der ihr ihre nachfolgend leicht verminderte Intelligenz und die vielen Konzentrationsbeschwerden beschert hätte, doch Marie hat immer darauf beharrt, dass es die Schläge ihres leiblichen Vaters gewesen seien, die ihre Mutter zerstört hätten. Mit der Vernunft logisch denkender Menschen habe ich sie mehrfach gefragt, warum ihr leiblicher Vater das vorsätzlich hätte getan haben sollen, woraufhin Marie gewohnheitsgemäß nie eine andere Antwort gehabt hatte als den Hass, der ihr schönes Gesicht augenblicklich in Zement gelegt und zugleich jene Stummheit hervorgerufen hat, die mir sechs Jahre lang zu einem ständigen Begleiter geworden ist. Maries Mutter hatte ihre glanzvolle Karriere also die Kanalisation von Leipzig hinunterspülen müssen, nachdem ihr der Mann und der Krebs ihre Konzentrationsfähigkeit genommen hatten. Jetzt, vor dem großen Regal stehend, erinnere ich mich, wie ich mit Marie und ihrer Mutter diverse Computerspiele gespielt habe, die von Therapeuten speziell dafür entwickelt worden waren, eine einmal verlorene Konzentrationsfähigkeit zurückzugewinnen. Ich konnte bei diesen tumben Spielchen problemlos einen Punkterekord nach dem anderen aufstellen, während Marie, selbstredend absichtlich, und ihre Mutter, eher unabsichtlich, im tieferen Punktesegment gestrandet waren. Bei einem Spiel – es ging darum mit einem virtuellen Korb Eier einzusammeln, die vom Himmel fielen – entfuhr mir im Eifer des Gefechts, dass das wohl ein

Spiel für ganz Blöde sei, woraufhin Maries Mutter bockig und verletzt aus dem Zimmer geeilt war und Marie selbst mir eine Standpauke gehalten hatte. Ich erinnere mich, dass ich kurze Zeit später vor Maries Mutter in der Küche gestanden und mich entschuldigt hatte. Geweint hatte sie, an den Esstisch gesetzt hatte sie sich und dabei ganz schwach und alt und hilflos ausgesehen. Ich hatte ihr erklärt, dass ich es nicht so gemeint hatte, wie es vielleicht bei ihr angekommen wäre, dass es einfach so im Eifer des Gefechts gewesen sei, dass mir vielleicht die Sensibilität fehle, mit so etwas umzugehen, wo doch in meiner Familie alle immer nur gesund gewesen sind, ich aber auch merken würde, so sagte ich ihr, dass ich durch mein Leben mit Marie und auch mit ihr menschlich unsagbar wachsen würde. Tatsächlich „menschlich unsagbar wachsen" habe ich zu Maries Mutter gesagt. Ich erinnere mich, wie zufrieden sie mit meinem Entschuldigungstext gewesen ist, wie sie mich in den Arm genommen und mir gesagt hat, dass auch sie noch immer an sich arbeiten müsse, nicht jeden Satz auf die Goldwaage legen dürfe, lernen müsse, mit ihren Emotionen klarzukommen und wie froh sie sei, dass Marie an einen wie mich geraten sei, also einen, so Maries Mutter damals wörtlich, der nicht nur Mann, sondern auch Mensch sei. Ich erinnere mich jetzt, an dem großen Regal stehend, wie ich ihr zugehört habe und einfach nur froh gewesen bin, dass diese Verstimmung durch meinen Entschuldigungstext schnell aus der Welt geschafft worden war. Und wie stolz ich sogar auf diesen Entschuldigungstext von mir gewesen bin, hatte er neben Reue doch auch eine tiefere Analyse meiner eigenen Probleme beinhaltet, war also über den Umweg, vor Maries Mutter eine eigene Schwäche einzugestehen, zum Erfolg geworden. Doch auch daran, dass dieser ganze Entschuldigungstext bei all seiner Schönheit eine einzige Lüge gewesen ist, erinnere ich mich natürlich noch sehr gut. Denn schon mein Ausruf, dass das Spiel mit den Eiern, die vom Himmel fallen, ein Spiel für Blöde sei, war in voller Absicht aus mir hervorgepescht. Maries Mutter hatte mich mit ihren ungelenken, vollkommen widersinnigen Versuchen, dieses simple Spiel in den Griff zu bekommen, unsagbar genervt. Auch ihre Art in den Tonfall eines kleinen Kindes zu verfallen, wann immer sie in diesen Zustand zwischen Trotz und Hilflosigkeit geriet, war mir schon früh negativ aufgefallen. Und so habe ich es schlichtweg für an der Zeit gehalten, einfach einmal auszurufen, dass das hier ein Spiel für Blöde sei, ganz erpicht darauf, ihre Reaktion zu erleben, die dann auch, wie von mir erwartet und erhofft, nichts anderes als die Reaktion einer entwürdigten Frau gewesen war. Einer Frau, die einstmals kurz vor einer glanzvollen Karriere als Künstlerin gestanden hatte und jetzt nicht einmal mehr in der Lage ist, blöde Eier in einen dummen virtuellen Korb zu packen. Entschuldigen habe ich mich dann aber tatsächlich wollen, zumindest der Marie zuliebe, doch habe ich, während ich meinen wundervoll formulierten und inszenierten Entschuldigungstext aufgesagt hatte, nichts anderes mehr riechen und hören können als den Eiter, der dort, nur wenige Zentimeter vor mir und nur durch etwas schlaffe Haut und schwaches Fleisch von mir getrennt, gerade bestimmt wieder dabei war die Kehle von Maries Mutter herunter zu rinnen. Ich roch ihn ganz genau, den Eiter, und fragte mich intuitiv, ob das der Geruch einer sterbenden Frau sein könnte, einer Frau, die einstmals vor einer glanzvollen Karriere als Künstlerin gestanden hat, dann aber einfach nur noch auf den Kopf geschlagen worden ist, ein unerwünschtes Mädchen zur Welt gebracht hat und schließlich – last but not least – einer besonders zeitverzögerten Form von Siechtum zum Opfer gefallen ist. Ich habe meinen Entschuldigungstext aufgesagt und bin doch nichts anderes als abgestoßen und fasziniert zugleich gewesen von dem offensichtlichen Verfall, der dort direkt vor meinen Augen stattfand, der sich so wundervoll minutiös erleben ließ. Mein steter Gedankensalat, Moritz' philosophische Ansätze, überhaupt dieser ganze verbal-philosophische Zinnober über die Möglichkeit des Sterbens, das war nichts im Vergleich mit dem Geruch von echtem Eiter, der die Kehle einer ganz langsam sterbenden Frau hinunter rinnt.

Und so lustig ich den Gedanken an das Siechtum von Maries Mutter auch finde, den Gestank von Eiter trage ich bis heute unverrückbar mit mir herum.

Als wir im Zug zur ostchinesischen Küste unterwegs gewesen waren, nach Qingdao, da hatte ich Moritz in unserem Abteil gegenüber gesessen und mich gefragt, ob es gut oder schlecht wäre, ausgerechnet ihm, diesem blonden, abgehetzten Moritz, vom Eiter zu erzählen. Mir wurde schnell klar, dass ich dem Moritz nicht von dem Eiter und von Maries Mutter erzählen durfte. Einem Sterbenden von einer Sterbenden zu erzählen ist schließlich, wie Feuer mit Benzin löschen zu wollen. Nein, ich durfte ihm einfach nicht davon erzählen, ganz einfach, ganz klar. Dass ich es dann schließlich doch getan habe, selbstbewusst und aufrecht, zeigt wohl lediglich erneut, dass ich ein Mörder sein könnte.

Wir, Moritz und ich, waren also auf dem Weg nach Qingdao gewesen, als ich mich entschloss, ihm doch von Maries Mutter und ihrem feinen Eiter zu erzählen. Ich weiß noch, wie er mir im Zugabteil gegenüber gesessen hat, klein und kraftlos und blond. Voll war es in diesem Zug gewesen, übervoll sogar, wie es in jedem Zug, den ich während meiner Zeit in China bestiegen habe, immer nur übervoll gewesen ist. Wir hatten uns – anders war es schließlich auch gar nicht möglich – unter einen Haufen Chinesen in ein Abteil gequetscht und ich hatte in dieser erzwungenen Enge schon früh begonnen, mich unwohl zu fühlen. Die Chinesen glotzten und machten offensichtlich über uns Witze und wie zum Hohn hatte sich direkt neben Moritz auch noch der größte Chinese auf die Sitzbank gepresst, den ich jemals gesehen habe. Schnell waren diesem Chinesen jedoch die Sinne und der Hals weich geworden, so dass sein Kopf zur Seite gesackt und er eingeschlafen war. Ein schlafender chinesischer Riese direkt neben dem kleinen, kraftlosen Moritz, habe ich damals gedacht, wie mir jetzt, vor dem großen Regal stehend, wieder einfällt. Ich hatte daraufhin, ganz für mich, einige bildliche Vergleiche zum Aufstieg der asiatischen Supermacht und dem parallel dazu stattfinden Siechtum der sogenannten westlichen Welt anzustellen versucht; den kleinen Moritz und den großen Chinesen zum Anlass genommen, über das ewig gleiche Spiel von Aufstieg und Fall nachzudenken, von Selbsterhöhung und Auslöschung. Die Maya fielen mir ein, die Azteken, dann die Ägypter und die Römer, plötzlich wanderte mir auch das Bild von Stonehenge durch den Kopf, gefolgt von einigen amerikanischen Präsidenten. Selbst über Hitler, Stalin, Lenin und die DDR nachzudenken, war mir in jenem kurzen, ungelenken Moment nicht zu blöde gewesen. Ich weiß auch noch, wie mir mit einem Mal, den kleinen Moritz und den großen Chinesen vor Augen, dann noch der Gedanke gekommen war, dass eine jede hohe Kultur doch zwangsläufig und immer in Ruinen endet. Denn wie Hautschichten erneuert sich auch unsere menschliche Zivilisation in einem fort, stößt das Alte ab, nur um nach einiger Zeit auch dieses Neue wieder zu ersetzen. Wie verlebte Hautschichten werden unsere Kulturen nach einiger Zeit als unbrauchbar abgestoßen – und alles was bleibt von unseren hohen menschlichen Kulturen sind umgestürzte Denkmäler und Ruinen im Urwald. Die sogenannte westliche Welt ist einmal eine große Welt gewesen, die europäische Kultur ist eine überragende Kultur gewesen, ja sogar Berlin ist einmal eine gutgemeinte Stadt gewesen. Doch jetzt ist bereits alles im Untergang begriffen, im Siechtum, im Verfall, kurz vor der Auslöschung. Dementsprechend ist Moritz auch ein kleiner Moritz und es ist überfällig, dass er sich ganz schnell umbringt, um zumindest noch etwas Stolz zu bewahren, so habe ich damals gedacht.

„Du, der Mutter der Marie rinnt ständig der Eiter den Rachen hinunter", habe ich dann unvermittelt zu Moritz gesagt, während draußen vor dem Fenster die nichtssagenden Felder chinesischer Bauern an uns vorbeiflogen. „Ist ja scheußlich", sagte Moritz nach einer Weile. „Rotzt sie etwa auch so ekelhaft in ein Taschentuch, wie alte Bergmänner es machen?" Ich weiß noch, wie ich in jenem Moment im Abteil an Marie und ihre stetigen Komplexe habe denken müssen, an ihre Mutter und an deren ersten Mann, der ihr dauernd auf den Kopf geschlagen hat. Daran, dass Marie ein unerwünschtes Kind gewesen ist, habe ich ebenfalls denken müssen, dass ich nie mit ihr schlafen wollte und dass ich wusste, dass sie mich eines Tages eh verlassen wird. Jetzt, vor dem großen Regal stehend, fällt mir sogar ein, dass ich schon in jenem Moment, mit der deprimierenden chinesischen Landschaft vor Augen, plötzlich gedacht hatte, dass nicht nur Moritz, sondern auch mir nicht mehr zu helfen ist. Dass er sich natürlich schon bald umbringen wird, wie so oft besprochen. Und dass ich so viel Schwarzen Frost ansetzen werde, bis ich nur noch ein langes, sehr verkorkstes Leben führen kann. Aber dann, direkt nach diesem Gedanken, habe ich Moritz lachend erklärt, dass Maries Mutter ihren Eiter niemals in ein Taschentuch husten würde. Wohin der Eiter denn dann wandern würde, hat er daraufhin wissen wollen, wenn er nicht auf irgendeine Art abfließt, müsse er sich ja sammeln, anders ginge es ja gar nicht. Ich erinnere mich, wie Moritz mit einem Male fast etwas aufgeregt gewesen ist und lauter Fragen stellte. Kann man Eiter ausschwitzen? Oder scheidet man das ganze Elend einfach mit dem nächsten Gang zum Klo aus?

Ich musste an Maries Mutter denken und wie sie an jenem Abend, als ich mich ihr in der Küche mit meinem Entschuldigungstext genähert hatte, wohl schon voller Eiter gewesen war. Ja, wie der aus ihrem Rachen nachtropfende Eiter den Eiterpegel in ihrem Körper hatte weiter und weiter ansteigen lassen. Ich hatte ihr meinen Entschuldigungstext präsentiert und bedrohlich wie Hochwasser war der Eiter in ihr währenddessen immer höher gestiegen. Ich weiß noch, wie ich Moritz stolz mein Wort „Eiterpegel" präsentiert habe und dazu die Überlegung, dass Maries Mutter wohl eines Tages, sobald ihr Körper keinen weiteren Eiter mehr speichern kann, ganz einfach explodieren wird. Und ich weiß noch wie ich plötzlich „Bumm!" ausrief und wie auch Moritz „Bumm!" machte und sogar einige Chinesen, belustigt und angelockt durch die Einfachheit des Wortes, ebenfalls „Bumm!" freundlich lächelnd in unsere Richtung riefen, wovon wiederum der schlafende Riese neben Moritz wach wurde.

Ein „Bumm!" könnte ich auch hier und jetzt gut gebrauchen, denn gleich kommt Lohwald zu Besuch und schon lange hat sich für mich nichts mehr so verdammt falsch angefühlt, wie dieser falsche Gast am falschen Ort zur falschen Zeit.

Aber was, wenn er doch recht hat? Ein Gespräch wäre vielleicht wirklich gut, ein Gespräch könnte helfen, so von Radiomacher zu Radiomacher, vielleicht sogar von Mann zu Mann. Ich könnte ihn bitten, mir einmal im Detail zu erzählen, wie es ihm den Sohn zermatscht hat, ich könnte ihn fragen, wie viele Herzanfälle ein einzelner Mensch wohl durchleben kann, bis er endlich richtig tot ist. Denn einen Herzanfall, den kriegt ja niemand aus heiterem Himmel, sondern er ist immer ein Warnschuss. Ja, all das könnte ich Lohwald doch einmal fragen und wer weiß, vielleicht kämen wir ja sogar vortrefflich ins Plaudern. „Lieber Lohwald", so könnte ich sagen, „ich sinniere und stochere immer nur herum, theoretisiere, habe aber de facto von nichts eine rechte Ahnung. Lieber Lohwald", könnte ich dann fortsetzen, „so erzählen Sie mir doch bitte einmal wie es ist, ein derart selbstherrliches Arschloch zu sein, dessen Tod niemanden bekümmern würde. Berichten Sie mir doch einmal, Lohwald, wie wäre es wohl hier auf der Stelle umzukippen und jämmerlich zu verenden und zugleich zu wissen, dass nicht eine einzige Träne für Sie vergossen wird." Ja, das könnte ich ihn fragen, es würde ein echter Dialog werden, wohl der beste und aufrichtigste, den wir jemals durchexerziert haben, Lohwald und ich. Aber es würde nichts bringen, denn Lohwald zu provozieren, das wird ihn nur festigen, wo er doch so auf Angriff und Kampf gepolt ist. Ihn mit seinen eigenen Waffen schlagen werde ich also nicht können, das geht nie, nie und nirgends geht so etwas und wer immer diese Phrase in die Welt gesetzt hat, gehört gemartert und erhängt. Denn zu schlagen sind Menschen immer nur mit den Waffen der anderen.

Als wir damals in Qingdao, an der chinesischen Ostküste, angekommen sind, hat Moritz trotz meiner Ansage, dass er sich doch bitte so langsam einmal umbringen sollte, weiter darauf beharrt, wie gut es ihm in China gehen würde. Für eine solche Aussage war gerade Qingdao, ich will es gestehen, ein verdammt guter Ort gewesen, hat uns die Stadt doch beide im positiven Sinne enorm überrascht. Von 1897 bis 1914 hat Qingdao unter deutscher Herrschaft gestanden, was ihr, gesamtasiatisch betrachtet, einen eindeutigen Qualitätsvorschub gegeben hat. Schon das Klima ist dort großartig, denn während über fast ganz China eine dreckige und deprimierende Wolke aus Dunst und Smog zu hängen pflegt, kann Qingdao mit etwas glänzen, was nur wenige chinesische Orte im Portfolio haben: Einem klaren Blick in den Himmel.

Und direkte Sonneneinstrahlung.

Über Wochen bin ich mit Moritz quer durch China gereist, doch es sollte erst Qingdao überlassen sein, selbst mir zu zeigen, wie wichtig und beruhigend ein direkter Blick auf die Sonne sein kann. Ich weiß nicht, wie Moritz sich in diesem Moment gefühlt hat, hatte er doch bereits wesentlich länger unter dieser Dunstglocke gelebt, während ich noch kurz zuvor in Deutschland durch wuchtiges Gelb und sattes Blau hindurchgetaucht war. Doch mir, ja mir wird dieser Moment auf ewig in den Adern bleiben, ein Leben lang durch mich fließen, denn auch jener Moment ist zu einem Baustein dafür geworden, dass ich mich niemals umbringen werde. Denn ich habe genau dort, jetzt erinnere ich mich, ein ganz kurzes Glück empfunden.

Ein steter, unaufdringlicher Wind weht durch Qingdao, ein Wind, der einem beständig frische Luft gibt und die Lust weckt, auf direktem Wege zur Küste zu laufen, um hinaus auf den ruhigen Ozean zu schauen. Und während China architektonisch nur die Wahl zwischen kommunistischem Elend, künstlich wirkender Historienkulisse und moderner Gesichtslosigkeit zu kennen scheint, ist einzig und allein in Qingdao noch immer der städtebauliche Geist der Deutschen zu spüren. Nein, ganz bestimmt bin ich nie ein Freund deutscher Bauten gewesen, die mir stets zu groß, zu uninspiriert und zu streng erschienen sind. Doch dort draußen, an der chinesischen Ostküste, habe ich zum ersten Mal gespürt, wie überlegen diese Bauweise, die ich doch so hasse, jeglicher in China erdachten Bauweise ist. Über hundert Jahre ist es her, dass Deutsche dort an der chinesischen Ostküste einige Gebäude errichtet haben – und bis zum heutigen Tag ist es den Chinesen nirgendwo in ihrem riesigen Land gelungen, Gebäude zu errichten, die auch nur im Ansatz so wunderbar sind, wie das, was die Deutschen ihnen all die Jahre zuvor in Qingdao hingestellt haben. Ich erinnere mich noch, wie ich mit Moritz auf den Aussichtsturm gestiegen bin, der auf einem Hügel hoch über Qingdao steht und die Möglichkeit bietet, über die Dächer dieser Stadt bis an die Küste hinaus zu sehen, bis weit auf den Pazifischen Ozean hinaus und, man kann es nicht anders sagen, überhaupt bis ans Ende der Welt. Ich weiß noch, wie ich mit Moritz von diesem Turm hinabgeschaut habe und auch ihm plötzlich klar geworden sein muss, dass seine Flucht nach China eine ganz und gar erfolglose Flucht gewesen ist. Dass es ihm also nicht ausnehmend gut ging, sondern er sich nur eine letzte, verschwindend kleine Fluchtburg gebaut hat. Denn ganz ruhig, ich meine sogar sprachlos, haben Moritz und ich in jenem Moment auf dem Turm gestanden und uns an dem Anblick von Qingdao geweidet, sind mit den Augen über die vielen Dächer und durch die vielen Gassen gestreift –, bis wir beide etwas gemerkt haben, was Moritz dann endgültig in den Freitod und mich in ein langes, zerklüftetes Leben gedrückt hat. Wir merkten, wie wohl wir uns an diesem Ort fühlten. Wie gut es uns in Qingdao ging. Wie unsere Gehetztheit und Rastlosigkeit einem ruhigen Puls wich, Platz schuf für einen gleichmäßigen Herzenstakt. Ich habe nie mit ihm darüber gesprochen, nie diesen Moment auf dem Aussichtsturm thematisiert, doch ich erinnere mich, wie mir in jenen Augenblicken bewusst wurde, dass uns nun, wo wir uns ausgerechnet hier zum ersten Mal wohlfühlten, endgültig niemand mehr würde helfen können. Dass wir, jeder auf seine Art, unrettbar verloren sind. Denn es hatte tatsächlich einen konzipierten, vor langer Zeit erdachten, längst versunkenen, unchinesischen und undeutschen Ort gebraucht, um uns ein gutes Gefühl zu geben. Einen Ort, den es im Grunde gar nicht gab, nicht geben konnte und auch nicht geben durfte. Und so muss ich mir eingestehen, dass die kompletten Tage in Qingdao, in all ihrer Schönheit und Großartigkeit, auch eine Niederlage gewesen sind. Eine Niederlage, an der ich noch immer zu arbeiten habe.

So haben Moritz und ich also eine ganze Weile hoch über dieser wunderbaren Stadt gestanden, einer Stadt, die auch tatsächlich zur lebenswertesten chinesischen Stadt gekürt worden ist, von den Chinesen selbst, die daraus dennoch keinerlei Schlüsse über weitere Bauvorhaben in ihrem immer hässlicher werdenden Land haben ziehen wollen. Wir aber standen dort oben, Moritz und ich, tief vereint im Erkennen unseres jeweiligen Untergangs. Und ich, für einen kurzen Moment der Stille und dieser Erkenntnis unseres Untergangs überdrüssig, habe mit dem Finger hinunter gedeutet, genau in die Stadt hinein. Und habe dann ganz belustigt „Schau mal, Moritz – Wanne-Eickel!" gerufen. Dann habe ich gelacht und auch Moritz hat gelacht und, ja, tatsächlich, „Wanne-Eickel!" gerufen, zweimal, dreimal hintereinander. Und er hat so gut wie ich dabei gewusst, dass wir auf diese Stadt hinabschauten wie auf eine Fata Morgana.

Ganz klein und blond und hilflos hat Moritz ausgesehen, wie er da auf dem Aussichtsturm gestanden hat. Doch diese Hilflosigkeit ist wohl dem Alter geschuldet, ist es doch bekannt, dass Männer mit den Jahren hilfloser werden. Bis sie irgendwann gänzlich verstummen neben ihren immer lauter werdenden Ehefrauen.

Genauso wie Maries Stiefvater, auch der hat für mich immer nur ganz klein und hilflos ausgesehen, so eingezwängt zwischen Marie und ihrer Mutter. Und als Nachfolger eines Auf-den-Kopf-Schlägers. Ein Mann, groß und stark wie ein Bär – und doch immer nur klein und hilflos zerrieben zwischen Marie, ihrer Mutter und den brutalen Verfehlungen seines Vorgängers. Maries leiblichen Vater habe ich nie kennengelernt, doch will man Maries Erzählungen Glauben schenken, so hat es sich um einen zornerfüllten Schläger gehandelt, dessen Untat, ihre Mutter so lange und gezielt auf den Kopf zu schlagen, bis sie einen Teil ihrer Intelligenz eingebüßt hat, nur eine seiner vielen Missetaten gewesen war.

Knapp zehn Jahre vor dem Fall der Mauer waren die angehende Künstlerin und der angehende Schlosser auf einem Feldweg in der Lausitz zusammengestoßen. Sie, die intelligente Künstlerin aus Leipzig und er, der grobschlächtige Schlosser aus einem Vorort von Ost-Berlin, waren tatsächlich auf einem Feldweg unweit von Cottbus ineinandergerannt und ich erinnere mich noch, dass ich Marie mehrmals regelrecht bekniet habe, ihre Mutter doch einmal zu fragen, wie um Himmels Willen es dazu kommen konnte, dass eine Künstlerin aus Leipzig und ein grobschlächtiger Schlosser aus Ost-Berlin ausgerechnet auf einem Feldweg in der Lausitz zusammenprallen. „Was macht eine Kostümbildnerin aus Leipzig auf einem gottverdammten Feldweg mitten in der Lausitz?", habe ich Marie angefahren. „Und was gibt es für einen Schlosser aus Ost-Berlin auf einem Feldweg in der Lausitz zu tun? Das ist ein Feldweg", habe ich auf Marie eingeredet, „weder für einen Schlosser noch für eine Künstlerin gibt es dort etwas zu tun. Und schon gar nicht in der Nähe von Cottbus. Ost-Berlin hat eigene Feldwege und Leipzig hat auch eigene Feldwege, was also sollte diese ganze Aktion?"

Marie war immer etwas erschrocken gewesen über meine Inbrunst, mit der ich Antworten auf diese Fragen von ihr erwartet habe, im gleichen Maße wie ich auch erschrocken gewesen bin, dass sie so gar nichts von alledem verstanden hat, was mich aus der Fassung brachte. Bereits damals habe ich in Anbetracht dieser unglaublichen Lausitz-Geschichte an meine eigene Mutter denken müssen, die mir schon als kleiner Junge hat beibringen wollen, dass es keine Zufälle gibt und das Schicksal für jeden noch so unverständlichen Winkelzug einen guten Grund mit sich führt. Und so ist die Antwort meiner eigenen Mutter, als ich sie – da von Marie ja nun keinerlei Aufklärung zu erwarten war – mit dieser unglaublichen Lausitz-Geschichte konfrontiert habe, dementsprechend auch die gewesen, dass Maries Mutter und ihr leiblicher Vater wohl wirklich füreinander bestimmt gewesen seien. Allein die Tatsache, dass das Schicksal sie ausgerechnet auf einem gottverlassenen Feldweg in der Lausitz hat aufeinandertreffen lassen, ist Beweis genug, dass Maries Mutter und ihr leiblicher Vater sich begegnen sollten. Wer sich auf eine so unglaubliche Weise kennenlernt, so meine Mutter damals, muss einfach füreinander bestimmt sein. Und es stimmt, natürlich stimmt es: Die beiden mussten sich einfach begegnen. Und sei es auch nur, um erst sich und anschließend auch noch ihre Tochter zu zerstören. Denn je seltsamer eine Geschichte erscheint, je abstruser, grotesker und konstruierter sie auf uns wirkt – sie ist der beste Beweis dafür, dass alles einen Sinn ergibt. Maries Mutter und ihr leiblicher Vater haben sich allen Unwahrscheinlichkeiten zum Trotz auf jenem Feldweg in der Lausitz getroffen. Und warum? Weil das Schicksal noch nach einer Frau gesucht hatte, der Maries leiblicher Vater immer wieder auf den Kopf schlagen kann. Und zwar so lange, bis ihre ursprüngliche Intelligenz zu einem Trümmerfeld geworden ist. Das Schicksal hat Maries Mutter und ihren leiblichen Vater nur deswegen auf diesem Feldweg in der Lausitz zueinander geführt, um eine Basis zu schaffen. Eine Basis, auf der Marie als unerwünschtes Kind zur Welt kommen kann. Und mehr noch: Der Krebs der Mutter, Maries spätere Vergewaltigungsvorwürfe gegen ihren Stiefvater, ihr absurdes Gefühl, ich könnte zu ihr passen, auch mein absurdes Gefühl, Marie könnte zu mir passen, ja sogar das Weinen ihrer Mutter in der Küche an jenem Tag, als ich ihr Computerspiel als Spiel für Blöde tituliert habe – das alles hat seinen Anfang an jenem Tag genommen, an dem eine intelligente Künstlerin aus Leipzig auf einem Feldweg in der Lausitz in einen grobschlächtigen Schlosser aus einem Vorort von Ost-Berlin gelaufen ist. Wohl dem, der naiv genug ist, zu glauben, das alles wäre eine simple Verkettung unglücklicher Zufälle.

Marie hat sich natürlich immer gegen eine solche Einsicht gesträubt. Hat sich blind und stumm gestellt und ignoriert, dass sie immer nur das Produkt und das Opfer der Geschehnisse jenes Tages sein wird, an dem ihre Mutter auf einem Feldweg in der Lausitz in ihren leiblichen Vater gelaufen ist. Marie hat ihren eigenen Untergang also schon vor ihrer Geburt in sich getragen. Mich hat es dafür gar nicht erst gebraucht, was das angeht, bin ich komplett aus dem Schneider.

Und was Maries Mutter die Lausitz, ist mir gerade meine eigene Wohnung, denke ich nun etwas belustigt.

Denn gleich kommt Lohwald und ich muss ihn loswerden, bevor auch er noch anfängt, mir auf den Kopf zu hauen. Mein Blick fällt auf ein Album von Neil Young, *Comes A Time*, eine tolle Platte, bei der Marie immer an die Decke gegangen ist. Das war jedes Mal sehr lustig anzusehen, wie ihr hübsches Gesicht sich verzerrte, ihr der Blick starr und ihre ganze Haltung zu einer einzigen Verkrampfung wurde, nur weil ich Neil Young auflegte. Ich erinnere mich, wie mich diese Transformation in eine Schockstarre hinein fasziniert hat, so sehr, dass ich natürlich dazu überging, Neil Young noch viel öfter aufzulegen, als mir selbst überhaupt danach war. Einzig und allein, um Marie zu erleben, wie sie so herrlich verkrampft. Erst später habe ich verstanden, dass die tatsächlich etwas gewöhnungsbedürftige Stimmlage von Neil Young sie an die verzerrte Stimme ihrer Mutter erinnert, die immer dann schief, johlend und leiernd zu Marie drang, wenn sie wieder einmal von ihrem besoffenen Schlosser vermöbelt wurde. So humorig kann es also auch sein, das Leben: Neil Young aufzulegen, bedeutet für Marie an die brutale Gewalt ihrer ganz frühen Kindheit erinnert zu werden.

Als Marie mir zum ersten Mal von diesem amüsanten Neil Young-Vergleich erzählte, war es ein wunderschöner, lauwarmer Sommerabend gewesen und wir waren mit Ruth und Tom in jener unsäglichen Paar trifft Paar-Manier im Park zusammen gekommen, um zu grillen. Ruth war mir schon immer unsagbar auf die Nerven gegangen, ist sie doch eine jener Frauen, die ihr Leben nur in beständiger Koketterie zu führen in der Lage sind. Ihre in reichlichem Maße vorhandene Schönheit begreift sie nicht als das Geschenk der Natur, das körperliche Schönheit immer ist, sondern als Allheilmittel, als dumpfe Pauschalantwort, schablonenartig anwendbar auf alle Situationen ihres Lebens. Keinen Satz, keine Bitte, keine Regung hat die Ruth machen können, ohne das Ganze nicht zugleich in eine rosarote Puffwolke aus Koketterie zu hüllen. Ständig verdrehte sie die Augen nach der Art kleiner Mädchen, ständig verstellte sie ihre Stimme ins Süßliche, ständig war ihre ganze Körperhaltung hochkonzentriert und doch peinlich darauf bedacht, Koketterie auszustrahlen. Anders als Marie, die zumeist in ihrer stolzen Ballerina-Haltung verharrte, hat Ruth sich selbst zu einer Puppe gemacht, mit der dringend gespielt werden müsse. Ich habe einige Male sogar daran gedacht, ihr ein paar ordentliche Ohrfeigen zu verpassen, in der Hoffnung, sie aus ihrem wahnhaften Dornröschenschlaf erwachen zu lassen, mittels Gewalt ihre Puppenmaske zu zertrümmern und einen Blick auf ihr wahres Gesicht und ihre echten Bewegungen werfen zu können. Doch das Bewusstsein dafür, dass jene Langeweile, die Frauen wie Ruth in mir auslösen, auch durch Schläge und ein abblätterndes Puppengesicht nicht zu vertreiben sind, haben mich immer von einem solchen Schritt abhalten können. Ich mag vielleicht Mörderpotential besitzen, doch eine schöne Frau ins Gesicht zu schlagen, das werde ich niemals wieder fertig bringen. Meine Angst, dass sich unter einem Puppengesicht gar nichts verbirgt, ist längst viel zu groß dafür.

So wie mich Ruth nervte und langweilte, so hat mich auch Tom in all der Zeit, in der wir fast so etwas wie befreundet gewesen sind, immer nur genervt oder gelangweilt. Seine Art, sich mit Autos auszukennen und seine Art, auf dem Gebiet von Computern bestens Bescheid zu wissen, hat mich schon früh argwöhnisch gemacht. Und wie Tom dann Maries kaputte Flurlampe, unter der ich viele Monate lang immer nur hindurchgetaucht war, gleich bei seinem ersten Besuch in ihrer Leipziger Wohnung emsig und zielbewusst repariert hat und wie er auch an jenem Tag im Park das gesamte Grillgeschehen sofort an sich gerissen hat, all das ist mir einfach fremd und lächerlich vorgekommen. Fremd, und unsagbar weit weg von mir selbst, ist mir Tom durch sein Verhalten schon früh nur noch wie ein Abziehbild erschienen. Er sei das Abziehbild eines Mannes, das habe ich Marie direkt so gesagt, als sie ganz begeistert davon sprach, was für einen zupackenden Mann Ruth gefunden habe. Aber auch diese Kritik von mir hat Marie naturgemäß nicht verstanden und nur erwidern können, dass ich seltsam sei. Noch viel mehr als Ruth und Tom ist mir an jenem Sommertag im Park jedoch Marie selbst auf die Nerven gegangen, hatte sie doch wieder einmal jene Rolle gespielt, die sie neben ihrer Rolle als komplexbeladene Frau am besten zu spielen in der Lage war: Die Rolle der Frau, der es unsagbar gut gehen würde. Ja, genau, ganz so wie Moritz später dann in China, so hat auch Marie sich eine solche Rolle selbst erfunden gehabt. Ich erinnere mich noch genau, wie sie mit ihrer stolzen Ballerina-Haltung dort auf dem Rasen gesessen und dabei gelacht und gescherzt hat. Sogar ihre Gesichtszüge waren die eines glücklichen und ausgelassenen Menschen gewesen. Und um dem Hohn noch weiteren Auftrieb zu geben, hatte sie lauter Dämlichkeiten vorgeschlagen, dass wir doch Federball spielen könnten, Frauen gegen Männer. Ja wirklich, Frauen gegen Männer, das hat ausgerechnet Marie lachend vorgeschlagen, nur um sich kurz danach mit der Puppen-Ruth abzuklatschen. Noch jetzt erinnere ich mich, wie ich Tom damals direkt in sein Gesicht gesehen habe, wohl in der Hoffnung einen Verbündeten zu finden, jemanden, der versteht was für einer Farce wir hier gerade zum Opfer fallen. Doch Tom hatte nur sein grauenhaft leeres Auto- und Computergesicht vor sich hergetragen und sogar mitgelacht, mir eklig kumpelhaft in die Seite gestupst und gemeint, dass er und ich die Ehre der Männlichkeit schon tapfer verteidigen werden. Und mir war augenblicklich ungeheuer übel geworden. Erst wesentlich später waren wir dann auf Neil Young zu sprechen gekommen und hatten angeregt über ihn diskutiert, wobei Marie später darauf beharrt hat, dass nur ich über Neil Young gesprochen hätte, ja sogar in einen total langweiligen Monolog abgedriftet sei und damit einen Tag, der bis dahin doch so lustig und ausgelassen gewesen sei, mit einem Schlage kaputt gemacht hätte. Wie dem auch sei, mitten in unsere monologische Diskussion hinein hat Marie jedenfalls gesagt, dass sie die Musik von Neil Young nicht verträgt, da sie dessen Stimmlage an das verzerrte Johlen und Jaulen ihrer verprügelten Mutter erinnert. Ich weiß noch genau, wie ich daraufhin lange und laut habe lachen müssen, ja mich im wahrsten Sinne des Wortes nicht mehr eingekriegt habe, ob dieser Vorstellung, wie da eine Frau herumflennt und dabei klingt wie Neil Young. Und selbst jetzt, wo Marie schon so lange kein Teil meines Lebens mehr ist, muss ich mich fast etwas am Regal festhalten, um mich nicht erneut vor Amüsement zu schütteln. Ein neues TV-Format wäre denkbar, *Jaule wie dein Star* könnte es heißen. Und zum Kampf treten lauter Frauen an, die schon einmal Opfer häuslicher Gewalt geworden sind.

Ja, natürlich ist das widerlich. Der Gedanke an so etwas ist widerlich und auch die faktische Umsetzung wäre widerlich. So widerlich, dass es garantiert Quote bringen würde. Schließlich ist es ja nicht meine Widerlichkeit, sondern menschliche Widerlichkeit. Was wiederum ganz lustig ist, denn gerade in den Momenten meiner größten Widerlichkeit scheine ich am menschlichsten zu sein. Aber was will ich auch von mir selbst erwarten, ich sollte aufhören mich noch länger mit moralischen Standards zu malträtieren, die ich eh nicht einhalten kann. Und die auch sonst niemand einhält.

Während einer unserer Bahnfahrten in China hat Moritz mich einmal gefragt, warum Beziehungsmenschen eigentlich so scharf darauf sind, gebetsmühlenartig herunterzuleiern, dass sie ihren Nebenmann verstehen. Denn auch wenn er seine Magisterarbeit in Philosophie über Staatstheoretiker geschrieben hatte, so ist sein wirkliches Lebensthema doch die Frage gewesen, ob es nun die Dummheit oder die Verzweiflung ist, die Menschen dazu bringt, Beziehungen einzugehen. Moritz selbst hat gewusst, dass es weder Dummheit noch Verzweiflung sein kann, kommt beides doch nur als Lösung für jene Menschen in Frage, die einfach keine eigene Beziehung hinbekommen und sich daher als ziemlich schlechte Verlierer erweisen. Aber auch die richtige Antwort darauf hat er lange vor seinem Tod gefunden. Und ich darf mit einigem Stolz behaupten, dass ich damals dabei gewesen bin, als Moritz dieses Rätsel knackte. Und herausfand, warum Menschen Beziehungen eingehen.

In Potsdam war das gewesen, in unserer gemeinsamen Wohnung, an einem Tag, von dem ich inzwischen nur noch sagen kann, dass er von einer vollendeten Belanglosigkeit gewesen ist und sich in nichts und wieder nichts von den Tagen, die diesem Tag vorangingen und die ihm noch folgten, unterschied. Oh ja, von diesen monotonen Tagen haben wir in Potsdam viele verlebt, so gleichförmig und belanglos, dass die Zeit mitunter still zu stehen schien in unserer Wohnung. Bis, ja bis ganz plötzlich beim Moritz dieser Gedanke auftauchte, dass es eben nicht die naive Kleingeistigkeit ist, die die Menschen in Beziehungen jeglicher Art treibt, sondern eine bodenlose Arroganz. Ich selbst habe in jenen Tagen eine Liaison mit einer Chemie-Laborantin namens Camilla gehabt. Ja, tatsächlich: Camilla. Wie so viele noch vor der Wende im Osten unserer Republik geborene Menschen war auch sie Opfer eines dämlichen Vornamens geworden, der es zwar nicht ganz an die Dämlichkeit der Kevins, Mandys, Ricos und Ronnys heranschafft, der zu der Chemielaborantin aber auch nicht passte. So oft habe ich diese Camilla verträumt angeschaut, ihr ins Gesicht gelogen, dass ich mir sehr gut vorstellen könne, ewig bei ihr zu bleiben – und dabei doch immer nur gedacht: „Wer bist du?" Denn der Name Camilla, der hat falsch und leer auf dieser Frau gesessen. „Wer bist du?" habe ich in ihrer Gegenwart so verdammt oft gedacht, erinnere ich mich jetzt. Doch außer dem Begriff Chemielaborantin habe ich nie etwas Wahres und Wirkliches, nichts Greifbares und Reelles an dieser durchaus hübschen Frau finden können. Habe ihr direkt ins Gesicht gesagt, dass ich mir vorstellen könnte ewig mit ihr zusammen zu bleiben und habe doch im gleichen Moment schon nichts anderes mehr denken können als: Chemielaborantin. Moritz hatte ich von meiner Beziehung zu dieser Chemielaborantin nichts erzählt, was gar kein so besonders großer Aufwand gewesen war, denn die Beziehung zu Camilla – wie so viele nachfolgende Beziehungen auch – war doch lediglich eine Fernbeziehung gewesen. Samstag für Samstag bin ich mit der Bahn von Potsdam über Genthin zu ihr nach Magdeburg gefahren.

Ich erinnere mich also noch, wie ich eines Abends aus Magdeburg zurück in unsere Wohnung in Potsdam gekommen bin und Moritz in einem für ihn untypischen Aufruhr aufgefunden habe. Lustigerweise habe ich damals kurzzeitig daran gedacht, dass ihm vielleicht jemand Wichtiges weggestorben sein könnte, war mir seinerzeit doch noch nicht klar gewesen, dass Moritz das Sterben, sei es nun das eigene oder aber auch das von anderen, nun wahrlich keinen Kummer bereiten konnte. Aber dann hatte sich herausgestellt, dass die von ihm abonnierte Tageszeitung eine seit zwölf Jahren laufende Comicserie einfach eingestellt hatte. Was Moritz auf die Palme brachte. Er saß da an unserem Küchentisch, klein und blond, aber mit hochrotem Kopf und wild argumentierend und mit Armen gestikulierend, die ihm unkontrolliert und schnell immer wieder um die eigenen Ohren flogen. Natürlich hatte ich mich ihm gegenüber verwundert gezeigt, war mir seine innige Beziehung zu dieser simplen Comicserie doch nie aufgefallen. Doch genau das hatte Moritz noch mehr in Rage versetzt, so dass er mich ganz aufgebracht angebrüllt hat: „Beziehung? Was für einen Quatsch redest du denn da?"

Mir war augenblicklich klar geworden war, dass er diesen Cartoon tatsächlich niemals beachtet hatte, ja sich auch gar nicht darüber beschwerte, dass ihm mit dieser Comicserie ein wichtiger Teil seines morgendlichen Lebens wegbrechen würde, sondern er einfach die Tatsache nicht verwinden konnte, dass eine Serie, die darauf angelegt war, ewig weiterzulaufen, plötzlich eingestellt wurde. Also brüllte er einfach weiter in meine Richtung: „Wie können die das Serie nennen, Ausgabe für Ausgabe dick drüber schreiben ‚Serie' – und es dann einfach einstellen!"

Ich weiß noch wie er mir schon im nächsten Moment seine Zeitung unter die Nase gehalten und mit zittrigem Finger auf den letzten Teil jener Comicserie gezeigt hat. Und auch auf den Text daneben, in dem gestanden hatte, dass die Serie nach zwölf Jahren nun eingestellt werde und man sich für die vielen treuen Leser und die ebenso vielen positiven Zuschriften in den vergangenen Jahren bedanken würde und dass schon bald eine neue Serie an diesem Platz beginnen würde. Was Moritz zu weiteren Tobsuchtsanfällen brachte: „Stellen es ein und nennen es sogar hier, im letzten Teil, wieder Serie! Und schreiben es sogar dick drüber, hier: Serie!"

Natürlich habe ich damals versucht ihn zu beruhigen, habe gelassen angemerkt, dass Serien doch auch enden können und nicht auf Ewigkeit festgelegt sind, was mir damals aber lediglich eine lange und ziemlich fruchtlose Diskussion über den Begriff der Serie mit ihm eingetragen hat. Und auch wenn ich mich jetzt nicht mehr an alle, zum Teil auch lächerlichen Details jener Diskussion erinnern kann, so weiß ich noch sehr gut, wie dem Moritz exakt während dieser Auseinandersetzung mit mir der Gedanke von der Arroganz des Menschen gekommen war. Jener Arroganz, die uns Menschen Beziehungen eingehen lässt. Und die uns tatsächlich glauben lässt, irgendetwas von dem Sein des Anderen begreifen, ihn zu verstehen, ja sich vielleicht sogar einfühlen zu können.

Ich weiß noch, wie ich einige Jahre später, als Moritz längst in China dümpelte, nach einer meiner vielen gescheiterten Liebesbeziehungen, wieder an jene Idee von der Arroganz habe denken müssen, sie selbst um das Attribut „fahrlässig" erweiterte. Seitdem trage ich die Idee von der „fahrlässigen Arroganz des Menschen Beziehungen einzugehen" mit mir herum, wo immer ich auch liege, sitze, stehe. Oft habe ich seitdem versucht diese Idee wieder loszuwerden. Doch es mag mir einfach nicht mehr gelingen.

Gleich kommt Lohwald. Es kann nicht mehr lange dauern, es ist als könne ich ihn bereits wittern. Gleich wird er klingeln und kurze Zeit später wird er hier bei mir sitzen und meine ganze Wohnung vollhusten. Bei vielen Menschen löst er damit einen Mitleidsreflex aus, bei mir jedoch nicht, denn ich traue hustenden Menschen prinzipiell nicht. „Ein Husten", hat Moritz immer gesagt, „ist nur ein Würgereiz." So sehe ich das auch und erkenne, dass auch das Talent vom Lohwald, andere Menschen zu manipulieren und zu dirigieren, nur auf Arroganz fußen kann. Und während andere Menschen sich ihrer Arroganz tatsächlich nicht bewusst sind und wirklich glauben, dass sie anderen Menschen etwas Gutes tun würden, wenn sie Partnerschaften eingehen, ist es Lohwald gelungen seine Arroganz nicht nur zu erkennen, sondern sie sogar noch zu instrumentalisieren.

Denn ein Mensch wie er, ein Mann im dritten Frühling, der weiß doch selbstverständlich wie überheblich es von ihm ist, sich eine jüngere Geliebte zu halten. Er weiß auch, wie albern er aussieht, wenn er in seinem Sportwagen vor einer trendigen Diskothek hält. Und er weiß natürlich, wie widerlich das ist, wenn er auf seinen Privatparties zusammen mit dem Programmdirektor und dem Chefredakteur den Altersdurchschnitt auf einen Schlag um 25 Jahre erhöht. Das alles weiß Lohwald. Wäre ich Lohwald, ich würde auch den ganzen Tag husten. Und doch hat er sich entschieden genau diese Arroganz zu einem Katalysator zu machen, anstatt an ihr zu zerbrechen. Denn Menschen wie Lohwald, die leben eben nicht mit der fahrlässigen Arroganz anderer Menschen, weswegen er ja auch seit Jahren keine echte Familie mehr hat. Nein, von dieser dämlichen fahrlässigen Arroganz hat Lohwald sich emanzipiert, genauso wie ich mich emanzipiert habe. Und so hat er sich eher eine Art manipulativer Arroganz zu Eigen gemacht. Aber natürlich! Während alle anderen Menschen immer verzweifelt hoffen und glauben andere Menschen verstehen, ja gar retten zu können, ist Lohwald längst eine Evolutionsstufe weiter: Er ist sich der Unfähigkeit des Menschen nicht-arrogante Beziehungen aufzubauen, vollkommen bewusst – und macht sich diese Erkenntnis zu Nutze, münzt sie um in eine besonders perfide Form von Manipulation.

Der Lohwald, denke ich jetzt schmunzelnd, der ist nicht in erster Linie ein Lebemann oder Playboy, er ist vor allem ein Nihilist, ein Menschenverächter, so wie alle Playboys und Lebemänner Nihilisten und Menschenverächter sind. Und damit viel gefährlicher als ich, denn ich agiere und vernichte nach innen, in mich selbst hinein, während Lohwald seine ganze Abscheu vor den Menschen nach außen trägt.

Menschen wie Lohwald müssten verboten werden. Ich versuche mir vorzustellen, was für ein totalitäres Staatssystem wohl am besten geeignet wäre, um Menschen wie Lohwald tatsächlich verbieten zu lassen. Oder ob das Verbieten von Menschen im Grundgesetz mit aufzunehmen wäre.

„Menschen verbieten lassen", murmele ich vor mich. Was für ein genialer Gedanke! Ein amüsantes Gemisch aus Anarchie, Denunziation und sogar Hexenverbrennung entsteht in meinem Kopf. Ich müsste nachher einfach aufrecht und selbstbestimmt Lohwald in die Augen sehen und mit ausgestrecktem Finger ausrufen: „Vom heutigen Tag an sind Sie verboten, Lohwald!" Doch anstatt an einem

Verbot vom Lohwald zu arbeiten, es durchzusetzen, werde ich neben ihm hocken und einfach nur hoffen, dass er schnell wieder geht. Weil ich ein Egoist bin, ein Egoist und Opportunist. Sollen doch die anderen Menschen verrecken an ihrem Umgang mit Lohwald, soll doch wer anderes diese Drecksarbeit machen, ich will ihn einfach nur aus der Wohnung haben, mir geht es nur um meinen Seelenfrieden. Ich muss niemanden mehr provozieren. Dabei könnte doch bekanntlich gerade jemand wie ich ein Mörder sein. Ich müsste mich also gar nicht so heftig daran abmühen, Lohwald loszuwerden, ich müsste auch nicht blöde mit ihm diskutieren, nur um ihn dann als geläuterte Existenz zu den anderen Menschen zurückzusenden. Nein, ich könnte ihn einfach umbringen. Das ginge nicht nur bedeutend schneller und reibungsloser, sondern es hätte auch den Vorteil egoistisch und sozial gleichzeitig zu sein. Eine kleine Notwehr für mich. Und ein großer Dienst an der Menschheit.

Schwierig wäre es in der Tat nicht ihn umzubringen, wird doch bekanntlich kaum eine Menschengruppe so sehr verachtet wie die Gruppe der „Männer im dritten Frühling". Wer wird einen wie Lohwald denn schon vermissen? Sein Sohn ist zerquetscht, seine Ehen sind zerbrochen, niemand wird ihn vermissen, niemand! Ich könnte Lohwald also einfach hier in meiner Wohnung töten und ihn dann mit dem Hausmüll entsorgen. Ich müsste mich dabei auch gar nicht als Heimlichtuer aufspielen, ich könnte seine Leiche einfach nett grüßend an den Nachbarn vorbeiziehen und ihn zum sonstigen Hausmüll legen. Den Müllmännern würde ich zehn Euro extra in die Hand drücken, sie würden sich bedanken und die Sache wäre erledigt. Niemand würde Lohwald eine Träne nachweinen. Ja sogar Lohwald selbst weiß in seiner manipulativen Arroganz doch, dass niemand ihn vermissen würde, gerade deswegen kann er sich ja auch den Charakter und die Umgangsformen eines Arschgesichts überhaupt erst leisten. So ein Penner wird man doch nur, wenn man ganz genau weiß: Nach mir die Sintflut. Und so wie ich nicht überrascht wäre, Lohwald zu töten, so wäre auch Lohwald kaum überrascht, getötet zu werden. Na Heidewitzka, wie man es auch dreht und wendet, wir Menschen sind und bleiben Wilder Westen. Mit einem stetig wiederkehrendem Showdown als perfidem Lebenselixier. Mann gegen Mann, Kalteisen gegen Kalteisen, Staub gegen Staub. Doch wie verfehlt wäre es, den ganzen menschlichen Niedergang und diese ganze Degenerierung nur den Männern im dritten Frühling anzulasten. Auch Frauen ballern hier kräftig mit und zwar so unerbittlich, dass selbst gestandene Kerle zwischen ihnen zu Bruch gehen. Denn dass Maries Stiefvater groß und stark wie ein Bär gewesen ist, tja, das hat ihm gar nichts gebracht. Ein so großer und so starker Mann – und doch war er ganz hilflos und klein, als er plötzlich nur noch ein „Vergewaltiger" war.

Der Vergewaltiger, wie ihn Marie seit jenem tätlichen Übergriff vor so vielen Jahren nur noch zu nennen pflegte, ist groß und stark gewesen und dennoch klein; während ein Mann wie Lohwald klein und glatzköpfig und seit dem Tod seines Sohnes von geradezu aufgedunsener Statur ist, und dennoch alle anderen Menschen zu überragen in der Lage ist. Ich habe Marie immer wieder gesagt, dass ihr Stiefvater durch sie und ihre Mutter zu einem hilflosen, kleinen Mann geworden ist, doch das hat sie nicht hören wollen. Stattdessen hat sie stets ihren leidenden Gesichtsausdruck aufgesetzt und hat weiter auf den großen und starken Vergewaltiger beharrt, einem Vergewaltiger, den ich nie in diesem Mann habe sehen können.

Marie war bereits zehn Jahre alt gewesen, als ihre Mutter plötzlich mit diesem Stiefvater aufgetaucht und ihn gleich in ihre kleine Wohnung geholt hatte. Fast zehn Jahre hatte sie gebraucht, um sich von ihrem ersten Mann, Maries leiblichem Vater, zu erholen und einem anderen Mann wieder eine Chance zu geben. Exakt so hat sie es mir gesagt: „...eine Chance zu geben". Doch der neue Mann, der Stiefvater, hat vom ersten Moment an keine Chance gehabt, überhaupt keine. Stattdessen hat er sich naiv und töricht zwischen einer Frau platziert, die ihre Träume schon vor vielen Jahren die Leipziger Kanalisation hinunter spülen hatte müssen und einer Tochter, die vom ersten Moment ihres jungen Lebens an ein unerwünschtes Kind gewesen ist. Oft, wenn ich Marie und ihren leidvollen Blick betrachtet habe, wollte mir ihre Mutter einfallen und wie sie unter den betrunkenen Schlägen ihres ersten Mannes ihre Intelligenz verloren hat. Und wie sie als viel zu junge und alleinstehende Mutter jede Möglichkeit auf Rückkehr in ein lebenswertes Leben verwirkt hatte. Mit ihrem dicken Bauch, so habe ich es mir oft vorgestellt, wird sich Maries Mutter damals durch die Gegend geschleppt haben. Wohl wissend, dass ihre Träume, die die Träume einer intelligenten Frau gewesen sind, niemals mehr etwas anderes sein werden als eben Träume. Eine Künstlerin hätte sie werden können, eine große Grafikerin, doch stattdessen war sie auf dem besten Weg kraft eingebüßter Intelligenz und vaterlosem Kind zu einem Sozialfall zu werden. Nun, sie ist nie ein Sozialfall geworden, auch nach dem Übergang der

DDR in ein brutal-kapitalistisches System, wie sie unser vereinigtes Land oftmals genannt hat, hat sich Maries Mutter mit viel Mühe und Verzweiflung immer knapp über Wasser halten können. Doch dieses Gefühl, dass Mann und Tochter ihr eigentliches Leben geraubt haben, das hat sie niemals loswerden können.

Naiv und töricht hat sich Maries Stiefvater also an eine Frau gekettet, die schon in solch jungen Jahren als gebrochene Frau bezeichnet werden konnte. Hatte sich an sie gekettet und war dann vom ersten Augenblick an mit den dunklen Schatten überzogen worden, die ihm sein Vorgänger hinterlassen hatte. Und wie es dann so geht: Erst nur überzogen, dann gleichgesetzt. Marie hat mir oft erzählt, wie ihr Stiefvater ganz zu Beginn, als ihre Mutter so plötzlich mit ihm in der kleinen Wohnung aufgetaucht war, ein lustiger und redseliger Mann gewesen sei und regelrecht darauf bestanden habe, sich viel mit Marie zu beschäftigen, ja sich überhaupt viel um sie bemüht habe. Erst mit den Jahren habe ihr Stiefvater dann wie alle Männer die Lust am Vaterspielen verloren, so zumindest Maries Lesart. Hatte die Lust am Vaterspielen verloren und begonnen ihre Mutter und Marie zunehmend zu vernachlässigen. Ich selbst habe den redseligen und lustigen Stiefvater nie kennengelernt, denn als ich damals in Maries Leben getreten bin, da ist dieser große und starke Mann bereits der hilflose und schweigsame Vergewaltiger gewesen, als den ihn mir Marie wieder und wieder nahe gebracht hat.

Die Lust am Vaterspielen hatte der spätere Vergewaltiger also irgendwann verloren, so Marie anklagend. Schwach und hilflos ist Maries Stiefvater stets durch die Wohnung geirrt, hat kaum noch gesprochen und mir durch seine Schweigsamkeit hindurch dennoch weit mehr erzählt, als Marie und ihre Mutter jemals aus ihm herausbekommen haben. Und tatsächlich: Er hat Marie an jenem Abend vor vielen Jahren die Hand auf die Schulter gelegt. Er hat sich zu ihr, die an ihrem Schreibtisch an den Schularbeiten gesessen hatte, hinuntergebeugt. Tatsächlich hat sein Atem sich schnell über ihre gesamte Nackenpartie ausgebreitet, tatsächlich sind seine Finger dann über ihr Schulterblatt gestrichen, langsam und sanft. Und tatsächlich hat er schließlich auch begonnen über Liebe zu reden, über Nähe, über Emotionen. Über Einsamkeit und über Sehnsucht. Direkt hinein in Maries linkes Ohr hat er seine intimen Sätze geträufelt, bedächtig, langsam, Wort für Wort sorgsam gewählt. Und Marie? Die hat währenddessen nur starr und blockiert dagesessen und hat sich dann dafür entschieden, Angst aufzubauen. Schließlich ist sie schreiend aufgesprungen. Dann ist ihre Mutter hinzugekommen und kurz danach auch die Nachbarin mit ihrem Sohn. Und kaum, dass die Nachbarin mit ihrem Sohn in der Wohnung stand, ist auch schon die Polizei dagewesen. Das Haus hat seinen ersten Vergewaltigungsfall bekommen, einen Vergewaltigungsfall, für den niemand hinter Gitter zu bekommen war, ja den sogar Marie und ihre Mutter niemals zur Anzeige haben bringen wollen und können. Nichts war geschehen – und dennoch haben das Haus, die Nachbarschaft und der gesamte Stadtteil mit einem Mal den ersten öffentlichen Vergewaltigungsfall seit Jahrzehnten gehabt. Und Maries Stiefvater hatte aufgehört zu reden. War in seine Schweigsamkeit hinübergedriftet und ist von da an nur noch mit erloschenem Gesicht herumgelaufen.

ZWEITER TEIL
MIT LOHWALD

Bruce Springsteen aufzulegen ist die beste aller möglichen Ideen gewesen. Ich sitze neben Lohwald auf dem Sofa und versuche in seinem aufgedunsenen Gesicht eine Reaktion zu finden. Schließlich ist Lohwalds zermatschter Sohn ein großer Fan von Springsteen gewesen. Er hat sogar während seines Autounfalls, als ihm der Schädel zermalmt wurde, den Springsteen-Klassiker *Adam Raised A Cain* im CD-Spieler seines Fiat Punto laufen lassen. *Adam Raised A Cain*, was für ein großartiger Song, um dabei zu sterben. Zumindest wenn man der Sohn von Lohwald ist. Auch das kann wieder kein Zufall sein. Alles hat sich gegenseitig bedingt. Eine Ereigniskette, die in ihrer synapsengleichen Vernetzung eine unauslöschliche Bedeutsamkeit erlangt. Und so quetschte es ausgerechnet Lohwalds Sohn just in dem Moment das Hirn aus dem Schädel, als er gerade *Adam Raised A Cain* hörte. Genial, die besten Geschichten schreibt das Leben. Endlich einmal eine Plattitüde, die wahr ist.

Der Song ist gut, gar keine Frage, aber kein Lied, das dauernd irgendwo gespielt wird. Ein nahezu unbekannter Song eines Superstars. So unbekannt, dass es auch Lohwald hätte dämmern müssen, dass hier kein Zufall am Werke war. Und mit dem Fehlen des Zufalls auch jegliche Tragik, jeglicher Unfall. Ich versuche mir den Text dieses Liedes ins Gedächtnis zu rufen, denn was Tötungsdelikte angeht, bin ich längst zu einem Sherlock Holmes geworden. Und so sammle ich begierig Beweise. Das was bereits jeder weiß über den so gar nicht zufälligen Tod von Lohwalds Sohn, nein, das reicht mir nicht. Ich will noch tiefer wühlen, noch mehr buddeln. Und während ich also noch versuche, mich an jene besonders wertvollen und sinnhaften Zeilen aus *Adam Raised A Cain* zu erinnern, beobachte ich Lohwald, wie er neben mir auf dem Sofa sitzt. Ich beschaue mir seine kurzen und speckigen Beine, die nur mit Mühe den Boden erreichen. Und ich sehe mir auch seine weiße, wabbelige Hand an, in der er eine längst leergesoffene Bierflasche fest und schwitzend umklammert hält. Nur ein paar Minuten habe ich ihm den Rücken zugedreht, hatte mich an mein Regal gestellt, um nach einer CD zu suchen. Und er hat diese kurze Zeit genutzt, um die ganze Flasche Bier, die ich ihm gleich bei seiner Ankunft überreicht habe, in sich hineinzukippen. Es ist unfassbar, denn während ich nun hier sitze und mir überlege, wie sein Sohn ums Leben gekommen ist, ist die eigentlich brüskierende Frage doch eine ganz andere: Wie hat eine solch widerwärtige Gestalt, wie sie Lohwald nun einmal ist, es nur jemals schaffen können, eine Frau für sich zu begeistern? Wie konnte es ihm gelingen, auch nur eine einzige Frau in sein Bett zu bekommen und diese Frau dann auch noch zu schwängern? Und wie konnte es sein, dass ausgerechnet derart überflüssige Gestalten wie Lohwald sich fortpflanzen, ja überhaupt immer und überall Plattformen für ihre sinnlosen Vermehrungsgelüste finden? Als wenn ein Lohwald nicht genug wäre, ist die Welt verpestet von einer riesigen Armada an Lohwalds, die sich gleich einem Ameisenvolk oder besser, einer Heuschreckenplage über unseren Erdball ergießen.

Nein, nicht das Sterben muss verarbeitet und diskutiert werden, wie auch der Tod als solcher niemals eine Frechheit ist. Denn der Tod ist immer nur Logik, ein simples Ergebnis einer Folgenkette. Aber die Geburt, die ist die wirkliche Schande, denn es ist doch die Geburt, die üble Gesellen in die Welt setzt. Der Tod befreit uns immer nur davon, aber mit der Geburt fängt alles an. Sei es Hitler, sei es Schopenhauer, sei es Lohwald – grausam ist nicht das Sterben solcher Menschen, grausam ist ihre Geburt. Und auch ich mache da keine Ausnahme, genauso wenig wie Marie oder Moritz. Ohne die Geburt des anderen wäre uns allen viel erspart geblieben, sehr viel.

Das Leid, das die Geburt von Menschen über die Welt bringt, überlagert das Leid, das durch den Tod von Menschen entsteht. Aber wir Menschen bejubeln und feiern trotzdem lieber die Geburt, schicken Glückwünsche hinaus, schütteln Hände und umarmen uns. Den Tod hingegen fürchten und betrauern wir. Dabei wäre es, mit etwas Verstand betrachtet, andersherum doch viel aufrichtiger, viel sinnvoller. Und sogar nützlicher. Denn mit dieser aufgesetzten Freude an der Geburt im Rücken können die aufwachsenden Menschen auf ihrem Lebensweg doch nur noch scheitern, Stück für Stück zerbrechen an den horrenden Erwartungen.

„Du warst so ein süßes Baby." „Du warst so ein lieber Junge."

Natürlich geht es von einem solchen Punkt aus nur noch steil bergab. Wie befreiend könnten wir da doch nach einem Paradigmenwechsel ins Leben treten. Wir würden die Geburt verabscheuen und betrauern, da sie der Beginn einer qualvollen Existenz ist. Und genau von diesem Punkt aus könnten wir glänzen, dem grausamen Schicksal Jahr für Jahr charakterliche Erfolge abtrotzen.

Freundlichkeit, Nettigkeit, Mitmenschlichkeit: All das wäre nicht mehr der erdrückende Standard, sondern ein Erfolgserlebnis, das sich ein jeder von uns ruhmvoll erstritten hat. Aber nein, wir setzen das Hohe an den Anfang und das Niedere ans Ende und wie, so frage ich mich, soll eine Kurve schon verlaufen, wenn der hohe Anfangs- und der niedrige Endpunkt bereits fest ins Lebensdiagramm eingetragen sind? Natürlich kann sie nur abschüssig verlaufen, bei dem einen vielleicht steiler, bei dem anderen gemäßigter, doch eines haben sämtliche Lebenskurven gemein: Sie gehen bergab. Ich bin ein gewollter Untergeher? Ja, vielleicht bin ich das wirklich. Denn ich bin ein Mensch und so halte ich mich nur an die Vorgaben, die die Menschheit mir macht. Also denke ich bergab.

„You're born into this life paying", fällt es mir nun, auf dem Sofa neben Lohwald sitzend und auf dessen wabbelig-weiße Hand starrend, wieder ein. „You're born into this life paying for the sins of somebody else's past / Daddy worked his whole life for nothing but the pain / Now he walks these empty rooms looking for someone to blame / You inherit the sins, you inherit the flames / Adam raised a cain.[1]" Lustig. Das könnte von Schopenhauer stammen oder von Bernhard. Aber nein: Springsteen. Dabei hat der natürlich nicht wissen können, dass es just bei diesem Song, vielleicht gar bei genau diesen Zeilen, ausgerechnet Lohwalds Sohn die Schädeldecke zerdrücken wird. Wer da noch immer von Zufall sprechen mag, der kann gerne einmal bei mir vorbeikommen.

Der unwiderstehliche Drang zu Grinsen macht sich in meiner unteren Gesichtspartie breit. Das passiert mir selten und so bemerke ich es sofort. Das ist schlecht, denke ich, ganz schlecht. Denn Lohwald darf mich keinesfalls beim Grinsen ertappen. Denk an was Schlimmes, denk an etwas, was dich herunterzieht. Denk zum Beispiel daran, dass du ein Mörder sein könntest, das sollte doch wohl erschütternd und bedrückend genug sein.

Aber nein, das hilft nicht. Das Grinsen wird stärker.

Also denke ich es einfach nochmal, nur diesmal ein wenig verbissener: „Ich könnte ein Mörder sein. Nicht lachen jetzt, Lohwald ist

---

[1] Dt.: „Du bist in dieses Leben geboren worden, um für die Sünden aus anderer Leute Vergangenheit zu bezahlen. Dein Vater rackerte sein ganzes Leben für nichts als Schmerz und Qualen. Jetzt läuft er durch diese leeren Räume und sucht jemanden, dem er die Schuld geben kann. Du erbst die Sünden. Du erbst die Flammen. Adam zog sich einen Kain groß."

hier, wenn du lachst, wird er denken, du freust dich, dass er da ist. Willst du das etwa? Nein, willst du nicht. Also lass gefälligst diese dümmliche Grinserei. Halt einfach die Backen geschlossen. Immerhin könntest du ein Mörder sein, ein blutrünstiger Massenmörder. Und das ist nun echt nicht komisch. Wie Charles Manson könntest du sein, na klar. Nur böser. Und nicht in dieser Kindergartenversion mit schwangeren Frauen den Bauch aufschlitzen und *Helter Skelter* und derlei Kasperletheater."

Zwecklos. Das Grinsen ist jetzt da. Ich höre sogar mein eigenes Glucksen. Und ich sehe genau, dass auch Lohwald es nun deutlich wahrnimmt. Kein Wunder, blutrünstige Massengemetzel waren nie meine Sache, dafür bin ich viel zu bürgerlich, also lethargisch. Bei Mansons Angriff auf Sharon Tate Ende der sechziger Jahre, da hätte ich mit Sicherheit auch nur dumm an der Seite gestanden. Hätte vielleicht hier mal ein Beil gereicht oder da mal ein Schlachtermesser, aber selbst das wohl nur aus Freundlichkeit. Nein, das kleine Grauen ist mir schon immer viel größer gewesen, als das große Grauen. Und so habe ich es gar nicht nötig, mich in wirre Szenarien zu fantasieren, es reicht vollkommen aus, mich an das zu halten, was sich hier direkt vor meinem Auge abspielt. Denn ich sitze hier neben Lohwald und fühle mich wohl bei dem Gedanken, dass der widerliche Sohn dieses noch viel widerlicheren Unmenschen einen qualvollen Tod erlitten hat. Und noch im Moment des Sterbens von der Weisheit seines großen Idols Bruce Springsteen verspottet worden ist. Auf eine gewisse Art scheint mir das sogar wesentlich schlimmer zu sein als Helter Skelter. Und doch zeigt sich das Leben gerade in derlei Aktionen von seiner humorigen, von seiner glanzvollen Seite.

Und ich, ich unterstütze dieses Feuerwerk des Lebens, indem ich Lohwald jetzt mit der Lieblingsmusik seines zermatschten Sohnes komme, ihn mit der Musik konfrontiere, die sein Sohn hörte, kurz bevor er sich für immer vom Acker machte. Ich bin ein unheilvoller Untergeher? Nein, wohl eher ein gewiefter Komödiant und Zeremonienmeister.

Ich komme nicht umhin, mir einzugestehen, dass dieser Schachzug genial gewesen ist. Ersonnen von einem hochintelligenten Verbrecher, der ganz fraglos auch ein Mörder sein könnte. Oh ja, ich bin raffiniert genug, um die Täterrolle in einem Krimi zu übernehmen. Und so sehe ich Lohwald mitsamt seiner schwammigen Figur und seinem ekelhaften Marionetten-Gesicht zwar direkt neben mir auf der Couch sitzen. Doch meine Gedanken lassen ihn längst auf meinem

Parkettboden liegen. Dahingerafft von einem erneuten Herzschlag, da er Springsteen und die Erinnerung an seinen geschundenen Sohn nicht verwinden konnte. Mit starr geöffneten Augen liegt er da, die leer gesoffene Bierflasche noch immer verkrampft in der Hand haltend, Speichel rinnt ihm aus den Mundwinkeln, er hat sich in die Hose uriniert und überhaupt jede menschliche Würde verloren, so wie Menschen immer ihre Würde verlieren, wenn sie von Herzattacken heimgesucht werden.

„Herr Kommissar", höre ich mich auch schon auf den Kommissar einreden. „Herr Kommissar, plötzlich ist er dahingesackt, einfach dahingesackt! Ausgerechnet Lohwald, mein edler Lohwald, diese Seele von Mensch!"

Ja, so könnte es gehen, so könnte ich mir das gut vorstellen. Viel eleganter als dieser Charles-Manson-Quatsch. Denn ich könnte nicht nur ein Mörder sein, sondern vor allem Lohwalds Mörder könnte ich sein. Und ohne mit der Wimper zu zucken, würde ich das intelligenteste Verbrechen aller Zeiten begehen: Killed by Springsteen. Das hat, mit Verlaub, genialische Züge.

„Na, was gibt es da zu lachen?", fragt mich Lohwald nun, leider wenig überraschend. Ich sehe ihn an, sehe ihm direkt in sein falsches „Mann im dritten Frühling"-Gesicht. Noch immer hält er seine leer gesoffene Bierflasche in der weißen, wabbeligen Hand. So fest hält er sie, dass jegliche Farbe – fast möchte ich meinen: jegliches Leben – aus seinen Knöcheln gewichen ist. Der Wunsch nach einer weiteren Flasche Bier hängt unausgesprochen und dennoch widerwärtig aufdringlich über unseren Köpfen und ich muss wieder an Marie denken – und an Moritz. Und wie er sich dann tatsächlich umgebracht hat, so wie mit mir besprochen, nur halt leider mitten in China.

„Na, was gibt es da zu lachen?", hat Lohwald mich gefragt. Er beginnt also zurückzufeuern, ist nicht gewillt, sich hier mal eben so aus der Welt schaffen zu lassen. Und doch bemerkenswert, denn ich erinnere mich, wie auch Marie mich wieder und wieder gefragt hat, was es denn zu lachen gäbe. Sogar in Momenten, in denen mir selbst gar nicht bewusst gewesen ist, dass ich gerade lache, hat sie mich das gefragt. Und wann immer mich Marie danach gefragt hat, habe ich ihr geantwortet, dass es nichts zu lachen gäbe. Doch Marie hat mich naturgemäß nie verstanden und hat stattdessen ihre wunderbaren stahlblauen Augen zu so kleinen Schlitzen verzogen, dass sie nur noch den männlichen Feind in mir sehen konnte. Und dann, dann hat Marie immer gedacht, dass ich ihr etwas Gewichtiges vorenthalte.

Innerlich womöglich heftig über sie spotte, ihr den Grund meines Spottes jedoch einfach nicht mitteilen möchte.

„Was gibt es denn da zu lachen?", hat Marie mich gefragt, ich habe wahrheitsgemäß geantwortet, dass es nichts zu lachen gibt – und schon war ein Moment, der vielleicht auch ein schöner, ein wunderbarer, ein ehrlicher, inniger und aufrichtiger hätte werden können, vermurkst gewesen. Total, komplett und unwiederbringlich vermurkst. Und alles nur, weil Marie beleidigt gewesen ist und ich unfähig war, das Chaos in meinem Kopf in simple Sätze zu packen. Denn, dass es so überhaupt nichts zu lachen gibt, dass wir immer wieder wehrlos und zappelnd in Sachverhalte und Situationen gezogen werden, die gänzlich frei von Humor und Ironie sind – und dass gerade das mich immer wieder zum Lachen bringt, das habe ich ihr gegenüber nie formuliert bekommen. Ja, verdammt: Ich lache, weil es gar nichts zu lachen gibt. Lohwald zerquetscht es den Sohn, Maries Mutter rinnt beständig der Eiter die Kehle herunter und ihr Stiefvater hat an einem verrückten Tag und in einer verrückten Situation versucht Marie Wärme und Halt zu geben – und endete als stummer Vergewaltiger. Und über all das muss ich lachen. Ich muss also nicht über nichts lachen, sondern über das Nichts. Ich lache über dieses unberechenbare und mir dennoch irgendwie immer vertrauter werdende Nichts. Ich umarme es gedanklich wie einen alten Bekannten, wann immer ich ihm begegne, auf der Straße, im Sender, in meinem Kopf. Diesem Nichts und dem aus diesem Nichts entstehenden Schwarzen Frost begegne ich längst wie Freunden, während mein Gefühl für Wärme mir immer mehr abhanden kommt, mir sprichwörtlich mit jeder Sekunde, die ich lebe, mehr durch die Finger rinnt. Sicherlich, würde ich dieses Nichts aus meinem Kopf und aus meinem Körper bekommen, ich würde vermutlich aufhören mit diesem so abstrusen Lachen. Aber wie das halt so geht: Hat man erst einmal das Nichts gesehen, muss man immer wieder daran denken. Es hat keine Gestalt, keine Form, ist vollkommen geruch- und lautlos. Und macht sich doch breit in den Gedanken, läuft manchmal hinterher, manchmal voraus.

„Na, was gibt es da zu lachen?", hat mich Lohwald gerade gefragt, woraufhin ich intuitiv begonnen habe, meine Augen in bester Marie-Manier zu kleinen Schlitzen zusammenzuziehen.

Es ist mir unbegreiflich, selbst hier, in meinem eigenen Zuhause, hat Lohwald den gottverdammten Nerv, mich zu fragen, was es zu lachen gäbe. Selbst in meinen eigenen vier Wänden hält er es nicht für nötig, sein ewig gleiches Spiel aus Angriffslust und Jagd einzustellen. Er ist ein Choleriker. Wo immer sich ihm eine Gelegenheit bietet, brüllt er herum, setzt seine Ziele mit massiver Lautstärke um. Nur mich schreit er nicht mehr an, hat vor einigen Jahren aufgehört damit, von einem Tag auf den anderen. Und grinst nur noch hinterhältig, wenn er mit mir redet. Hat mich im Sender, irgendwo zwischen Cafeteria und Sendestudio A, gestellt, ja warhaftig gestellt, hat sich all die vielen Stockwerke bis in meine Wohnung hinauf gekämpft und ist nun, triumphierend und frohlockend, bereit, mich mit dieser aufgesetzten Nettigkeit zu vernichten.

Und wie ich ihn so beobachte, ihn durch meine zusammengezogenen Augen sogar unverwandt anstarre, fällt mir plötzlich ein, dass ein durchschnittlicher Mensch im Laufe seines Lebens etwa 70 Liter Tränenflüssigkeit verliert, was knapp 4,2 Millionen Tränen entspricht. 4,2 Millionen Tränen, schießt es mir durch den Kopf. Ich frage mich, wo und wann ich diese Zahl gelesen habe, zu welchem Anlass sie mich angesprungen hat und welcher Biegung und Wirrung in meinem Kopf es zu verdanken ist, dass sich mein Gehirn entschieden hat, sich aus der unsagbaren Vielzahl an Daten und Fakten, die täglich auf uns einprasseln, ausgerechnet diese zu merken. Toll, so ein Gehirn. Nur schade, dass es so unsteuerbar ist, permanent erpicht darauf, ein Eigenleben zu führen.

Und während ich Lohwald unverwandt ansehe und noch immer an einer Antwort auf seine Frage bastle, schlägt mein Gehirn bereits die nächsten Kapriolen. Dass Jungen und Mädchen bis zum Alter von dreizehn Jahren gleich viel heulen, dass Kleinkinder ab einem Alter von sechs Monaten in der Lage sind, taktisch zu weinen, um andere Menschen zu manipulieren, dass eine menschliche Standard-Träne etwa 15 Milligramm wiegt und dass es früher in vielen Ländern als gutes Omen galt, wenn Kinder bei der Geburt ausgiebig weinten, weil das als Zeichen interpretiert wurde, dass das Böse aus dem Kind entweicht. Vielleicht ist das ein mentaler Rettungsanker, ausgeworfen von diesem Gehirn in meinem Kopf, um nicht zu sehr im Nichts zu baden. Es versorgt mich mit ein paar handfesten Stichworten und schon versacke ich nicht mehr ganz so heftig im morastigen Nichts. Und werde mich auch niemals umbringen. Ein Zufall, so denke ich, wird aber auch dieser plötzliche Zahlenschwarm nicht sein.

Durch meine zu Schlitzen verzogenen Augen sehe ich Lohwald unverwandt an, sehe seine eigenen, viel wacheren Augen, die noch immer auf eine Antwort auf die Frage warten, was es denn da zu lachen gäbe. Ich sehe ihn also an, diesen durch und durch widerwärtigen und ekligen Lohwald, sehe seine speckige Haut, seine schwitzende Brust, die ihm beim Kampf durchs Treppenhaus das halbe Hemd durchnässt hat. Ich sehe seine weiße Glibberhand, die unruhig mit der längst leer gesoffenen Bierflasche spielt und im Takt von Springsteens düsterem *Highway Patrolman* aufdringlich und penetrant mehr Alkohol einfordert, mehr und mehr Alkohol. Ich frage mich, ob dieser Mann – zermatschter Sohn hin, zermatschter Sohn her – jemals geweint hat. Ob er das Gefühl der Trauer und des Schmerzes jemals erlebt hat. Ob er weiß, wie es sich anfühlt, wenn sich das Herz zusammenzieht, die eigene Atmung in ein angestrengtes Röcheln übergeht, sich der Raum um einen herum erst zu drehen und dann nach und nach aufzulösen beginnt. Wenn alles in Wasser getaucht wird. Und wie ich Lohwald in diesem Moment so gegenüber sitze, seine glibberige, speckige Hand beobachte, die ungeschickt versucht dem Takt von *Highway Patrolman* zu folgen, wird mir klar, dass ich selbst es doch bin, der schon entsetzlich lange nicht mehr geweint hat.

„Na, was gibt es da zu lachen", hat Lohwald mich soeben gefragt – und ich, ich frage mich, wann ich zuletzt geweint habe. Der Lohwald mit seiner glibberigen Hand, seinem längst leer gesoffenen Bier, seinem „Mann im dritten Frühling"-Gesicht und seinem in einem Fiat Punto zerquetschten Sohn, er hat mit Sicherheit eine ganze Kindheit und eine ganze Jugend hindurch geheult. Hat gewiss ein halbes Leben lang nur geheult, all die vielen Komplexe betrauert, die ihm dieses Leben einst in die Wiege gelegt hat und ist exakt in dem Moment, in dem er leer geheult gewesen ist, zu genau dem Widerling geworden, der nun in meiner Wohnung auf dem Sofa direkt neben mir sitzt. Und mich aufgedunsen und speckig fragt, was es denn zu lachen gäbe. Und ich? Dass weinen befreit, fällt mir ein. Weinen befreit und macht den, der gerade noch hemmungslos heulte und dadurch lächerlich, hilflos und klein wirkte, stark und widerstandsfähig. Weinen befreit, denke ich, Lohwald durch meine zu Schlitzen verzogenen Augen fixierend. Es befreit, es macht stark, es macht so verdammt stark. Doch wann ich selbst das letzte Mal geweint habe, das will mir bei aller Faktenkenntnis schlichtweg nicht einfallen.

„Springsteen ist großartig", sage ich schnell zu Lohwald.

Natürlich ist das nicht die Antwort auf seine Frage, was es denn da zu lachen gäbe. Doch ich sehe in seinem Gesicht, dass er genau weiß, dass ich ihm die Antwort auf diese Frage schuldig bleiben werde.

Ja, ich sehe es an seinem Gesicht, an der Art wie er mich mustert – eine Mischung aus Arroganz und Hohn liegt in dieser Art mich zu mustern.

Er versucht, dich umzubringen, denke ich plötzlich. Klar und deutlich umrissen steht mir dieser Gedanke vor Augen. Lohwald versucht dich tatsächlich hier, in deinen eigenen vier Wänden, brutal und gnadenlos zu erlegen. Er hat sich all die Stockwerke hochgekämpft, um dir den Garaus zu machen. Aber natürlich! Es war schon widersinnig meine Einladung anzunehmen, noch widersinniger ist es von ihm gewesen, sich trotz seines so angegriffenen Herzens, sechs Stockwerke hier hinauf zu wuchten. Es sei denn, hinter allem steht ein Plan.

„Springsteen ist überragend", fällt mir Lohwald in seiner unerträglich penetranten Art jetzt in die Gedanken. „Textlich das allerhöchste Niveau. Dylan, Cohen, Springsteen: Die heilige Dreifaltigkeit der Rocktexter."

Und wie ich so neben Lohwald sitze und ihn so dämlich daher quatschen höre, beginnt es mich mit einem Mal in der Kehle zu würgen. Das Lachen, das Lohwald soeben noch zu der scheußlichen und menschenverachtenden Frage getrieben hat, was es denn da zu lachen gäbe, verschwindet aus meinem Gesicht. Ich beginne die Lippen aufeinander zu pressen, so fest und so lange, bis jegliches Gefühl aus ihnen gewichen ist und die mir so bekannte Kälte Besitz von ihnen ergriffen hat. Und emotionaler Taktiker, der er fraglos ist, wird auch Lohwald mit einem Male ganz ernst, nimmt diese widerwärtige Arglistigkeit und den Hohn aus seinem Gesicht, atmet mehrfach tief und bedeutungsschwer durch, versäumt aber das Wedeln seiner leer gesoffenen Bierflasche einzustellen. Taktisch taktlos im Takt mit einer Bierflasche wedeln, denke ich, selbst etwas amüsiert über diesen sprachlich netten Einfall meinerseits, zugleich jedoch abgestoßen von der emotionalen Abartigkeit, die sich hinter diesem Lohwald-typischen Satz verbirgt. Ich habe ihn erwischt, diesen gewieften Meistertaktiker Lohwald habe ich bei einer Unachtsamkeit erwischt. Seine ganze Mimik ist wie automatisiert und wie auf Knopfdruck zu der Mimik eines leidenden Menschen geworden, nur an die Bierflasche, die leer gesoffene Bierflasche, die ich ihm schlau und klug in die Hand gedrückt hatte, als er vorhin schwitzend zur Tür hinein kam, an die hat er nicht gedacht. Ich sehe es in seinen Augen, sehe wie auch ihm in diesem Moment klar wird, dass er einen Fehler begangen hat, dass seine Souveränität, wenn es darum geht, andere Menschen zu vernichten, durch eine plumpe, leere Bierflasche ins Wanken geraten und er in seiner schauspielerischen Vorstellung unglaubwürdig geworden ist.

Und dann sagt er mit einem Male: „Keine Ahnung, ob du es weißt, aber mein Sohn ist ein großer Springsteen-Fan gewesen." Ich bemerke, wie meine Lippen sich langsam wieder entkrampfen und dieses Lachen, das aus der Kenntnis des Nichts geboren wird, seinen Weg zurück in meine Gesichtszüge antritt. Denn das ist nun echt witzig: Lohwald macht einen taktischen Fehler und hat nichts Besseres zu tun, als sogleich die gedanklichen Überreste seines längst in irgendeinem gottvergessenen Grab verrotteten Sohnes als Schutzschild hochzuhalten. Wie krank das doch ist. Selbst mich, einen Mann, der befallen ist von Schwarzem Frost, schaudert es dabei. Allein der Gedanke, sich mit einer Leiche schützen zu wollen, ist so absurd, so widerlich. Doch es zeigt, dass einem wie Lohwald wirklich jedes Mittel gelegen ist. Und so sehe ich ihn, wie er direkt neben mir auf dem Sofa sitzt und die verwesten Überreste seines verschimmelten Sohnes im Affekt hochreißt und sie sich schützend vor die noch immer schweißverklebte Brust hält. Ein Mann wie Lohwald, alt und ohne Sohn, hat nichts mehr zu verlieren – und trägt dennoch diesen seltsamen Trieb in sich, sich zu schützen.

„Keine Ahnung, ob du es weißt, aber mein Sohn ist ein großer Springsteen-Fan gewesen", hat Lohwald also gesagt und damit den ersten Schlag gesetzt. Doch diesmal bin ich besser vorbereitet, meine Antwort kommt schnell und ich schicke sie aus mir heraus, als wäre es eine linke Gerade: „Ach, du hast einen Sohn? Und der ist jetzt nicht mehr Springsteen-Fan? Erzähl doch, Lohwald, mich interessiert jedes Detail!"

Ich kann ein Mörder sein, ich weiß es. Wenn ich ganz fest an mich glaube, dann kann ich ein Mörder sein. Denn allem Schwarzen Frost zum Trotz kann ich noch Hitze erzeugen.

Lohwald mag es vielleicht nicht mehr genau auseinander halten können, wem er selbst schon vom Tod seines Sohnes erzählte und wem nicht, wer davon irgendwann und irgendwo erfahren haben könnte und wer eben nicht. Aber ich, na klar, weiß natürlich exakt was ich wann und wo gehört habe.

Und so erinnere ich mich, wie ich die Geschichte vom Tod von Lohwalds Sohn seinerzeit auf den Gängen und in der Cafeteria unseres Radiosenders gehört habe. Hauptgesprächsthema war es zunächst noch gewesen, dass Lohwald überhaupt einen Sohn hatte, einen erwachsenen Sohn. Gezeugt in einer Vergangenheit, in der angeblich nicht einmal Lohwald selbst hat ahnen können, dass er eines Tages zu einem ekelhaften „Mann im dritten Frühling" werden würde. Verheiratet soll Lohwald in grauer Vorzeit einmal gewesen sein, sogar glücklich verheiratet, so hieß es. Ein toller Moderator soll er gewesen sein und ein höflicher Mensch mit wunderbarem Humor, so wurde geraunt. Unser Chefproduzent, so fällt mir ein, will sogar Radioleute kennengelernt haben, die beruflich mit Lohwald zuletzt vor 15 bis 20 Jahren zu tun gehabt haben und in Erinnerung an diese Zeit jeden Radiomacher ausgiebig beglückwünschten, der mit diesem hochprofessionellen und menschlich famosen Lohwald zu tun hat. Ja, das ist grotesk. Es gibt Leute, die Lohwald bis heute glorifizieren, weil sie nicht mitbekommen haben, was aus ihm geworden ist, wie sich sein Charakter verzerrt hat und wie seine Gesichtszüge immer weiter aufgebläht und aufgedunsen sind über die Jahre.

Kein Mensch, dem du heute zum Abschied die Hand reichst, wird morgen noch der gleiche sein. Es mag einige wenige Menschen geben, bei denen wir es uns so sehr wünschen, dass wir schließlich tatsächlich daran glauben. Dann sagen wir Sätze wie: „Mensch, du hast dich ja überhaupt nicht verändert." Doch da belügen wir uns selbst, denn in Wahrheit haben wir bewusst einfach nicht richtig hingeschaut. Und das nur, um uns selbst im Glauben lassen zu können, dass es Dinge gibt, die fest und verlässlich bestehen bleiben. Aber das funktioniert nicht. Alles verschwindet. Schon in dem Augenblick, in dem wir es betrachten, ist es nicht mehr da, es entzieht sich unserer Habhaftigkeit. Auch Marie macht da keine Ausnahme. Denn die Marie, an deren Taten und Worten ich so sehr verzweifelt bin, existiert nicht mehr. Und so sind alle meine Gedanken doppelt unnütz und reine Zeitverschwendung, denn es ist nur noch Maries Abbild, dass ich mir hier quer durch den Kopf schiebe. Mit der richtigen, der jetzigen Marie, die wohl gerade in diesem Moment zwar noch immer in Leipzig, aber in einem gänzlich anderen Leben hockt, haben meine Gedanken nichts zu tun.

Zum allerletzten Mal gesehen habe ich Marie in Leipzig. Es gibt Dinge, die sind wie geschaffen dafür, sie niemals mehr zu vergessen. Und auch wenn viele Menschen sich nach landläufiger Idiotie darin versteigen ihre ersten Male mit Glanz und Gloria zu überziehen, bei mir sind es stets die letzten Male, die haften bleiben.

Früh am Tag war ich aufgebrochen und mit dem Zug von Berlin nach Leipzig gefahren. So oft habe ich diese Zugstrecke in all den

Jahren zurückgelegt, dass ich ganz stumpf darüber geworden bin. Physisch und psychisch abgestumpft an diesem ewiggleichen Spiel aus Warten, Zugeinfahrt, Sitzen und Reisen, Ticket vorzeigen und Ankunftsszenario. Vom Bahnhof Gesundbrunnen aus bin ich wieder und wieder zu Marie nach Leipzig gefahren – und habe es ein jedes Mal gehasst. Nicht Marie, auch nicht Leipzig, sondern lediglich die Fahrt zu Marie nach Leipzig habe ich gehasst. Und wie ich an jenem Tag, an dem ich Marie zum bisher letzten Mal gesehen habe, Leipzig erreicht hatte, war mir sofort aufgefallen, wie austauschbar mir dieser wuchtige, durchaus nicht unelegante Bahnhof, mit einem Mal vorgekommen war. Die Fahrt nach Leipzig war hassenswert wie eh und je gewesen, doch die Ankunft hatte sich als Ankunft in einer mir über Nacht vollkommen entfremdeten Stadt erwiesen. Als erstes bin ich damals in den Supermarkt gegangen, in den ich auch mit Marie immer als erstes gegangen war. Ich bin durch die Regalreihen gelaufen und habe mich auch wieder daran erinnert, wie sehr mich dieses ständig gleiche Prozedere aus Ankunft und Einkauf ein jedes Mal ermüdet hatte. Doch so wie mir der Bahnhof plötzlich gesichtslos vorgekommen ist, habe ich auch im Supermarkt nicht ein einziges Regal, nicht eine einzige Verkäuferin oder auch nur ein einziges Produkt wiedererkannt. Am Tag, an dem ich Marie zum letzten Mal sah, da hatte bereits alles die fade Konsistenz der Austauschbarkeit angenommen gehabt.

Die knapp zwei Kilometer zu Maries Wohnung bin ich dann wie in Trance gegangen. Habe wie ein Reiter auf meinem Unterkörper Platz genommen und mich von meinen Füßen zu Marie tragen lassen. Und auch hier die gleiche rätselhafte Empfindung: Nicht eine gottverdammte Straße habe ich wiedererkannt. Eigentlich kannte ich den Laufweg in und auswendig, bin ihn tausendmal gegangen, aber jede Kreuzung, jede Häuserecke, jede Fassade war mir so fremd, als sähe ich sie zum ersten Mal. Ich habe immer nur ungläubig an meinen Beinen heruntergeschaut, direkt auf meine Füße – und mich tragen lassen. Meine Füße haben den Weg gekannt, sind ihn so viele Male gegangen und hatten ihn sich offenbar gemerkt. Aber mein Kopf, der hat sich von diesen Füßen einfach nur durch die Gegend tragen lassen. Ein sonderbares Gefühl ist das gewesen.

Jetzt, wo ich neben Lohwald auf dem Sofa sitze, erinnere ich mich noch genau daran, wie ich die kompletten fünf Stockwerke bis zu Maries Wohnung hoch gelaufen bin. Erst ab sechs Stockwerken müssen Häuser mit einem Fahrstuhl ausgestattet werden, habe ich einmal gelesen. Doch dass fünf Stockwerke nicht immer fünf Stockwerke sind, sondern sich manchmal flink wie vier, dann jedoch wieder zermürbend wie sieben erklimmen lassen, das hat in unserer pedantischen Bürokratie niemand bedacht. Und gerade Leipzig, das im honorablen Waldstraßenviertel mit seinen wunderbaren Gründerzeithäusern aufzutrumpfen weiß, besitzt mächtige, mit starkem und prächtigem Holz gezimmerte Treppenhäuser. Ein jedes Treppenhaus gleicht dort einem Palast, ist mit breiten, wuchtigen Stufen ausgestattet, Stufen die nur mit raumgreifenden Schritten zu bewältigen sind. Unzählige Male bin ich das Treppenhaus zu Maries Wohnung emporgeklettert, habe mich von ganz unten bis in den fünften Stock gearbeitet, fluchend, so wie Lohwald vorhin zu mir – und habe jeden Moment dieses Aufstiegs gehasst, immer, sechs Jahre lang. Den Moment ganz zu Anfang, auf dem ersten Treppenabsatz, genauso wie den letzten, meine gesamte Reise endgültig abschließenden Schritt. Und ich bin dann, natürlich, auch in Maries Wohnung getreten mit niemals etwas anderem als diesem Hass. Marie hat sich damals sehr schnell an meine grenzwertige Stimmung gewöhnt und mich – nachdem ich sie zu Beginn einige Male brüsk weggestoßen hatte – für zehn bis zwanzig Minuten immer vollkommen in Ruhe gelassen. Ein guter, ein sehr feinfühliger Verhaltenszug von ihr. Doch diese zehn bis zwanzig Minuten, sie haben nur selten ausgereicht, denn ich hätte wohl eher Stunden gebraucht, um mich wahrhaft zu kurieren. Maries Feinfühligkeit war also wirkungslos, denn ich habe ihr Anfangsschweigen als perfekte Grundlage dafür genommen, sie in der Folge über Stunden hinweg schneiden zu können, ihr wie einer Feindin aus dem Weg zu gehen. Ganz gebeutelt und verworren vom Hass der Zugfahrt und dem Hass des Treppenaufstiegs habe ich Marie damals eine Emotion nach der anderen entzogen, habe mich ihr immer weiter verweigert und bin darüber schließlich so kalt geworden, dass ich nichteinmal mehr in der Lage gewesen bin, mit ihr zu schlafen. Und auch an jenem Tag, als ich Leipzig als eine mir plötzlich so entfremdete Stadt erleben musste, mich meine Füße eigenständig zu Maries Wohnung getragen haben und ich sie zum letzten Mal gesehen habe, auch an jenem Tag ist da der Hass gewesen. Fünf lange Stockwerke ist da der Hass gewesen, er hat sich mit jeder neuen Stufe tiefer in mich hinein gebrannt, so heftig und innig, dass mir ganz von selbst, irgendwo zwischen dem dritten und vierten Stockwerk, die Frage gekommen ist, ob ich Marie überhaupt jemals wirklich geliebt habe.

An jenem Tag hatte ich aber nun gar nicht damit gerechnet, Marie überhaupt zu sehen. Zum finalen Austausch unserer Wohnungsschlüssel und letzter Gegenstände hatten wir vereinbart, dass ich während ihrer Abwesenheit auftauche. Ich sollte ihr ihre Sachen in den Flur stellen, meine von ihr ebenfalls dort deponierten Dinge im Gegenzug mitnehmen, ihren Wohnungsschlüssel liegen lassen und meinen eigenen, der all die Jahre wie selbstverständlich in ihrem Portemonnaie gelegen hat, dafür an mich nehmen. Doch dann war alles anders gekommen, denn kaum hatte ich die Tür zu ihrer Wohnung aufgeschlossen, hatte ich sogleich bemerkt, dass Marie entgegen aller Absprachen sehr wohl da war. Ich sah sie nicht und hörte sie auch nicht und dennoch bemerkte ich sie sogleich, erahnte sie, ja witterte sie sogar. Ein Wittern, das ein Beweis für die Existenz von Liebe sein könnte, durchaus. Ich witterte jedoch etwas Gefährliches. So wie ich bei meinem Besuch bei Moritz in China instinktiv gewusst hatte, dass er sich in genau dieser Wohnung schon bald das Leben nehmen würde, so habe ich beim Eintreten in Maries Wohnung auch instinktiv gewusst, dass sie entgegen unserer Absprache doch da ist. Und so hatte ich eine Sekunde tatsächlich darüber nachgedacht gleich wieder zu gehen, das lange, beschwerliche Treppenhaus mit allenfalls vier bis fünf panisch-großen Sprüngen zu durchqueren, durch diese fremde Stadt mit den fremden Häusern und den noch viel fremderen Fassaden zu rennen und über diesen mir vollkommen entfremdeten Hauptbahnhof zurück nach Berlin zu flüchten. Doch mit jeder Sekunde, die ich länger dort in ihrem Hausflur gestanden habe, überkam mich ein Gefühl von Beton, der langsam meine Beine, meine Füße umschließt. Ich hatte sie zwar nicht gesehen, die Marie, hatte sie auch nicht gehört, dafür jedoch gewittert. Doch genutzt hat es mir wenig, dieses Wittern, denn ich war nicht geflüchtet, sondern stattdessen mit meinen schweren Betonfüßen in Maries Wohnzimmer geschlurft, wo ich sie dann auch sogleich auf dem Sofa habe liegen sehen. Tief geschlafen hat sie, so tief, dass sie weder mich noch meine Betonfüße hat hineinkommen hören. Etwas unschlüssig stand ich eine Weile auf der Stelle, schaute Marie in das schlafende Gesicht und versuchte darin zu lesen, zu lesen was so schief gelaufen ist bei Marie und mir, wo ihre Träume und meine Träume, die irgendwann und vor langer Zeit doch unsere Träume gewesen sein müssen, auseinandergedriftet sind und an welcher Kreuzung Maries Sehnsüchte sich von meinen eigenen Sehnsüchten abgekoppelt haben. Doch je länger ich mit meinen Betonfüßen dort gestanden und in ihrem schlafenden Gesicht nach Erklärungen und Wahrheiten gesucht habe, umso klarer war mir geworden, dass es diese gemeinsamen Träume niemals gegeben hat. Es gab nur Träume von zwei einsamen Menschen, die sich in ihren einsamen und düsteren Leben der naiven Hoffnung hingegeben haben, dass eine gemeinsam gelebte Zukunft hilfreich sein könnte. In jenem Moment, in dem ich mit meinen Betonfüßen in ihrem Wohnzimmer gestanden habe, wurde mir bewusst, dass ich nicht einen einzigen ihrer Träume und nicht eine einzige ihrer Sehnsüchte wirklich zu benennen in der Lage war. Und so habe ich sie beobachtet, diese friedlich schlafende Marie und an all die Lieder und Filme und Gedichte denken müssen, in denen das friedlich schlafende Gesicht der Liebsten das unruhige Herz eines umtriebigen Romeo doch noch besänftigen und zur Umkehr hat bewegen können.

Ich habe Marie ins sanfte, wunderschöne, friedliche und so wahrhaftige Gesicht gesehen, den Beton und die Kälte gespürt und nichts anderes mehr denken können, als dass ich mich vielleicht einfach nur endlich einmal richtig verlieben müsste.

„Mein Sohn mochte Springsteen so sehr", entfährt es Lohwald mit einem Mal, während ich mich gedanklich noch in Maries Wohnzimmer befinde. Ich sehe direkt auf die weißen Fingerknochen, die sich noch immer um die von ihm in zwei, drei Zügen leer gesoffene Bierflasche klammern. Und ich sehe ihm in die arglistigen Augen, die er passend zu seinem Gefasel über seinen zermatschten Sohn mit einem melancholischen Schleier überzogen hat. Ich sehe Lohwald, denke aber an Marie, wie sie in ihrem Wohnzimmer gelegen hat, friedlich schlafend.

„Ja, aber nun ist dein Sohn tot und hört keine Musik mehr", höre ich mich sagen. Und meine Stimme klingt gereizt. Geplant war das nicht, es ist aus mir herausgebrochen. Wie aus einem richtigen Menschen, der sich nicht mehr unter Kontrolle hat. Wie sollte ich auch? Lohwald nervt mich mit seinem überflüssigen Sprachfetzen. Ich weiß, er trachtet mir nach dem Leben, aber mit Melodramatik wird er mich ganz gewiss nicht in die Knie zwingen. Warum kommt er mir auf die leidende Tour? Warum senkt er seine Stimme? Jeder weiß, dass er ein Choleriker ist, was also soll dieses Affentheater? Mir ist es vollkommen gleich was mit seinem Sohn passiert ist, ich habe genug mit meinem eigenen Scheitern zu tun, da kann ich mich nicht noch um das Leid anderer Menschen kümmern.

„Lohwald", sage ich also gleich noch hinterher, „wer den Tod seines

Kindes nicht verträgt, der besitzt offensichtlich nicht die Reife überhaupt Vater zu werden. Oder wie hattest du dir das vorgestellt? Wolltest du das erste Kind erfinden, das unsterblich ist? Wolltest du dich mal eben fix über das allgegenwärtige Sterben in der Welt hinwegsetzen? Nein, Lohwald, erst ein Kind in die Welt setzen und dann jammern, wenn es stirbt – das ist arrogant. Oder wahlweise auch ziemlich dämlich."

Ich stehe auf und gehe in die Küche, um Lohwald ein neues Bier zu holen. Ich weiß, ich habe die Contenance verloren. Ich weiß, ich habe Lohwald brüskiert. Und das ziemlich ungehobelt. Intelligent war an meinem Ausbruch gar nichts. Aber ist er es nicht gewesen, der sich endlich einmal richtig aussprechen wollte? Er soll mich endlich anbrüllen, so wie alle anderen Kollegen auch! Showdown, Lohwald, Showdown!

Ich schlurfe durch die Küche, vorbei an dem großen Panorama-Fenster, das einen großzügigen Blick über die Dächer von Charlottenburg gestattet. Stellt man sich nah genug an die Scheibe, so kann man bis hinab auf die Hauptstraße schauen, und all die irrenden und wirrenden Touristen bei ihren als Urlaub getarnten Hetzjagden verfolgen. Oder aber man starrt einfach in die Fenster des gepflegten Altbaus direkt gegenüber, mitten hinein in die Wohnungen und die Leben der anderen. Doch wie ich so vorbeischlurfe an diesem Fenster und mich über Lohwalds Schmierenkomödie ärgere, gelangt mir eines der Zimmer von gegenüber in den Blick: Altbaukomplex mit kunstvoller Stuckfassade, drittes Stockwerk, viertes Fenster von links. Gerade dieses Fenster fällt auf, denn es ist von seinem Bewohner von innen komplett mit Zeitungspapier beklebt worden. Keine Vorhänge, nein, Zeitungspapier, wie wahllos herausgerissen und an die Scheibe geklatscht. Marie hatte oft darauf spekuliert, dass doch nur ein Wahnsinniger sich seine Fenster von innen dermaßen mit Zeitungspapier zukleistern würde. „Glaube es mir", hat sie an einem Sommertag, der mir tatsächlich als schöner Sommertag in Erinnerung geblieben ist, gesagt, „eines Tages wird ein Großaufgebot der Polizei anrücken und die ganze Bude dort drüben auseinandernehmen und dann wird sich herausstellen, dass dahinter über Jahre hinweg Vergewaltigungen stattgefunden haben." Darüber habe ich damals laut lachen müssen. Nicht, weil mir der Gedanke, einen grausamen Massenvergewaltiger in der unmittelbaren Nachbarschaft wohnen zu haben, gute Laune gebracht hätte, sondern weil Marie ganz gegen ihre sonstige Gewohnheit den Begriff „Bude" benutzt hatte. Ja, wie sie überhaupt immer dann, wenn ihre Angst vor Männern vulkanartig aus ihr herausgebrochen ist, stets ihre gute Schulbildung und ihr kreatives Mutterhaus vergessen hat und in einen seltsamen Gossen-Slang hinübergedriftet ist. Von Vergewaltigung hat Marie an jenem schönen Sommertag gesprochen, von Grausamkeit, Seelenschändung und unerträglicher Pein. Doch ich habe ihr nichts davon abgenommen, war mir doch bewusst, dass sich die reißenden und blutrünstigen Männergestalten ihrer Fantasie bei näherem Hinsehen immer nur als kleine, freundlich schnuppernde Dackel entpuppten. Kaum hatte sie also „Bude" gesagt, war mir mit einem Schlag wieder einmal alles klar gewesen, hatte ich doch die große Übertreiberin in ihr erkannt und vollkommen zu Recht laut auflachen müssen. Was Marie allerdings gleich wieder so ernst und verschlossen gemacht hatte, dass ich gezwungen gewesen war, ihr einen meiner besänftigenden Küsse auf die Stirn zu geben.

Ganz anders an jenem Tag in Leipzig, an dem ich sie zum letzten Mal gesehen habe. Denn dort habe ich in ihr schlafendes Gesicht geblickt und nichts anderes entdecken können, als eine gemeinsame Vergangenheit, die bei näherer Betrachtung gar keine war. Habe dort gestanden mit meinen Betonbeinen, nichts gefühlt und überlegt, ob es nicht besser sei, Marie wacht nicht auf, bevor ich die Wohnung wieder verlassen habe. Und wie ich jetzt in diesem Moment meinen Kühlschrank öffne und im obersten Fach nach einer gut gekühlten Bierflasche für Lohwald greife, kann ich mich wieder an die Kälte erinnern, die mich damals in Maries Wohnzimmer angesichts ihres schlafenden Gesichtes umfangen hat. Wie lange ich dort wohl gestanden habe, vor der schlafenden Marie, überlege ich, während ich das Etikett der Bierflasche betrachte. Fährt man sacht mit dem Finger über das Etikett einer frisch gekühlten Flasche Bier, so fühlt sich alles sehr ordentlich an. Aber nicht nur das Getränk, gleich die ganze Welt fühlt sich ganz geordnet an, nur durch Berührung dieses glatten Etiketts. Sehr seltsam, wissen wir doch ganz genau, dass es nur wenige Augenblicke braucht, bis aus dieser ordentlichen, frischen und gekühlten Bierflasche, ist sie erst einmal in Menschenhand, ein eklig abgegriffener und aufgewärmter Plörrebecher geworden ist. Der Inhalt dieser ehemals frischen und kühlen Flasche ergießt sich in den Hals seines Halters, strömt die raue Kehle hinunter und verursacht auf seinem Weg nach unten nichts anderes als Trauer und Tränen, Geschrei und nicht selten sogar Gewalt. Und dieses beruhigende, ordentliche und so glatte Etikett, es wird von nervösen, knibbelnden und knibbligen Fingern nach und nach zerstört. Die Schönheit geht, was bleibt sind Chaos und Zerstörung, denke ich, selbst etwas amüsiert über meinen ständigen Drang, schöne Dinge derart albern zu sezieren, bis wirklich nur noch das Nichts in und an ihnen zu erkennen ist. Und im gleichen Zug vollkommen nichtige Dinge derart zu überhöhen, so dass selbst diese dämliche Bierflasche in meiner Hand die Chance bekommt, zu einem gewichtigen, lebensphilosophischen Gleichnis-Gegenstand zu werden.

So wie ich in Maries Wohnung in Leipzig ihre Gegenwart gewittert habe, so hat sie kurz darauf auch mich gewittert, bis tief in ihren Schlaf hinein. Hat, als ich etwas unschlüssig mit meinen Betonbeinen vor ihr stand, plötzlich ihre wunderschönen, eisblauen Augen weit aufgerissen und mich ganz erschrocken angestarrt. Mit voller Wucht trafen mich ihre blauen Augen. Und wie ich so in diese weit aufgerissenen blauen Augen geschaut habe, war es mir vorgekommen, als hätte ich nie zuvor in diese Augen geschaut. Ja, als wäre es das erste Mal, dass ich dort hinein sah, so kam es mir vor. So oft habe ich an Maries herrlich blaue Augen denken müssen, bin sechs Jahre lang mit dem Bewusstsein herumgelaufen, eine Freundin mit herrlich blauen Augen zu haben. Doch an jenem Tag in Leipzig, dem Tag, an dem ich Marie zum letzten Male gesehen habe, da habe ich plötzlich nicht einmal mehr mit Klarheit sagen können, ob diese herrlichen Augen überhaupt blau sind. Ein konfuses Gefühl, ganz ohne Frage – und doch in seiner Klarheit nur niederschmetternd. Denn ich starrte mitten in diese Augen und nahm mit einem Mal einen Schimmer von Braun war, eine Idee von Grün, einen Hauch von Grau. In Amsterdam hatte ich in Erwartung roter Tulpen andauernd nur rote Tulpen serviert bekommen. Doch in jenem Moment, in dem ich Marie so unumwunden ins Gesicht blickte, verweigerten sich ihre Pupillen mir, ließen die von mir erwartete Färbung einfach nicht mehr zu.

Ich war fassungslos. Auch Marie hat mich ganz erschrocken angeschaut, wir begegneten uns also in gemeinsamer Erschrockenheit, sozusagen. Nein, ich habe Marie nie gekannt, Marie ist immer nur eine schöne Vorstellung gewesen, die schöne Marie mit den eisblauen Augen und der stolzen Ballerina-Haltung. Aufgesprungen ist Marie an jenem Tag dann plötzlich, genauso heftig aufgesprungen, wie sie kurz zuvor auch ihre Augen aufgerissen hatte. Und kaum war sie auf ihren Beinen, begann sie aufgescheucht durch ihre Wohnung zu laufen, hatte hier einen Stapel Bücher von links nach rechts verschoben und dort ein trockenes Blatt von einer ihrer vielen grünen Pflanzen gezupft. Hatte also gemacht und getan, wie man so sagt, und zugleich doch so gar nichts gemacht und getan. Hatte eine leere Handlung an die andere gereiht, nur um mir nicht zu begegnen, der ich doch keine fünf Meter neben ihr gestanden habe. Ob ich alles dabei habe, hat Marie mich dann gefragt, hat direkt neben mir gestanden und sich dennoch angehört, wie eine Stimme aus einer anderen Galaxie. Hat mit ihren kleinen Händen eine Strähne aus ihrem Gesicht genommen und stand auf einem Bein, während das andere, das linke, unruhig auf den Zehen vor sich hintänzelte. Mit einer Hand hat sie sich dabei an der Stuhllehne festgehalten und ich erinnere mich, wie es mich mit einem Mal brennend interessiert hatte, ob sie diese Stuhllehne tatsächlich zur Balance brauchte oder ob sie als ausgebildete Ballerina auch ohne diese Stütze auskommen könnte. Ich hatte ihre Beine beobachtet, ihre tänzelnden Zehen, ihre Haarsträhne, die wippenden Ohrringe, sogar die Stuhllehne habe ich in jenem Moment fixiert – nur der Marie ins Gesicht habe ich nicht mehr schauen können.

Ob ich alles dabei habe, hatte Marie mich gefragt. Und ich, ich habe daraufhin hektisch in meiner großen Reisetasche gewühlt. So hektisch wie Marie wenige Augenblicke zuvor durch ihre Wohnung geeilt war, wühlte ich nun in meiner großen Reisetasche und holte den alten roten Mixer heraus, der sechs lange Jahre bei mir gewesen war und mit dem wir Kekse für sechs Weihnachtsfeste gebacken hatten. Hatten uns dabei mit Mehl verdreckt, hatten den Teig ausgerollt und ich, ich hatte Jahr für Jahr vom Teig genascht, was die Marie Jahr für Jahr mit einem lachenden und flötenden „Das habe ich gesehen!" quittiert hatte. Jahr für Jahr waren am Ende zwei große Boxen voller Kekse dabei herausgekommen und mit der einen Box war Marie mit ihrer Mutter nach Norddeutschland zu ihren Großeltern gereist und ich mit der anderen Box ins Ruhrgebiet, zu Eltern, Geschwistern, Nichten, Neffen. Jahr für Jahr haben wir mit dem alten roten Mixer Kekse gebacken – und haben es fertig gebracht, nicht einen einzigen dieser Kekse an einem Weihnachtsfest gemeinsam zu essen. Verkrümelt haben wir uns. Wir haben Kekse gebacken und uns dann einfach voneinander verkrümelt.

Den roten Mixer habe ich, nachdem Marie mich an jenem Tag gefragt hat, ob ich alles dabei habe, auf ihren Tisch gestellt. Und dazu auch ihren violetten Rollkragenpullover, der so lange bei mir gelegen hat, dass er in jenem Moment, als ich ihn dann neben den roten Mixer gepackt habe, schon gar nicht mehr nach Marie gerochen hat.

Auch die Tupperdosen hatte ich mitgebracht, ihre Tupperdosen, die mit dem Essen, das sie so oft als Wegzehrung für mich gemacht hat. Und sogar an die Sonnenbrille hatte ich gedacht, jene Sonnenbrille, die sie bei unserem Urlaub an der rumänischen Schwarzmeerküste immer getragen und die ich ihr an unserem letzten Tag am Strand immer wieder geklaut hatte. In Ruhe sonnen hat Marie sich wollen, doch ich, ich hatte ihr immer wieder die Sonnenbrille vom Kopf genommen, kaum dass sie die Augen geschlossen hatte. Hatte sie ihr frech weggenommen und hatte ein jedes Mal, wenn sie mich aufforderte, ihr diese Brille sofort zurückgegeben, triumphierend „Was krieg ich denn dafür?" gerufen. Immer und immer wieder hatte ich das gerufen bis Marie und ich schließlich in einen unausweichlichen, vorhersehbaren und langen Kuss versunken waren. Unter uns der Sand, über uns die Sonne, hinter uns das Meer.

Alles habe ich Marie auf ihren Wohnzimmertisch gelegt. Und erst über die Wochen und Monate dann bemerkt, dass alles gar nicht alles gewesen war, dass ich beständig in meiner Wohnung – bis zum heutigen Tag – über Dinge stolpere, die ich an jenem Tag hätte einpacken und mitbringen sollen. So wie das Paar Damenschuhe, auf welches ich wenige Tage, nachdem ich Marie zum letzten Mal gesehen habe, in meiner Abstellkammer gestoßen bin. Ich hatte eigentlich nach einem Verlängerungskabel gesucht. Und wie ich mich mühsam durch meine mit unnützem Zeug vollgestellte Abstellkammer geschlängelt hatte, hatten dort plötzlich ihre dunkelblauen, hochhackigen Schuhe gestanden. Ein Stück von Brecht hatten wir uns in der Volksbühne angeschaut, so erinnerte ich mich sofort, nicht beim Berliner Ensemble, nein, direkt am Rosa-Luxemburg-Platz hatten wir uns dieses Stück in der Volksbühne angeschaut. Der klackernde Klang ihrer hochhackigen Schuhe war durch den ganzen U-Bahntunnel und auch die 200 Meter, die wir dann über den Vorplatz der Volksbühne geeilt waren, gehallt. Es war ein ganz wunderbarer Abend gewesen, und dennoch sind wir nie wieder dort gewesen, Marie und ich.

Ich hatte Marie also noch eine Kurzmitteilung geschickt, sie nachträglich darüber informiert, dass ich ihre Schuhe noch gefunden habe und ihr diese Schuhe gerne noch schicken oder vorbeibringen würde. Doch Marie antwortete nur, ich könne sie ruhig wegschmeißen. Ja, sie hat tatsächlich die Worte *ruhig* und *wegschmeißen* zu einer Sinneinheit zusammengefügt. „Ruhig wegschmeißen" hat Marie mir als Kurzmitteilung auf mein Handy geschickt, mehr nicht, kein Hallo, kein Tschüss, nicht einmal für ein Satzzeichen hat es mehr gereicht. Sechs lange Jahre gibt man sich der Idee hin, füreinander geboren zu sein und am Ende, so denke ich jetzt, noch immer das Etikett der kühlen Bierflasche betrachtend, am Ende reicht es nicht einmal mehr für ein einziges banales Satzzeichen. „Ruhig wegschmeißen" hat sie mir geschrieben, ohne Punkt und ohne Komma, weder Ausrufe- noch Fragezeichen. Es ist das letzte Lebenszeichen, dass ich überhaupt von ihr erhalten habe. Der letzte Satz, der zwischen ihr und mir gestanden hat. Und bis heute steht.

Marie hat also an jenem Tag, als ich sie zum letzten Mal gesehen habe, nicht mich und ich nicht sie angesehen. Ich hatte versucht, mir vorzustellen, wie ich um Himmels Willen gleich gehen, wie ich aus ihrer Wohnung und aus ihrem Leben verschwinden werde. Ganz konfus hat mich diese Überlegerei darüber gemacht und sie hat dieses Ende hinausgezögert. In meiner Verwirrung fing ich an zu reden. Aber nichts aus meinem über sechs Jahre hochgerüsteten verbalen Waffenschrank schoss aus meinem Kopf. Sämtliche Wortsalven, die Marie sechs Jahre lang immer wieder zerstört haben, waren mir abhanden gekommen. Irgendetwas über Maries Tupperware habe ich erzählt, glaube ich. Und habe keinen einzigen Satz verstanden, der in diesem Moment der Verwirrung aus mir herausfiel. Marie war einfach wieder sinnlos durch ihre kleine Wohnung gelaufen, hatte angefangen, einige Teller und Schüsseln zu spülen, die, ich hatte es genau gesehen, vollkommen sauber gewesen waren. Hatte nur mit Ignoranz und einem angestrengt klingenden „Jaja" geantwortet, als ich so sinnlos dahergeredet hatte, ganz ohne Punkt und Komma, wie mir nun belustigt einfällt. Tatsache, ganz unzweifelhaft bin *ich* es gewesen, der als erstes die Satzzeichen aus unserer Beziehung genommen hat. Ich bin es gewesen, nicht Marie, denn Marie hat sechs lange Jahre immer nur auf meine Seltsamkeiten reagieren können, ist hilflos meinen Verhaltenseskapaden hinterher gelaufen, bis sie es irgendwann einfach nicht mehr ertragen hat. Und ich, ich hatte es immer gewusst, hatte immer gewusst, dass nicht ich sie, sondern sie mich verlassen wird. Obwohl ich derjenige bin, der für sich in Anspruch nehmen kann, sämtliche Satzzeichen aus unserer Beziehung entfernt zu haben, so ist es Marie gewesen, die dieser ganzen Farce, dieser Schmierenkomödie ein abruptes Ende gesetzt hat. Damals, als ich aus London zurückgekehrt bin und sie kraftlos und zugleich mit voller Kraft durch das Telefon zu mir gesprochen hatte. All das fällt mir nun wieder ein, während ich auf dieses so glatte Etikett der Bierflasche schaue.

Und trotzdem war er dann ganz plötzlich da, dieser unausweichliche Moment, den ich wohl schon auf der Hinreise unablässig in meinem Kopf bearbeitet hatte und der mich dadurch schon lange bevor er überhaupt eintrat so ratlos und verworren gemacht hatte. In ihrem kleinen Flur habe ich schließlich gestanden und Marie hat in ihrer kleinen Eckküche Tellern und Schüsseln einen Dreck weggerieben, den wohl nicht einmal sie selbst hat sehen können. Ich habe sie im Flur nur noch hören können. Das leichte Klirren des Porzellans, ihre hektisch schrubbenden Bewegungen und, ja, sogar ihre im Takt wippenden Ohrringe. Und so hatten wir in unmittelbarer Nähe zueinander gestanden und waren uns doch so unendlich fern. Und dann hatte ich nach einem passenden Wort gesucht; das passende Wort für den einen, alles abschließenden Moment, der nun kommen würde. Doch wie lautet dieses passende Wort nur? Was sagen sich Menschen in derlei Situationen? Sagen sie: Auf Wiedersehen? Oder: Bis bald? Lass uns in Kontakt bleiben? Oder gar: Wir hören voneinander? Nein, alle Worte, die wir Menschen zueinander in derlei Situationen sagen können, die sitzen uns fahl und falsch auf den Lippen und tragen den bitteren Geschmack der vorsätzlichen Lüge in sich. Denn wir haben verlernt, den harten Fakten unseres Lebens ins Gesicht zu sehen, so vorsätzlich verlernt haben wir das, dass wir mittels Political Correctness sogar nach und nach unsere komplette Sprache verweichlichen, sie ihrer Ecken und Kanten berauben, bis nur noch wachsweicher Unverbindlichkeitstalk möglich ist.

„Ade" sagen wir in derlei Situationen. Und „Lebewohl". *Ade* und *Lebewohl*, die einzig wahren, wenn auch antiquierten Worte, die uns für derlei Abschiede geblieben sind.

Auch zu Marie habe ich aus dem Flur heraus ein Lebewohl zu sagen versucht, es jedoch einfach nicht aus meinem Mund bekommen. Und so habe ich in jenem Moment nichts zu ihr gesagt. Gar nichts. Habe lediglich ihren immer hektischer und lächerlicher werdenden Abspülgeräuschen gelauscht – und bin gegangen. Habe die Tür ihrer Wohnung hinter mir ins Schloss gezogen und bin durch das Treppenhaus nach unten geeilt. Ich habe direkt gespürt, dass Marie dort oben, kaum hatte ich die Tür zugezogen, ihren Teller oder ihre Schüssel hat fallen lassen und hemmungslos zu weinen begonnen hat. So wie ich immer gewusst habe, dass nicht ich sie, sondern sie mich eines Tages verlassen wird, so habe ich in jenem Moment im Treppenhaus auch gewusst, dass Marie dort oben vor lauter Trauer und Tränen kaum noch in der Lage war, sich auf den Beinen zu halten.

Dass sie sich an das Spülbecken klammerte und kaum noch Luft bekam vor lauter Schluchzen. Und dass ihre Augen – diese herrlichen Augen – sich mit Tränen füllten. So schnell und so gewaltig, dass Marie kaum noch etwas hat sehen können in ihrer kleinen Wohnung.

Kaum sitze ich nun wieder neben Lohwald auf der Couch, beginnt er auch schon hastig an der Bierflasche zu nuckeln. Hockt dort, klein, glatzköpfig und schwammig, kann kaum mit den Füßen den Boden erreichen und nuckelt an der Bierflasche wie ein Säugling an seiner Milch. Er mag Frauen reihenweise abschleppen, der Lohwald, denke ich, ihnen den vollendeten Mann von Welt vorspielen, er, der berühmte Radiomoderator – und nuckelt doch an seiner Bierflasche, als wäre es Milch und er ein Säugling. Ja, mir offenbart er sich, hier in meiner Wohnung und in dieser Situation. Denn er vernachlässigt seine Deckung, lustig ist das, er scheint sich derart sicher zu fühlen, dass er einen Flüchtigkeitsfehler nach dem anderen begeht. Und sich als die kleine und verlorene Gestalt zu erkennen gibt, die er in Wahrheit ist. Wie glasig sein Blick bereits wird, die ersten roten Äderchen durchziehen seine Pupillen. Vermutlich säuft Lohwald so schnell und so viel seit es damals seinem missratenen Sohn den Kopf zermatscht hat. Seltsam.

Maries Mutter ist ein halbes Leben lang auf den Kopf geschlagen worden und Tag für Tag ist ihr der Eiter in ekelhaften Mengen die Kehle hinunter geronnen, doch Alkohol hat sie nie getrunken. Auch Marie hat nie eine sonderlich ausgeprägte Tendenz zum Alkohol gehabt, wie auch Moritz, der ewig angstlose Moritz, sich sein kurzes Leben lang immer nur vom Alkohol fern gehalten hat. „Ich finde", so hat er zu mir eines Abends in einer Cocktailbar in Guangzhou gesagt, „dass wir Menschen uns auch ohne Alkohol schon unsinnig und idiotisch genug aufführen. Diese dem Menschen naturgegebene Verhaltensauffälligkeit durch Bier und Schnaps noch weiter zu potenzieren, erscheint mir ziemlich sinnlos."

Wie gut ich mich auch an jenen Abend noch immer erinnere, obwohl ich doch nun wahrlich meine chinesische Reise aus dem Kopf zu bekommen versuche. Fast zwei Wochen lang waren wir unentwegt unterwegs gewesen, Moritz und ich, hatten uns durch diese chinesische Sprach- und Handlungslosigkeit geschlagen, uns eine gleichförmige Stadt nach der anderen angeschaut und waren abends dann in einen für Westler gut erschwinglichen Eisenbahn-Schlafwagen gekrabbelt. Nur um viele Stunden später in einer anderen Ecke dieses Riesenlandes aufzuwachen. An jenem Abend aber hatten Moritz und ich uns erstmalig und zum simplen Zeitvertreib dazu entschieden, eine Nacht zu bleiben und in einem Hotel zu nächtigen. Und so waren wir durch die schwülfeuchte Nacht geschritten und hatten uns schließlich in eine Cocktailbar zurückgezogen, bei der uns bereits beim Eintreten klar gewesen war, dass gewöhnliche Einheimische sich diesen Luxus ein Leben lang nicht leisten können. Ich weiß noch, wie ich das in edlem dunkelbraun gehaltene Interieur der Bar bewundert habe, die stilsicher ausgesuchten Möbel, deren Polster mit dunkelrotem Stoff überzogen worden waren. Mehr nach englischer Upper Class hatte das alles ausgesehen. Auch das elegante Saxofonspiel von John Coltrane, das sich unaufdringlich und kaum vernehmbar ins Unterbewusstsein der Gäste mogelte, war mir natürlich direkt beim Eintreten aufgefallen, noch bevor uns das in China übliche Heer an Mitarbeitern an unsere Plätze geleitet hatte.

Ich habe mich immer gefragt, wie Moritz, mit all seiner Geringschätzung für die Menschen, aus Berlin flüchten und dann ausgerechnet mitten in China hat landen können. Einem Land, in dem sich die Menschen in einem fort gegenseitig auf die Füße treten, sich gegenseitig kaum noch Luft zum Atmen lassen, sich beständig gegenseitig weghupen, anrotzen, unterdrücken. „Menschlicher Überschuss", habe ich während meiner Zeit in China sehr oft denken müssen und auch in jenem Moment, in dem Moritz und ich von viel zu vielen Bediensteten auf einmal zu unseren Plätzen geleitet wurden, da habe ich das ebenfalls denken müssen. Arbeitskraft kostet in China nichts, das hatte Moritz mir schon früh erklärt, weshalb in der Regel eher zu viele Mitarbeiter anzutreffen sind als zu wenig. In China gibt es Menschen, die extra dafür angestellt sind, in Restaurants den ganzen Tag Leuten die Tür aufzuhalten. Und andere verdienen ihr Geld damit, die Gäste von der Tür dann zu einem Sitzplatz zu bringen. Für die Aufnahme der Bestellung sind wieder spezielle Angestellte zuständig, nicht selten für das Bringen der Getränke weitere. Und manche laufen geschäftig und wichtig einfach den ganzen Tag im Restaurant herum und schauen, ob alles läuft und alles in Ordnung ist. Ja, tatsächlich: Auf jeden Gast kommen gut und gerne zehn Angestellte – und dennoch gibt es Leute, die den ganzen Tag umherlaufen und schauen, ob alles in Ordnung ist.

Zuviel Kümmern ist genauso mies wie sich gar nicht kümmern, denke ich, während ich neben Lohwald auf der Couch sitze, seine armselige Gestalt beschaue und mir einfällt, wie mir unser Produzent einmal erzählt hat, dass Lohwald 15 000 Euro im Monat verdiene.

Plus Sonderaufträge, wie der Produzent damals mit vor der Brust verschränkten Armen dann noch hinzugefügt hatte. 15 000 Euro Monat für Monat, denke ich, während ich mir diesen lächerlichen Lohwald betrachte, wie er dort neben mir auf dem Sofa sitzt und sich an seiner zweiten Bierflasche festhält. Ja, natürlich, er hat längst begonnen, sich mit seinen schwammigen Händen an meinem ehemals perfekten Etikett zu schaffen zu machen. Mit der Folge, dass die ersten kleinen Krümelchen und Kügelchen sich auf seinem Schoß und meinem Sofa verteilen. Ich werde die ganze Wohnung putzen müssen, sobald Lohwald weg ist, denke ich. Verdient 15 000 Euro und benimmt sich wie ein Schwein, benimmt sich wie der allerletzte Penner, besudelt erst mich mit seinem dreckigen und selbstverliebten Gequatsche, nur um kurz danach auch noch über meine Wohnung herzufallen. Verdient 15 000 Euro mit seiner unsinnigen Laberei, sitzt Tag für Tag in einem schalldichten Studio und labert in ein Mikrofon, überprüft jeden Tag, dass sein Stapel Autogrammkarten auch ganz sicher der abgegriffenste von allen ist und verdient 15 000 Euro monatlich damit. Sagt die Temperatur an und vermeldet Staus, sagt Lieder an und liefert abgegriffene Gags von der Stange. Und bekommt für all das 15 000 Euro. Im Monat. Und ich soll die Schuld dafür tragen, dass sich immer öfter Leute aufhängen? Oder freiwillig mit ihrem Auto vor einen Baum fahren? Nein, Freunde, das hat mit meinem Wirken nichts zu tun. Das sind eure bescheuerten Menschen-Regeln. Die sorgen dafür, dass immer mehr Seelen ihren Geist aufgeben. Und ihre Mitwirkung einstellen. So wie Moritz.

Dass es Lohwald im Gegenzug den Sohn zermatscht hat, kann und darf da noch nicht alles gewesen sein. Ein Nadelstich ist das gewesen, ausgeführt von den heilenden und bereinigenden Kräften des Schicksals und der Natur. Was wir aber wirklich brauchen, ist eine Art Lohwald-Endlösung. Eine bewusste, sauber geplante und ordentlich ausgeführte Vernichtung. Ich, mit meiner Tendenz ein Mörder zu sein, ich wäre vielleicht wirklich fähig, die Menschheit zu retten. Ich, mit all meiner Zerrissenheit und Orientierungslosigkeit und mit dieser Kälte, die mich mit jeden Tag mehr und mehr durchdringt, bin vielleicht tatsächlich ausersehen, ein Märtyrer zu werden. Lohwald töten, die Menschheit von diesem Makel befreien – genau das könnte mein Lebenssinn sein!

Nicht so wie Moritz, der sich ein kurzes Leben lang immer nur um die eigene Achse gedreht und sich anschließend selbst ins Jenseits befördert hat, ohne Sinn, ohne Verstand, ohne Bedeutung.

Wie er überhaupt bei aller Intelligenz fast immer dämlich gehandelt hat. Auch und gerade an eben jenem Abend in der Cocktailbar in Guangzhou, in der er mir gegenüber gesessen hat. Ich hatte einfach nur dagesessen und umhergeschaut, während er mir wieder und wieder erzählte, wie gut es ihm in China ginge. Die alte Leier, die abgenudelte Dauerschallplatte, er legte sie immer wieder auf. Doch während er sich noch abmühte, glaubwürdig zu klingen, hatte er schon nichts anderes mehr vor sich hergetragen, als das Gesicht und die Körperhaltung eines komplett Gescheiterten. Ich weiß noch, wie ich ihm auch an jenem Abend erneut gesagt habe, dass ich doch weiß, dass er sich schon bald umbringen werde, noch hier, mitten in China, was Moritz allerdings sofort auf die Palme gebracht hatte. Ich hatte in jenem Moment bereits drei Cocktails intus gehabt, fast so schnell und so panisch wie Lohwald gerade mein Bier leersäuft, habe ich an jenem Abend in China auch getrunken. Und Moritz hatte mir darauf verweisend vorgeworfen, ich würde wirres Zeug von mir geben. Erst heute, viele Monate später, fällt mir auf, dass der Humor unserer frühen Freitodkonversationen in China nicht mehr wiederzubeleben war. Hatte Moritz daheim in Deutschland immer ausgiebig mitgelacht und eifrig diskutiert, hat er sich in China gesperrt. Und sich so zickig verhalten, wie es dem Thema vielleicht wirklich gebührt. Aber warum? Warum diskutiert einer in Deutschland gern über sein eigenes Ableben und vollzieht diesen letzten Schritt nicht – und geht dann nach China, wo er nicht mehr gern darüber spricht und es dann doch tut? Ist das widersinnig? Oder die klare Verhaltensweise aller dem Freitod zugeneigten Menschen, die immer genau dann aufhören, gern darüber zu sprechen, wenn sie vorhaben, es tatsächlich umzusetzen?

Wie dem auch sei, Moritz hatte mir in der Cocktailbar vorgeworfen, wirres Zeug von mir zu geben. Doch ich, ich hatte mit fester Stimme geantwortet, dass ich klar sehe, ja mit jedem weiteren Glas sogar immer klarer sehe. Daraufhin hatte Moritz mir dann seinen Satz über den Alkohol gesagt und dass wir Menschen doch auch schon so lächerlich genug seien. Und dann hatte er noch hinzugefügt, dass ich ja nur deshalb so gern trinke, weil es so ein schönes, warmes Gefühl ergäbe, zumindest für eine kurze Zeit. Ich erinnere mich jetzt, neben Lohwald auf dem Sofa sitzend, wie damit ein höchst abstruser Streit zwischen ihm und mir entbrannte, in dem ich, nur um Moritz zu ärgern, demonstrativ immer mehr Cocktails bestellt und auch getrunken hatte. Es mag sein, dass es das in Guangzhou vorherrschende feucht-warme Klima war, das uns an jenem Abend so zu schaffen gemacht hat. In Verbindung mit den Reisestrapazen und all der chinesischen Trostlosigkeit, der wir in den Wochen zuvor an jeder Ecke begegnet waren, könnte es wirklich dafür gesorgt haben, dass wir, wie man so sagt, unsere gute Kinderstube vergaßen. Wir wurden immer hitziger, aufgebrachter und lauter. Ich hielt Moritz immer wieder vor, dass er doch gar keine andere Chance habe, als sich bald umzubringen. Natürlich war ich in jenem Disput auf der sicheren Seite, hatte ich doch den von Moritz mitunterzeichneten Vertrag, in dem wir seinen Selbstmord eindeutig festgelegt hatten. Ich wusste also, dass es hier nichts zu diskutieren gab und Moritz nur einen Eiertanz aufführte, aus purer Lust an der Rechthaberei. Aber auch Moritz wusste selbstverständlich um unseren Vertrag und dass er ihn schließlich nicht aus Langeweile oder gar unter Zwang unterzeichnet hatte, sondern einzig und allein aus Überzeugung. Situationen können sich ändern – Überzeugungen bleiben bestehen, als eine der wenigen Verlässlichkeiten unseres Lebens. Und Moritz befand sich zum ersten Mal in einer Diskussion mit mir in der Defensive, und da hatte er plötzlich ganz leise gesagt, dass er sich vielleicht wahrhaftig schon bald umbringen würde. Ja, dass das durchaus im Bereich des Möglichen wäre und dass meine vorgebrachten Gründe natürlich stichhaltig wären. Dass ich mir jedoch die Frage gefallen lassen müsse, ob das am Ende nicht besser sei, als mit dieser Zerrissenheit zu altern. Ein Leben lang auf der Suche zu sein, nur um dann im hohen Alter festzustellen, dass man nie ein Zuhause gefunden und nie ein Gefühl für Heimat und Geborgenheit hat entwickeln können. Ob es nicht besser sei, sich beizeiten umzubringen, anstatt ein ganzes Leben lang orientierungslos in eine Falle nach der anderen zu tapsen, Tag für Tag zu spüren, wie das Leben wie Sand durch die Finger rinnt und es gar nichts zu greifen gebe, nichts zum Festhalten, nichts von Dauer. Und dann war er aufgestanden und gegangen. Er war vor einem Streit geflohen, der keiner war, hatten wir uns doch die ganze Zeit nur gegenseitig bestätigt, hatten gewusst, dass neben den eigenen Worten und Argumenten auch die Worte und Argumente des anderen von höchster Klarheit und Wahrhaftigkeit gewesen waren.

Deshalb hatte Marie mich aus meiner Wohngemeinschaft mit Moritz in Potsdam herausgeholt. Dass ein gewollter Angstloser und ein gewollter Untergeher doch niemals zusammenleben dürften, ja genau genommen nicht eine einzige Sekunde zusammen verbringen sollten, hat sie immer gesagt. Und hätte Marie an jenem Abend in der Cocktailbar in Guangzhou bei uns gesessen, sie hätte sich wohl bestätigt gefühlt. Aber Marie war weit weg gewesen, nur Moritz und ich hatten uns die Sätze zugeworfen wie heiße Kartoffeln. Und erst jetzt, nach all den Jahren, glaube ich zu wissen, dass er, als er nach unserem seltsamen Streit so plötzlich das Weite suchte, dies weder aus Zorn noch aus einer Aufgebrachtheit heraus getan hat, sondern aus Enttäuschung. Niemand hat ihn jemals so gut verstehen können wie ich. Niemand. Doch anstatt ihm aus seinem selbst gewählten Jammertal zu helfen, habe ich Moritz immer wieder nur Dinge gesagt, die er doch selbst längst wusste: Dass er auch in China keine Heimat finden wird. Dass er hinter das Geheimnis des Lebens gekommen ist, ganz so als hätte er hinter einen Vorhang geschaut. Dass er erkannt hat, dass all das, was den Menschen das Gefühl gibt, ein Leben zu führen, bei genauer Betrachtung doch nur dumpfe Kulissenschieberei ist. Dass er nie wieder zurückfinden würde in die überlebensnotwendige Naivität, in die gedankliche Jungfräulichkeit. Und dass ihm daher nur die Möglichkeit eines Freitods bleibt. Ob verprügelte oder betrogene Frauen oder im Krieg traumatisierte Soldaten, das Schema ist immer das Gleiche: Hat man einmal gesehen, so gibt es keine Umkehr mehr. Da hilft keine Therapie, kein gutes Zureden, keine Freundschaft, ja nicht einmal Liebe und Vertrauen. Diese Rückkehr ist per se unmöglich. Auch für Leute, die aus einer Neugier heraus hinter den Lebensvorhang geblickt haben, um es nur ganz kurz einmal zu streicheln, dieses große schlafende Nichts, auch für sie wird dieser Vorhang von da an immer geöffnet bleiben. Da hilft kein Zurren und kein Zerren, auf bleibt auf. Und Moritz hatte diesen Vorhang zerrissen.

Mein Blick fällt auf Lohwald und ich betrachte wieder diese wabbelige weiße Hand, die eine inzwischen abgerissene und erneut fast leer gesoffene Bierflasche umklammert. Spielt den Mann von Welt, der alles und jeden im Griff hat und säuft doch wie ein Loch. Verdient 15 000 Euro im Monat, hat junge Frauen, tolle Autos, eigene Autogrammkarten und ist doch genau so am Ende, wie der Moritz es gewesen ist. Vielleicht liegt die Antwort also doch im Alkohol? Maries Mutter, Marie selbst, Moritz: Alle haben kaum einen Tropfen Alkohol angerührt und sind vielleicht genau daran zugrunde gegangen. Moritz hat sich nie mit Alkohol zu einem Irren machen wollen und ist bereits tot; Maries Mutter wird dem steten Terror des Eiters und dem Wissen um ein verpfuschtes Leben ebenfalls nicht mehr lange standhalten können. Und auch Marie hat nur kurz etwas Zeit gewinnen können, in dem sie vor mir und meinen Wahrheiten geflohen ist, so wie einst Moritz aus der Cocktailbar in China geflohen ist, nur um Zeit zu gewinnen. Doch wie Moritz sich dann umgebracht hat, weil er nicht mehr zurück in seine Naivität konnte, so wird auch Marie ganz gewiss noch als junge Frau sterben. Aber Lohwald? Säuft und säuft und manipuliert und intrigiert und lebt und gewinnt, Tag für Tag. Und ich selbst? Auch ich trinke lieber zu viel als zu wenig – und werde vielleicht genau deswegen dieses furchtbar lange Leben führen. Werde alt werden mit meiner Zerrissenheit, so wie Moritz es an jenem Abend in der Cocktailbar gesagt hat. Werde alt werden und eines Tages voller Gram auf ein zielloses und unfertiges Leben zurückblicken, auf meine eigene Reise, die eine Reise ohne Ankunft sein wird, eine Reise um der plumpen Reiserei willen, des ewigen Unterwegsseins. Ich werde so entsetzlich alt werden, weil ich niemals irgendwo ankommen kann. Ein Odysseus ohne Ithaka.

An jenem Abend in der Cocktailbar war Moritz also plötzlich aufgesprungen und davon gestürmt. Hatte noch Dinge gerufen wie: „Das muss ich mir nicht bieten lassen!" und „Du müsstest mal hören, was du mir da alles an den Kopf wirfst!" – und war verschwunden. War verschwunden, und er wusste bestimmt, dass es gar nicht der Zorn über mich und meine Aussagen gewesen sein kann, die ihn so bestürzt die Flucht haben antreten lassen, sondern die plötzliche Erkenntnis, dass ich komplett richtig lag. Und ich der einzige Mensch war, der ihn vollständig erfasst und verstanden hatte. Und trotzdem war ich, bei aller Rechthaberei, doch so verdammt unfähig, ihn zu retten. Ja, kein Zweifel, genau diese Erkenntnis muss es gewesen sein, die Moritz an jenem Abend erst davonstürmen ließ und ihn kurze Zeit später auch in den Freitod trieb.

Und als er plötzlich weg war, blieb ich stumpf und still in der Cocktailbar zurück und dachte an nichts mehr. Wie seltsam sich das anfühlt, denke ich jetzt, während ich Lohwald dabei beobachte, wie er einen letzten großen Schluck aus der Bierflasche nimmt. Wie seltsam sich das anfühlt, an jenen Moment zu denken, in dem ich für eine kurze Zeit nichts gedacht habe. Soweit ich mich zurückerinnern kann und soweit es mir gelingt in meine früheren Ichs zurückzukehren, ist da doch niemals etwas anderes gewesen als dieser Dschungel voller Gedanken, das theoretisierende Dickicht mitten in meinem Hirn. Mich immer ansprechend, mich immer zulabernd, mich auf Schritt und Tritt mit allem möglichen Gedankenmüll konfrontierend. Wann immer ich lache, reflektiere ich sogleich mein Lachen, wann immer ich hasse, reflektiere ich sogleich meinen Hass und wann immer Gefühle es schaffen, den Schwarzen Frost zu durchbrechen, so erwartet sie nur Verstand, Vernunft und Theorie. Doch in jenen Minuten in der chinesischen Cocktailbar war es mir tatsächlich gelungen, für einen Moment lang an gar nichts mehr zu denken. An überhaupt nichts. Moritz war ganz aufgebracht davon gestoben, ich hatte sofort begriffen, dass ich ihm den eigenen Freitod nun endgültig und unausweichlich nahe gebracht hatte – und dann, dann hatte ich an gar nichts mehr gedacht.

Wenn ich hier so neben Lohwald auf dem Sofa sitze, kommt mir die Möglichkeit des Nichtsdenkens doch sehr lächerlich vor. Derart lächerlich, dass ich kurzzeitig sogar gewillt bin, meinen eigenen Erinnerungen zu misstrauen. Habe ich damals in der chinesischen Cocktailbar tatsächlich nichts gedacht? Oder war mir vielleicht einfach nur einen Moment lang nichts eingefallen, was ich hätte denken können? Oder habe ich – welch horrender Unterschied! – nicht nichts gedacht, sondern an das Nichts? Auch eine psychologische Blockade ist jetzt, da ich versuche diesen Augenblick nachträglich zu analysieren, durchaus plausibel: Angesichts der Tatsache, dass ich Moritz gerade in den Freitod geschickt hatte, verhinderte eine innere Blockade vielleicht, dass ich Moritz noch weitere lebensverneinende Gedanken hinterhergeworfen hätte. Derlei Dinge sollen in der Natur doch durchaus vorkommen, dass der Körper seine eigenen Entscheidungen trifft. Ob ich nun damals gedacht, nicht gedacht oder Nichts gedacht habe, werde ich wohl niemals erfahren, aber das Gefühl, das von diesem Moment geistiger Stille ausgegangen ist, werde ich mein ganzes langes Leben nie vergessen, ist doch diese schöne Erinnerung dafür verantwortlich, dass ich mich niemals umbringen werde. Denn das Nichts, es mag einem schwarzen Loch gleichen, doch es hat auch die Macht, dich zum Schweben zu bringen, dich in Trance zu versetzen und dich eins werden zu lassen mit dem Universum. Kapitulation und Selbstaufgabe als Weg zur Glückseligkeit. Viel besser als Drogen, viel besser als Religionen, viel besser als Musik.

Ich weiß es noch genau, ich habe dort gesessen und Moritz wie in Zeitlupe davonstürmen sehen. So langsam kam mir das vor, dass Moritz mit jeder Bewegung immer verschwommener und konturloser wurde. „Schau an, der Moritz", habe ich damals gedacht. „Schau, der Moritz, ist viel zu langsam für sich selbst, stürmt nicht nur aus dieser Cocktailbar, sondern auch hinter sich selbst her, so langsam ist er. Immer ist er zwei Schritte zu langsam für sich selbst. Hier der Moritz mit seiner schweren, ihn immer und überall niederdrückenden Existenz und dort – zwei Schritte voraus – der Moritz wie er sich selbst denkt: leicht und flink und wütend davonstürmend." So habe ich in jenem Moment in der chinesischen Cocktailbar gedacht, bis sie plötzlich wirklich weg waren. Beide Moritze, der schwere und der leichte, der wahre und der gewünschte, waren verschwunden. Und dann kam das Nichts.

Zunächst waren da noch ein paar chinesische Gesichter gewesen, das Licht und die leise Musik. Dann aber – ganz plötzlich und herrlich unvermutet – nur noch das Licht. Und so umsäumt von Licht war es in meinem Kopf ganz dunkel, ganz schwarz geworden. Äußerlich war ich in wärmendes Licht getaucht, doch innerlich sog ein kaltes Schwarzes Loch mein Ich ins Nichts, so habe ich dort also gesessen – und mich wohlgefühlt.

Vielleicht müsste ich mich einfach nur einmal richtig verlieben. Oder endlich einmal eine Handlung von Belang vollführen. Endlich einmal etwas tun, was Sinn ergibt, was sich mir selbst erschließt. Denn nur so wird die Wärme zurückkehren, erst in meine Glieder, dann in meine Knochen und schließlich sogar in mein Herz.

Ich stehe auf, um Lohwald seine dritte Bierflasche zu holen. Mit seiner ganzen Widerwärtigkeit hat er mich die ganze Zeit fixiert, kurz davor wieder seinen zermatschten Sohn ins Spiel zu bringen. Ich habe es in seinen Augen sehen können, in seiner ganzen aggressiven Körperhaltung und seiner taktlosen Art seine Beine, seine Füße, seine Hände und seine Finger zur Musik zu bewegen. Sogar mit seinem aufgequollenen, haarlosen Kopf hat er mehrfach hin und her gewippt. Mit geschlossenen Augen, natürlich, denn auch er ist ein großer Theatraliker, wenn auch auf seine ganz eigene Lohwald-Art. Er hat mir also vorgespielt, etwas zu empfinden. Hat seine Augen ganz wehmütig geschlossen gehalten und mir suggeriert, er wäre angefüllt mit schmerzhaften Erinnerungen an seinen toten Sohn, dem zermatschten Bastard. Er hat also den gefühlvollen, den sensiblen, den wahrhaft trauernden Lohwald gegeben. Aber nicht mit mir, Lohwald! Denn ich habe ihn längst entlarvt, schon vor langer Zeit. Habe doch schließlich oft genug mit meinen eigenen Augen gesehen, wie er wieder und wieder seinen Autogrammkarten-Stapel kontrolliert hat. Habe ihn mit jungen Geliebten und dicken Zigarren gesehen, habe ihn tobend und arglistig erlebt und auch mitbekommen, wie unlustig er ist, wenn unser Comedy-Autor ihm nicht dauernd

Punchlines in den Mund legt. Und nun, tja, nun hat er sich ganz offensichtlich vorgenommen mir hier, in meinen eigenen vier Wänden, eine Tragödie vorzuspielen. Er möchte den Überlebenskampf des alten, gramgebeugten Vaters inszenieren. An sich keine schlechte Idee, doch seine wabbeligen Konturen, seine Unfähigkeit, den Takt eines Folksongs korrekt mitzugehen und sein hirnloses Gesaufe haben ihn verraten.

Vielleicht habe sich da ja auch einfach nur einer erhängt, hat Moritz gewitzelt, als ich ihm damals in China von den mit Zeitungspapier zugeklebten Fenstern gegenüber meiner Wohnung erzählt habe. Das schien mir aber nicht sonderlich gut durchdacht. „Und warum", so habe ich Moritz daher gefragt, „macht er sich dann noch die Mühe, vorher Zeitungspapier an die Scheibe zu pappen?" Ich weiß noch wie Moritz auf meine Frage hin den Zeigefinger an seine Lippen legte und nach oben starrte. Lustig sah das aus, wie ein kleines Kind, das ganz angestrengt über einer Mathematik-Aufgabe grübelt. Doch es passte zu ihm, denn Moritz hatte alle erdenklichen Denker-Posen drauf, die ganz albernen genauso wie die ganz entrückten. Und über den Freitod sprach er stets mit der allergrößten Leichtigkeit. „Ach", hatte er mir nach kurzem Nachdenken geantwortet, „Ein Freitod ist doch etwas derart Alltägliches, da wird das Zeitungspapier gar nichts mit zu schaffen haben. Gerade in einer gescheiterten Stadt wie Berlin ist der Freitod doch Usus."

Wir wussten beide, dass er damit Recht hatte.

Bereits in Potsdam hatten wir herausfinden können, dass deutschlandweit wesentlich mehr Menschen durch Suizid sterben als beispielsweise bei Verkehrsunfällen. Man kann sogar alle Verkehrstoten mit allen Toten durch Gewaltdelikte addieren und obendrauf noch alle AIDS- und Drogentote packen – und dann ist immer noch nicht die Anzahl der Freitode erreicht. Und die Dunkelziffer liege ja noch viel höher, hat Moritz damals, als wir auf diese Zahlen gestoßen sind, begeistert ausgerufen.

Der Begriff der Dunkelziffer im Zusammenhang mit Freitoden hat mich seit jenem Tag, an dem Moritz ihn so erfreut ausgerufen hatte, nicht mehr losgelassen. Er fasziniert mich sogar so sehr, dass nicht ein einziger Tag vergeht, an dem ich nicht von einem tiefen Respekt für Menschen erfasst werde, die freiwillig aus dem Leben scheiden.

Bis heute, denke ich nun, während ich Lohwald seine dritte Flasche Bier aushändige, lässt mich diese Faszination nicht mehr los. Ich laufe durch die Stadt und versuche in den Gesichtern der Menschen, die mir begegnen, einen möglichen Freitodgedanken herauszulesen. Ich vertiefe mich in eine Mimik, in eine zufällige Geste, die irgendjemand macht. Und schätze daraufhin die Freitodaffinität meines Beobachtungsobjekts ab.

Bei Moritz habe ich es schnell gewusst, kaum war ich in China angekommen, hatte ich seinen Freitod vorausgesehen, das Ende aller Theorie, den Übergang in die Praxis. Und dass er sich dann tatsächlich umgebracht hat, ist nicht nur ein besonders perfider Triumph für mich, sondern auch ein perfides Zeichen dafür, dass die Verbindung von mir zu anderen Menschen doch noch nicht gänzlich abgerissen ist. Ja, ich bin noch immer in der Lage, Sympathie zu empfinden. Und so begegne ich den Menschen stets mit Interesse für ihren jeweiligen Hang zum Freitod, denn gerade dadurch bin ich ihnen näher als die meisten anderen Menschen es jemals sein werden. Ich glaube sogar, dass ich es diesbezüglich inzwischen zu einer gewissen Meisterschaft gebracht habe, denn ich höre den Freitod schon längst nicht mehr nur im Schluchzen, im Zetern, in der Panik und in der Wut. Ich höre ihn sogar in einem Lachen, sehe ihn, wie er aus einem weit geöffneten, lachenden Mund hervorlugt, sich zwischen den Zähnen gut amüsierter Menschen zu erkennen gibt, sich immer und immer wieder in Pointen entblößt, die Frohsinn spenden wollen, mir jedoch nur sagen: „Ich werde mich umbringen! Ich werde mich töten! Ich mache noch diesen einen letzten Witz, werde dann aber zur Tür hinausgehen und mich töten!"

Gut möglich, dass auch Marie sich eines Tages umbringen wird.

Ihre eiterverseuchte Mutter wird sich sogar ganz gewiss eines Tages umbringen. Und eigentlich hätte sie sich schon längst vergiften oder vor einen Zug werfen sollen, um ihre ganze verpfuschte Existenz endlich zu beenden. Nur ich, ich werde ewig leben und wenn nicht ewig, so werde ich begleitet vom Schwarzen Frost doch ein biblisches Alter erreichen. Der Schwarze Frost ist es, der mich über die Jahre schützen wird, denn mit jedem weiteren Tag meines Lebens werde ich unempfindlicher gegenüber Schmerz. Und so werde ich kalt und starr werden, und der Schwarze Frost ist mein Eispanzer. Schon bald werde ich unverletzlich sein. Grau und kalt und weise.

Oh doch, auch Marie wird sich vielleicht schon bald das Leben nehmen, nichts an diesem Gedanken ist pessimistisch oder gar lebensverneinend. Lohwald hingegen, der braucht nicht mehr zu sterben, der ist schon längst tot, innerlich verrottet. Nicht kalt wie ich, verrottet ist er, von einem ekelhaften Trieb beseelt, selbstherrlich und aggressiv. Innerlich ist er längst abgestorben, seiner selbst entfremdet und äußerlich nur noch eine widerwärtige Moderatoren-Maske. Würde man ihn demaskieren, man würde auf nichts anderes stoßen als das vollkommene Nichts. Ja, genau: Lohwald ist das Nichts. Wie es Roberto Blanco einst perfekt besungen hat: „Der Puppenspieler von Mexiko / war einmal traurig und einmal froh / und wie er fühlte, so war sein Stück / nicht immer endet ein Spiel im Glück." Ein Lied wie für Lohwald geschrieben.

Ja, ich weiß, ich sollte mich um meinen Gast kümmern. Ich sollte ein Gespräch vom Zaun brechen mit Lohwald, immerhin habe ich ihn eingeladen, so wahnsinnig das auch weiterhin ist. Aber über was lässt es sich schon reden, wenn zwei Diskutanten sich so offensichtlich gegenseitig hassen? Natürlich hasst Lohwald mich, warum sollte er ansonsten derart viel saufen? So wenig wie ich ihn ertrage, kann auch er mich ohne Alkohol nicht mehr aushalten. Wozu sich also noch unterhalten? Und worüber? Über seine Radiosendung?

Einen ausgeprägt entspannten Umgang mit heiklen Situationen hat mir mein Chefredakteur einmal attestiert und mich deswegen zum Abteilungsleiter Musik gemacht. Mir wird attestiert, die für unseren Job notwendige Ruhe und Ausgewogenheit zu besitzen. Denn es sind immer die anderen, die sich in den Meetings gegenseitig an den Hals gehen, die sogar im Beisein der Chefetage explodieren. Lohwald vorneweg. Nur ich nicht, ich sitze immer nur dabei und schaue zu. Und lasse Zeit verrinnen.

Dabei bin ich gar nicht ruhig und schon gar nicht ausgeglichen. Ich bin einfach nur ziemlich stumpf geworden über die Jahre. Ich bin zu abgestumpft, um noch auf alles und jeden reagieren zu können. Und zu lethargisch, um noch im Affekt jede Absurdität, jede Lächerlichkeit und jede Unverschämtheit parieren zu wollen. Warum sollte ich also mit Lohwald das Quasseln anfangen, das würde er mir nicht abkaufen und das würde auch ich mir selbst nicht abkaufen. Außerdem würde ich ihm doch genau damit in die Karten spielen, denn Lohwald gehört zu jenen ekelhaften Gestalten, die es gewohnt sind, dass andere für sie arbeiten. Er wirft nur ein paar lächerliche Sprachbrocken hin und erwartet, dass sich die ganze Welt dann genau um diese ausgekotzten Verbalklumpen herum bewegt.

Aber nicht mit mir, Lohwald. Brüll mich entweder an oder halte komplett die Schnauze, entscheide dich! Deine wachsweiche Phrasendrescherei wird ein übles Ende für uns beide nehmen! Maries Mutter wird aus einer freien Entscheidung heraus sterben. Aber dich,

Lohwald, werde ich töten. Ja, da wirst du Augen machen, Lohwald, ausgerechnet ich werde dich zu deinem Sohn schicken. Auf direktem Wege, auf dass du dir bis in alle Ewigkeit seine demolierte Visage anschauen kannst. Wohin du, dort im Jenseits, auch immer flüchten wirst, Lohwald, das zermatschte Gesicht deines lächerlichen Sohnes wird dich verfolgen. Du wirst endlich sterben. Und ich werde endlich leben.

Ich könnte ein Mörder sein? Nein. Ich werde ein Mörder sein!

„Nett hast du es hier", sagt Lohwald. Ich aber lasse ihn reden, entreiße ihm grob die leere Flasche, ignoriere sein austauschbares Gerede und hole ihm schnell ein neues Bier. Auf dass er daran endlich ersticken möge. Auf Höhe meines großen Fensters, den Zeitungssalat des vergewaltigenden Suizidfreundes von gegenüber im Blick, halte ich plötzlich inne und komme nicht umhin, mich erneut jener Fantasie hinzugeben, in der Lohwald, von mir getötet, im Jenseits nicht mehr vor dem Antlitz seines verschandelten Sohnes fliehen kann. Ein grandioser Gedanke, wuchtig, breit und episch, die alten Griechen würden diese Geschichte lieben, ein echtes antikes Unterweltsschicksal eben: Tantalos, Sisyphos, Lohwald.

Und wie ich mir den auch im Tode noch Gestraften vorstelle, der, wohin er sich auch wendet, immer nur die zermatschte Fresse seines ekelhaften Sohnes zu sehen bekommt, kommt mir der Gedanke, dass dieses frisch von mir entworfene Schreckensszenario für Lohwald vielleicht schon längst Realität ist. Oh ja, traumatisiert genug wird er bestimmt sein, um schon jetzt und noch unter den Lebenden mit den Erscheinungen seines toten Sohnes kämpfen zu müssen. Ich gehe zum Kühlschrank, entnehme eine frische Flasche, kehre zu Lohwald zurück und drücke ihm das Getränk in die Hand. Und dann studiere ich ihn: Die Schweißperlen auf seiner Stirn, das schwache Herz, das sich unter seinem Hemd beständig hebt und senkt – keine Frage, die Indizien sind da. Hinweise, dass er längst ein Schlafloser ist. Und kein Mensch, der ruhig schlafen kann, schüttet derartig viel Alkohol in sich hinein. Alkoholmissbrauch ist immer nur Sache derer, die nicht in den Schlaf finden, die getrieben sind von dunklen Ahnungen und wilden Spekulationen. Und Lohwald ist ganz gewiss ein solcher Schlafloser, dem der zerquetschte Schädel seines Sohnes Nacht für Nacht erscheint. Mit Sicherheit hat er seinen Sohn in der Leichenhalle noch einmal sehen müssen. Man wird von offizieller Seite zwar versucht haben, die übelsten Schmierereien zu beseitigen, doch in der Leichenhalle dürfte Lohwald nichts anderes als

Hackfleisch zu sehen bekommen haben. „Ist das Ihr Sohn?", wird ein Beamter Lohwald gefragt haben und dabei das leichenweiße Stofftuch ein wenig gelüftet haben. Und er, Lohwald, wird dort gestanden und beobachtet haben, wie sich das Stofftuch in Zeitlupe von dem darunter aufgebahrten Körper abhebt. Und dann wird er Hackfleisch gesehen haben, einen einzigen großen Klumpen Mett. Eine Visage, wie frisch durch den Wolf gedreht. Und der Beamte wird Lohwald noch einmal gefragt haben, nun schon wesentlich drängender: „Ist das Ihr Sohn?" Und Lohwald wird diesen blassroten Klumpen Fleisch angestarrt haben, und nur mit Mühe so etwas wie Stirnpartie und Nase ausgemacht haben – und sich dann zu der Verwandtschaft mit diesem widerwärtigen Stück Fleisch bekannt haben.

Vielleicht aber, so überlege ich, während ich Lohwald und seine neue Bierflasche beobachte und dazu das schwächliche Herz unter seinem viel zu engen Hemd inspiziere, vielleicht aber hat Lohwald sich auch nicht bekannt. Und hat einfach nur panisch „Nein!" gerufen. Immer wieder „Nein!", ganz oft und schrill. Und überhaupt komplett von Sinnen: „Nein!!! Das ist nicht mein Sohn!!!" Und ist dann aus der Leichenhalle getürmt, ganz so wie Moritz damals aus der chinesischen Cocktailbar getürmt ist. Wohl wissend, dass auch sein eigenes letztes Stündlein geschlagen hat und jede erdenkliche Messe längst gesungen ist. Doch, er wird wohl eher davongelaufen sein, der feige Lohwald. Hat seinen Sohn geliebt, ein kurzes Leben lang tatsächlich geliebt, aber dann wird er den Anblick seines eigen Fleisch und Blut, wie es so schön und passend heißt, vermutlich nicht mehr ausgehalten haben. Nichts wird er mehr mit diesem toten Klumpen Vergangenheit zu tun gehabt haben wollen. Naja, und wie es dann halt so geht: Je mehr er sich sträubt, desto stärker verfolgt ihn seitdem das deformierte Gesicht von Lohwald Junior. Aber so ist es wohl mit Eltern und ihren Kindern, es endet in gegenseitigen Vorwürfen und in der Anschuldigung, dass der eine Familienteil dem anderen Familienteil das Leben zerstört habe.

Moritz' Mutter hat mich einige Wochen nach seinem Freitod angerufen. Seltsam hatte sich das für mich angefühlt, habe ich diese Frau doch nie gesehen, nie getroffen, nie erlebt. Und dennoch hat sie mich nach Moritz' Freitod angerufen, als wäre es an mir, den Freitod ihres Sohnes für sie aufzuarbeiten. In diesem mich belästigenden Telefonanruf hat sie ganz klein und schwach geklungen. So klein und schwach, dass ich sie am liebsten durch den Telefonhörer hindurch gepackt hätte, sie geschüttelt, geohrfeigt und notfalls auch noch gegen eine Betonwand gedrückt hätte, auf dass sie endlich herausfinde aus dieser enervierenden Zurschaustellung von Schwäche. Klein und schwach wie sie klang, hat sie ganz offensichtlich diverse zweitklassige Krimis zu viel gesehen, wird einem doch gerade dort immer theatralisch vorexerziert, dass weibliche Anverwandte tunlichst immer klein und schwach zu reagieren haben. Dabei hat der Freitod von Moritz doch nun wirklich nichts Überraschendes zu bieten gehabt, ja nicht einmal eine tragische Komponente besessen, sondern ist immer nur einer von ganz vielen komplett vorhersehbaren Freitoden gewesen.

Ob ich Moritz vor seinem Freitod noch einmal gesehen habe, hatte seine Mutter mich flehend gefragt. Der Moritz hätte doch so was in der Richtung einmal gesagt gehabt, dass ich nach China reisen würde, um ihn zu besuchen. Ich weiß noch, denke ich jetzt, neben dem todgeweihten Lohwald auf dem Sofa sitzend, wie sehr mir diese überflüssige Mutter mit ihrer flehenden kleinen Stimme gleich ganz entsetzlich auf die Nerven gegangen ist. Wie mir ihre weinerliche Stimme schnell jeden Anflug von Geduld geraubt hat. Jahrelang hatte sie einen künftigen Selbstmörder großgezogen, nur um schließlich die gebrochene Frau zu schauspielern. Ja, sie hatte einen Menschen geboren, ihn intelligent und selbstbewusst gemacht und beharrte nun tatsächlich darauf in die absurde Rolle der bestürzten, sich total wundernden Mutter hinüberdriften zu dürfen.

„Ja", habe ich ihr damals entgegnet. „Ja, ich war in China." Anstatt sich jedoch mit dieser vollkommen klaren Antwort zufrieden zu geben, hat sie einfach nicht lockerlassen können und sich noch weiter in ihre Lächerlichkeit hineingesteigert. Und so ist sie in ein Schluchzen übergegangen und hat mich fast angeschrien, ob mir denn nichts aufgefallen sei an ihrem Sohn, dem Moritz.

„Oh doch", habe ich ihr da entgegnet, „natürlich ist mir etwas aufgefallen am Moritz." Und sie, sie hat sich immer noch nicht zufrieden geben können, hat ganz aufgeregt nachgebohrt: „Und was? Und was?" Sie hat es also tatsächlich wissen wollen. Und so legte ich also meine monotone Stimme auf, um auch nur keine Missverständnisse aufkommen zu lassen. Und sprach zu ihr: „Mir ist sofort aufgefallen, dass Moritz sich schon bald umbringen wird. Aber das war ja keine Überraschung, das war doch seit langer Zeit bekannt, dass er das tun wird. Jeder wusste das. Hören Sie? Jeder wusste es."

So habe ich zu Moritz' Mutter gesprochen. Doch anstatt meiner Ehrlichkeit mit etwas Dankbarkeit zu begegnen, war sie daraufhin richtig laut geworden: „Und – was haben sie unternommen?" Ich musste mich damals zwingen, ihr keine Standpauke zu halten über die Unmöglichkeit, dem eigenen Schicksal zu entrinnen. Schließlich, so habe ich gedacht, handelte es sich um eine trauernde Gestalt, auch wenn mir nicht recht einleuchten wollte, ob sie nun ihren Sohn oder doch eher ihr eigenes, nun endgültig ad absurdum geführtes Leben beweinte. Ich zwang mich also zu mehr Mitmenschlichkeit, kehrte alle in mir vorhandene Aufrichtigkeit von innen nach außen und sagte: „Nichts. Ich habe nichts unternommen. Ich habe ihrem Sohn gesagt, dass er sich schon bald umbringen würde. Aber das hat er da schon selbst gewusst."

Durchaus möglich, dass ich mit diesem Telefongespräch niemals einen Preis für menschliche Wärme erhalten werde. Aber selten dürfte es auf diesem verkommenen Planeten und in dieser verkommenen menschlichen Gesellschaft einen ehrlicheren Menschen als mich gegeben haben. Und sagen wir Menschen uns nicht selbst immer wieder, welch hoher Wert die Ehrlichkeit sei? Und sagen die, die Wärme zu empfinden in der Lage sind, nicht auch andauernd, dass Ehrlichkeit eine der Grundvoraussetzungen für den Erhalt dieser Wärme sei?

Doch meine Ehrlichkeit, sie hat mich auch an jenem Tag, an dem ich mit Moritz' Mutter telefoniert habe, der Wärme kein Stück näher gebracht. Natürlich nicht.

Stattdessen bekam ich den postwendenden Beweis dafür, dass Wärme stets der Kälte weichen wird. Denn Moritz' Mutter, sie hatte in jenem Gespräch plötzlich und wie auf Knopfdruck ihren weinerlichen Tonfall abgestellt und mit der emotionslosen Stimme einer Staatsanwältin gesagt: „Na, wenn das so ist." Und dann, tja, dann hatte sie aufgelegt. Einfach so. Und ohne Verabschiedung.

Eine Frechheit, genau genommen.

Ich fixiere Lohwald, wie er hier so neben mir sitzt. Und auch wenn er es nicht bemerken mag, habe ich ihn dabei längst auf der Kimme, wie man so nett sagt. Ja, ich schaue ihn schon seit einiger Zeit nicht mehr an, wie ein Besucher halt anzuschauen wäre, sondern ziele längst auf ihn, betrachte ihn wie durch ein Zielfernrohr und sehe in ihm nur noch die fette, zu erlegende Beute. Und ich kann dabei doch nicht verhehlen, dass mich der Satz von Moritz' Mutter eine Zeitlang verfolgt hat. „Na, wenn das so ist." So simpel, aber auch so ernüchternd. So wie Lohwald das Gesicht seines zermatschten Sohnes des Nachts erscheint, so verfolgte mich eine lange Zeit jener letzte Satz von Moritz' Mutter. Wo immer ich war, meinte ich, diesen Satz zu hören, und er kam aus den Mündern von Menschen, die mir eigentlich etwas anderes gesagt hatten. Sie haben vielleicht „Hallo, wie geht es dir?" zu mir gesagt, oder auch „Tolle Musik, die Du da für die Morgenshow geplant hast." Sie haben derlei Belanglosigkeiten von sich gegeben, ich habe es auch genau sehen können, dass sie das und nichts anderes gesagt haben, habe es an der Bewegung ihrer Münder und Lippen nachvollziehen können. Ich konnte ihre Worte sehen, doch ich hörte nur: „Na, wenn das so ist."

Schwarzer Frost – nein, es ist nicht mein ausschließliches Vorrecht, damit konfrontiert zu sein, natürlich nicht. Moritz, Marie, Maries Mutter, ja sogar Lohwald und Moritz' Mutter, sie alle sind betroffen von diesem Leid, von dieser Kälte, von dieser Aussichtslosigkeit. Sie reagieren nur so anders als ich darauf, denn sie spüren nur die erschütternden Auswirkungen dieses Schwarzen Frosts, sehen aber nicht das System dahinter, das allgemeingültige Konstrukt. Sie alle sehen sich als vom Pech Verfolgte, als temporär in Schieflage Geratene. Was auch der Grund dafür ist, dass sie entweder allesamt über kurz oder lang freiwillig in den Tod gehen werden oder sich aber Charaktermasken zulegen, so wie eben Lohwald und Moritz' Mutter. Denn im Gegensatz zu mir, der die Allgemeingültigkeit des Nichts erblickt hat und als Verhaltensweise nur noch starre Monotonie kennt, reagieren sie allesamt emotional, menscheln wie nur echte Menschen menscheln können. Und so begehren sie wütend auf oder gehen verzweifelt unter. Sie alle halten diese Kälte für nichts anderes als schlechte Phasen, bilden sich ein, sie mit Leidenschaft und vielleicht sogar Liebe bekämpfen zu können. Schließlich gehen sie genau daran zugrunde, und stürmen blind in den Freitod. Selbst Moritz, der um seine Eigenauslöschung doch derart klar Bescheid gewusst hat, dass er sich von mir sogar jenen Vertrag hat aufdrängen lassen – er ist vorher noch einmal durch halb China gerannt. Nein, der Schwarze Frost gehört nicht nur zu mir. Doch niemand ist in der Lage, die Kälte so sehr als Normalität zu betrachten und sie daher in sein Leben zu integrieren – wie ich. Sie alle werden an ihrer falschen und aussichtslosen Menschlichkeit kaputt gehen. Und nur ich werde steinalt werden.

„Na, wenn das so ist", genau das hat Moritz' Mutter gesagt.

Sicherlich habe ich sie auch ein wenig zu dieser Aussage getrieben, keine Frage, schließlich hatte ich sie zuvor brüskiert, beschämt, vielleicht gar erniedrigt. Dennoch: Gesagt hat *sie* es. Sie – und nicht ich.

Zu mir hätte ein solcher Satz gepasst, zu ihr nicht. Und genau das hat mich so lange verfolgt, denn ich ertrage die Kälte, ich ertrage, dass Moritz sich umgebracht hat und dass ich durchaus ein wenig meine Finger dabei im Spiel gehabt habe. Alles kein Problem, stecke ich locker weg. Doch Moritz' Mutter einen Satz sagen zu hören, der so gar nicht zu einer emotionalen und menschelnden Frau passen will, das hat mir einen regelrechten Tritt vor die Brust verpasst. Denn ausgerechnet sie „Na, wenn das so ist" sagen zu hören – das hat mir ein Bewusstsein dafür gegeben, dass alles noch viel kälter ist als ich annahm. Alles. Ich bilde mir nichts ein, ich fantasiere nicht, ich übertreibe nicht einmal. Denn wenn sogar eine Mutter einen solchen Satz sagt, dann ist das der finale Beweis dafür, dass hinter meinen Wänden aus Beton tatsächlich kein Garten auf mich wartet. Sondern allenfalls ein Abgrund.

„Oder bist du anderer Meinung?", fragt Lohwald plötzlich.

Ich weiß nicht, was er meint, ich habe ihm nicht zugehört. Ich habe schließlich auch wichtigere Dinge zu tun, als mich um meinen Gast zu kümmern. Was meinte er? Eine Meinung zu was? Über wen? Seine angriffslustigen Augen liegen bleischwer auf mir. Und habe ich mich bis eben noch stark und zielsicher gefühlt, so hat mich die Erinnerung an den letzten Satz von Moritz' Mutter ein wenig aus der Fassung gebracht. Ich bemerke wieder diesen unerklärlichen Druck in der Brust. Es ist jener Druck, den ich auch immer dann verspürt habe, wenn Marie Sex mit mir hat haben wollen. Ja, es ist exakt der gleiche Druck, das gleiche zugeschnürte und abgepresste Gefühl. Wie damals bei Marie und wie beim letzten Satz von Moritz' Mutter, so ist es auch jetzt, hier auf meiner Couch und mit Lohwald neben mir. Ich kenne das bereits, habe derlei Momente oft genug über mich ergehen lassen müssen. Denn wenn Menschen, die von Schwarzem Frost befallen sind, einmal doch von Gefühlswallungen ergriffen werden, dann wird es chaotisch. Katastrophal, überbordend, unkoordiniert und fehlgeleitet. Ich weiß, dass das eine Form der Überforderung ist, ich bin überfordert damit, Gefühle zuzulassen, sie mir einzugestehen und in eine unangestrengte Handlungsweise zu überführen. Alles das weiß ich genau, meine Therapeutin hat es mir erklärt. Aber auch hier liegen Welten zwischen erkannter und gebannter Gefahr. Und so überkommt mich das starke Gefühl, mich erst übergeben und dann ungebändigt losschreien zu müssen. Alles laut, alles brutal, alles blind.

Das Gefühl der Ohnmacht.

So oft hat Marie versucht, Wärme durch mich zu erhalten. Hat versucht Glück zu finden, Geborgenheit, vielleicht auch irgendeine Form von Sinn. Hatte sich in mich verliebt, weil ich nicht wie die anderen Kerle bin. Sie hat sich in mich verliebt, weil ich nicht so aufdringlich gewesen bin, wie die Männer, die sie vor mir kennengelernt hatte. Sie hat sich in mich verliebt, weil ich fast alle Bücher von Kafka gelesen habe. Sie hat sich in mich verliebt, weil mir das Wort über die Tat geht und mein Kopf mir den Takt vorgibt und nicht mein Becken. Deswegen hat Marie sich damals verliebt – und ist dann doch genau an diesen Dingen verzweifelt und schließlich gescheitert. Ja, sie hat sich immer einen Mann gewünscht, der einfühlsam ist und der nicht mit seinen Lenden, sondern mit seinem Herzen denkt. Was seltsam ist, denn ich habe ihr ganz gewiss nie versprochen mit meinem Herzen zu denken, wie ich überhaupt klar sagen kann, in den sechs Jahren unserer Beziehung nicht ein einziges Mal das Wort Herz im Zusammenhang mit unserer Partnerschaft verwendet zu haben. Aber sie hatte es sich in ihrem Kopf dennoch irgendwie so zusammengewurstelt, dass am Ende etwas für sie Stimmiges dabei herauskam. Und als sie dann von mir ging, hat sie nicht eines dieser Männerideale mitnehmen können, so sehr habe ich sie gedemütigt und gebrochen. Denn als Marie ging, haben ihre einstmals hohen Ideale nur noch in Trümmern gelegen. Sexuell habe ich Marie dermaßen ausgedürstet, dass sie nach unserem Ende gar nicht anders hat können, als nur noch in die Hände von Männern zu fallen, die ausschließlich mit dem Becken denken. Ihr Traummann war ich über eine so lange Zeit gewesen, doch kaum hatte ich ihren Traum zerstört, hat sie erkennen müssen, dass sie einen solchen Mann, wie sie ihn sich erträumt hat, niemals ertragen, niemals aushalten – und wohl auch niemals lieben können würde. Sich in einen Kafka-Leser zu verlieben, ja, das mag für jede intelligente und gebildete Frau reizvoll sein. Nur mit der Praxis, mit der alltäglichen Realität hat dieser Reiz nichts zu tun, gar nichts. Und so hat Marie erst durch mich gelernt, dass die pure Männlichkeit, die sie in ihrem Männerhass doch immer so sehr verabscheut hat, nun ihre letzte Chance auf ein Leben in Partnerschaft ist. Nach den Jahren mit mir wird sie sich einen Hengst suchen müssen, einen Stecher, einen Mann, der den Grill anwirft, der an seinem Motorrad herumbastelt und Actionfilme mit Jean-Claude Van Damme liebt. Sie wird mich für alle Zeit hassen dafür. Und dann wird sie jämmerlich daran zugrunde gehen.

Aber ursprünglich hatte Marie immer nach einem Mann wie mir gesucht. Doch immer, wenn sie sich besonders hübsch angezogen hat, die *schöne* Musik, die ich ihr gebracht habe, aufgelegt und Kerzen angezündet hat, wenn sie sich langsam ihrer Kleidung entledigt und mich mit großen, sehnsüchtigen Augen angeschaut hat, dann war sie an mir, vor allem aber auch an ihren eigenen, so vollkommen überzogenen Träumen zerbrochen. Kein Wunder also, dass sie in den sechs Jahren mit mir öfter geweint als gelacht hat. In den vielen Nächten, in denen sie versucht hat, mich zu verführen, mir nahe zu sein und ich mich einfach nicht gerührt habe, ihr gesagt habe, dass sie nicht ständig so albern sein soll, ihr sogar genau erklärt habe, dass körperliche Nähe kein Glück, keine Zufriedenheit, keine Erfüllung ergeben kann, da sie nur Zeitvertreib ist – in all diesen Nächten habe ich sie weinen hören. Oft durch ihre Nachtdecke hindurch und kaum vernehmbar, hin und wieder aber auch laut, wie von tatsächlicher Panik ergriffen. Nähe hat sie gesucht, doch ich, ich habe diese Nähe nie empfinden können, bei ihr nicht und auch bei keiner anderen Frau. Und natürlich weiß ich, dass nur der Schwarze Frost die Verantwortung dafür trägt. Das große Nichts macht Nähe unmöglich. Dabei wurde ich nie verprügelt, nie vergewaltigt, nie vernachlässigt, der Schwarze Frost kam einfach so über mich, mit meiner Geburt und durch simples und logisches Nachdenken.

Durch die Addition von Eins und Eins.

Und so geht es mir nicht viel anders als Maries Mutter, der doch in einem fort der Eiter den Rachen hinunter rinnt. Auch mir rinnt eine Art Eiter den Rachen hinunter, ein Ekel hat schon vor vielen Jahren Besitz von mir ergriffen, ein Ekel, der mit nichts zu erklären ist und wohl auch mit nichts zu kurieren. Natürlich ist auch in mir eine Hoffnung gewesen. Eine Hoffnung, dass dieser Ekel und diese beständige Kälte doch keine Hirngespinste sind und einem Arzt schon bald auffallen wird, dass mir lediglich ein wichtiger Stoff wie Serotonin oder Adrenalin fehlt. Und mir somit schon ein paar winzige und regelmäßig eingenommene Pillen helfen werden, dem Zauber verführerischer Frauenwäsche und großer, sehnsuchtsvoller Augen zu erliegen. Nun, die Hoffnung auf medizinischem Wege meinen Schwarzen Frost wieder loszuwerden ist längst verreckt. Doch da ich um die boshafte Ironie des Lebens weiß, ja diese boshafte Ironie sogar akzeptiert habe, habe ich statt einer Hoffnung einen plausiblen Gedanken in mir, ein Abwarten. Denn die Möglichkeit eines plötzlichen Aha-Erlebnisses ist immer gegeben. Die besten Pointen sind schließlich die unerwarteten, die wendungsreichen, die überaus späten. Und so gibt es diese gar nicht so verwegene Möglichkeit, dass ich kurz vor dem Tod mein eigenes *Heureka* aus mir herausschreien werde. Ich werde keck mit den Fingern schnippen, mir wie Pan Tau auf die Melone klopfen und mich wie Wicki unter der Nase reiben. Und dann werde in lautes Gelächter ausbrechen. Denn Pointen werden natürlich immer erst am Schluss geliefert, ich weiß also, da wird noch etwas kommen, irgendwas. Und so werde ich mich nicht umbringen, natürlich nicht, sondern ganz furchtbar alt werden, mitsamt meiner Kälte. Aber diese Pointe, die habe ich mir dann redlich verdient. Ich habe ein gottverdammtes Anrecht darauf!

Meine Paroxetin bringen mich bereits ganz gut durch die Nacht. Sie helfen mir, nicht zusammenzubrechen, nicht Amok zu laufen, nicht kleine Kinder auf der Straße anzuschreien. Sie helfen mir, nicht sofort jedem Mitmenschen mit meiner schlechten Laune und meinen Wahrheiten über die Gleichgültigkeit und die Perspektivlosigkeit ganz entsetzlich auf den Trichter zu gehen. Ich nehme meine Paroxetin und wirke inzwischen wie ein ganz normaler Mann. Ein Mann, wie ihn Marie vor unserer Trennung niemals hat haben wollen. Ich scherze und flirte, mache anzügliche Witze und bin zugleich charmant, spule das ganze Repertoire des emotional voll funktionsfähigen Mannes ab. Doch es ist alles nur gespielt und genau genommen unterscheide ich mich in diesem Punkt auch kein Stück von Lohwald und seinem entsetzlichen Puppentheater. Doch schaut man hinter meine Paroxetin-Maske, nimmt man mir meinen Schachtelvorrat ab, so erblickt man dahinter nichts. Ganz einfach nichts. Ich bin, so ein Vergleich muss gestattet sein, die ganz große Filmkulisse, die vollendete Mogelpackung. Kaum jemand versteht es so gut wie ich, Frauen dazu zu bringen, sich in mich zu verlieben. Nein, nicht mich zu begehren, begehren ist Mumpitz. Aber sich richtig in mich zu verlieben. Doch dann, sobald sie versuchen mich zu berühren, greifen sie ins Nichts. Stellen fest, dass meine Küsse kalt und meine Umarmungen leer sind. Dass sie sich in ein lächerliches Kartenhaus verliebt haben. Und wenn sie dann von mir fortlaufen, dann tun sie das immer stumm.

Moritz hätten keine Pillen dieser Welt vor dem Freitod retten können. – Habe ich wirklich „retten" gedacht? Wie lustig. Dabei weiß ich doch genau, dass gerade der Freitod die Rettung ist, der ultimative Hechtsprung, hinaus aus der Verdammnis, hinein in die Ewigkeit. Niemand muss also vor dem Freitod gerettet werden, im Gegenteil, wir müssen ihn endlich salonfähig machen, um noch mehr Menschen vor dem sinnentleerten Dahinvegetieren zu retten. Soviel Leid auf dieser Welt könnte verhindert werden, stünden die Menschen doch nur ihrem eigenen Ableben ein wenig aufgeschlossener gegenüber. Und doch habe ich es soeben zum ersten Mal gedacht: Vor dem Freitod retten. Und das habe ich allein Lohwald zu verdanken, meinem ungebetenen Gast. Denn auch für mich gibt es plötzlich eine Rettung. Ich muss ihn nur umbringen – und schon werde ich ein warmes Leben führen können.

Das hätte aber nun auch wirklich niemand ahnen können. Dass ausgerechnet Lohwald mein Mittel zum Zweck sein kann. Und doch ist Vorsicht geboten, hat doch auch Moritz gedacht, dass ausgerechnet die Chinesen sein Mittel zum Zweck sein könnten. Ich erinnere mich an die Tage kurz bevor er nach China aufgebrochen ist. Wir waren hier in Berlin am Zoologischen Garten in die Buslinie 100 gestiegen, die Touristenlinie. Ein damals oft von uns praktizierter Zeitvertreib, sich einfach in eine der vielen Buslinien zu setzen und zu sehen, wohin es uns spülte. Im Doppeldeckerbus hatten Moritz und ich den begehrten vordersten Platz im oberen Abteil ergattert, nur um uns mittels dieser Touristenlinie dann zu vergewissern, wie verabscheuungswürdig unsere Stadt ist. Tiergarten, Botschaftsviertel, Brandenburger Tor, Unter den Linden...

An welcher prominenten Sehenswürdigkeit wir auch vorbeikamen, wir schwiegen. Schossen keine Fotos, nickten nicht anerkennend mit unseren Köpfen, zeigten nicht an jeder gottverdammten Ecke auf jeden x-beliebigen Steinklotz. Verzogen dafür jedoch verächtlich die Mundwinkel, sahen beschämt weg und versuchten zugleich unsere Abscheu zu verbergen. Und mitten in diese Abscheu hinein, muss in Moritz der endgültige Beschluss gefallen sein, dass das Weglaufen seine Rettung sein könnte. Ich erinnere mich noch genau wie bei der Schwangeren Auster ein ganzer Trupp Asiaten in den Bus zugestiegen war, über und über mit Fotoapparaten behängt und unablässig schwätzend und plappernd. Moritz muss diesen Menschenpulk ausgiebig gemustert haben, denke ich inzwischen. Er wird zu diesem Zeitpunkt bereits gewusst haben, dass er nach China gehen wird, da werden ihm die vielen Asiaten, die so plötzlich neben und hinter uns aufgetaucht waren, doch doppelt so klar in die Augen und Ohren gestochen haben. Aber was hat er gesehen, was gehört? Er muss doch schon damals, angesichts dieser dümmlich grinsenden Asiatenhorde, ganz klar gewusst haben, dass auch der Schritt nach China zu gehen ein kompletter Fehltritt sein würde. Da sitzt ein Moritz in der Buslinie 100, muss sich angesichts des Brandenburger Tores und der Humboldt Universität fast übergeben vor lauter Abscheu – und dann kommen seine erhofften Retter, zingeln ihn ein und sind doch nichts anderes als billig, aufdringlich und nervig. Wie, so frage ich mich, kann sich ein Mensch da nicht umbringen wollen? Ohne Umschweife, auf direktem Wege, sofort. Er muss in jenem Moment doch gespürt haben, dass sein tumbes Nach-China-rennen gar nichts bewirken würde in ihm, und dass er dort auch nur das erledigen könnte, was er hier längst hätte haben können, nur eben bequemer, angenehmer, günstiger.

Vielleicht aber hat er auch einfach gar nichts gerafft. Und ist nur wie besoffen gewesen von seiner dämlichen China-Idee. Schließlich sind verpfuschte Existenzen doch gerade deswegen derart verpfuscht, da sie über verpfuschte Ansichten verfügen, vollkommen vermurkste Schlüsse daraus ziehen und somit auch in einer permanenten Verrenkung hängen bleiben. Wie jemand, dessen Kopf und Füße nach links gehen, während die Hüfte, der Bauch und die Arme nach rechts wollen. Alles das weiß ich genau, ich bin mir dessen vollkommen bewusst. Und doch hocke ich hier neben dem saufenden und schwitzenden Lohwald auf der Couch und kaue darauf herum, was Moritz gesagt, gedacht und getan hat oder haben könnte. Was Marie gesagt, gedacht und getan hat oder haben könnte. Und sogar was Lohwald gedacht, gesagt oder getan hat und haben könnte. Ja, es ist unfassbar, aber ich bin mir offensichtlich nicht zu dämlich, mich mit drei Gestalten zu befassen, die nichts als Gespenster sind, jeder auf seine Art. Abgehalftert und gescheitert. Als gäbe es hier wirklich noch etwas zu verarbeiten oder gar zu entdecken. Dabei ist da nichts, gar nichts. Ein Mädchen mit Vater- und Mutterkomplex, ein Vater und sein zermatschter Sohn. Und ein Toter. Drei verpfuschte Leben. Nichts wird mir dieses Herumgedenke bringen, gar nichts. Denn außer Spott und Hohn für ihre bescheuerten Haltungen und Handlungen trage ich doch nichts in mir. Nein, auf die Urteilskraft dreier gescheiterter und zerbrochener Menschen sollte sich wahrlich niemand verlassen.

Lohwald schaut mich an. Ich glaube er hat wieder etwas zu mir gesagt, irgendeinen Quatsch. Aber ich habe natürlich wieder nicht hingehört, warum sollte ich auch. Er kann reden wie er will, er hat mir ja doch nichts mitzuteilen.

„Menschen, die gestorben sind, sollten auch sterben", sage ich daher zu ihm. Und füge dann hinzu: „Das ist ja das bewundernswerte am Tod: Er haut nie daneben und trifft auch immer die Richtigen."

Ja, ich weiß, das ist nicht nett und passt wohl auch so gar nicht zu dem, was er kurz zuvor zu mir gesagt haben wird. Ich sehe es ihm auch an, er schaut zu mir herüber als wäre ich nicht ganz bei Sinnen. Als redete ich im Wahn. Dabei ist er es doch, der nicht vom Fleck kommt, der mir sein übliches Gebrülle verweigert. Wozu sollte ich mit ihm in einen Dialog treten, wo er Dialoge doch nur benutzt, um sein Revier zu markieren, Grenzen zu ziehen und auszukeilen. Ja, mein Redebeitrag mag nicht in sein Dialogschema passen, ihm willkürlich erscheinen. Und doch wird auch er bemerken, dass meine Worte kein sinnloses oder verwirrtes Gequatsche sind. Sie mögen vielleicht nicht zu seinem Dialog passen, zu ihm, der absurden Gestalt Lohwald, passen sie aber perfekt.

Und ich sehe es bereits, Lohwald erträgt meinen Kommentar nicht. Er verabscheut ihn. Denn nun sind es seine Augen, die sich kurz zu Schlitzen verziehen. So kurz, dass niemand anderes es hätte sehen können. Nur ich kann diese kurzen mimischen Entgleisungen seines Gesichts wahrnehmen, da ich mich schon vor langer Zeit darauf spezialisiert habe Menschen zu studieren, die im Untergang begriffen sind. Und jetzt, mit einem kurzen Ruck, reißt er seine Lider weit nach oben, seine Pupillen weiten sich, es sieht fast so aus, als wolle sein Gesicht zum Sprung ansetzen, während sein Körper weiterhin schlaff und reglos auf meinem Sofa hängen bleibt. Da will ein Mensch attackieren und kann es nicht mehr, denke ich. Seine Instinkte sind noch vollkommen intakt. Aber sein alter, geschundener Körper spielt einfach nicht mehr mit.

„Ich bin nur Gast", sagt Lohwald plötzlich. Und lächelt schal. „Aber wäre es vielleicht möglich eine etwas andere Musik aufzulegen? Erinnerungen, verstehst du?"

„Warum sollte ich?", frage ich ihn und füge humorvoll hinzu: „Nostalgie ist doch keine schlechte Sache."

Aber Lohwald lacht nicht. Und brüllt nicht, sondern bleibt ganz gefasst. Dass sein Sohn zu den Klängen von Bruce Springsteen in seiner Karre verreckt ist, nein, das findet er nicht lustig. Ich schon. Aber ganz klar: Das Gefecht beginnt. Lohwald hat es ganz offensichtlich darauf abgesehen, mich zu demontieren, mich vor mir selbst lächerlich zu machen. Er möchte mir ein schlechtes Gewissen einquatschen, ganz mies soll ich mich fühlen, nur weil es ihm den Sohn zermatscht hat. Aber den Teufel werde ich tun, denn wenn dieser Schwarze Frost auch nur einen verdammten Vorteil hat, dann den, dass ich nicht mehr auf plumpe Rührseligkeit hereinzufallen brauche. Er versucht mir mit seiner aalglatten Tour den Boden unter den Füßen wegzuziehen. Mir weis zu machen, ich wüsste nicht mehr, was ich sage und tue. Wahrlich nicht der schlechteste Ansatz, den ein Schuft wie Lohwald wählen kann. Schließlich gehöre ich zu den Menschen, die aufgrund ihrer andauernden Kälte keinerlei Wahrheit kennen. Ich zweifle alles an. Und am meisten mich selbst.

So wie mir die Tulpen von Amsterdam kaum fassbar vorgekommen sind, so kommt mir alle Nase lang etwas als unfassbar vor. Bin ich vorhin wirklich in der Küche gewesen? Wer kann mir sagen, dass ich wirklich und wahrhaftig in der Küche gewesen bin, um Lohwald ein neues Bier zu holen? Die leere Flasche dort in Lohwalds Hand – es könnte noch immer die erste Flasche sein. Ich könnte auch einem Sekundenschlaf erlegen sein und wer behauptet, dass das Quark sei, der hat nie über den eigenen Tellerrand geblickt. Denn es ist sogar sehr gut möglich, dass ich für wenige Sekunden oder auch Minuten die Existenz eines Schlafwandlers geführt habe. Schließlich habe ich von Lohwalds Dialog ja offenbar nichts mitbekommen, dabei sitze ich hier doch direkt bei ihm. Und überhaupt: Bin ich nicht tatsächlich, seit er zu mir gekommen ist, in einem Zustand innerer Aufruhr? Drehen und winden sich nicht etwa meine Gedanken, und das bereits seit dem Moment, als ich in aller Eile begann, meine Wohnung vor seiner Ankunft doch noch ein wenig aufzuräumen? Wie viel Zeit ist seit jenem Moment vergangen? Zehn Sekunden? Zwei Stunden? Ein halber Tag? Ist es also nicht sogar sehr plausibel, dass seit jenem Moment viele Dinge hier passiert sind, direkt vor mir, neben mir und mit mir, von denen ich keinerlei Kenntnis habe? Dass mir Sekunden oder gar Minuten fehlen, weil ich in meinen törichten Gedanken und Reflexionen vertieft gewesen bin?

Natürlich hält Lohwald mich für einen verwirrten Unmenschen, weil ich nicht auf seine rührseligen Versuche eingehe. Aber ich halte ihn ebenfalls für einen Unmenschen, weil er nicht bemerkt, wie er instrumentalisiert und wie er Gefühle schal werden lässt. Aber wer nun Recht hat und wer nicht, ist völlig belanglos, da wir beide nichts anderes als unsere eigenen armseligen Sicht- und Standpunkte haben. Es ist auch gut möglich, dass Lohwald seine Charaktermaske einfach verrutscht ist, dass er nun keine klaren Bilder mehr sieht. Sehr gut möglich, dass er einfach den Überblick verloren hat. Nein, mit Emotionen hat das, was Lohwald da treibt, gar nichts zu tun. Und mit

Trauerbewältigung auch nichts. Leute wie er, die versuchen nie zu verwinden und zu heilen, sondern höhlen immer nur aus. Sie kratzen immer weiter, beißen immer tiefer und knibbeln noch das Letzte und Allerletzte aus ihrer Umgebung heraus, ohne Rücksicht auf Verluste. Es ist ein ewiges Schachspiel, das wir Menschen betreiben. Wir reflektieren und deuten uns zu Tode. Und wenn schon nicht zu Tode, so werden wir doch zumindest an uns selbst verrückt. Zurück zur Blödheit müssten wir gelangen, zurück in die Stumpfheit. Eine vollständige geistige Umnachtung könnte die Lösung sein, die echte Rettung. Einfach einmal Urlaub von sich selbst, für Tage, für Wochen, für immer.

Ich habe ihn schon erlebt, diesen Moment der vollständigen Abkehr. Damals in China. Nachdem Moritz aus der Cocktailbar gestürmt war. Da hatte ich diese wohltuend lange Zeit an nichts gedacht. An gar nichts. Und dieser höchste Zustand wechselte dann plötzlich in größte Einsamkeit. Denn ich habe dort gesessen, eine ganze Weile lang, in diesem so erholsamen Nichts. Bis mir aufgefallen war, dass ich ohne Moritz gar keinen Anhaltspunkt hatte, wie und wo unser Hotel zu finden war. Denn er war derjenige mit den rudimentären Brocken Chinesisch gewesen, er war derjenige mit dem Sprachcomputer im Taschenformat gewesen. Und Moritz war auch derjenige von uns gewesen, der eine Visitenkarte des Hotels eingesteckt hatte, bevor wir durch die Großstadt gezogen waren, um dann in dieser Cocktailbar zu enden. So wie ich mich auf meinen Reisen schon immer etwas fahrlässig habe treiben lassen, war Moritz der wesentlich aufgeräumtere Charakter von uns beiden gewesen. Ja, Moritz hat immer gewusst, woran zu denken und was für den Notfall zu beachten ist, während ich mich schon immer von einer gewissen Zufälligkeit habe tragen lassen. An jenem Abend in China jedoch, nachdem ich bemerkt hatte, dass Moritz davongelaufen war und sämtliche meiner Möglichkeiten einer Rückkehr ins Hotel mit sich genommen hatte, da hat mich diese Zufälligkeit zum ersten und bisher auch letzten Mal zur Gänze hochgenommen und davongetragen. Nicht ich hatte mich, wie sonst, in meiner Lust an der Orientierungslosigkeit, am Verschwundensein und am Vermisstsein an diese Zufälligkeit gewandt, nein, das Schicksal hatte mich emporgehoben und mich komplett dem Zufall übergeben, mich vom Täter zum ersten Mal zum Opfer transformiert.

Es ist seltsam, mit zeitlichem Abstand hört es sich nicht nur lächerlich an, sondern ist auch mir, der ich diese Momente höchster

Einsamkeit und vollendeter Zufälligkeit tatsächlich durchschritten habe, kaum noch plausibel zu vermitteln. So schwer kann das nicht sein, mag man sich denken. Irgendwen kann man doch immer fragen, mag man glauben. Sich verständlich machen, sich mitteilen. Und niemand, so mag mancher behaupten, kann auf dieser Welt einfach so verschluckt werden. Doch genau das ist mit mir geschehen in jener Nacht. Denn wie ich aus der chinesischen Cocktailbar hinausgetreten bin, habe ich die blinkenden, grell-bunten Lichter der chinesischen Großstadt gesehen und augenblicklich gespürt, dass ich verloren war. Ich rief ein Taxi herbei, setzte mich hinein und verließ es auch schon wieder, nachdem der Taxifahrer mich verständnislos angeschaut hatte und mir klar geworden war, dass ich nicht einmal auf Deutsch in der Lage gewesen wäre zu beschreiben, wo ich überhaupt hinwollte. Keine Adresse, kein Hotelname, kein Bezirk, ja nicht einmal eine Himmelsrichtung hatte ich parat. Nur dieses große chinesische Nirgendwo, dazu die Belanglosigkeit eines austauschbaren Zimmers, eines austauschbaren Portiers, einer austauschbaren Eingangspforte. So stieg ich also aus dem Taxi wieder aus, was dem Fahrer ebenso Recht gewesen war wie mir selbst, war er doch ganz offensichtlich drauf und dran gewesen sein dämliches Gesicht zu verlieren, wie es in diesen Gegenden bekanntlich sehr schnell geschehen kann.

Und dann hatte ich dort gestanden, mitten in der chinesischen Nacht, mitten im so oft von mir erträumten Nirgendwo. Hatte nicht gewusst wohin – und war einfach losgelaufen. Mal nach links, dann wieder nach rechts. Um einen Baum herum, an einer Bank vorbei, über eine Ampel. Ein zehnstöckiges Bürogebäude passierend, dann einen Flachbau, dann eine Schule. Einige Straßenhändler säumten meine Wege, einige bettelnde Frauen mit schmutzigen Gesichtern, später dann eine Jugendgang, die zu elektronischer Musik Breakdance-Übungen einstudierte. Alles glich sich, nichts erkannte ich wieder und mit jedem Schritt, den ich in jener Nacht ging, wuchs das Gefühl unkontrolliert einen Abhang hinunterzurollen. Ich versuchte es bei zehn, vielleicht zwanzig Chinesen mit englischen Anfragen, doch die Angesprochenen zogen sich zurück, noch bevor ich einen einzigen Satz formuliert hatte. Ihre Furcht, mir nicht helfen zu können war so groß, dass sie es gar nicht erst versuchen wollten. Und je länger ich durch die Gegend streifte, nicht wusste, ob ich mich meinem Hotel nun näherte oder mich von ihm entfernte, merkte ich, wie mein Bewusstsein mit jedem zurückgelegten Meter von mir abzufallen begann. Es bröckelte ab, so wie Geröll von einer erodierten Steilwand. Bis ich irgendwann und irgendwo begann, mich zu entmaterialisieren.

Ich weiß, ich hätte Furcht haben sollen, Panik vielleicht sogar. Und doch ist jener Moment, in dem das Nichts begann mich zu verschlucken, mir der bisher schönste Augenblick meines Lebens gewesen. Und genau deswegen weiß ich auch um meine Überlegenheit Moritz gegenüber, Marie gegenüber. Und natürlich auch Lohwald gegenüber. Denn bei aller Widerlichkeit, die ihm zu eigen ist: Ich bin derjenige, der sich in jener chinesischen Nacht Stück für Stück entmaterialisiert hat. Ich habe jede Menschlichkeit nach und nach von mir geworfen und bin in eine Form von Gleichgültigkeit gedriftet. Ich – und nicht Lohwald, der bei all seiner Abscheulichkeit ganz gewiss noch nie einen derartigen Moment hat erleben dürfen. In eine Form von Gleichgültigkeit bin ich gedriftet, habe die erste Stunde meines irrsinnigen Ganges noch damit zugebracht, mir den Kopf zu zerbrechen, wohin ich laufen und wen ich wie etwas fragen könnte, wo doch niemand die englische Sprache zu beherrschen schien in diesem gottlosen Land. Dann aber hatte ich diese fixe Idee, vielleicht doch noch einen guten Einfall zu bekommen, einfach von mir geworfen und hatte mich nur noch treiben lassen und mich mit dem Unentrinnbaren verbrüdert.

Hat der Prozess der Entmaterialisierung erst einmal begonnen, wird alles Menschliche abgestreift. Sämtliche Bindungen, Beziehungen, Hoffnungen und Ängste blättern ab, Stück für Stück. So auch bei mir in jener verlorenen chinesischen Nacht, in der mit jedem Schritt, den ich weiter hinein in die Selbstauflösung ging, etwas von mir abblätterte.

Ich weiß noch wie ich zu Beginn sehr ausgiebig an Marie habe denken müssen. Gerade in jener ersten Stunde, als ich noch strampelte und eine gewisse Verzweiflung in mir verspürte. Doch, da war sogar das klare Gefühl von Liebe gewesen. Eine Illusion, eine Fata Morgana, die man sich zur schnellen Rettung in der Wüste herbeifantasiert. Aber auch diese herbeifantasierte Liebe habe ich nach Stunden des Herumirrens nur noch als Überflüssigkeit erkennen können. Ich erkannte alles als überflüssig. Und so war auch Marie mitsamt meiner eingebildeten Liebe zu ihr von einem Schritt auf den nächsten einfach von mir abgefallen. Und mit ihr das Gefühl und die Bedeutung von Liebe. Ich war aufgegangen in diesem wunderbaren Nichts, in dieser so perfekten Gleichgültigkeit – und war zu einem Gesalbten geworden, einem Propheten. Denn ich habe in jener chinesischen Nacht eine Erfahrung gemacht, die nur wenige Menschen jemals machen dürfen, da zu viel Gedankenballast an uns allen hängt. Wir können für gewöhnlich einfach nicht heraus aus unserer Welt. Aber mir ist genau das gelungen. In einer einzelnen Nacht in China habe ich das vollbracht.

Natürlich bin ich ein Prophet, was auch sonst? Vielleicht kein guter, ja nicht einmal ein mahnender oder warnender. Aber ein Prophet, ein Prophet des Nichts, ich preise und lehre die Selbstauflösung. Da kann einer wie Lohwald gar nicht gegen anstinken, mit seinem jämmerlichen Menschenaffengetue. Genau genommen müsste er mich sogar langweilen, so weit bin ich längst von alldem entfernt, wovon er so quasselt den lieben langen Tag. Ja, unsagbar langweilen müsste er mich. Und doch geschieht genau das einfach nicht. Ich hasse ihn, ich weiß um die Falschheit von allem, was er sagt und macht – und doch langweilt er mich nicht so sehr, wie er es eigentlich müsste. Ich entlarve und demaskiere einen Menschen nach dem anderen, brandmarke alle und jeden als sinn- und belanglos. Als überflüssig. Aber ausgerechnet Lohwald, den bekomme ich bei aller Demaskierung nicht in diese Belanglosigkeit gedrückt. Er springt mir weiter munter im Schädel herum und verursacht allerhand Schäden. Wie faszinierend das ist.

Sollte diesem Mann etwa tatsächlich nur durch Mord und Totschlag beizukommen sein? Seit Jahren spüre ich die Kälte, wie sie mir die Beine hinaufkriecht, wie ich starr werde. Derzeit noch halb vor Schrecken und halb vor Langeweile, doch schon bald nur noch vor Langeweile. Und ausgerechnet in dieser entscheidenden Phase meines Lebens kommt Lohwald ungebeten zu mir zu Besuch. Und langweilt mich doch nicht so sehr, wie er es eigentlich müsste.

Ich kann es genau erkennen, Lohwalds Hemd beginnt sich auf und ab zu heben, sein Atem wird schwerer. Er merkt sehr gut, dass hier etwas im Busch ist. Männer wie er werden immer nervös, wenn ihre Pläne nicht funktionieren, dann verlieren sie ihre eingespielte Handlungssicherheit. Doch Unsicherheit ist ihm ein Graus, er braucht klare Positionen, klare Ansagen, klare Beziehungsgefälle. Dass er selbst ein Unhold und ein Bastard ist, der andere Menschen in Abgründe treibt, das weiß er. Doch im Angesicht meiner Kälte wird er nun nervös.

Ich habe ihn bisher nie verzweifelt gesehen. Doch jetzt ist er es. Ganz sicher. Inmitten meiner Wohnung. Nein, nicht wegen meiner

Blockadehaltung und meinen verletzenden Worten. Sondern weil ich ihm ein Spiegel bin. Ja, das ist auch für mich kein ehrenhafter Moment – aber tatsächlich verhalte ich mich gerade genauso degeneriert wie er. Ich habe Lohwald ein paar Plattitüden vor den Latz geknallt, ein paar destruktive Verbalbausteine über Gebrochenheit, Ohnmacht, Vergänglichkeit – und schon ist er an seine Grenzen gestoßen. Männer wie Lohwald bekommen jeden Gegner klein, egal wie groß, egal wie stark und egal wie mächtig er auch ist. Aber gegen sich selbst haben sie keine Chance.

„Nimm den Tod deines Sohnes nicht zu schwer", sage ich daher jetzt noch schnell zu Lohwald. „Und denke einfach immer daran: Auch andere Väter haben tote Söhne."

Lohwald sieht mich an und ich erkenne ein Grinsen in seinem Gesicht. Unmerklich zwar, aber definitiv vorhanden. Bitter, aber wahr: Lohwald und ich, wir verstehen uns.

Ich weiß noch, wie ich zum ersten Mal Panik fühlte. Eines Tages, noch lange bevor ich Marie kennenlernte, war ich aufgewacht und hatte diesen Druck verspürt, nur wenige Zentimeter unterhalb der Brust. In Potsdam war das noch gewesen, Moritz war über das Wochenende zu seiner komischen Mutter gefahren und ich, ich hatte beim Aufwachen plötzlich diesen Druck verspürt. Ich hatte dieses Gefühl nie zuvor gehabt und dennoch, so erinnere mich jetzt, hatte ich sofort gewusst, dass ich weder was Falsches getrunken oder gegessen noch ein Problem mit dem Herzen, den Adern oder den Knochen hatte. Ich war dann auf einen Schlag wach gewesen, hatte diesen Druck unterhalb der Brust verspürt und direkt gewusst, dass keine Medizin und kein Arzt der Welt mir bei diesem Druck werden helfen können. Unfähig mich auch nur ein Stück zu bewegen, war ich so den halben Tag in meinem Bett liegengeblieben, die Augen starr geöffnet und zur Decke gerichtet. Und wäre da nicht der Schweiß gewesen, der beständig aus meinen Poren perlte und mir übers Gesicht kroch, man hätte mich wohl für tot halten können. Doch ich lebte, atmete schwer und starrte zu Decke. Und wusste mit einem Mal nicht mehr, wie ich jemals wieder hinaus in die Welt gehen könnte. Ich weinte nicht, ich wimmerte nicht, ich röchelte nicht einmal richtig. Ich lag einfach nur da und starrte. Und ich versuchte einen einzigen Gedanken zu Ende zu denken. Irgendeinen. Doch es wollte mir einfach nicht gelingen, die Gedanken kreisten mir im Kopf herum, vertilgten sich gegenseitig wie die Augenblicke und ließen vom Vordermann nichts anderes übrig als Kadaver und Kot.

Heute, all diese vielen Jahre später, weiß ich, dass ich an jenem Tag meinen ersten depressiven Anfall gehabt habe. Einen Anfall, der mich drei Tage reglos, schlaflos und ohne jegliche Nahrungsaufnahme auf meinem Bett hat liegen lassen. Und mich danach noch für vier weitere Wochen alltagsunfähig durch die Zeit schlurfen ließ. Es hätte nicht viel gefehlt und ich hätte mich selbst in eine Anstalt einweisen lassen in jenen Tagen. Doch statt in der Nervenklinik endete ich lediglich bei meiner schwachen Tagesration Paroxetin und der Erkenntnis, dass ich nicht krank bin. Nein, ich habe lediglich zu viel erkannt, habe zu viele richtige Zusammenhänge hergestellt, zu viele Rätsel gelöst. Und dabei zu ausgiebig mit dem großen Nichts gespielt. Ich habe hinter einen Vorhang gesehen, hinter den kein Mensch jemals schauen sollte. Ja, tatsächlich wie in einem dieser nun wahrhaft cleveren griechischen Dramen, als hätten die Götter gesagt: „Tu was du willst auf der Welt, alles wird in Ordnung sein, solange du nicht hinter diesen Vorhang blickst." Und was habe ich natürlich gemacht? Das genaue Gegenteil, gar nichts auf der Welt getan, nichts in Ordnung sein lassen und voller Neugier immer tiefer in die Dunkelheit hinter dem Vorhang geglotzt. Und so haben mich die Götter mit der Kälte, dem Schwarzen Frost, bestraft; und mit der Langeweile, mit der Panik und jenem Druck knapp unterhalb meiner Brust.

„Du erinnerst mich an meinen Sohn", sagt Lohwald plötzlich, während ich neben ihm auf dem Sofa sitze, seine wabbeligen Finger betrachte und über meinen Druck knapp unterhalb der Brust nachdenke. „Auch mein Sohn hat immer gedacht, der Einzige zu sein, der alles sieht und alles versteht. Und hat es ihm was genützt? Nein, er ist mitsamt seiner Allwissenheit in den Tod gerast. Klugheit und Weisheit sind schon immer auffallend undankbare Charaktereigenschaften gewesen."

Er versucht dich zu töten, denke ich. Er verpackt es zwar als Warnung, mimt geschickt den verständigen Mann, der den jungen und ungestümen Knaben vor Fehlern bewahren will, spielt quasi Cat Stevens *Father And Son* live in meiner Wohnung, will mich aber gar nicht bewahren, sondern mich auslöschen. Ganz genau so, wie auch ich ihn auslöschen will, will er mich auslöschen. Denn es darf, ja es kann bekanntlich immer nur einen geben.

Damals, während meines Irrgangs durch China, war mir aufgegangen, dass es die Verlässlichkeit ist, die Moritz sein kurzes Leben lang als so schal und aufgesetzt empfunden hat. Und die er einfach nicht in sein Leben hat integrieren können, integrieren wollen. Verlässlichkeit war für Moritz gleichbedeutend mit scheintotem Vor-sich-hinvegetieren, das hat er einmal so formuliert, als wir gerade durch einen Tempeldistrikt liefen und uns so gar nicht an den kunstvollen und traditionellen asiatischen Bauwerken erfreuen konnten. Dass Verlässlichkeit wertlos sei, hat er damals gesagt. Und ich, ich schritt mit ihm durch diese Tempellandschaft, wusste, dass ich andächtig, respektvoll und bewundernd sein sollte und verspürte doch nur eine tiefe Respektlosigkeit. Und ein Gefühl für Wertlosigkeit. Über tausend Jahre chinesischer Geschichte stehen hier, habe ich gedacht. Über tausend Jahre Geschichte – und alles wertlos, klapperig und nur ein weiterer Beweis dafür, wie dämlich und arrogant es ist, auf Dinge von Dauer zu vertrauen. Denn diese Tempel, sie wurden bestimmt nicht erbaut, damit später Europäer gaffend mit ihren Trackingstiefeln hier durchmarschieren, während sich das gemeine chinesische Volk den Besuch schon lange nicht mehr leisten kann. Alles was hier also steht, ist der Beweis dafür, dass eine Idee, die gestern noch gut war, heute schon total bescheuert ist. Wir entwickeln uns immer weiter, wie kann da die Verlässlichkeit zu uns passen? Nein, nicht die Verlässlichkeit, sondern die Vergänglichkeit ist unser Hirte. Und jeder, der glaubt etwas von Dauer erschaffen zu können ist arrogant. Denn er erhebt sich über die Natur, über die Welt.

So habe ich damals gedacht, mitten in China. Und seitdem trage ich das Wissen um die Belanglosigkeit sämtlicher Dinge von vermeintlicher Dauer mit mir herum, seien es nun Serien, Beziehungen oder Bauwerke. Eine Gewissheit, die ich einfach nicht mehr loswerde. Augenblicke vertilgen sich gegenseitig und wie Hautzellen erneuert sich auch die Realität beständig. Was gerade war, ist schon im nächsten Moment Makulatur. Kein Schritt gleicht dem nächsten, kein Moment ist haltbar, keine Gewissheit hat Bestand. Und alles, was uns als Konstante erscheint, ist nichts als Eitelkeit, selbstgefällige Eigenüberschätzung. Der Mensch hat diesen seltsamen Hang zur Ewigkeit, da er den Tod als Niederlage versteht, anstatt als die Krönung, die er ist. Wir alle wollen ewig bestehen, ewige Jugend auf unseren Gesichtern und in unseren Körpern tragen und sind erpicht darauf, Spuren zu hinterlassen, sei es durch Kunstwerke, die doch bitte auch in hundert Jahren noch gefeiert werden sollen oder aber durch diesen vollkommen überflüssigen Drang unsere Gene mittels Fortpflanzung in die nächste Generation retten zu müssen. Als würden wir irgendwem einen großen Gefallen damit tun, dass ein Teil von uns auch nach unserem Tod noch weiterlebt, in anderen, durch andere. Wenn das nicht arrogant ist, was ist es bitteschön dann? Wir Menschen haben die Tiere besiegt, wir haben zu großen Teilen die komplette Natur besiegt, wir schießen uns sogar zum Mond – doch gegen die sich sekündlich erneuernde Realität kommen wir nicht an. Wir zerschellen an ihr, immer wieder aufs Neue.

Als Moritz und ich uns diese Erkenntnisse erschlossen hatten, so erinnere ich mich, waren wir stumm und traurig zusammengesackt. Hatten müde registriert, dass wir Recht hatten, einfach nur Recht und es auf der ganzen verdammten Welt kein einziges Argument gibt, das uns widerlegen und somit zurück in die mentale Jungfräulichkeit führen könnte. Den Beziehungscode zu knacken ist eine große Herausforderung, eine große Leistung gewesen. Nur leider so folgenreich, wie die Entdeckung des Sarkophags von Tutanchamun im Tal der Könige. Denn es sind die Krätze und die Pest, die man halt immer ein wenig mit entdeckt. Und vielleicht sogar auch ein richtiger Howard Carter-Fluch, on top, sozusagen. Viel Spaß haben Entdecker an ihren Entdeckungen nur selten und so erkannten auch Moritz und ich schnell, dass nur noch eine konsequente Verweigerungshaltung uns retten konnte. Kurz darauf haben wir dann unseren Vertrag aufgesetzt. Jenen Vertrag, in dem Moritz sich zum Freitod verpflichtete.

„Augenblicke vertilgen sich gegenseitig", hat Moritz gesagt. „Das beste Leben führt also derjenige, der allen vermeintlichen Konstanten den Kampf ansagt. Schau dir doch die ganzen armseligen und trauernden Gestalten an. Die meisten trauern doch nur, weil sie so blöd waren zu glauben, dass etwas ewig sein wird. Beziehung, Leben, Arbeitsplatz, Freundschaft, Frieden. Wie wunderbar wir doch leben könnten, wenn wir das alles von vornherein nur als die kurzen Phasen betrachten würden, die sie nun einmal sind. Aber nein, die große Überraschung, der große Lebensschock, plötzlich ist etwas nicht mehr wie es doch immer war und immer sein sollte. So eine scheinheilige, arrogante Scheiße!"

Ja, „scheinheilige, arrogante Scheiße", genau das hat er gerufen, der Moritz. Schon damals tendierte er zu wesentlich konsequenteren Lösungen geneigt als ich, hatte den Freitod als beste Methode gesehen, um die Entstehung von vermeintlichen Konstanten zu verhindern. Dieses kurze Flattern, das ihn dann doch noch bis nach China hat rennen lassen, es mag der Nervosität geschuldet gewesen sein. Schließlich bringt man sich wahrlich nicht alle Tage selbst um. Vielleicht war das dann doch keine Schusseligkeit. Sondern eher Perfektionismus. Wer kann es Moritz verdenken, dass er es schön haben wollte beim Freitod. Schließlich bedeutet ein Freitod, gerade nicht auf Würde und Ästhetik zu verzichten, überhaupt nicht. Und in einer überkandidelten Stadt wie Berlin, so ehrlich muss ich sein, würde ich mich nun auch nicht gerade umbringen. Da gibt es wirklich stilvollere Plätze. Auch wenn mir China als letztes eingefallen wäre.

Moritz hat sich umgebracht. Und ich schlafe mit keiner Frau mehr. Es klingt so unterschiedlich und ist unterm Strich doch ein und dieselbe Verweigerungshaltung. Nur, dass die eine Tabula rasa macht, während die andere zur ständigen Qual wird.

Ich würde ihn an seinen Sohn erinnern, hat Lohwald soeben zu mir gesagt. Das ist so lächerlich und durchschaubar, dass ich nicht umhinkomme, mich mit dem Gedanken auseinanderzusetzen, er könnte damit Recht haben. Die Möglichkeit, dem Zerquetschten, dem Zermalmten, dem blassroten Stück Hackfleisch ähnlich zu sein, erheitert mich sogar beinahe, fast hätte ich Lust, auf diesen ganz wunderbaren Vergleich mit Lohwald anzustoßen. Aber Verbrüderung wäre fatal und so zeige ich lieber mein wahres Lächeln. Dieses „Was gibt es da zu lachen"-Lächeln, dem ich selbst keine befriedigende Antwort geben kann.

Vielleicht sollte ich doch in die Küche gehen und ihm eine neue Bierflasche öffnen, denke ich plötzlich. Eine neue Bierflasche öffnen und hineinspucken. Selbstredend wäre das unterste Schublade, wie man so sagt. Eines erwachsenen Menschen nicht würdig. Und dennoch sollte ich es tun. Meine gesamte Abscheu bündeln und ihn als Geist in Lohwalds Flasche schicken. Es wäre nicht die schlechteste meiner vielen Ideen.

Ich würde ihn an seinen Sohn erinnern, hat Lohwald gesagt – und ich wette, er erinnert sich dabei an gar nichts mehr, weiß kaum noch, dass er überhaupt einen Sohn gehabt hat, geschweige denn, wie der gewesen ist. Erinnert sich nur noch an die Tatsache, dass da mal jemand gewesen ist, der sein Sohn war und instrumentalisiert diese Tatsache nun immerfort. So wie Maries Mutter nur noch weiß, dass da einmal so etwas wie der Hauch einer künstlerischen Karriere gewesen ist, weiß Lohwald noch, dass da mal so etwas wie der Hauch einer familiären Basis in seinem Leben gewesen ist. Doch wie Maries Mutter ist auch Lohwald längst heimisch geworden in seiner Wut, in seiner Verzweiflung und in seinem Gram. Maries Mutter schleppt ihren Eiter mit sich herum, Lohwald seine manipulierende Aggression. Beide sind sie dem Tode näher als dem Leben, haben genaugenommen nichts mehr verloren auf dieser Erde – und latschen doch als traumatisierte Zombies durch die Gegend, mit dem einen und einzigen Ziel, Angst und Schrecken zu verbreiten. Ich habe also jedes erdenkliche moralische Recht, Lohwald in die Flasche zu spucken. Es wäre zwar nur ein kleiner Sieg für mich, aber ein großer Erfolg für die Menschheit.

„Aber ich kann dich doch gar nicht an deinen Sohn erinnern", höre ich mich zu Lohwald sagen. „Denn dein Sohn ist tot, ich hingegen bin noch nie tot gewesen. Da ist also keinerlei Übereinstimmung, keine Parallele. Ich bin – dein Sohn war. Mehr Unterschied geht nicht."

Ich spüre ein Grinsen, obwohl mir gar nicht nach Grinsen zumute ist. Ganz im Gegenteil, in mir ist alles ruhig und abgeklärt. Und dennoch spüre ich das Grinsen auf meinem Gesicht, bemerke wie meine Wangenmuskeln sich spannen und mir die Mundwinkel nach oben ziehen. Dann stehe ich auf, um Lohwald ein neues Bier zu holen.

Auf dem Weg in die Küche komme ich wieder an meinem Küchenfenster vorbei, betrachte das zugeklebte Fenster des Serienkillers von gegenüber und frage mich, was Lohwald wohl zu einem derart ekelhaften Menschen hat werden lassen. Und ob ich nicht auf dem besten Wege bin, ein mindestens genauso schlechter Mensch zu werden. Eine gar nicht so abwegige Überlegung, schließlich werde ich ein sehr langes Leben führen, geprägt vom Schwarzem Frost. Wie soll ein Mensch da schon werden, wenn nicht komplett widerlich? Sehr gut möglich also, dass schon in wenigen Jahren ich derjenige sein werde, der seine Fenster von innen mit Zeitungspapier zukleistert. Dass ich zu jemandem mutiere, vor dem ganz allgemein gewarnt werden sollte.

Wie gut nur, dass ich das zu verhindern weiß. Es mag qualvoll werden, aber ein Widerling und Asozialer, das werde ich niemals, denn ich werde der Menschheit einen großen Dienst erweisen, indem ich sie von Lohwald erlöse. Man wird mich niemals mögen, aber feiern wird man mich, eines fernen Tages, sobald herauskommt, was ich getan habe. Und vor allem warum. Vielleicht wird man sogar Straßen nach mir benennen und Statuen von mir errichten. Nicht, dass das von Belang wäre, aber es wäre ein warmes Gefühl, endlich ein warmes Gefühl. Ich sollte Lohwalds Flasche öffnen und, anstatt zu spucken, besser gleich hineinurinieren.

Und wie ich jetzt so die Kühlschranktür öffne und eine weitere Flasche Bier für den versoffenen Lohwald hervorziehe, kommt mir wieder die Erinnerung an jenen Abend in China, als ich dem mittellosen Fleischspießverkäufer von oben in seine Müllhalden-Wohnung uriniert hatte. Wie ich zunächst noch gedacht hatte, dass ich doch nicht wirklich von oben herab auf das Sofa von diesem Nichtsnutz pinkeln könne. Und wie schnell ich mich dann mit diesem Gedanken angefreundet hatte. Und wie mich danach kein schlechtes Gewissen, ja nicht einmal Gedanken des Bedauerns verfolgt hatten.

Daran muss ich nun wieder denken, als ich Lohwald die neue Flasche aus dem Kühlschrank ziehe. Aus dem Wohnzimmer höre ich ihn sein „Mann im dritten Frühling"-Husten röhren. Er klingt als ob er gleich ersticken würde. Ich muss mich beeilen, denke ich. Mit meiner feinen Menschheitsrettung und all den wunderbaren Ideen muss ich mich beeilen. Denn wie schade wäre es doch, den Lohwald auf natürlichem Wege in meiner Wohnung verrecken zu lassen. Und mir selbst und der ganzen Welt später eingestehen zu müssen, dass ich nicht einmal im Ansatz meine Finger im Spiel gehabt habe. Was für eine schreckliche Enttäuschung das doch wäre, ein Land und eine Welt lägen in Trauer, nur weil ich nicht aus dem Knick gekommen bin.

Ich öffne die Bierflasche und sofort steigt mir der wohlbekannte, leicht bittere Geruch in die Nase. Ich schaue in den Flaschenhals hinab und lasse ein paar Sekunden verstreichen, dann hebe ich die Flasche an und schütte einen kleinen Schluck in die Spüle. Es zischt leise und die gelbe Brühe verschwindet als dünnes Rinnsal im Ausguss. Für alles, was ab jetzt geschieht, trägt Lohwald selbst die Verantwortung. Schließlich ist *er* derjenige, der mich immer weiter entmenschlicht. Der Schwarze Frost entseelt, Lohwald entmenschlicht. Seine wabbelige Hand, sein zermatschter Sohn, seine eitlen Versuche, als kleiner, glatzköpfiger Mann doch noch etwas darzustellen – all das sind Teile einer großen Entmenschlichung. Er begeht sie, er allein, doch ich, ich muss mir diesen Totentanz anschauen. In meiner Wohnung.

Da ist das bisschen Urin doch geradezu lächerlich!

Marie hatte fast sechs Jahre gebraucht, um meine fortschreitende Entmenschlichung zu bemerken, um zu erkennen, was die sich in mir ausbreitende Kälte aus mir macht. Zu sehr war Marie von ihrer eigenen Suche nach schönen Momenten geblendet, um diesen fatalistischen Zug an mir schon wesentlich früher zu begreifen. Statt meiner offensichtlich fortschreitenden Entmenschlichung, meinte sie immer nur das Gegenteil in meinem Verhalten zu erkennen: Menschlichkeit. All die Jahre hat sie wahrhaftig daran geglaubt, mich als liebende Frau therapieren zu können. Als wenn jemals irgendwo ein Mann durch die Liebe einer Frau therapiert worden wäre. Dauernd hatte sie mir gut zugeredet, sich sanft und verständnisvoll an mich gewandt, mir zarte Küsse auf die Lippen gedrückt, mich in den Arm genommen. Oh ja, natürlich ist das ganz wunderbar, sie hat viel Elan bewiesen und eine große Aufopferungsbereitschaft. Richtig angestrengt hat sich Marie. Aber wie soll eine Frau einen Mann kurieren, wenn sie doch selbst mental vollkommen hinüber ist? Oder sind neuerdings die Kranken die Rettung der Kranken? Heilen die Irren die Irren, die Depressiven die Depressiven? Homöopathie für Schockgefrorene? Netter Einfall!

Und doch rechne ich es ihr hoch an, wie sehr sie sich abgemüht hat an mir, der ich alles immer nur unbeteiligt habe wahrnehmen können, ihre ganzen Wärmemethoden wie durch ein Fernrohr hindurch beobachtet habe, ohne jemals ein Beteiligter zu sein, geschweige denn Heilung zu erfahren. Ich habe genau gesehen, dass mich Marie küsst und genau bemerkt, dass da eine Umarmung ihrerseits stattfindet und sogar mit spitzen Ohren manch tröstendem und aufmunterndem Wort von ihr gelauscht. Doch nichts von alldem hat mich jemals erreichen können. Und so habe ich sechs lange Jahre wie in einer Vorlesung gesessen, mit der Marie als Dozentin vorne an der Tafel, Studienfach: Menschlichkeit.

Marie war schon von jenem Tag an, an dem sie mir als Praktikantin ihre Fragen hatte stellen wollen, die schönste Frau der Welt für mich gewesen.

Ich schau hinab in den Flaschenhals, in den ich gleich urinieren werde. Und stelle eine leichte Wehmut an mir fest. Ausgerechnet jetzt, in diesem Moment, in dem ich die Schwelle vom zivilisierten Menschen zurück zum Barbar überschreiten möchte, packt mich eine leichte Wehmut. Es beginnt bereits zu wirken, denke ich. Je brutaler und degenerierter ich Lohwald gegenüber auftrete, desto wärmer wird mir werden.

Ja, verdammt, ich habe damals den schönsten Menschen der Welt vor mir gesehen und in seinen eisblauen Augen habe ich vom ersten Moment an diese Hoffnung gesehen. Eine Aussicht und richtige Perspektive. Ich habe damals auch so etwas wie eine Zukunft für mich gesehen, mitten in diesen blauen Augen.

Aber dann, dann war alles anders gekommen und aus Marie wurde lediglich ein...

Ja, ein Ausstellungsstück ist sie sechs Jahre lang für mich gewesen, ein Exponat, an dem ich die prinzipielle Existenz von Liebe, Zuneigung und Wärme betrachten konnte. Was zu Beginn noch Hoffnung und Perspektive gewesen war, hatte sich über die Zeit in Aussichtslosigkeit und Gram verwandelt. Ich war eines Tages aufgewacht und hatte in Marie einfach nicht mehr den Glauben an eine bessere Zukunft sehen können, sondern nur noch den Hohn des Schicksals an ihr entdeckt.

Meine Demütigungen ihr gegenüber müssen genau an dem Tag begonnen haben, an dem ich feststellte, dass ich ihrer Menschlichkeit nicht näher kam, sondern mich stattdessen Tag für Tag weiter davon entfernte. Einfach nicht mehr mit Marie, ja überhaupt mit keiner Frau mehr schlafen zu wollen, ist die größte Demütigung gewesen, die ich mir habe einfallen lassen können. Gibt es eine größere Abkehr vom Leben, als sich jeglicher Intimität zu entsagen, jeglicher Leidenschaft und in letzter Konsequenz auch jeglichen Fortpflanzungsidealen? Ein einziger kleiner Entschluss – und doch bringt er das ganze große Rad der Mitmenschlichkeit zum Stehen. Man stelle sich nur einmal vor, alle Menschen würden meiner so eindeutigen Logik folgen, sich also umbringen oder aber sich gänzlich verweigern. Die Krankheit Mensch, sie wäre binnen weniger Jahrzehnte von der Erde verschwunden.

Da ich mich niemals umbringen werde, bleibt mir nur die standhafte Verweigerung. Und das regelmäßige Tasten in meinen Ahnungen von Wärme, die ja nun einmal genau der Grund sind, warum ich mich nicht eigenhändig töten kann, wie Moritz das vollbracht hat. Also küsse ich ab und an, weil man eben ab und an küsst. Ich fasse Frauen auch durchaus noch an die Brust, weil die Dramaturgie des Aufeinandertreffens von Mann und Frau einen solchen Griff ganz einfach vorschreibt, irgendwann hat er ganz einfach zu erfolgen. Und ich lege mich auch bis zum heutigen Tage ab und an nackt auf eine Frau, denn wie soll es nach einem Griff an den Busen auch sonst weitergehen. Also lege ich mich nackt auf Frauen, zähle die Sekunden und rolle mich dann wieder herunter. Und ergötze mich am Klang der gekränkten weiblichen Seelen – dem einzigen Kick, der mir verblieben ist.

Ich erinnere mich, wie ich nach Maries Weggang als nun so freier Mann nächtelang durch Bars und Kneipen zog und mich sinnlos betrank, in der verzweifelten Hoffnung, diesen Schwarzen Frost in mir zu erhitzen, ja überhaupt menschliche Züge zu entwickeln. Und auch wenn ich noch gut weiß, dass ich in diesen Wochen oder Monaten nicht gerade zimperlich vorging, so habe ich keinen Schimmer mehr, wie viele Frauen ich an diesen Abenden kennengelernt habe. Auch, wie viele ich zu mir nach Hause nahm und wie vielen ich in ihre Wohnung folgte, vermag ich nicht mehr zu beziffern, es können fünf gewesen sein oder fünfzig. Ich kann genau genommen heute nicht einmal mehr sagen, ob ich bei meinen unbedeutenden Amouren jemals in charakterliche Schieflagen geriet. Alle Beziehungen nach Marie verschwammen in mir noch während ihres Stattfindens zu einem undurchsichtigen Brei und vermischten sich in meiner Erinnerung zu einer klebrigen, kaum noch zu durchdringenden Masse aus Wunsch und Realität, aus Zwang und Wahn. Ich hatte Telefonnummern auf Zetteln stehen, die schon Minuten, nachdem ich sie mir notiert hatte, lustlos durch meine Wohnung flatterten. Noch heute finde ich manchmal beim Aufräumen einen solchen Zettel mit einer solchen Nummer und kann im Beziehungsbrei hinter meiner Stirn keinerlei Erinnerungen daran finden, denn wer ist schon Jeanette, wer ist schon Barbara, wer Kerstin? Vornamen und Nummern auf Notizzetteln, das ist alles, was ich nach Maries Weggang an Romantik noch auf die Reihe bekommen habe.

Amouren. Was für ein schönes Wort und dabei doch so leer. Leise spreche ich es jetzt vor mich hin, während ich den Flaschenhals inspiziere. Lohwald scheint unruhig zu werden, die Sucht nach Alkohol und immer mehr Alkohol treibt ihm wohl bereits die Panik in die Gefäße. Ich höre ihn unruhig auf meinem Sofa herumrutschen. Und bemerke wie ich etwas ungehalten werde. Denn ich werde das komplette Sofa reinigen lassen müssen, sobald Lohwald weg ist. Anders werde ich den Ekel, den er hinterlassen wird, kaum beseitigen können. Sorgen mache ich mir darum aber nicht, man erzählt sich ja wahre Wunderdinge, die professionelle Tatortreiniger inzwischen bewirken können.

So viele Amouren habe ich nach Marie gehabt. Und am Ende flossen immer Tränen, es gab stets die gleichen Vorwürfe und der Schwarze Frost fraß sich mit jedem Mal etwas tiefer in mein Gehirn. Mein erotisches Gemache und Getue, mein Gepacke und Gegrapsche, es ist immer unwirklicher für mich geworden. Und wer vermag jetzt schon noch zu sagen, ob das der Unfähigkeit der jeweiligen Frauen zuzurechnen ist oder aber meinem Hang zum Untergang. Das gegenseitige, so betont stürmische Entreißen der Kleidung habe ich jedenfalls ganz schnell als Schmierenkomödie empfunden. Das Wühlen in den Haaren eines anderen Menschen hat mich immer ratloser zurückgelassen. Und irgendwann habe ich den Begriff „Haut" einfach nicht mehr ertragen können und ihn auf die Liste jener Begriffe setzen müssen, die ich ebenfalls nicht mehr ertrage: Direkt hinter das Verb „genießen" und das Nomen „Zärtlichkeit". Ja, an all das erinnere ich mich noch ganz wunderbar, als wäre es gestern gewesen. Nein −, als würde es sogar gerade in diesem Moment erst passieren, so gegenwärtig ist mir das alles noch. Nur an die Frauen erinnere ich mich nicht mehr. Kaum ein Name, kaum ein Gesicht begleitet meine faden sexuellen Erinnerungen. Was noch da ist, das sind die Erinnerungen an die Gleichförmigkeiten intimer Bewegungen, die ständige Wiederkehr von Automatismen und, natürlich, der Ekel.

Mit der Marie habe ich ganz verantwortungsbewusst noch einige Male geschlafen. Ja, kaum zu glauben, aber tatsächlich aus einer puren Verantwortlichkeit für sie heraus, habe ich mich ihr gegenüber ab und an als sexueller Mensch maskiert. Bis mich eines Tages dann auch dort der Ekel eingeholt hat, ich mich einfach nicht mehr maskieren konnte ohne Würgereize zu erleiden. Maries Schönheit, so denke ich nun, während ich den Bierflaschenhals fest umklammere, ist mir dennoch nie verloren gegangen. Bis heute erkenne ich sie an, Maries Schönheit. Und denke ich daran, dann muss ich mich noch immer festhalten, die Augen schließen und tief durchatmen. Doch von jenem Tag an, an dem mich der Ekel eingeholt hatte, bin ich unfähig gewesen, mit ihr zu schlafen. Keinen einzigen sexuellen Abschluss habe ich von da an mehr erreichen können. Und bis heute hat sich daran nichts mehr geändert.

Moritz hat sich erfolgreich getötet. Und ich habe mich genauso erfolgreich abgetötet.

Ich erinnere mich, während ich nun so meinen Schwanz über die Bierflasche halte, wie ich während des Liebesaktes mit Marie sogar mehrfach eingeschlafen bin. Tatsächlich während des Gepackes und Gegrapsches und mitten im Versuch ein Shirt zu entfernen −oder eine Hose oder eine Socke − vom Schlaf übermannt worden bin. Manchmal gelang es mir, meine schwerfällige Libido etwas weiter zu treiben, dann schlief ich erst inmitten jener weltbekannten Stoßbewegungen ein, begann zwischen einem planmäßig ausgerufenen „Ooh!" und einem dann doch nicht mehr angefügten „Aah!" das Schnarchen. Und Marie? Die hat all das immer versteinerter werden lassen, immer verzweifelter, immer verbitterter. Oft ist sie nach klassischer Frauenart einfach ins Badezimmer gegangen. Nicht fluchend, nicht laut, nicht ungestüm, sondern einfach dorthin gelaufen.

Und trotz meines Schnarchens, trotz meines Schlafes habe ich ihre Gänge ins Bad dennoch wahrnehmen können, habe jeden einzelnen ihrer Schritte bewusst miterlebt und bin sie in den bleiernen Gedanken sogar mitgegangen. Ja, ich bin bei Marie gewesen. Immer wenn sie verzweifelt und gedemütigt ihren fluchtartigen Gang ins Bad angetreten hat, bin ich bei ihr gewesen, habe den Arm um sie gelegt, sie gehalten, sie getröstet.

So hätte es sein können.

Doch in Wirklichkeit habe ich nichts in jenen Momenten mehr von ihr mitbekommen, ich kann bis heute nicht sagen, was sie in den Stunden, die sie manchmal allein im Bad gehockt haben muss, getan haben könnte, nachdem die Tür ins Schloss gefallen war. Weinen, Jammern, Laute der Trauer und des Zorns hätte ich vernommen, denke ich, während ich Lohwald in die Bierflasche uriniere. Ich hätte ihr Leid vielleicht begreifen können, wenn ich wirklich aufgestanden wäre, an der Tür zum Badezimmer geklopft und sanft gefragt hätte, was los sei – um dann echten Trost zu spenden.

Hab ich aber nicht.

Amouren, denke ich und schließe meine Hose. All meine Amouren, sie haben mich immer nur noch weiter ausgehöhlt, sind einfach nur billigster Zeitvertreib gewesen, sonst nichts. Denn wer nicht das Talent hat, sich umzubringen, klar, der muss zusehen, wie er ansonsten möglichst schnell möglichst viel Zeit an sich vorbeirauschen lassen kann. In einem wissenschaftlichen Bericht habe ich einmal von einem Belohnungssystem gelesen, welches dafür sorgt, dass wir alle Triebtäter sind. Denn beim Sex wird es wohl aktiviert, dieses Belohnungssystem, aber auch beim Genuss von Zucker, Alkohol und Drogen. Ein wirklich bewundernswerter Selbstzerstörungsmechanismus scheint mir dieses System zu sein, eingerichtet von der Natur, damit wir uns wie Wahnsinnige in unser eigenes Verderben stürzen. Bei mir jedoch scheint dieses Belohnungssystem etwas derangiert zu sein. Gut, dem Lohwald gerade ins Bier uriniert zu haben, erfüllt mich mit einer Ekstase, wie ich sie lange nicht mehr empfunden habe. Aber meine intimen Stelldicheins sind immer nur zähe Krämpfe gewesen, zwischenmenschliche Zerrungen. Und Sex ohne Libido lässt einen genauso ratlos zurück wie Alkoholkonsum, bei dem sich die Trunkenheit einfach nicht einstellen will.

Wäre ich doch wenigstens gleichzeitig blind für die Schönheit geworden, denke ich, während ich Lohwald das Bier bringe. Aber das bin ich nicht, es ist Teil meiner Qual, dass ich die Schönheit noch immer sehen kann und bis heute Frauen begegne, deren Schönheit mich wirklich tief beeindruckt. Nur der Grund mit ihnen zu schlafen ist mir abhandengekommen. Frauen ziehen mich an, doch kaum kommen sie mir nahe, trifft Ekel auf Belanglosigkeit und Abscheu auf Langeweile. Ich funktioniere, erlebe aber nichts. Verglichen mit mir ist das, was Tantalos drunten im Hades durchmacht, doch ein dionysisches Wellness-Wochenende.

Aber ich habe es trotzdem immer wieder versucht. Mit dem Kopf durch die Wand, sozusagen, so wie sich Lohwalds Sohn an einer Betonmauer den Schädel zermalmt hat, so habe ich mir den Kopf permanent aufgeschlagen. So heftig und so oft bis irgendwann nicht einmal mehr Blut nachgetropft ist. Was für ein Wahnsinn.

Ich bin nie ein gewollter Untergeher gewesen, ich habe mir die Birne oft genug aufgeschlagen, bei vollem Bewusstsein. Aber das hat zu gar nichts geführt; nicht einmal die Schmerzen sind mir geblieben. Es bedarf mittlerweile einer kräftigen Dosis Paroxetin, um mich überhaupt noch für einen Moment aus meiner Lethargie herauszulösen.

Mit Marie hat das aber schrecklich wenig zu tun. So gerne ich ihr damals auch hinterhergegangen wäre, mich im Badezimmer direkt hinter sie gestellt und sie umarmt hätte – es hätte nichts geändert, nichts anders gemacht. Denn Marie hat nichts in mir bewirkt, sie ist nur die Bestätigung einer These gewesen.

An meinen Qualen trägt Marie keine Schuld, der Drops war schon gelutscht, lange bevor sie in meinem Leben aufgetaucht ist. Marie ist einfach nur mit ihrer ganz eigenen Blindheit in ein bereits ausgebranntes Haus gerannt, um sich ausgerechnet dort vor ihrer Unerwünschtheit und der fehlenden Absolution ihrer Mutter zu verstecken. Drüben in China habe ich zu Moritz gesagt, dass Marie meine Aufgabe sei. Dass jeder Mensch sich eine Aufgabe suchen müsse, habe ich zu ihm gesagt. Einen Grund für den es sich zu leben lohnt. Und dass das bei mir eventuell Marie sei – Marie sei meine Aufgabe, genauso wie auch ich die Aufgabe von Marie sei. Dass sie einen Charakter wie mich bräuchte, da nur jemand wie ich ihre Probleme verstehen könne. Und dass Marie die erste Frau ist, die die Geduld hat, meine ständigen Kälte-Attacken zu ertragen.

Jetzt, wo Lohwald die zumindest teilweise frisch befüllte Flasche Bier erstmals zum Mund führt, erinnere ich mich, wie ich Moritz die ganze schöne Theorie vom Brauchen und Gebraucht werden unterbreitete, als wir in Wuhan unweit seiner Wohnung gerade einen Kanal entlang flanierten. Der Tag war für chinesische Verhältnisse fast klar und sonnig gewesen und so waren uns viele Menschen auf der breiten Promenade begegnet, die immer nur Augen für Moritz und seine blonden Haaren gehabt haben. Fast bewundernd angeschaut haben die Chinesen ihn, obwohl er von der Statur fast einer von ihnen hätte sein können. Allein die Farbe seines Haares hatte ausgereicht, dass Männer, Frauen, Kinder ihn staunend anblickten. Ich bin neben ihm hergelaufen und habe diese absurde Szenerie betrachtet. Wie da der blonde Moritz eine Promenade mitten in China entlanglatscht, eine Bewunderung nach der anderen erfährt – und sich schon bald umbringen wird. In Berlin ist er untergegangen in der Masse, habe ich damals gedacht. Aber hier in China sticht er heraus. Und beides hat ihn nicht davor bewahren können, sich umzubringen. Wer also davon spricht, dass uns Menschen doch so unendlich viele Möglichkeiten gegeben sind, unser Leben zu gestalten, der lügt. Einen feuchten Dreck an Möglichkeiten haben wir. Die Wahl zwischen Pest und Cholera haben wir. Oder aber, wie in meinem Fall: Die Wahl zwischen dem Nichts und der Langeweile.

Die Marie ist meine Aufgabe, habe ich an jenem Tag auf der Promenade zu Moritz gesagt. Und ich bin Maries Aufgabe, das habe ich noch hinzugefügt. Doch Moritz hat gar nichts dazu gesagt und ist einfach stumm weitergelaufen mit seinen blonden Haaren, den schmalen Schultern und begleitet von bewundernden Blicken. Eine ganze Weile liefen wir so nebeneinander her, ich mit meiner törichten Idee vom gegenseitigen Gebrauchtwerden im Kopf. Und Moritz mit seinen blonden Haaren und wohl auch einer klaren Vorstellung von Freitod unter der Schädeldecke.

Bis dann plötzlich eine Chinesin auf einem Rad an uns vorbeifuhr, sich beim Fahren zu uns umdrehte und anstarrte, bis sie fast umgefallen wäre. Ich weiß noch wie ich gedacht habe, dass Chinesen nun wahrlich nicht einmal im Ansatz so zurückhaltend sind, wie ihnen in Europa immer nachgesagt wird, ja dass sie genau genommen sogar aufdringlich und penetrant sind. Und noch während ich das gedacht habe, war die Chinesin schon von ihrem Rad gesprungen und direkt auf uns zugeeilt. Es war schwierig, ihr Alter einzuschätzen, ihr Haar war lang und dunkel und Chinesinnen mit langem Haar können immer genauso gut 20 wie auch 50 sein. Diese aufdringliche Person war dann aufgeregt plappernd um uns herumgesprungen, hatte uns angefasst, mir über den Arm gestreichelt und Moritz, natürlich, in die Haare gefasst. Hatte sich an uns gerieben, immer schneller ihre sonderbaren chinesischen Laute dabei ausgestoßen. Und hatte dann sogar versucht uns zu küssen, direkt auf den Mund. Ich erinnere mich mit Grausen, wie enorm viel Mühe es Moritz und mich gekostet hat, diese schreckliche Chinesin wieder loszuwerden. Fast eine halbe Stunde lang hat sie nicht von uns abgelassen und hat ganz offenbar sogar mit uns mitgehen wollen. Mit einiger Gewalt, deftigen Schubsern und erzürnten Gesichtern war es uns dann aber doch gelungen, die Frau jammernd und zeternd hinter uns zu lassen. Und Moritz, schon immer ein Freund von Wahrheiten, hatte mich sogleich auf den heftigen Ausschlag aufmerksam gemacht, den sie im Gesicht und an den Armen gehabt hatte. „Bei dem Ausschlag", hat er dann gesagt, „holen wir uns doch die Pocken, wenn wir die küssen. Da hast du doch schon eine feuchte Schnute, bevor Du überhaupt die Zunge rausgeholt hast." Ich habe laut loslachen und dabei an Maries Mutter denken müssen, der doch auch in einem fort der Eiter die Kehle hinunterrinnt. Und während ich noch vergnüglich vor mich hingegluckst hatte, hatte Moritz trocken hinzugefügt, dass vielleicht just diese Chinesin meine Aufgabe sei. Ja, dass bei einem Vergleich von Maries Schönheit mit dem ekelhaften Ausschlag der Chinesin doch zu vermuten sei, dass die hässliche Chinesin diejenige ist, die mich weit mehr braucht. Woraufhin ich sogleich aufgehört hatte zu lachen. Stattdessen bekam ich augenblicklich starke Kopfschmerzen.

Wie schnell Lohwald trinken kann, stelle ich verwundert fest. Es ist seine inzwischen vierte Flasche, glaube ich. Und auch die ist schon wieder so gut wie leer. Bemerkenswert aber auch, wie wenig es Biertrinkern auffällt, wenn jemand in ihre Flasche uriniert hat. Sicherlich, es ist nicht viel gewesen und bevor ich aus der Küche zurück zum Lohwald gelaufen bin, habe ich die Flasche auch vorsichtig geschüttelt, auf dass sich Bier und Urin gut vermischen. Und doch bricht sich auch ein Lohwald keine Zacken aus der Krone, wenn er die Plörre, die er da in sich hineinschüttet, auch einmal zu schmecken versucht. Denn würde er nur einmal seine Zunge richtig einsetzen, sie direkt in den Schluck halten, den er sich geradewegs in die Kehle drückt, so würde er natürlich bemerken: Urin.

Aber so verhält er sich exakt so tumb und naiv wie jener

zerschossene Charakter, dem ich kurz nach Maries Weggang begegnet bin. Auf einer meiner einsamen Streifzüge durch die Berliner Bar- und Kneipenwelt war ich in einen Trupp Studenten gelaufen und hatte mich sofort mit ihnen angefreundet, für die Dauer einer Nacht. Von Kneipe zu Kneipe sind wir gemeinsam gezogen und je näher wir dem Morgen gekommen waren, umso lächerlicher, verranzter und niveauloser waren auch die Kneipen, in die wir eingekehrt sind. Bis wir schließlich in einer Weddinger Spelunke gelandet waren, die *Bei Gerd & Brigitte* hieß und auch so aussah: Rustikale Holzausstattung, billige Spielautomaten und eine solariumgegerbte Brigitte hinter der Theke, die bei ranziger Schlagermusik mit vom Rauchen gegerbter Stimme die letzten verhangenen und verrenkten Gestalten bei Laune gehalten hatte. Da keine Frauen in der Nähe gewesen waren, hatten sich die Studenten schnell darauf verlegt, sich über einen vom Alkohol bereits vollkommen zerstörten Arbeitslosen lustig zu machen. Hatten sich in der Scheinsicherheit ihrer BWL- und Jura-Studiengänge gesuhlt, sich vorgemacht, dass ihr Leben auf ewig ein Leben auf der sonnigen Überholspur sein wird und sich aus dieser akademischen Scheinselbständigkeit heraus den Unglückseligen vorgeknöpft. Bereits vollkommen ruiniert von Wein und Schnaps hatte er in sich zusammengesunken vor einem Spielautomaten gesessen und anstatt ihn in Frieden weiter seine paar Kröten verjubeln zu lassen, hatten sie ihn zum Weitertrinken ermuntert. Sie bestellten ihm einen Schnaps nach dem anderen, bis sie ihn nach einer Weile – Freundschaft vortäuschend – schließlich genauso mitgenommen hatten wie auch mich zuvor. Geradezu enthusiastisch hatte der so gänzlich Derangierte diese unverhoffte Freundschaft angenommen und hatte uns freundlich lallend schiefe und übelstinkende Wortfetzen entgegengeschleudert, ohne dass jedoch ein verständlicher, geschweige denn brauchbarer Satz dabei gewesen wäre.

Auf dem Weg zur nächsten Kneipe hatte einer der Studenten dann, anstatt in ein Gebüsch, in seine leere Bierflasche uriniert, ja sie mühelos randvoll gemacht. Alle hatten es gesehen, alle hatten dabei gestanden und gesehen, wie dort einer in eine Bierflasche pisst. Nur der Arbeitslose, der Verrenkte, der Derangierte, der nicht. So dass er, als jener Student ihm die Flasche mit dem Urin in die Hand drückte und ihm freundlich „Guten Durst!" wünschte, lachend lallte und sogleich vier, fünf große Schlucke nahm. Wir alle haben gewusst, dass es sich nicht um Bier, sondern um Urin handelte. Doch der Arbeitslose war der festen Meinung gewesen, Bier zu trinken, auch dann noch, als wir anderen uns gegenseitig im hemmungslosen Lachen überboten. Später hatten die Studenten dem Torkelnden dann alle zehn Meter ein Bein gestellt und der Depp ist jedes Mal der Länge nach hingeknallt. Geradezu apathisch war er immer wieder hingeflogen und hatte dabei nicht einmal mehr einen Versuch gemacht, sich auf den Beinen zu halten. Auch die für Stürzende so typischen Abwehrbewegungen hatte er mit seinen schlaff herabhängenden Armen nicht mehr hinbekommen, so dass er das urige Bild eines gerade gefällten Baumes geboten hatte. Ganz bemerkenswert war das gewesen und hatte urig ausgesehen, so dass die Studenten nicht genug von diesem Anblick bekommen konnten. Wie da ein absoluter Verlierer einfach so umfällt, ohne Schutzbewegungen, einfach direkt der Länge nach hin und auf sein Gesicht. Es hatte dementsprechend nicht lange gedauert bis der Mann mit vielen blutigen Schrammen übersät gewesen war, auf der Nase, auf der Stirn und unter dem Kinn. Und die Studenten hatten ihn getröstet, ihm noch mehr Urin aus einer Bierflasche zu trinken gegeben und ihn weiter zu Fall gebracht.

Ich bin die ganze Zeit mitgelaufen habe sie angefeuert, weiter zu machen und dabei am lautesten von allen gelacht. Und ich wäre fast stolz, könnte ich nun vor mir selbst eingestehen, dass ich damals aus einem reinen Mitläufertum heraus gelacht hätte. Aus einer Angst, sonst selbst zum Opfer zu werden. Ja, ich wäre froh, wenn ich mich nun selbst dieser peinlichen Rückgratlosigkeit bezichtigen könnte. Leider aber trifft es nicht zu. Denn ich habe aus Spaß gelacht. Aus wirklichem Spaß, aus tatsächlicher Erheiterung. Ich habe die ganze Aktion, das ganze Vorgehen der Studenten und die Hilflosigkeit des Arbeitslosen, seine komplette Unfähigkeit, auch nur etwas Würde auszustrahlen, als witzig empfunden. Wir waren berechtigt, so zu handeln. Jeder ehrliche Mensch hätte sich exakt so verhalten wie wir. Und so habe ich eben gelacht.

Auch Lohwald trinkt sein Urin-Bier-Mixgetränk einfach so, merkt nicht einmal den Temperaturunterschied oder vermutet wohl eher, ich biete ihm abgestandene Plörre an. Und so sitzen wir hier beisammen und haben uns nichts zu sagen. Haben uns in diese doch nun wirklich vermeidbare Situation gebracht, hätten beide früh genug die Reißleine ziehen können und sitzen nun trotzdem beieinander, vollkommen sprachlos über uns selbst und den anderen.

„Eine tolle Sammlung hast du da", sagt er dann aber plötzlich und deutet mit seinen wabbeligen Fingern auf mein großes Regal. Und steht auf, schwer atmend. Er schlurft an mir vorbei, wie grässlich er bereits nach Schweiß und Alkohol stinkt. Und steht nun dort direkt an meinem Regal. Kann sich zwar kaum auf den Beinen halten vor lauter Bier und Urin, hält aber dennoch den Kopf schief und sagt Dinge wie: „Super Album!" Oder: „Ah, die habe ich auch, ein Klassiker!" Oder: „Schau an, toll, wie bist du denn an die Aufnahme gekommen?"

Er sondert eine Interessierten-Plattitüde nach der anderen ab, spielt den Faszinierten, den total Beeindruckten, hält jedoch nichts von mir, gar nichts. Und wie er so vor dem großen Regal steht und den Kopf schief hält, kann ich ihm direkt auf die Glatze sehen, die speckig vor sich hinglänzt. Und ich stelle mir vor, wie es wohl wäre, Lohwald genau jetzt, im Moment seiner größten Maskerade, meinen Kerzenständer quer über diese Glatze zu ziehen. Um die Menschheit und mich zu erlösen von diesem Geschwulst, das speckig und schwitzend immer wieder und wieder nur Unterdrücker sein will. Der Kerzenständer, der steht nur zwei Meter von mir entfernt, ist aus schwerem Messing und ich, ich bin 30 Jahre jünger als Lohwald und habe zudem keinen Herzinfarkt hinter mir. Ein einzelner passionierter Schlag dürfte ausreichen, eine einzige, einfache Bewegung, etwas Schwung, etwas Zielgenauigkeit, fertig. Meine Verachtung ist bereits über das Urin in ihn gelangt, nun noch dieser eine schwungvolle Schlag und ich wäre ein Menschheitsbefreier. So schnell könnte das gehen, denn so schnell werden gewollte Untergeher gemeinhin zu Helden.

Was aber nutzt mir all das, wozu Lohwald schänden, wozu ihn töten? Nichts verbindet mich mit ihm, wir bekommen kaum einen Dialog auf die Reihe, er könnte mir so egal sein, wie so viele andere Menschen auch. Und doch scheine ich ihn als widerwärtig genug empfunden zu haben, um ihn mitsamt dieser Widerwärtigkeit sogar zu mir nach Hause einzuladen. Und ohne viel zu sprechen, ohne in einen Disput zu geraten oder zu streiten, uriniere ich ihm in die Flasche und denke ernsthaft darüber nach, ihn zu töten. Und das alles nur, weil ich hoffe, dadurch wieder ein wenig meiner Menschlichkeit zurück zu erhalten.

Doch dieser schweigend vor sich hinstinkende und hustende Lohwald kann mir meine Menschlichkeit nicht genommen haben. Wie also soll er sie mir da zurückgeben können? Nein, jemand wie er ist einfach die geeignete Projektionsfläche für meine Kälte, meine Entmenschlichung und mein Unverständnis für alles Lebende.

Das ist alles. Lohwald lebt in einer falschen und eitlen Realität, hat sich dort eingerichtet und ich, ich will ihn dafür töten. Weil ich genau das, was er hinbekommen hat, einfach nicht schaffe. Den Lohwald zu töten wäre dementsprechend keine Heldentat, sondern schlicht und ergreifend Neid. Und dieser Hass, der in mir brennt, wenn ich Lohwald sehe, das sind Ohnmacht und Verzweiflung. Ich schaue ihn mir an, wie er dort an meinem Regal steht und mit seinen Wurstfingern die Rücken meiner CDs abgrapscht. Dass Lohwald vor vielen Jahren einmal ein ganz wunderbarer Mensch und Kollege gewesen sei, haben viele Radioleute gesagt. Und dass sich jeder glücklich schätzen könne, der heute mit ihm zusammenarbeiten dürfe. Und mich packt nur das blanke Entsetzen. Mit ihm zusammen arbeiten zu müssen ist die Pest und selbst bei einem Kurzbesuch in meiner Wohnung ertrage ich ihn nicht. Ich lasse mich sogar derart in einen Strudel ziehen, dass ich ihm in die Bierflasche uriniere und über Mord und Totschlag nachdenke. Wie falsch können Menschen in ihren Urteilen liegen, wie weit daneben?

„Weißt du, ich war sehr überrascht über deine Einladung", sagt er dann plötzlich, sein Gesicht noch immer meinem Regal zugewandt. Ich auch, fährt es mir amüsiert durch den Kopf. Doch ich sage es nicht. Wie ich vielleicht ganz allgemein ohne einen Anwalt so gar nichts mehr sagen sollte. Immerhin mache ich mich hier zum Verbrecher, moralisch bin ich bereits zu einem Sündenfall geworden. Und da die gesellschaftliche Trennlinie zwischen Verehrung und Verbrennung bekanntlich fließend ist, kann schon ein einziger unbedacht ausgesprochener Satz alles zu Nichte machen. Alles zerstören weswegen ich meinen eigenen Freitod bisher doch vermieden habe.

Warum nur langweilt Lohwald mich nicht? Mit all seiner Vorhersehbarkeit und all seiner „Mann im dritten Frühling"-Uniformität ist er doch geradezu prädestiniert dazu, mich zu langweilen. Solange ich denken kann werde ich von Langeweile begleitet. Die Langeweile bestimmt mein Leben, sie ist es, die mich durch die Tage, die Wochen und die Jahreszeiten leitet. Die mich daran hindert Beziehungen zu den Menschen aufzunehmen, Hobbies zu finden und ein erfülltes Berufsleben zu führen. Alles ödet mich an, weil ich alles weiß, alles kenne, alles entlarvt und entschlüsselt habe, seziert und decodiert. Ich habe die Logik des Lebens beäugt, so klar und detailliert, dass ich dadurch alle Unfälle, alle Katastrophen und alle tragischen Erlebnisse losgeworden bin. Alles das gibt es nicht mehr bei mir. Und da kommt nun ausgerechnet so einer wie Lohwald und langweilt mich einfach nicht. Ich verabscheue ihn. Und schaffe es nicht, ihn zu einem Teil meiner Belanglosigkeit werden zu lassen.

Seit er in mich hineingerannt ist, irgendwo im Sender zwischen Cafeteria und Sendestudio A, beschäftige ich mich mit ihm, drehen sich meine Gedanken um ihn, komme ich nicht mehr zur Ruhe. Es gibt hunderte von Gründen, warum Lohwald mich hasst und hunderte weiterer Gründe, warum ich ihn genauso hasse. Doch warum ich ihn zu mir eingeladen habe und warum er dann auch wirklich zu mir gekommen ist – das bleibt seltsam unbegründet und steht als großes Rätsel zwischen uns.

Dass er überrascht sei, dass ich ihn eingeladen habe, hat Lohwald gerade gesagt. Ich sehe ihm auf die Glatze, ein einziger Schlag mit dem Kerzenständer würde ausreichen, denke ich. Kurz danach, wenn er bewusstlos am Boden liegt, könnte ich noch weitere Hiebe folgen lassen, seinen alten und versoffenen Körper so lange malträtieren, bis er vor lauter Schwellungen unter keinen Sargdeckel mehr passen wird. Ich wäre nicht überrascht und es ist zu vermuten, dass auch Lohwald selbst nicht überrascht wäre. Er wird längst wissen, ja es vielleicht sogar ganz bewusst darauf ansetzen, eines Tages ermordet zu werden. Nein, wir wären nicht überrascht, so ich ihn meucheln würde. Aber eine im Vergleich dazu so kleine Angelegenheit wie meine Einladung – die hat uns beide komplett überrascht. Es ist unsere erste Gemeinsamkeit. Wir beide sind von einem Gemüt, wie es nicht zu überraschen ist. Doch ausgerechnet übereinander sind wir sehr erstaunt. Langeweile, hat Moritz manches Mal doziert, entsteht immer dann, wenn das Gehirn keine Eindrücke vorfindet, die es sich zu merken lohnt und die Verarbeitung erfordern. Keine schöne Erklärung, aber eine durchaus einleuchtende. Auch wenn es bedeuten würde, dass Lohwald und ich damit schon wieder eine Gemeinsamkeit hätten. Denn wir beschäftigen uns beide nur miteinander, weil wir ansonsten nichts mehr zum Verarbeiten vorfinden. Nichts, was wir nicht schon tausendmal gesehen und erklärt bekommen hätten. Vielleicht ist auch genau das der Grund, warum er so viele widerwärtige Taten aneinanderreiht und sich derart unplausibel verhält. Er schafft sich junge Geliebte an, donnert in Sportwagen durch die Stadt und tanzt und trinkt sich durch hippe Party-Locations. Nichts davon passt wirklich zu ihm, in und bei allem wirkt er wie der vollkommene Fremdkörper – aber genau das will Lohwald. Denn wie es ist, sich immer nur dort aufzuhalten, wo man hinpasst, das weiß er ja schon. Und deswegen ist er jetzt wohl auch bei mir, mitten in meiner Wohnung. Weil das so herrlich neben der Spur und unsinnig ist, dass es unbedingt ausgetestet werden musste.

Ja, ich verstehe Lohwald in diesem Punkt.

„Weißt du, ich war sehr überrascht über Deine Einladung", hat er soeben gesagt. Und auch wenn ich zum ersten Mal in der Lage bin ihn nachzuvollziehen, so muss ich dennoch daran denken, dass dieser Widerling nichts besseres zu tun hat, als Tag für Tag seinen eigenen Autogrammstapel am Empfang zu kontrollieren.

„Lohwald stirbt vor lauter Komplexen einen langsamen Tod", hat ein Kollege einmal zu mir gesagt. Und ein andere Kollege hat süffisant ergänzt, dass nur mal jemand kommen, ihn ganz sanft in den Arm nehmen und ihm über die Glatze streicheln müsse. Denn Lohwalds Widerlichkeit sei nichts anderes als die permanente Suche nach Liebe und Akzeptanz.

Ich habe damals natürlich sofort an Marie denken müssen und wie sie bis zum heutigen Tage ebenfalls nach Liebe und Akzeptanz sucht. Doch während Marie in all ihrer verzweifelten Suche stets zu verkümmern schien, scheint Lohwald immer nur zu explodieren vor Widerlichkeit. Sucht nach Liebe und Akzeptanz, verhält sich dabei aber genau gegenteilig, eher wie eine Mischung aus Terrorist und Diktator. So hat er die ihm persönlich unterstehenden Redakteure, das „Team Lohwald", zu einer Art Radio-SS formiert. Angst und Schrecken hat er über unseren Sender durch seine Form der Mitarbeiterführung gebracht. Aus fünf Leuten besteht dieses „Team Lohwald", und nicht ein einziger seiner Redakteure hat etwas Menschliches an sich. Geführt von ihrem glatzköpfigen Wabbel-Zwerg marschiert diese Truppe arrogant und laut durch den Sender, brüllt jeden nieder, der eigene Ideen, Vorschläge oder Einwände hat. Nur mich, mich behandeln sie alle mit ihrer hinterhältigen Süffisanz. Und nur der Teufel weiß, warum. Man muss es wirklich erlebt haben, um es zu glauben, denn dieses Pack droht, schreibt Mails tief unter der Gürtellinie mit dutzenden von Ausrufezeichen darin und versucht ständig, dem Produktions-Chef, dem Technik-Chef, dem Promotion-Chef den Job zu erklären. So wie auch ich mir ausgerechnet von den kaputtesten Charakteren stets die meisten Weisheiten anhören sollte, wie ich nun zu leben habe und wie nicht, so will auch gerade dieser gleichgeschaltete Haufen von Zivilversagern gut ausgebildeten Fachkräften die Arbeit erklären.

Ich weiß noch wie Lohwald einmal ein Interview mit einem englischen Musiker geführt hat und danach noch an exakt jener Stelle, an der er viele Monate später direkt in mich hineinlaufen sollte, ein Schwätzchen mit diesem Sänger hielt. Einer unserer erfahrensten Techniker, der ebenfalls herzkranke Bob, war dann zufällig an den beiden vorbeigelaufen und der englische Musiker hatte den Bob von irgendwoher wiedererkannt. Es hatte ein großes Hallo gegeben, begleitet von Umarmungen und strahlenden Gesichtern. Nur Lohwald hatte stumm daneben gestanden und Bob wenige Stunden später einen Einlauf verpasst, von dem sich der Bob mitsamt seinem angeschlagenen Herzen nie wieder richtig erholt hat. Dass der Musiker *sein* Gast gewesen sei, hat Lohwald gebrüllt. Und dass sich der Bob um seinen eigenen Scheiß kümmern solle. Und dass er, Lohwald, dafür sorgen würde, dass Bob mit seinen fast 60 Jahren in hohem Bogen aus dem Sender fliegen und nie wieder einen Radiojob bekommen würde in diesem Land. Den hat der Bob dann auch tatsächlich nicht mehr bekommen, einen solchen Radiojob, was aber dann weniger an Lohwalds intrigantem Beziehungsgeflecht gelegen hat, sondern an dem Herzanfall, der Bob bis zum heutigen Tag ans Bett genagelt hat.

So ist er, der Lohwald, denke ich, während ich ihm weiterhin von hinten auf die Glatze schaue und dabei an die Radio-SS denke, die er bei uns im Sender etabliert hat. Mit dem Niedermayer, der abends Unmengen von Kokain in sich reinzieht, mit der Winkelmann, die als Kind von ihrem Vater windelweich und himmelblau geprügelt worden ist, und natürlich auch mit dem Tadeusz, der ein wirklich großartiger Redakteur ist, aber ohne Dextroenergen, Kaffeepillen und Red Bull einfach nicht durch den Tag kommt. Und daher wie aufgezogen durch den Sender flitzt, als säße er in einem Ferrari, und der es einfach nicht hinbekommt in fünf Minuten auch nur einmal die Fresse zu halten. Einen Staat im Staate hat sich Lohwald durch Gehirnwäsche herangezüchtet. Eine Leibgarde, gespeist und geformt aus gebrochenen und verrenkten Gestalten, die sich irgendwann in ihren misslungenen Leben einmal geschworen haben, dass nur Angriff und Attacke zu guten Gefühlen führen. Das ist widerwärtig. Aber gut, ich kann es nicht verhehlen, es ist ein intelligenter, wirksamer und sehr lebensnaher Leitsatz.

Die Winkelmann hat mir sogar, kurz nachdem sie mich in einer an meinen Chef gerichteten und vor Ausrufezeichen strotzenden Mail als inkompetent und taub bezeichnet hatte, wortwörtlich gesagt: „Ich hasse Menschen." Die Winkelmann hat das nicht aggressiv gesagt und auch nicht ironisch gesagt. Ganz nüchtern, geradeaus

– „Ich hasse Menschen." Um dann noch hinzuzufügen: „Schießen oder erschossen werden, that's the question!" Und wie die Winkelmann das so daher gesagt hat, habe ich an Marie denken müssen und daran, dass sie, bei all der fehlenden Liebe und Akzeptanz in ihrem Leben, ein ausnehmend gut gelungener Mensch geworden ist. Ein Mensch, der nie gelernt hat, blind und wild um sich zu schießen, so wie die Winkelmann es täglich tut und wie auch Tadeusz, Niedermayer und natürlich Lohwald es mit Hingabe machen. Diese Leute hassen Menschen und machen dennoch Radio für Berlin. Grinsen nach außen und kotzen nach innen. Und mittendrin hocke ich, der Zerrissene, der irgendwie immer zu kurzkommt. Ein kaltes Sensibelchen, mitten im Radio-SS-Land. Ja, ich kann ein Mörder sein. Und auf der Moral-Leiter stehe ich mit Sicherheit keine einzige Stufe über diesen Höllenhunden. Aber für jeden Scheiß bin nicht einmal ich zu haben.

„Weißt Du, ich war sehr überrascht über deine Einladung", hat Lohwald gesagt. Und dann, von einer Sekunde auf die andere, steht mir plötzlich klar vor Augen, wie sehr ich Marie gebraucht habe. Und wie sehr sie mir fehlt. Ich denke an das „Team Lohwald", diese mediale SS-Brigade, denke an meine eigene Kälte und Zerrissenheit und sehe plötzlich, wie sehr ich Marie gebraucht habe.

Nur sie hat mich immer aus diesem ganzen Wahnsinn herausziehen können, in dem sie mir eine neue Himmelsrichtung geschenkt hat. Natürlich habe ich mich von meinem hohen Ross herab immer köstlich amüsiert, wenn ich in ihre Himmelsrichtung geschaut habe. Das musste ich, schließlich bin ich mit meinem Schwarzen Frost bereits infiziert gewesen, als Marie mich kennengelernt hat. Natürlich habe ich sie meinen Schwarzen Frost sechs Jahre lang spüren lassen. Aber nun ist da niemand mehr, und ich bin mit meinem Schwarzen Frost allein. Diese andere Himmelsrichtung ist auch weg, keine Blickrichtung mehr, in die ich lachen könnte.

Ja, ich habe Marie gebraucht. Und ich brauche sie noch immer.

Es hilft nichts, denke ich, während ich Lohwald weiter auf die Glatze glotze. Alle meine Gedanken führen immer wieder nur zu dem gleichen Schluss: Ich muss Lohwald töten. Ihn nicht zu töten wäre unnatürlich und moralisch sehr fragwürdig. Denn wie unfein ist es von mir, beständig über ihn zu meckern, dann aber den Hintern nicht hochzubekommen und etwas zu unternehmen. Und einer wie Lohwald, nein, der ändert sich nicht mehr. Weder durch Dialoge oder Argumente und noch viel weniger von selbst. Hat sich jemals ein Diktator von selbst geändert? Nein, sie alle haben aus ihren Ämtern gezerrt oder getragen werden müssen, wurden ausgebombt von anderen Diktatoren oder vom eigenen Volk, dem es einfach zu bunt wurde. Also werde ich ihn töten müssen. Und ihn gemein, brutal und qualvoll verenden lassen. Es mag zwar heißen, dass Mord sich nicht auszahlt, doch das stimmt natürlich nicht. Mord zahlt sich immer aus. Und allein der Gedanke, Lohwald kaltblütig zu erstechen, zu erschießen, zu strangulieren verursacht ein emotionales Feuer in mir.

Ganz überrascht über meine Einladung sei er gewesen, sagte er. Ein begnadeter Schauspieler: Er rannte direkt in mich hinein, versucht seit Jahren mich zu zerstören – und will nun überrascht gewesen sein über meine Einladung? Nein, Lohwald hat diesen Showdown mit mir kühl berechnend herbeigeführt – und versucht mir nun die moralische Schuld unterzuschieben. Jeder sucht sich seinen eigenen Henker, so sagt ein bekanntes Wort. Aber auch das entspricht natürlich nicht der Wahrheit, wie mir überhaupt mit ansteigendem Alter scheint, dass sehr viele geflügelte Worte einfach nur Unfug sind. Denn so wie wir vielleicht bewusst den Henkersknecht für andere gestrandete Gestalten spielen, so unmöglich ist es unserem eigenen Mörder aus dem Weg zu gehen.

Dass weiß auch Lohwald, ich sehe es an der Art, auf die er nun zurück zum Sofa schlurft. Er mag es selbst noch nicht in Gänze realisiert haben, aber da schlurft bereits einer im Büßergewand hinüber zum Schafott. „Also ich war wirklich sehr überrascht, dass du mich eingeladen hast", sagt er dann erneut. Er schaut mich an, mustert mich mit diesen fahlen Augen, die alt und leer und zugleich arglistig und gemein sind. Fehlplatziert sehen diese Augen aus. Wie entzündete Fettlinsen in einem eingefallen Altherren-Gesicht.

Ich antworte ihm einfach nicht und werde seinem Blick ausweichen. Ganz genau: Ich werde ihm einfach nicht antworten, nicht auf sein perfides Spiel eingehen. Und ihm stattdessen noch vier oder fünf weitere Biere bringen, in jedes Einzelne von ihnen hinein urinieren und ihn am Ende des Tages aus meinem großen Küchenfenster hinunter auf die Hauptstraße werfen. Ich werde ihn nicht mit dem Kerzenständer erschlagen, sondern ihn und sein versoffenes Gemüt einfach sechs Stockwerke hinabplumpsen lassen. Sechs Stockwerke lang wird er dann noch Zeit haben, sich über sein verpfuschtes Leben und seinen verpfuschten Sohn Gedanken zu machen, über sein widerliches Naturell und über all die Menschen, die er wissentlich zerstört hat. Und kurz bevor Lohwald dann unten auf der Hauptstraße aufschlägt, wird er vielleicht noch die Zeit für einen kurzen Dialog mit Gott haben. Doch dann wird dort nur noch Asphalt sein, harter, unbarmherziger Asphalt, auf dem der Lohwald mit seinem dicken Kopf aufschlagen wird.

Wenn ich Lohwald mit etwas Schwung aus meinem Küchenfenster geworfen bekomme – wer weiß, ich könnte ihn vielleicht so weit hinauswerfen, dass er nicht direkt vor dem asiatischen Nagelstudio aufschlägt, sondern ein paar Meter weiter, auf der Fahrbahn. Dort könnte der rege Verkehr dann dafür sorgen, dass dieser widerwärtige Lohwald-Kopf sich in Form, Farbe und Beschaffenheit exakt dem seines Sohn angleicht: Einem unförmigen Klumpen Hack.

„Ich will ehrlich sein", quatscht er mir nun aber mitten in meine flockige Fantasie hinein. Ich sehe seine Bierflasche, die schon wieder leer gesoffen ist. Wer viel säuft, quatscht auch viel, denke ich. Und mit Urin in der Kehle plappert es sich ganz offensichtlich noch viel ungehemmter drauf los. „Wir im Sender", setzt er zum Weitersprechen an. Stutzt dann aber, senkt den Schädel und schaut stattdessen tief in den Hals der Flasche hinein. Der große Radiomoderator sucht nach Worten, denke ich. Dem professionellen Dampfplauderer ist die Munition ausgegangen. „Wir machen uns Sorgen um dich", bekommt er dann aber doch noch auf die Reihe. Subjekt, Prädikat, Objekt – alles vorhanden in diesem Satz. So besoffen scheint er also noch nicht zu sein, zumindest noch nicht besoffen genug, um ihn auf die Hauptstraße zu schleudern.

Und während ich noch so überlege, wie ich ihn erst besoffen und dann tot kriege, redet er weiter: „Du wirkst seit einiger Zeit etwas fahrig, um nicht zu sagen – wirr. Darum bin ich gekommen. Damit du dich mal richtig aussprechen kannst."

Unten auf der Hauptstraße fährt ein Bus vorbei, was dazu führt, dass hier oben, in dem aufgesetzten, modernen sechsten Stock, der Boden leicht vibriert. Ein an und für sich gutes Gefühl, dem die meisten meiner Besucher bisher nur mit Unbehagen begegnen konnten. Marie hat immer, wenn ein Bus unten vorbeifuhr und meine Wohnung vibrierte, gleich gedacht, das ganze Haus kippt um. Sie ist in manchen Nächten hochgeschreckt, hat wie ein kleines Kind zu wimmern begonnen und sich an mir festgekrallt, was derart lustig gewesen ist, dass ich sie jedes Mal ausgelacht, ihr einen Kuss auf die Stirn gegeben und sie dann gebeten hatte, doch bitte nicht so verdammt albern zu sein.

Moritz, der ewig Angstlose, hat das wunderbare Vibrieren nie persönlich mitbekommen, aber ich erinnere mich, wie wir in China darüber gesprochen haben und feststellten, wie schade es doch sei, dass ihm diese Erfahrung verwehrt geblieben ist. Dieser Moment, wenn sich der Boden unter den eigenen Füßen zu bewegen beginnt. Sehr weit davon entfernt auch nur im Ansatz wie ein Erdbeben zu sein, natürlich. Aber doch, so hatten wir gemutmaßt, eine kurze und mahnende Erinnerung an unsere eigene Nichtigkeit. Und Moritz, mit seinem Hang fürs Dramatische, hatte sogar einen Gefühl für Weltuntergang vermutet. Der Weltuntergang – ausgelöst durch gelbe Doppelstockbusse der Berliner Verkehrsbetriebe, die eine Hauptstraße entlangfahren. Wie banal. Und so gar nicht beseelt von jenem eschatologischen Bibel-Pathos. Aber: Nachvollziehbar.

Als ich kurz nach meinen ersten depressiven Attacken begann meine Paroxetin zu nehmen, war ich auch schnell in die Fänge einer Psychotherapeutin geraten. Marie hatte ihre lieben Schwierigkeiten, weil ihr Freund ein Pillenschlucker und Therapiebesucher war. Sie hatte sich zwar immer einen sensiblen Mann gewünscht – einen Menschen, keine Maschine, wie sie mehrfach betont hat –, war mit meiner menschlichen Seite dann aber überhaupt nicht klargekommen. Eigentlich hat sie immer nur die altbekannte *Schulter zum Anlehnen* gesucht, den abgeschmackten *Fels in der Brandung*. Doch genau das hat sie sich nicht eingestehen wollen, hat nie in den Spiegel schauen und zu sich selbst sagen können: Ich will einen echten Kerl. Stattdessen hat sie immer diesen neumodischen Kram von sich gegeben, dass ein Mann empfindsam sein müsse, verletzlich. Und Mut zur Schwäche müsse er besitzen, natürlich. Sie hat sogar einmal behauptet, dass für sie nur ein Mann in Frage käme, der auch genug weibliche Anteile in sich trägt. Wie Frauen halt so daherquatschen, wenn der erste Papa ein Schläger gewesen ist. Und der zweite ein Vergewaltiger. Und dann hat Marie noch nicht einmal mein Faible für Woody-Allen-Filme ertragen können. Ich erinnere mich noch, wie wir uns den *Stadtneurotiker* zusammen angeschaut haben, später dann *Hannah und ihre Schwestern* und noch später *Manhattan*. Und Marie hat kaum gelacht und fast die ganze Zeit mit dem Kopf geschüttelt und genervt gefragt, warum in Woody-Allen-Filmen eigentlich alle Akteure die ganze Zeit zu Therapeuten gehen müssen. Und ob es nicht auch mal ohne ginge.

„Nein, es geht nicht ohne!", rief ich daraufhin. „Ohne Therapiebesuche ist es nicht authentisch!"

Die beiden Bücher von Thomas Bernhard, die ich ihr zu unserem vierten Jahrestag geschenkt habe, die hat sie auch nie gelesen. Hat zwar, nachdem sie *Das Kalkwerk* und *Holzfällen* aus dem Geschenkpapier gewickelt hat, gesagt, dies seien die persönlichsten Geschenke, die sie jemals erhalten habe. Und dass sie finde, dass gerade durch das Lesen der Lieblingsbücher des Partners am meisten über ihn zu erfahren sei – hat aber dann weder den einen, noch den anderen Roman auch nur angerührt. Denn Frauen wie Marie erzählen zwar immer viel von gefühlvollen Männern, scheitern dann aber schon an den blöden Klappentexten eines Thomas Bernhard Romans. Verstehen nicht, wo der Wert derartiger Bücher liegt, schimpfen mich einen gewollten Untergeher und kapieren nicht, dass ich es solchen Büchern und Filmen zu verdanken habe, dass ich mich niemals umbringen werde wie Moritz. Dabei ist sie ein tatsächlich ausnehmend intelligentes Mädchen. In Bildung und Fleiß ist sie weit überdurchschnittlich und wahrlich zu Höherem berufen. Und doch hat ihr die Fähigkeit gefehlt mit Schwächen umzugehen, hat sie sich doch selbst nie eine Schwäche verziehen. Und auch wenn sie vielleicht bis heute so inständig etwas anderes behauptet – gerade schwache Männer sind ihr immer nur ein Graus gewesen. Geprägt von einem Schläger und einem Vergewaltiger kommt sie nicht mehr aus ihrer Lebensrolle heraus, so sehr sie sich auch dagegen zur Wehr setzt. Und so wird das Männerbild, vor dem sie so verzweifelt davonläuft, auch immer genau das sein, auf dass sie automatisch zusteuern wird. Nichts hat sie von meinem Schwarzen Frost wissen wollen, stattdessen hat sie versucht meine psychische Verkrüppelung unsichtbar zu machen. Meine Pillen hat sie ignoriert. Meine stets donnerstags stattfindenden Termine in der Praxis hat sie so gut es geht ausgeblendet. Hat sich in ihrer Suche nach einer heilen Welt einfach geweigert, es auch nur beim Namen zu nennen: Therapie. „Ich will von all dem nichts hören", hat sie stattdessen zu mir gesagt, wenn ich ganz aufgewühlt von einer Sprechstunde zurückkehrte. Und ging das Gespräch in Gegenwart anderer Menschen in diese Richtung, so hat sie meinen donnerstäglichen Termin sogar als Sportveranstaltung verleugnet. Als Kegeln mit Freunden oder Fußballspielen. Auch Überstunden im Sender haben vereinzelt als Ausrede herhalten müssen. Fortbildungsseminare, Meetings mit wichtigen Leuten aus der Medienbranche – alles, was unserem Ruf als perfektes Paar mit einem perfekten Leben dienlich war, ist ihr in solchen Momenten gerade recht gewesen. Doch ich, begleitet von meinem offensiven

Hang zu Ehrverletzung und Gesichtsverlust, habe meine mentalen Defekte so oft es sich nur anbot hinausposaunt. Jedem x-beliebigen Bekannten, der nicht schnell genug die Flucht ergreifen konnte, habe ich freimütig erzählt, dass ich zur Seelenklempnerin muss. Dass es mich regelmäßig in die therapeutische Horizontale zieht. Oder aber zum Amok-Vermeidungskurs. Soweit ich mich entsinne, habe ich dann auch immer ganz laut gelacht. Aber nicht, um noch ein Stück irrer zu wirken, sondern weil ich es tatsächlich als unglaublich witzig empfunden habe. Alles ist witzig daran gewesen. Maries bodenlose Scham. Die pikierte Ratlosigkeit der Umherstehenden. Und natürlich mein Wissen darüber, dass es doch eh Marie sein wird, die mich verlässt. Ja, natürlich sind meine dunkleren Gemütszustände auch im Sender eine offenes Geheimnis, wie auch jeder weiß, dass ich meine Paroxetin brauche, um dort nicht doch eines Tages Amok zu laufen. Ich bin genau ein solcher Typ, eigentlich wahnsinnig nett und zurückhaltend, aber wenn es dann an der Zeit ist, der Erste, der in schwarz gekleidet, mit einer Maschinenpistole den ganzen Betrieb auseinanderballern wird. Mein Chef ist der einzige, der das nicht sieht und der mich in seiner Blindheit zum Abteilungsleiter bestimmt hat. Ich könnte ein Mörder sein, also könnte ich auch ein Amokläufer sein, natürlich.

Aber das ganze Blutvergießen wäre es mir nur wert, um diese Leute, die sich zu sorgen vorgeben, in ihrer vollkommen fehlgeleiteten Angst vor mir zu bestätigen – und um für Ruhe im Äther zu sorgen. Auf den Moment, in dem die Menschen da draußen ganz verwundert auf den Knöpfen ihrer Autoradios herumdrücken, weil da nur noch Rauschen ist, freue ich mich jetzt schon. Wobei ich mich wohl beeilen müsste, denn es gehört zur Verlogenheit deutscher Journalisten, permanent auf andere zu zeigen und dabei zu übersehen, dass es Kollegen gibt, die weit fortgeschrittener sind in ihrer zynischen Selbstvergessenheit. Und somit wahrscheinlich viel eher durchdrehen als ich.

Einer unserer besten Nachrichtensprecher ist ein stadtbekannter Alkoholiker. Gepeinigt vom steten Drang nach Bier und Schnaps. Dafür aber auch gesegnet mit dem Talent eine ganze Nacht durchzechen zu können, ohne am nächsten Morgen mit Problemen bei der Ausübung seines Mikrofon-Jobs rechnen zu müssen. Mit seinen gelben Zähnen und blutunterlaufenen Augen gibt er ein zugleich jämmerliches und grausiges Bild ab und ist definitiv kein Mensch, dem man allzu tief in die Seele schauen sollte. Oder die Winkelmann.

Jeder weiß, dass ihr Vater sie übel misshandelt hat. Und dass sie genau deswegen zu ausufernden Tobsuchtsanfällen neigt. Ein achtlos in ihrer Nähe liegen gelassener Revolver könnte unser aller Todesurteil bedeuten. Und Niedermeyer, der sein komplettes Gehalt verkokst, was ist mit dem? Und unsere Straßenredakteurin, in unserem Programm auch als rasende Reporterin und schnellste Frau der Stadt unterwegs, kann ihre preisgekrönten Live-Reportagen auch bei heißestem Wetter nur in langärmeligen Oberteilen verrichten, weil ansonsten jedem ihre ruinierten, zerfetzten und verkrusteten Unterarme auffallen würden. Und sogar unsere Pressechefin, eine durchstrukturierte Frau, hat im vergangenen Jahr acht Wochen am Stück gefehlt und ist seit ihrer Rückkehr nur noch mit glasigem Blick und tiefen Augenringen anzutreffen...

Aber ausgerechnet um mich wird sich Sorgen gemacht, wie Lohwald gerade gesagt hat. Und ich weiß nicht, ob ich bei dieser verdrehten Sichtweise lachen oder doch kotzen möchte. Aber eines ist bemerkenswert korrekt: Er selbst, Lohwald, ist in unserem professionellen Freak-Theater noch der Gesündeste, der am meisten Gefestigte. Einer wie Lohwald wohnt nicht vollkommen beziehungsunfähig mit zehn Katzen in einer Single-Wohnung, so wie unsere Marketingchefin. Einer wie Lohwald geht auch nicht Abend für Abend nach Hause und versackt dann in einer abgekapselten Welt aus Fantasy-Computerspielen wie unser On Air-Promoter. Gut, denke ich, während ich ihm auf die leere Bierflasche starre, er hat einen kräftigen Zug, einen zermatschten Sohn, ein menschenverachtendes „Team Lohwald" und den Drang, Tag für Tag seine Autogrammkarten zu kontrollieren. Doch: Er führt zumindest irgendeine Art echtes Leben, mit seinen jungen Frauen, den vielen Bar-Besuchen, den Sportautos und seinen blöden Strategiespielchen, die er jedem aufzwingt. Während wir alle in einem nebulösen Dämmerzustand von einem Tag zum anderen schleichen und uns quasi darum prügeln, wer von uns als erster Amok laufen darf und während wir uns alle so freigiebig von unseren Phobien, unseren Ängsten und all den Schatten unserer Vergangenheit begleiten lassen, feiert Lohwald auf unser aller Rücken sein eigenes Fest. Das Fest seines Lebens.

Dass ich glaube, eine leicht schizophrene Ader zu haben, das habe ich meiner Therapeutin früh erzählt. Aber sie meint, dass ich nur übertreibe, ja mir das fast wahnhaft einbilde. Ein Gedanke über den ich noch immer herzhaft lachen muss. Wo doch die Schizophrenie als solche schon eine einzige große Einbildung ist. Dann hätten wir eine eingebildete Einbildung. Aber selbst wenn dem so ist, wenn meine Therapeutin also alles korrekt diagnostiziert hat, dann ist ja alles noch viel schlimmer. Denn ist eine eingebildete Schizophrenie nicht noch viel prekärer als eine handelsübliche Schizophrenie? Schließlich müsste dort sozusagen um zwei Ecken herum therapiert werden. Aber vermutlich liegt sie richtig, ich bin nicht schizophren, warum sollte ich auch. Auch anderen Menschen geht es mies, auch andere Menschen haben verkorkste Beziehungen hinter sich und den ein oder anderen Freitodfall im Bekanntenkreis. Und auch andere Menschen laden Deppen zu sich ein, denen sie dann nach Herzenslust ins Bier pissen. Schizophrenie wäre schön, weil es sehr bequem wäre für mich. Das ganze Nachdenken und Herumsinnieren, es würde sofort aufhören, denn ich wüsste ja: Ich bin schizophren. Aber so: Die vollkommene Zurechnungsfähigkeit mit keinerlei zu erwartenden mildernden Umständen vor Gericht. Ich bin voll schuldfähig. Und eben keiner, um den sich ein Haufen Betriebsirrer Sorgen machen müsste.

Die Praxis meiner Therapeutin ist in einer der besten Gegenden Berlins, in unmittelbarer Nachbarschaft zu Anwälten mit ganz wunderbaren Namen, wie ich im Vorbeilaufen immer wieder feststelle. Caspar Freiherr zu Schlietz ist einer dieser Namen, ein Fachanwalt für Strafrecht, wie einem goldenen Eingangsschild zu entnehmen ist. Auch Rosalinde Gräfin zu Trauenstein, die offensichtlich den gleichen Beruf ausübt und sogar im selben Häuserkomplex wie der Freiherr zu Schlietz sitzt, findet meinen Applaus. Und ich komme bis heute nicht umhin, mir zwei würdevolle, graumelierte Herrschaften vorzustellen, die in ihrer Freizeit gemeinsam auf dem Wannsee segeln gehen oder Golf spielen im Grunewald. Oft habe ich mich vor und nach meinen Therapiebesuchen sogar länger in der Gegend herumgetrieben, in der etwas banalen Hoffnung einen der beiden einmal zu Gesicht zu bekommen. Doch bis heute ist die große hölzerne Eingangspforte des Hauses nicht ein einziges Mal bewegt worden, während ich davor herumlungerte.

Natürlich hat es wenig mit Schizophrenie zu tun, wenn sich ein gebeutelter Charakter ausmalt, wie es wäre in einer heilen Welt zu leben. Das ist keine Schizophrenie, sondern blühende Fantasie. Und es ist vor allem Realitätsverleugnung. Denn irgendwelche Leichen werden auch der Schlietz und die Trauenstein im Keller haben, natürlich. Heile Welten sind schließlich immer nur so lange heile Welten, wie man sie nicht betritt und auch nur aus der Ferne ab und an verstohlen hinüberglotzt. Erzählt habe ich meiner Therapeutin dennoch davon, gleich in meiner zweiten Sitzung. Aber sie, eine faltige Frühsechzigerin an der Schwelle zur Pensionierung, hat nur etwas pikiert geschaut und meinen eigenen analytischen Ansatz gleich einmal zur Seite geschoben. Hat etwas herumgeschlaumeiert, die weise und studierte Person heraushängen lassen und sich bemerkenswert wenig für meine Ansichten interessiert. Ich erinnere mich, wie ich auch später immer wieder mit dieser alten Schizophrenie-Leier gekommen war und ihr mehrfach erzählt habe, dass ich schlichtweg unfähig sei, die beiden Hauptmerkmale einer Persönlichkeit – nämlich Verstand und Gefühl – in Einklang zu bringen. Richtige Grabenkämpfe finden in meinem Inneren statt, Tag für Tag wird zwischen Verstand und erkaltendem Gefühl über Positionen und Richtungen gestritten. Einigungen gibt es nur selten, so dass es doch kein Wunder ist, dass ich über die Jahre zerrissen worden bin. Denn hat mein Verstand etwas gefunden, wofür es sich zu kämpfen lohnt, beginnt sogleich mein Gefühl heftig dagegen zu revoltieren. Hat mein Gefühl dann etwas erspürt, was mich tiefer interessieren sollte, so belagert mein Verstand mich solange mit Gegenargumenten, bis ich vollkommen lustlos werde.

Und wann immer ich an wichtigen Lebensgabelungen eine Entscheidung zu fällen habe, dann verschwimmen mir die Sinne vor lauter Kriegsgeschrei tief in mir. So heftig und so schmerzhaft geht es dort zur Sache, dass mir schon schwindelig geworden ist, bei dem Versuch, eine für mich tragfähige Entscheidung zu treffen. Und so reibe ich mich also beständig an mir selbst auf, verfluche und verleugne mich und schlage nicht selten kräftig auf mich ein. Ein gewollter Untergeher? Nein.

Niemand reibt sich so sehr an seinen inneren Kämpfen auf wie ich. Niemand versucht so oft und so stark Ziele gegen sich selbst durchzusetzen. Und niemand versucht so heftig wider besseres Wissen doch noch ein paar Dinge von Wert und von Dauer zu fassen zu kriegen.

Doch ich scheitere kläglich daran. Und erkenne, dass ich ermüdet, desillusioniert und seelisch zerklüftet in diesen schwarzen Mantel der Depression gleiten musste, um meiner immer stärker werdenden Entfremdung ein neues Zuhause geben zu können.

Alles das habe ich meiner Therapeutin gesagt, wieder und wieder. Aber sie hat immer nur ihren alten Hautlappen-Kopf geschüttelt und gesagt, dass das mit dem Verstand und dem Gefühl ganz normal sei und mit Schizophrenie nichts zu tun habe. Womit das Thema für sie dann auch gegessen war, was sie in die schöne Position versetzte, stattdessen auf meiner Mutter und meinem Vater herumzuhacken. Monate haben wir damit verplempert meine Eltern zu durchforsten, obwohl ich ihr von Beginn an klipp und klar gesagt habe, dass in dieser Richtung keinerlei Antworten zu holen seien. Aber wie es dann so läuft: Kaum hatte ich genau das gesagt, hatte sie sich auch schon doppelt stark in die Möglichkeit verbissen, ich könne lediglich das Opfer einer miesen Aufzucht sein. Wie lange ich mich diesem Quatsch habe hingeben müssen! Ich weiß wie es ist, wenn die eigene Zerstörung in der Kindheit wurzelt, schließlich bin ich sechs lange Jahre der Mann an Maries Seite gewesen.

Aber in meiner Kindheit ist nichts, auch in meiner Jugend ist nichts. Ich bin ganz einfach eines Tages aufgewacht und war der Meinung, hinter einem Vorhang das Nichts erblickt zu haben – und dann ist er auch schon dagewesen, der Schwarze Frost. Das ist schon die ganze Geschichte.

Ich stehe auf, um Lohwald eine weitere Flasche Bier zu holen. Und während ich mit dem frivolen Gedanken spiele, ihm erneut ins Getränk zu urinieren, fällt mir auf, dass Lohwald dank diverser Hautlappen eine große Ähnlichkeit zu meiner Therapeutin aufweist. Zumindest wenn er den Kopf genauso heftig schüttelt wie sie. Lustig sieht das aus, wenn der Schädel bereits links ist, während sich das gammelige Gesichtsfleisch noch rechts befindet.

Natürlich ist Berlin an alledem Schuld, da hat er schon richtig gelegen, der Moritz. Aber auch die neunziger Jahre sind schuldig. Denn meine prägende Pubertätszeit habe ich in einem komplett entleerten Jahrzehnt verbracht. Schließlich ist doch alles, was die neunziger Jahre hervorgebracht haben, kulturell betrachtet für die Müllhalde der Geschichte bestimmt. Alles aus diesem Jahrzehnt ist doch wie aus billigem Plastik gefertigt. Ich öffne Lohwalds Flasche, schütte erneut ein wenig Bier in die Spüle und überlege, was mir die neunziger Jahre als Identität hinterlassen haben...

Nichts. Ich stehe mit offenem Hosenschlitz an meiner Spüle und gelange zu der Einsicht, dass meine Teenagerjahre ohne jegliche Bedeutung gewesen sind. Ja, ich bin Mitglied einer bedeutungslosen Generation. Ich bin weder Dylan noch die Beatles, bin weder Bowie noch Zappa oder Lou Reed, bin auch nicht Gary Numan oder Joy Division, Depeche Mode oder Human League. Und nicht einmal Duran Duran. Stattdessen bin ich Scooter und Blümchen, bin Dr. Alban und Snap, bin 2Unlimited und Mark'Oh. Ich bin die

Generation Love Parade, ich bin die Generation Partydroge, ich bin die Generation Langeweile.

Während ich nun darauf warte, dass mein gelber Strahl endlich einsetzt, erinnere ich mich, wie ich vor wenigen Jahren bei meinem Schwager vor einem originalen RAF-Fahndungsplakat gestanden und die Gesichter der gesuchten Terroristen betrachtet hatte. Mein Schwager hatte dieses Originalplakat aus den siebziger Jahren für viel Geld im Internet erstanden. Doch habe ich selten etwas gesehen, dass mit derart viel Berechtigung ersteigert worden ist. Die diffuse Meinhof war dort zu sehen gewesen, der brutale Baader, die zupackende Ensslin und die von mir als ziemlich attraktiv empfundene Mohnhaupt. Und nicht zu vergessen Meins und Raspe, die ich dann auch schnell zu meinen Lieblings-Terroristen auserkoren habe. Dabei sind mir die politischen Ziele der RAF – denke ich, während ich weiter darauf warte den Flaschenhals mit Urin auffüllen zu können – immer egal gewesen. Das ganze Thema hat mich sogar dermaßen schnell gelangweilt, dass ich nicht besonders viel über diese Zeit weiß. Doch all die Gesichter auf diesen Fahndungsplakaten, sie haben eine frühe Faszination in mir geweckt. Ich hatte auch direkt an Moritz denken müssen, als ich dieses Fahndungsplakat zum ersten Mal sah, und daran, dass es doch ganz klar ist, dass er sich eines Tages umbringen wird. Denn auch aus diesen Fahndungsbildern war doch eindeutig zu ersehen, dass auch die Meinhof, der Baader, die Ensslin und all die anderen sehenden Auges in den Tod gingen. Die RAF ist doch von Anfang an vor allem ein Haufen Freitodwilliger gewesen. Unter der Flagge politischer Motivation hatten sie sich gefunden und zusammengerottet. Als Gruppe, die so gar keinen Bock darauf hatte, Kind ihrer Zeit zu sein. Dem Raspe und dem Meins habe ich besonders lange in die Gesichter geschaut und sofort den Freitod entdeckt, denke ich nun, während ich spüre, dass ich körperlich wohl noch nicht bereit für eine weitere Urinausschüttung bin. Der Meins hat sich zu Tode gehungert und somit ein selbstbestimmtes Umkommen gewählt. Ein Umkommen, das ich bis heute als Königsdisziplin des Freitods erachte. Das sich Tothungern. Ja, er hat sich hingelegt und einfach die Nahrungsaufnahme verweigert. Nicht wie Moritz, der sich in seiner Wohnung schnell und brutal getötet hat, aber vorher noch allerlei Brimborium veranstaltete und wie ein aufgeschrecktes Huhn durch halb China rennen musste. Nein, der Meins hat sich selbst ganz langsam ausgezehrt. Aber das ist nicht der einzige Unterschied, denn ihr Hauptcharakteristikum sind ihre Gesichter. Dass

Moritz sich umbringen wird, hat doch jeder an dem großen Nichts in seinen Zügen sehen können. Aber die Visagen dieser Terroristen, das sind eben keine leeren Gesichter gewesen. Ganz im Gegenteil, es sind starke Gesichter, Gesichter mit Augen, die den Weg kennen. Und mit Mundpartien, die wissen, was zu fragen und vor allem, was zu antworten ist. Die Gesichter der RAF-Terroristen waren auf den Fahndungsplakaten sogar derart stark gewesen, dass sie noch jetzt, Jahrzehnte später, in der Lage sind, zu mir zu sprechen. Ich muss mich nur kurz auf den Meins oder den Raspe konzentrieren, die Kinn- oder auch Stirnpartie anvisieren und schon sprechen sie zu mir. Und das meine ich nicht im übertragenen Sinne, nein, ich habe sie wirklich sprechen hören! Mitten in der Wohnung meines Schwagers habe ich den Raspe mit mir reden hören, auch wenn ich kein Wort verstanden habe.

Während ich hier meine Hose unverrichteter Dinge wieder schließe, erinnere ich mich, wie ich dort stand und erst den Freitod vom Raspe gesehen und dann seine Stimme gehört habe. Baader habe ich nie sprechen hören, auch die Meinhof nicht, bei der Mohnhaupt hätte ich mich sogar sehr gefreut, hätte sie mit mir gesprochen. Doch nur Raspe und Meins haben geradezu unablässig auf mich eingequasselt. Und auch wenn mir klar ist, dass nicht sein kann, was nicht sein darf, so weiß ich doch, dass weder meine Augen noch meine Ohren mir in dieser Hinsicht einen Streich gespielt haben können. Zu offensichtlich sind die Entschlossenheit, die Wut und auch der Freitod in ihren Gesichtern.

Doch wie Moritz, so sind auch die Terroristen vollkommen umsonst gestorben, ihr Tod hat ebenfalls zu nichts und wieder nichts geführt. Ihre Ambitionen sind in die gleiche Leere eingegangen, in der auch Moritz Angstlosigkeit erloschen ist. Was also bleibt mir als Erkenntnisgewinn? Nun, ich werde mich niemals umbringen, so wie Moritz es getan hat. Meine Leere und meine Perspektivlosigkeit sind zu groß, als dass ich mich selbst zu Grunde richten könnte. Außerdem haben Raspe und Meins zu mir gesprochen und bevor ich nicht verstanden habe, was sie mir zu sagen haben, werde ich auch nicht freiwillig in den Tod gehen, sondern stattdessen den schwersten aller Wege beschreiten. Ich werde die Angstlosigkeit von Moritz und die Entschlossenheit der RAF übertreffen – und weiterleben. Ich werde diesen düsteren und nur von wenigen Straßenlampen gesäumten Weg weiterhin beschreiten, von Anfang bis Ende, in seiner ganzen quälenden Länge.

Der Meins, er ist ein König gewesen, der König der Freitodwilligen. Er ist klaren Verstandes einfach dahingesiecht, hat sich selbst beim Verfaulen beobachten können. Aber ich, ich werde all das noch toppen. Denn ich werde mich mühsam weitertasten, Schritt für Schritt durch diese Dunkelheit irren und mich am Ende von meinem eigenen Tod freudig überraschen lassen. Ich habe mir den längsten und qualvollsten aller Freitode ausgesucht, indem ich mich eben nicht erschieße, nicht erhänge und auch nicht zu Tode hungere. Sondern weiterlebe, so lange und so kalt, bis das Leben meiner überdrüssig wird. Freitod durch Lebensvollzug. Es wird der größte Stinkefinger sein, der dem Leben jemals gezeigt worden ist.

Ich gieße Lohwald etwas von dem chemischen Fliesenreiniger in die Bierflasche und denke an meinen Vater und wie er vor gar nicht langer Zeit gesagt hat, dass er die Trägheit der heutigen Generation nicht versteht. Dass das derzeitige Klima aus Geld, Macht, Unterdrückung und Ausbeutung doch überhaupt nicht so weit entfernt ist von den Zuständen gegen Ende der sechziger Jahre. Vetternwirtschaft, Managergehälter und Bankenpleiten hat er aufgezählt, dazu diese gängelnden Hartz IV-Gesetze und diese dauernde Angst vor dem Islam. Im Grunde, so mein Vater, sei alles sogar noch viel schlimmer als damals. Doch niemand tut etwas, niemand dreht durch, niemand explodiert. Stattdessen fügt sich alles nur noch in die eigene Niederlage, schüttelt zwar angewidert den Kopf, strandet jedoch im Selbstmitleid, in Lethargie und Müdigkeit. Ein Baader und eine Meinhof, so mein Vater wörtlich zu mir, würden sich im Grabe umdrehen, müssten sie diese sagenhafte Untätigkeit mitbekommen. Während ich die Bierflasche vom Lohwald darauf inspiziere, ob der chemische Fliesenreiniger sich rückstandslos unter das restliche Gebräu gemischt hat, muss ich an diese Lethargie denken, an meine eigene Langeweile und meine eigene Unfähigkeit etwas zu finden, wofür es sich zu explodieren lohnt.

„Es liegt ein Grauschleier über der Stadt, den meine Mutter noch nicht weggewaschen hat", fällt mir eine alte Liedzeile der Fehlfarben dazu ein. Über dreißig Jahre alt ist diese Zeile inzwischen, eine Mahnung aus einer längst vergangenen Zeit. Ja, ich bin fähig den Gehalt dieses Satzes zu fassen, ihn mit meinen Gedanken zu umkreisen, ihn sogar zu schmecken. Ich bin immer wieder aufs Neue fasziniert, höre ich derlei Zeilen aus einer anderen Epoche. Den Text von *My Generation* von The Who kann ich bereits seit Jahren auswendig hinunterbeten. Und höre ich den Song im Radio, dann kommt es bisweilen sogar vor, dass sich meine Hände kurz zu Fäusten ballen und meine Zehen sich in den Schuhen strecken. Und so etwas wie Angriffslust durchzieht meinen Unterkiefer. Doch all das sind nur kopierte Momente. Denn ich bin ein Kind der Neunziger und wir Kinder der neunziger Jahre haben nie gelernt zu kämpfen. Wir haben immer nur gelernt unsere Probleme unter einem Berg von Plastik zu begraben, unseren Frust und unsere Perspektivlosigkeit hinter aufgesetztem Frohsinn und einer überbordenden Feierlaune bis zur Unkenntlichkeit zu kaschieren. Und uns grinsend einzuschalten, abzufüllen, vollzustopfen, wegzudrücken, wegzubeamen – auch das haben wir gelernt. Unsere Proteste und unsere Aufschreie nennen sich deshalb auch nicht mehr Mob oder Aufruhr, ja nicht einmal mehr zu einer hundsordinären Demo sind wir fähig. Unsere Revolten finden auf eingezäunten Fanmeilen statt.

Wir gebärden uns, als hätten wir eine intellektuelle Höchstleistung vollbracht, indem wir in bester Gandhi-Tradition die Gewalt aus unseren Protesten entfernt hätten. Wir reden uns tatsächlich ein, dass wir die Menschheit eine kulturelle Stufe hinaufgerückt hätten, indem wir Kampf und zornige Gesichter, erhobene Fäuste und vermummte Visagen, Attentate und Entführungen in die Vergangenheit geschoben hätten. Aber wir haben einfach nur den Protest an sich abgeschafft, ihn abgefüllt, vollgestopft, weggedrückt und einen permanenten Drang kultiviert, unsere Niederlagen und Tiefschläge, unsere Perspektivlosigkeit und unsere Angst ständig zu feiern. Sie richten uns eine Fanmeile ein und wissen: Es wird nichts passieren. Sie bauen uns überdimensionale Bildschirme auf, machen uns weis, uns und unseren tumben friedlichen Protest zu verstehen, unsere Generation ernst zu nehmen. Und treiben und pferchen uns doch nur auf billigste und einfachste Art zusammen, sie halten uns unter dem Siegel eines „gesunden und ausgelassenen" Patriotismus zusammen. Und wir, wir machen alles mit.

Eine Szene des Klassikers *Die Zeitmaschine* macht sich in meinem Schädel breit. Die Morlocks fahren ihre gefräßigen Dreizacke aus, lassen die Sirenen heulen und all die unschuldig frohlockenden Menschenkinder, wie von fremder Hand gesteuert, rennen in ihren Tod, laufen dumpf, unwissend und kampflos in die Unterwelt, wo sie verspeist werden. Exakt eine solche Generation sind wir, die Kinder der neunziger Jahre. Etwas verroht, aber harmlos. Morlockopfer.

Aber wie soll sich eine Generation auch schon verhalten, die einen Freitodwilligen wie Kurt Cobain zur Ikone erhoben hat? Was können wir von solchen Menschen schon erwarten? Zynismus können wir erwarten. Alles erkennen, alles sehen, alles entlarven – und trotzdem den toten Mann geben. Ich erinnere mich, wie wir kurz vorm Abitur, Mitte der neunziger Jahre, mit unserem Englischkurs für eine Woche nach London gefahren waren. In einem nichtssagenden Hotelbau hatte ich ein Zimmer mit einem langhaarigen Mitschüler bezogen. Langhaarig war er gewesen, erinnere ich mich, doch nicht langhaarig wie die Jugendlichen der späten sechziger oder siebziger Jahre es gewesen sind, sondern langhaarig wie junge Männer es in den frühen neunziger Jahren gewesen sind. Eben jene Generation Kurt Cobain, ziellos, ausgelaugt, lebensunfähig. Er war ein Außenseiter gewesen und ich hatte es mit meinem frühen Desinteresse an Freundschaften einfach versäumt mir einen anderen Schulkameraden für jene Hotelnächte zu sichern.

Ich laufe zurück zu Lohwald, überreiche ihm das Bier und frage mich, wie oft mich meine Mutter gefragt hat, was denn in der Schule so los gewesen sei. Und ich, ich habe immer nur stumm mit dem Kopf schütteln können, was sie wiederum als introvertiertes Herumgeeiere eines pubertierenden Jungen gedeutet hat. Ohne zu begreifen, dass meine Stummheit meine ganze Jugend hindurch die größte aller Ehrlichkeiten gewesen ist, eine Art vollendete Aufrichtigkeit. Schließlich ist mir meine ganze Schulzeit hindurch nur selten etwas passiert, das es zu erzählen oder dessen sich überhaupt noch zu erinnern lohnt. Ich kam, ich saß, ich schrieb, ich las und ich ging wieder. Die Lehrer waren okay, die Mitschüler waren okay und auch ich selbst war wohl okay. So okay, dass ich nie zu leiden hatte wie der Langhaarige, mit dem ich in London dann ein Zimmer geteilt habe und dem meine Schulkollegen eines Abends im Pub gleich eine halbe Flasche Abführmittel ins dunkle Bier geschüttet hatten. Der Langhaarige hatte es nicht gesehen, doch ich, ich hatte direkt neben ihm gesessen und alles mitbekommen. Hatte stumm vor mich hingelächelt. Prächtig amüsiert haben sich die Jungs über diesen Streich, haben sich unter dem Tisch gegenseitig abgeklatscht und der Langhaarige hatte gar nichts kapiert, war einfach nur froh gewesen, dass die Stimmung so ausgelassen und heiter gewesen war und er scheinbar endlich einmal nicht das Ziel von Spott und Niederträchtigkeit. Und ich, ich habe glucksende Laute ausgestoßen, zwar niemanden zum Abklatschen gehabt, aber dennoch mein fahles Gemütlichkeits-Lächeln aufgelegt. Und mir überlegt, ob der Langhaarige an einer solchen Überdosis wohl sterben könnte, ob ein Zuviel an Abführmitteln zur inneren Austrocknung führen könnte, zu einem langsamen und sicheren Tod.

Oh ja, natürlich, ich hätte schon damals ein Mörder sein können. Eine Auszeichnung in brutaler Mitwisserschaft wäre mir damals bereits sicher gewesen. Ein Orden für stummes Mitläufertum, eine Trophäe für unterlassene Hilfeleistung. Bis zum heutigen Tag beherrschen nur wenige Gestalten das subversive Spiel zwischen offenem Totschlag und klammheimlichem Dolchstoß so gut wie ich. Ich tröste die Opfer und lächle zugleich den Tätern zu. Das geht sehr gut, denn ich gehöre nicht nur niemandem, ich gehöre auch zu niemandem. Ich bin daher der perfekte Joker, ein nur schwer zu enttarnender Doppelagent, verloren, heimatlos und, durch das ständige Umherwandern als Aufklärer zwischen den feindlichen Linien, ohne jegliche Orientierung. Frei von Werten und Inhalten wandere ich durch die verschiedenen Gruppierungen, werde von niemandem gehasst und von niemandem geliebt. Verstecke mich mit meinem Ekel und meiner Langeweile mal auf dieser Seite, dann wieder auf der anderen und warte nur darauf für irgendetwas instrumentalisiert zu werden. Einen Sinn darin zu finden, mich bereitwillig zu einem Objekt für eine Sache machen zu lassen, die ich selbst nicht begreife. Hauptsache irgendetwas passiert und es gelingt mir, dieser entsetzlichen Langeweile ab und an zu entrinnen.

Ich wäre wohl auch der perfekte Nazi gewesen, habe ich als Schüler oft denken müssen. Nicht, dass mir Totalitarismus oder Rassenwahn jemals plausibel erschienen wären, nein, beides bedeutet mir nichts, ist doch das eine wie das andere ebenfalls nur entstanden, weil irgendwelchen Deppen irgendwann einmal sehr langweilig gewesen sein muss in ihren eigenen kümmerlichen Leben. Wie ich, so haben auch diese kleinen Lichter offenbar nur wenig mit sich selbst anfangen können und sind daher in eine abstruse Form von Selbstüberhöhung gestolpert. Anstatt einfach das offensichtliche Nichts zu erkennen, das hinter jedem Denken und jeder Tätigkeit beständig lauert. Nichts bedeutet mir der Rassenwahn, wie auch die RAF mir nichts bedeutet und wie mir auch Selbstmordattentate nichts bedeuten. Und dennoch komme ich wohl nicht umhin mir einzugestehen, dass ich vor all den Jahrzehnten ein blitzsauberer Nazi geworden wäre. Eben weil ich ein Mörder sein könnte.

In jener Nacht in London, als ich mit dem Langhaarigen nach dem Besuch im Pub in unser Zimmer zurückkehrte, hatte dieser bereits über seltsame Bauchschmerzen geklagt. Ich hatte ihm daraufhin erzählt, dass das englische Bier längst nicht den hohen Qualitätsstandard habe, welches wir Deutschen durch unser Reinheitsgebot erwarten können. Und er, der Langhaarige, hatte sich mit dieser Erklärung zufriedengegeben. Später in der Nacht war ich dann aber aufgewacht und hatte ihn nur wenige Meter von mir entfernt auf der Toilette sitzen sehen. Nicht einmal mehr die Zeit, die Türe hinter sich zu schließen, hatte ihm sein geschwächter Darm gelassen und so hatte er dort gesessen und mit schmerzverzerrtem Gesicht gedrückt und geprustet und geschwitzt. Und ich? Bin ich aufgesprungen, um ihm zu helfen? Bin ich aus dem Bett gestürzt, hinaus auf den Gang gerannt und habe nach einem Doktor gerufen? Nein. Aus der Dunkelheit heraus, habe ich lediglich ein paar Fotos dieser menschenunwürdigen Szenerie gemacht. Wie der Langhaarige dort sitzt und im wahrsten Sinne des Wortes um sein Leben drückt. Einige meiner Schulkollegen haben diese Schnappschüsse unbedingt haben wollen, sie haben mir sogar eine Menge Geld dafür geboten. Doch ich, ich habe sie nicht hergegeben, da mir schon damals klar gewesen ist, dass diese Jungs, mit denen ich manchmal gelacht habe und die mich immer mit höchstem Respekt behandelt haben, dass genau diese Jungs ausgemachte Volltrottel waren. Und ebensolche auch ein Leben lang bleiben werden. Und gar nichts verstehen, überhaupt nichts. Und so habe ich die Bilder also für mich behalten, damit sie diese abstrusen Aufnahmen nicht entweihen, mit ihrem blöden Drang nach Party und Humor. Digitalfotografie ist noch ein Fremdwort gewesen in jenen Jahren und so habe ich alles entwickeln und auf Hochglanzformat abziehen lassen. Und diese wahren Scheiß-Bilder in eine Kiste mit anderen Drecksbildern gelegt. Bilder, die ich damals sammelte und die mir allesamt die Welt und das Wesen der Welt erläuterten. Die Momente festhielten, in denen sich das Leben von seiner ehrlichen Seite zeigte. Heute besitze ich diese Kiste nicht mehr, auch der Umgang mit diesen Bildern ist mir irgendwann zu langweilig geworden. Aber damals habe ich mir meine Scheiß- und Drecksbilder regelmäßig und gerne angesehen. Und immer wieder festgestellt, dass ich Recht hatte. Mit allem was ich denke, sehe und erahne komplett richtig liege.

Lohwald schaut ein wenig seltsam aus der Wäsche. Er hat die ersten Schlucke aus seiner Bierflasche genommen und wohl den bittern Beigeschmack bemerkt. Er gibt sich keine Blöße, er ist ein Meister der Mimik und der Gestik, selbst im angesoffenen Zustand versucht er, alles und jeden unter seiner Kontrolle zu halten. Bemerkenswert ist das, sogar bewundernswert und ganz fraglos ein außerordentliches Talent. Und nur ich, der Spion und der Gegenspion, der Wanderer zwischen den Welten, der, der überall und nirgendwohin gehört – ich kann ihn als das erkennen, was er ist. Ein Morlock, ein Menschenfresser. Ein Seelenzersäger. Denn kurz, ganz kurz, hat es ihm gerade die Augenlider nach oben gerissen, als er die Schlucke aus der Flasche nahm. Der bittere Geschmack des Biers und der noch viel bittere Geschmack des chemischen Fliesenreinigers werden ihre erste unmittelbare Wirkung nicht verfehlt haben und so hat es ihm kurz seine einstudierte Mimik aus dem Gesicht gezogen.

Mir tritt der Langhaarige aus meiner Schulzeit wieder vor die Augen, wie er dort auf dem Abort gesessen hat, mitten in einem nichtssagenden Hotel in London und mit Grimassen auf dem Gesicht, die die Menschheit wahrhaftig nie zuvor gesehen hat. Er hat mir nicht leidgetan, der Langhaarige. Zu keinem Zeitpunkt hat er mir leidgetan, im Gegenteil, von dem Moment an, in dem ihm das Abführmittel ins Bier geschüttet worden ist, war ich mit einem Male angefüllt mit Dankbarkeit. Dankbarkeit dafür, mit einem solchen Menschenexemplar das Zimmer teilen zu dürfen. Und so ist er zu meinem persönlichen Experiment geworden, meinem allerersten, wie ich glaube. Wie ich später Marie zu meinem persönlichen Experiment über die Vergeblichkeit des Menschen, Beziehungen zu führen gemacht habe und wie ich Moritz haargenau auf seinem Weg zum Freitod studiert habe, so ist der Langhaarige von dem Moment an, in dem er mittels eines kräftigen Schluckes Ale mit dem Abführmittel in Kontakt gekommen ist, ebenfalls zu meinem Studienobjekt geworden. Für eine Studie über die Aussichtslosigkeit des Menschen, aufrecht und in Würde durch seine Gegenwart zu stolpern.

Und auch Lohwald mache ich jetzt zu meinem Experiment. Ich habe bereits begonnen, ihn zu sezieren und fachmännisch auseinanderzunehmen, ihn auf eine Bahre zu legen und auszuschlachten. Dabei ist er noch gar nicht dahingeschieden. Muss er allerdings auch nicht, denn gerade am lebenden und putzmunteren Objekt operiert es sich bekanntlich am besten. Und so missbrauche ich ihn jetzt, wie ich bereits mein ganzes Leben lang immer nur Menschen missbrauche. Lowald müsste mich langweilen und tut es einfach nicht. Dabei ist er geradezu auserkoren, mich mit seinen billigen und bulligen Lebenserhaltungsmaßnahmen geradewegs in die Ödnis zu stoßen. Doch stattdessen hat er durch seine beständigen Attacken und seine Angriffslust nun sein Schicksal herausgefordert. Dort draußen, in der freien Wildbahn, dort hätte ich keinerlei Chance. Aber das hier sind meine vier Wände, das ist mein Refugium. An allen anderen Orten dieser Stadt hätte ich ihm kaum Paroli bieten können, wäre in Unfähigkeit und Erschrockenheit erstarrt und hätte mich ergeben. Aber hier überschätzt Lohwald sich. Die Amis sind nicht heil aus Vietnam herausgekommen, die Russen hat es in Afghanistan zerfleddert und Lohwald wird hier kaputt gehen. Denn hier, mitten in meiner Wohnung, kenne ich das Terrain. Ich weiß wie und wo Haken zu schlagen sind und wo Deckung zu suchen ist.

Und vor allem weiß ich, wo der Fliesenreiniger steht.

Ungeachtet des bitteren Geschmacks nimmt Lohwald einen weiteren Schluck und ich weiß, wenn es weiter so reibungslos und wie am Schnürchen läuft, dann könnte ich nicht nur ein Mörder sein. Nein, dann werde ich sogar ganz definitiv einer sein.

Moritz hat immer gesagt: „Leben? Och, naja: Man kommt und man geht – und zwischendrin will man es gerne etwas schön haben. Das ist an sich schon alles."

Diese Leichtigkeit hat natürlich nie zu ihm gepasst und doch hat er immer wieder versucht, es mir als seine Lebensphilosophie zu verkaufen. Schon damals in Potsdam und auch später in Berlin und China. Und selbst als ihm die Brutalität und Ausweglosigkeit schon so richtig auf die Seele geschlagen war und er weder ein noch aus wusste, ist er noch dabei geblieben.

Man kommt und man geht – und mittendrin möchte man es gerne etwas schön haben.

Es klingt so einfach, diese Sache mit dem Kommen und dem Gehen und dem Zwischendrin. Zumal das Kommen wie auch das Gehen ganz von allein geschehen, wir müssen nicht einmal einen einzigen Finger rühren dafür. Nur der Spaß dazwischen, das Erleben und das Genießen, das erfordert unsere ganze Aufmerksamkeit. Doch je mehr Aufmerksamkeit wir darauf verwenden, umso verkrampfter werden wir. Gut möglich, dass genau das tatsächlich der große Fehler ist und dieser Spaß erst dann zu erlangen ist, wenn man endlich aufhört, so inbrünstig danach zu stochern. Ein widerlicher Gedanke, nicht nur das Kommen und das Gehen geschehen wie von selbst, auch für den Spaß dazwischen brauchen wir im Grunde nichts zu tun. Denn erst sobald wir versuchen einzugreifen und unser Glück zu steuern, misslingt es. Und ja, vielleicht liegt das Geheimnis einer halbwegs erfüllten Existenz auch tatsächlich in so einer nebulösen Formulierung wie: Sich gehen lassen. Kommen, gehen und sich mittendrin einfach etwas gehen lassen. Das ist es schon. Werft also eure Joysticks über Bord, alles wird gut.

Ja, vielleicht funktioniert es so. Nur so.

Zu derlei Naivität komme ich nur leider nicht mehr zurück, diese Gelassenheit habe ich mir selbst verbockt. Und so verschwimmt mir alles, was ich sehe und wonach ich greife. Egal wer oder was mir begegnet, es hat die Beschaffenheit eines doppelten Bodens und den Geruch einer Lüge. Einmal erlangte Gewissheiten rinnen mir schon im nächsten Moment als Absurditäten enttarnt durch die Finger.

Und so sitze ich hier mit Lohwald in meiner Wohnung und weiß genau, dass er schon bald wieder verschwunden sein wird. Und ich werde mich schon in dem Augenblick, in dem die Tür direkt hinter ihm ins Schloss fallen wird, fragen, ob er wirklich hier gewesen ist. Ich werde auf die vielen Bierflaschen sehen und mir sagen: Das ist der Beweis, Lohwald war hier. Und werde schon im nächsten Moment im Badezimmer stehen, meinen Atem überprüfen und im Spiegel meine blutunterlaufenden Augen begutachten.

Die Stille wird sich erst über meine Wohnung und dann über mich selbst legen. Und ich werde horchen, so wie ich jeden Tag in diese Stille hinein horche, auf der Suche nach Greifbarem. Nach Dingen, denen zu trauen ist. Ist Lohwald wirklich hier gewesen, werde ich mich fragen. Oder habe ich all die Bierflaschen alleine geleert und mir lediglich ausgemalt, wie es wäre, Lohwald hier zu haben? Um ihn dann zu töten. Ich würde Lohwald niemals einladen, werde ich wieder denken. Und Lohwald würde sich niemals von mir einladen lassen, werde ich mir wahrheitsgemäß selbst zuflüstern. Und dann werde ich mich fragen, ob ein paar geleerte Bierflaschen wirklich zum Erkenntnisgewinn reichen. Und dann werde ich auf meine Couch schauen und feststellen, dass sie vollkommen unberührt aussieht. Kein Sitzabdruck, keine angeranzten Stellen, nicht einmal Kügelchen von Bierflaschenetiketten. Ja, es wird wieder einmal so aussehen, als hätte mich niemand mehr hier oben besucht, seit Marie mich damals verließ.

Dass ich wirr wirke, hat Lohwald gesagt. Dass man sich Sorgen um mich macht im Sender, hat er hinzugefügt. Lustig, bin ich von der ganzen Bagage dort doch der einzige, der den Durchblick hat. Der einzige, der einen entlarvenden Blick besitzt. Und wohl auch der einzige, der Lohwald dabei beobachtet hat, wie er täglich seine Autogrammkarten kontrolliert. Er kontrolliert sie wirklich Tag für Tag, kommt mit dem Fahrstuhl hochgefahren in den vierten Stock, nimmt mit drei großen Schritten die paar Meter bis zur Eingangspforte, hält seinen Chip nach oben und drückt die summende Tür mit einem kräftigen Stoß auf. Geht dann, ohne eine der Empfangsdamen zu grüßen oder sie auch nur eines einzigen Blickes zu würdigen, direkt zum Regal mit den Autogrammkarten. Und überprüft dann erst seinen eigenen Stapel und danach die der anderen Moderatoren. Er braucht dafür keine fünf Sekunden. Hat an der Innenseite seiner Daumen und Zeigefinger ganz offenbar Sensoren ausgebildet, die ihm die Dicke eines Stapels schon nach kürzester Zeit verraten. Seine hinterlistigen Augen tun ihr Übriges, und so weiß er schon nach wenigen Augenblicken, woran er ist. Er ist so flink, dass er noch nie von jemand anderem dabei erwischt worden ist und so bin ich tatsächlich der einzige, der ihn durchschaut hat. Als ich ihn zum ersten Mal dabei erwischte, zuckte er noch zusammen, der Lohwald. Und für einen kurzen Moment habe ich damals die Panik des Ertappten und peinlich Berührten in seinem Gesicht ablesen können. Dann jedoch war ihm sofort eine List eingefallen – und so hatte er ganz plakativ erneut an den Autogrammkartenstapeln gerüttelt und mir wie beiläufig und ohne mich dabei anzusehen erklärt, dass er offensichtlich der Einzige sei, der in diesem Regal etwas Ordnung schaffe. Und er sich manchmal frage, ob es in anderen Radiosendern wohl auch ausgerechnet an den wichtigsten Radiomoderatoren sei, sich darum zu kümmern, dass es am Empfang nicht ganz so verlottert aussieht. Und dann war er missmutig davongestapft. Hatte mit seinen kurzen Beinen und dem gedrungenen Körper den Pikierten, den moralisch Erschütterten gegeben und war davon gelaufen. Und ich war angewidert von seiner Performance. Und beeindruckt.

Und nun sitze ich genau diesem Lohwald gegenüber, sehe wie er an seinem Fliesenreiniger nuckelt und noch immer nicht kapiert, dass nicht er mich, sondern ich ihn durchschaut habe. Dass nicht mit mir dringend einmal zu reden ist, sondern dass er, Lohwald, dringend einmal einer tiefer gehenden Aussprache bedarf. Nein, er macht mir keine Angst. Er sollte mich langweilen, doch auch das macht er nicht. Was also soll diese ganze Farce hier? Wenn das keine Einbildung ist, was machen wir dann hier? Warum sitzen Lohwald und ich hier und werfen uns Belanglosigkeiten an den Kopf, reihen eine Plattitüde an die andere? Warum schmeiße ich ihn nicht einfach raus? Gründe gäbe es genug. Er ist unverschämt, er stinkt nach Schweiß, seine Glatze ist schlichtweg nicht zu ertragen und er findet, dass ausgerechnet ich mich wirr verhalte. Er täuscht Gefühl vor und hat doch keines, er täuscht Weisheit vor und weiß nichts, er macht uns allen vor, ein großartiges Radiomoderatorenleben zu leben und tappt dabei genauso im Dunkeln wie ich.

Und dann, ganz plötzlich, geht es mir durch den Kopf: Genau das ist es. Lohwald ist wie ich. Und ich bin wie Lohwald. Sehe ich ihn an, dann schaue ich auf mich selbst. Der Hass, die ganze Widerwärtigkeit, der ekelhafte Drang sich an etwas emporzuziehen, wie widerlich und nichtig es auch sein mag. Natürlich langweilt mich das nicht – weil ich es von mir selbst kenne! Lohwald anzuschauen ist wie mich selbst in 15, 20 oder 30 Jahren zu sehen. Lohwald ist interessant für mich, weil er mein Rollenvorbild ist. Ein erkalteter Mensch, dem ein Freitod leider nicht gegeben ist. Ich hasse Lohwald deswegen so aufrichtig, weil er mir vor Augen führt, wie ich überleben werde. Mit den Jahren werde ich kleiner werden, mir werden die Haare ausfallen und es ist sehr gut möglich, dass auch ich deutlich zunehmen werde.

Und dann werde ich ebenfalls ein Lohwald sein. Und genau dafür hasse ich ihn, denn er ist mein Spiegelbild und schaue ich hinein, dann grause ich mich ganz entsetzlich. Sehe ich Lohwald, so wird mir schlecht – aber nicht von ihm, sondern von mir selbst. Ein durchaus gewohntes Gefühl, sind mir jene Momente doch gut bekannt. Es sind Momente, in denen dieser Druck in meiner Brust zunimmt, sich zu einem Zementbrocken entwickelt und mir jegliche Bewegungsmöglichkeit nimmt. Es sind Momente, in denen ich auf dem Bett liege und nichts machen kann als starren. Die Zeit verrinnt und ich liege und starre und der Gedanke, jemals wieder hinaus zu müssen, hinaus in die Welt, zu den Menschen und unter die Menschen lässt diesen Brocken Zement immer weiter anschwellen. Meine Brust wölbt sich und neige ich mein Kinn ein wenig nach unten, dann kann ich es sogar sehen, kann erkennen wie dieser Brocken Zement von innen heraus gegen meine Rippen presst und gegen meine Bauchdecke. Das sind meine depressiven Täler. Und mittendrin: Der Selbstekel und der Selbsthass.

Lohwald stellt seine Flasche auf den Tisch, erhebt sich und tigert wieder zu meinem Regal. Und ich denke: Mit dem Druck in der Brust kommt auch immer die Panik. Eine unermessliche Panik, angesiedelt zwischen Angst, Aussichtlosigkeit und diesem schrecklichen Selbsthass. Und die Gewissheit, in mir selbst nicht zu Hause zu sein, mich selbst nicht zu begreifen und den Kontakt zu meinen eigenen Handlungen längst verloren zu haben, immer nur wie durch einen Nebel hindurch zu denken und zu sprechen.

Die innere Kraft für alles fehlt in diesen Momenten und es wird unmöglich, auch nur vom Bett aufzustehen und in die Küche zu laufen. Wenn der Druck in meiner Brust ansteigt, dann verliert alles Selbstverständliche seine Selbstverständlichkeit. Und jede Bewegung wird zu einem Akt der Selbstvergewaltigung. Ich liege und starre einfach und komme nicht mehr vom Fleck. Und schon gar nicht vom Bett in die Küche. Es geht einfach nicht mehr, ich gelange einfach nicht mehr von B nach K. Und gelingt es mir dann doch, nach vielen Minuten oder gar Stunden der Schockstarre, dann stehe ich dort wie ein Parkinson-Patient. Zittrig und schmallippig schaue ich mich verwirrt um und finde schon keinen Grund mehr für mein Herkommen, für diesen Gang in die Küche. Ich halte mich an der Spüle fest, betaste meine geschwollene Brust und schaue aus dem großen Fenster, hinaus auf das Haus auf der gegenüberliegenden Seite. Und sehe dann die Wohnung mit den von innen verklebten Scheiben.

Lohwald ist ich und ich bin Lohwald. Das ist kein Hirngespinst, sondern wahre Erkenntnis. Und es ist auch die Essenz seines Herkommens. Ich dachte er sei hier, damit ich ihn töten kann. Doch das stimmt nur indirekt, denn in Wahrheit ist er hier, damit ich vor allem mich selbst töten kann.

Wie klar mir das alles mit einem Mal wird, wie eindeutig es sich zusammenfügt. Nachdem Moritz gestorben ist, ist es an der Zeit, auch mich endlich meiner Bestimmung zuzuführen. Deswegen will er mir ja auch nicht mehr aus dem Schädel. Sondern fordert aus seinem schimmeligen chinesischen Grab heraus, dass auch ich endlich jene Konsequenz walten lasse, zu der wir uns doch vertraglich dereinst verpflichtet haben. Moritz hat seinen Teil erledigt, er hat sich umgebracht. Und jetzt fordert sein unruhiger Geist, dass auch ich endlich nachziehe.

Und ich habe wirklich gedacht, ich sei schizophren, weil ich Stimmen höre und Selbstgespräche führe. Aber ich bin nie schizophren gewesen, denn die vielen Stimmen in meinem Kopf, die vielen Erinnerungen und Gedanken, das sind keine Einbildungen, sondern echte Quälgeister., die mich daran erinnern wollen, dass ich noch Verpflichtungen habe. Und endlich meinen gesellschaftlichen Platz einnehmen soll. Das ist es, was Moritz will. Das ist es, wofür Lohwald hier ist. Und es ist auch genau das, was mir die Terroristen Raspe und Meins eingeflüstert haben. Ich soll endlich heraus aus dieser ständigen Zerrissenheit und meinen Platz als schlechtes Beispiel einnehmen. So wie auch sie alle ihre Rolle als schlechtes Beispiel eingenommen haben. Schließlich braucht jede Gesellschaft und jede Zeit ihre negativen Ikonen, denn ohne diese negativen Vorzeigeexemplare würde unser gesamtes Wertesystem kollabieren. Immer wieder also werden Menschen geboren, denen es vorherbestimmt ist, als schlechter Mensch zu leben. Und ich bin einer davon.

Ja, ich kämpfe mit Depressionen, mir verschwimmt vor lauter Verwirrung beizeiten die Sicht und hin und wieder zerdrückt es mir die Brust vor Panik. Aber das alles hat einen klaren, sehr realen Grund: Ich habe mich noch immer nicht dazu bekannt, dass ich ein Lohwald bin, ein Moritz, ein Raspe und ein Meins. Nur deswegen drückt es mich von innen auseinander, denn ich bin seit Jahren einer, der Wasser predigt und Wein trinkt. Ich versuche noch immer, es allen recht zu machen, alle zufriedenzustellen und ein guter Junge zu sein. Aber genau das ist der große Fehler, ich bin kein guter Junge. Ich bin ein Lohwald.

Wie klar ich alles mit einem Mal sehe. Das ständige Jammern und die ständige Schwermut können ein jähes Ende finden. Und sogar die Depressionen werden gehen, ganz schnell und ganz von selbst. Alles, was ich dafür tun muss, ist diesen ständigen Kampf gegen mich selbst einzustellen. Und loszuziehen, um als schlechtes Menschenbeispiel der ganzen Welt den Arsch aufzureißen, so wie Lohwald es schon seit Jahrzehnten macht. Oder aber ich tapeziere mich einfach hier ein, so wie der Typ von gegenüber. Um dann ein Leben als Höhlenmensch zu führen, mitten in Berlin.

Dass man sich Sorgen um mich mache, hat Lohwald soeben gesagt. Ich vermute, er selbst kann den tieferen Grund seines Hierseins nicht erkennen und macht sich wirklich vor, von Kollegen geschickt worden zu sein. Ich wirke etwas wirr in letzter Zeit, das hat er auch gesagt. Wirr. Ein wunderbarer Begriff, poetisch und desaströs zugleich. Ich spreche ihn lautlos vor mich hin: Wirr. Hat nicht auch Marie mehrmals gesagt, dass sie meinen Sätzen und Handlungen oft nicht ganz folgen könne? Dass in meinen Briefen und Mails immer wieder zusammenhangslose und verstörende Passagen auftauchen, die wie sinnlos aneinandergereiht sind und deren Bedeutung sich einfach nicht erschließen lässt? Richtiggehend Angst hat Marie vor jenen Briefen und Mails von mir gehabt. Angst vor dieser fremden, für sie niemals zu erschließenden Welt. Angst, unsere Liebe könne an genau diesem Unverständnis zerschellen, Angst mich eines Tages vielleicht doch an den Wahnsinn zu verlieren. Doch ich, ich habe ihre Angst immer nur hinweggelacht, habe sie besänftigend auf die Stirn geküsst und gescherzt, dass sie sich nun einmal Deutschlands begabtesten Sprachdadaisten geangelt habe.

Moritz hat diesen Begriff des Sprachdadaisten immer sehr gemocht und beinahe gejubelt, als ich diesen Begriff ihm gegenüber zum ersten Mal benutzt habe. Aber Marie hat sich nie darüber freuen können und in ihrem ganzen entwurzelten Leben nicht auch noch eine entwurzelte Sprache haben wollen. Sie hat zwar immer eine weibliche und künstlerische Ader bei Männern favorisiert, wie sie immer gesagt hat, ist dann jedoch gescheitert an meinem Sprachdadaismus und der dahinter lauernden Leere.

Lohwald glaubt vielleicht wirklich, er sei hier, da sie sich im Sender neuerdings Sorgen um mich machen. Aber da ist er wohl nur einer seiner eigenen Kulissenschiebereien auf den Leim gegangen. Denn Leute wie Lohwald sind niemals dazu da, anderen zu helfen. Und das kann ich nun mit Bestimmtheit sagen, denn auch ich sollte endlich aufhören, mir dauernd einzureden, ich wäre dazu da irgendwem zu helfen. Nein, ich bin wie Lohwald und Leute wie wir haben keinen Schimmer, was es wirklich bedeutet, anderen Menschen zu helfen. Alles worauf wir uns nämlich wirklich verstehen, das ist die Zerstörung. Und so ist Lohwald in erster Linie hier, um mich kaputt zu machen. Natürlich. Denn wenn ich in ihm meine eigene Zukunft sehe, dann ist es doch nur logisch, dass Lohwald seine verkorkste Jugend in mir erblickt. Er hat es einfach satt, durch mich immer wieder daran erinnert zu werden, wie lebensunfähig er einst gewesen ist. Und wie unfähig, sich selbst zu töten. Was hat er vorhin gesagt? Ich erinnere ihn an seinen Sohn? Ha, guter Versuch, Lohwald, amüsante Idee! Denn du meintest dich selbst damit, nicht deinen Sohn!

Lohwald sieht mich und erträgt den Anblick nicht. Diesen Anblick, der ihm so klar aufzeigt, was für einem Ungeheuer er doch geworden ist. Und wie wenig er dagegen hat unternehmen können. Im Grunde sind er und ich damit wie Zeitreisende. Zeitenbummler, die die Möglichkeit bekommen haben, ihr früheres oder auch späteres Ich zu besuchen. Es gibt ganz schlechte Hollywoodfilme darüber, in denen mies gezeichnete Drehbuchcharaktere versuchen, ihr älteres oder jüngeres Ich vor Fehlern zu bewahren. Das ist meistens ganz lustig. Doch bei der Zeitreise, die Lohwald und ich hier vollführen, da ist gar nichts lustig. Wir wollen auch nicht reden, sondern gleich zerstören. Und wen könnte es schon wundern, dass wir uns so verdammt wenig zu sagen haben, ja sogar an gewöhnlichem Smalltalk scheitern. Er ist ich und ich bin er – wir wissen also längst alles über uns. Wie heißt der Ur-Satz aller Kriminalfilme? „Du weißt zu viel. Viel zu viel." Das ist die Situation, in der Lohwald und ich uns gerade befinden. 30er-Jahre-Kulisse, Ganoven in piekfeinen Anzügen und mit herrlich schwarz glänzenden Revolvern. Der schwache Schein einer Laterne, wir stehen an einer Straßenkreuzung, irgendwo im nächtlichen Chicago. Und da ist auch die glimmende Glut einer dicken Zigarre, dort vorne im Schatten. „Du weißt zu viel, Lohwald. Du weißt zu viel von mir und meinem Business. Du kennst meine Triebe. Und meine Sorgen. Und solche Leute, Lohwald, mögen wir hier gar nicht. Leute, die zu viel wissen. Und die sich überall einmischen wollen. Ja wusstest du denn nicht, was wir mit Ungeziefer wie dir bei uns machen, Lohwald? Hm?"

„Peng!", rufe ich. Lohwald dreht sich ruckartig um, reißt fast eines der Regale mit sich vor lauter Schwung. Und sieht mich an. Er fragt: „Peng?" Und ich, schon angefüllt mit der Unlust noch etwas zu verheimlichen, ich sage: „Ja, Peng. Du standest da gerade so schön am Regal, mit dem Rücken zu mir."

Er lacht. Er zeigt mit dem Finger auf mich und lacht. „Peng!", ruft auch er jetzt. „Ganz großartig!" Und dreht sich wieder um, während seine Schultern noch einige Sekunden lang weiterlachen. Und ich denke: Ein typisches Menschenphänomen – am lustigsten sind immer jene Witze, die gar nicht lustig gemeint waren.

Unfähig uns selbst zu töten, müssen Menschen wie Lohwald und ich andere ermorden. Er weiß das bereits seit vielen Jahren, unzählige Opfer pflastern seinen Weg. Ich jedoch habe das erst jetzt festgestellt. Habe festgestellt, dass ich mit meinem Schwarzen Frost ein Mörder sein könnte. Und habe damit den Beweis erbracht, dass ich auf dem direkten Weg bin, ebenfalls ein Lohwald zu werden. Vorhin habe ich noch gedacht, Lohwald zu töten könnte mich befreien. Doch das stimmt nicht, denn das wäre zu einfach. Lohwald abknallen und fertig? Lachhafter Gedanke. Ja, es ist richtig, ich muss Lohwald töten, um Wärme zu spüren. Ihn zu töten wäre der menschlichste Akt, den ich je begangen habe. Doch in dem Moment, in dem ich Lohwald töte, werde ich auch diese längst vorgezeichnete Schwelle endgültig übertreten haben. Die Schwelle vom Menschen zum Unmenschen. Egal was ich mache, ich werde ein Unmensch sein. Ein kalter Irrer oder ein warmer Lohwald, ich habe die Wahl. Ein schlechtes Menschheitsbeispiel werde ich aber auf jeden Fall sein, ein Moritz, ein Raspe, ein Meins.

Das ist mein Schicksal.

Wie ungeschickt Lohwald dort am Regal steht und die Booklets aus den CDs fingert. Ist seit Jahrzehnten im Radiogeschäft, hat tausende Platten und CDs auseinandergenommen, verdient 15 000 Euro im Monat und verhält sich so ungeschickt wie ein MS-Patient. So also werde auch ich enden, egal ob ich ihn nun töte oder nicht: Als Vollblut-Spastiker. Ich werde Dutzende von CDs neu kaufen müssen, sobald Lohwald fort ist. Ich werde genau nachsehen müssen, welche CDs er mit seinem widerwärtigen Fingern angegrapscht hat und mir genau diese Platten neu kaufen müssen. So wie ich bis heute versuche, alle Spuren von Marie aus meiner Wohnung zu tilgen, so werde ich auch versuchen, alle Spuren zu löschen, die darauf hinweisen, dass Lohwald jemals hier bei mir zu Besuch gewesen sein könnte. Es wird eine undankbare Aufgabe werden, eine geradezu unlösbare, doch ich werde mich ihr stellen müssen. Und es ist vollkommen egal, ob ich ihn dann getötet haben werde oder nicht. Die Spuren seiner heutigen Anwesenheit werden auf ewig in meiner Wohnung kleben bleiben. Aber vielleicht wäre das die beste aller Therapien: Erst Lohwald töten und mich dann eine Ewigkeit an der Beseitigung der Spuren abarbeiten. Viele Heilsysteme funktionieren auf diese Art, Heilung durch aufopferungsvolle Schufterei. Ich würde Lohwald also gar nicht töten, um ihn endlich tot zu sehen und tot zu wissen. Sondern damit ich mich danach über Jahre oder auch Jahrzehnte an seinen Blutflecken gütlich tun kann. Und mit jedem Blutfleck, den ich in mühevoller Schrubberei entfernt habe, werden auch meine Lohwald-Anteile verschwinden. Alles, was sich bereits tief in meinen Charakter eingefressen hat, verschwindet, Stück für Stück. Erst die Kälte, dann die Misanthropie, kurz darauf die Brutalität, die Rücksichtslosigkeit, schließlich die Wertelosigkeit – alles das werde ich mir zusammen mit Lohwalds Blutflecken vom Leib schrubben. Alles muss raus, erst aus mir und meiner Wohnung. Um doch noch zu verhindern, dass auch ich ein „Mann im dritten Frühling" werde.

Wäre ich in der Lage, mich selbst hinzurichten, wie Moritz es getan hat, es wäre wahrlich die einfachere Alternative. Aber so: Eine Art moderner Teufelsaustreibung. Ein Exorzismus, durchgeführt von mir selbst und an mir selbst. Aber zumindest habe ich noch Möglichkeiten, während Lohwald selbst dieser Kraftakt nicht mehr gelingen wird. Er ist zu alt und zu niedergeschlagen, um sich selbst noch heilen zu können. Er kann nur noch auf seinen Tod hoffen. Doch da hat er das gleiche Pech wie ich, denn unser Schicksal ist das ewig lange und sehr mühevolle Leben. So wie ich, wird auch Lohwald furchtbar alt werden. Und das Glück, dass sein Sohn gehabt hat, das wird ihm niemals begegnen. Vielleicht ist es sogar genau das, was ihn noch ein Stück widerwärtiger hat werden lassen. Er selbst hatte in dem Auto sitzen wollen und sollen. *Sein* Kopf hätte es sein müssen, der an der Betonwand zermatscht wird. So wie ich nur zwei Optionen habe – ein Lohwald zu werden oder mir meine Fensterscheiben von innen zuzukleistern –, so weiß auch Lohwald, dass er nur zwei Optionen hat, um seine Qual zu mindern: Entweder ereilt ihn ein tödlicher Unfall, oder aber jemand lässt sich endlich dazu herab, ihn zu ermorden. Doch obwohl er an der Reihe war, hat es seinen Sohn erwischt. Wie ungerecht sich das doch für ihn angefühlt haben muss. Und wie unfair das doch auch tatsächlich gewesen ist. Schließlich hat Lohwald ein gottverdammtes Recht auf seinen eigenen Tod. Aber stattdessen ist ihm sein verzogener Sohn zuvor gekommen, hatte sich in den Fiat Punto gesetzt und sich einfach an der Betonmauer zerquetschen lassen. Und hat Lohwald somit den perfekten Tod weggeschnappt. Seitdem weiß Lohwald, dass seine Qual ewig dauern könnte. Ewig.

Dabei hat Lohwald Augen wie Jan-Carl Raspe, der Terrorist. Er hat genau die gleichen, fokussierenden Augen eines Mannes, der bereit ist, in lodernden Flammen umzukommen. Die Augen eines Mannes, der weiß, dass es keine Rettung für ihn geben wird und der genau das billigend in Kauf nimmt. Gut möglich, dass auch ich diese Jan-Carl-Raspe-Augen habe. Doch im Vergleich zum Raspe sind Lohwald und ich dann doch eher Mimosen, stümperhafte Weicheier. Duellieren uns hier zahnlos und werden trotz unserer Jan-Carl-Raspe-Augen entsetzlich alt werden.

Lohwald schlurft zurück zu seinem Platz, setzt sich jedoch nicht, sondern hebt nur die Flasche zum Mund und nimmt einen weiteren Schluck des Fliesenreinigers in sich auf. Und während ich ihn dabei beobachte, verdreht er die Augen. Nur ganz kurz wendet er sie ab vom Flaschenboden über seiner Nase, stellt das leichte Schielen des Trinkenden ab, und linst zu mir hinüber, während er weiter trinkt. Ein Augenblick von vielleicht einer einzelnen Sekunde, wenn überhaupt. Doch ein Augenblick, der mich in seiner Arglist erschrecken lässt. Denn während Lohwald trinkt, erkenne ich in diesem fast unmerklichen Seitenblick nun noch etwas, das mir bisher verborgen geblieben ist: Wissen.

Lohwald weiß, dass ich ihm den Fliesenreiniger in die Flasche gekippt habe. Er weiß es ganz genau und hat es auch gleich beim ersten Schluck herausgeschmeckt. Er hat meinen schleppenden Gang studiert, meinen geneigten Kopf und meinen schweren Blick. Er hat genau gesehen, wer ihm da gerade eine Flasche bringt und vor allem wie er sie ihm bringt. Und er wird vom ersten Schluck an gewusst haben, dass sich Fliesenreiniger in seiner Bierflasche befindet. Der Lohwald weiß alles, durchfährt es mich plötzlich. Er weiß von dem Fliesenreiniger und von dem Urin. Er weiß von dem schweren Kerzenständer und dass ich ihn absichtlich die kompletten sechs Stockwerke habe hinauflaufen lassen. Und dennoch sagt er nichts. Nimmt jede meiner billigen Vergeltungsversuche stur in Kauf.

Der Lohwald will umgebracht werden.

Ich bemerke, wie mir Kälte die Beine hochkriecht. Und auf einmal fühlt sich alles wieder so an, wie ganz zu Beginn. Eine Falle. Ich bin in eine ganz ekelhafte Falle getappt. Alle spielen ihr doppelbödiges Spiel, doch auch meine vier Wände werden mich nicht davor bewahren können, gegen Lohwald zu verlieren. Bringe ich ihn um, dann lasse ich mich zu einem seiner vielen Erfüllungsgehilfen degradieren, dann werde ich kein Stück besser sein als die Winkelmann oder der Thadeusz. Bringe ich ihn nicht um, dann bleibt mir nur der Rückzug. Dann werde ich zum Großstadt-Eremiten mutieren, der sich seine eigenen Fensterscheiben mit Zeitungspapier verdunkelt. Und Lohwald wird den letzten Zeugen seiner Fehlbarkeit elegant aus dem Sender getilgt haben. Das hier ist ein abgekartetes Spiel, Lohwald wird auf jeden Fall gewinnen und ich werde auf jeden Fall verlieren.

Warum nur habe ich versucht zu kämpfen? Wie konnte ich nur so dämlich sein und glauben, dass ich mit meinem Kriegsgeschrei etwas ändern könnte? Ich bin nicht zum Kampf geboren, sondern zum Ertragen. Für alles gibt es Menschen und so wie manche erschaffen wurden, um Heroen zu sein, wurden andere erschaffen, um eben keine zu sein. Nur so funktioniert diese Welt, wenn jeder sich an seine gottverdammte Aufgabe hält. Und nicht dauernd versucht, sich von beschissenen Carpe-Diem-Apologeten in ein Leben zwängen zu lassen, für das er gar nicht vorgesehen ist. Ja, wir alle haben unseren Platz und auch unsere Aufgabe. Und meine Aufgabe ist das Ertragen. Weil kein Mensch mehr etwas erträgt oder aushält, alle versuchen nur noch, sich zu optimieren und Chancen zu nutzen, die gar nicht da sind. Wie Moritz es gesagt hat, lauter Individualisten sind die Menschen geworden. Dabei ist auch Moritz kein Stück besser gewesen, denn auch er hat nichts ertragen oder aushalten können und sich umgebracht. Und so hängt es an Auserwählten wie mir, den Gram und die Pein als Standard zu akzeptieren. Meine Diskussionen mit Moritz, meine Beziehung mit Marie und die ständigen Kämpfe mit Lohwald haben alles nur noch schlimmer gemacht. Schließlich wissen doch kleine Kinder bereits, dass Schmerz sich immer dann potenziert, wenn man sich windet. Nur still halten und etwas ertragen kann Linderung verschaffen.

Ich hätte niemals aufbegehren dürfen. Und studieren hätte ich die Menschen auch nicht sollen. So wie damals, als dieser Zementblock zunächst in meine Brust und dann in mein gesamtes Leben getreten ist. Habe ich da etwa aufbegehrt? Nein, ich habe begonnen mich instinktiv zu verstecken, vor jedem und allem. Hinter Bäumen und hinter Häuserwänden habe ich gestanden und abgewartet, bis dieser und jener endlich vorbeigelaufen waren. Und wie war das in den ersten Nächten, die ich schwitzend, schlaflos und voller Selbstgespräche zugebracht habe? Habe ich da gezürnt? Angeklagt? Andere Leute verdammt und verteufelt? Nein, habe ich nicht. Aber ich habe gelernt, die Stille zu lieben. Die vollkommene Abwesenheit von Menschen. Wie ich nach meinem ersten depressiven Anfall nur daliegen und starren habe können, da habe ich mich auch den Menschen zum ersten Mal verweigert. Drei, vier, vielleicht auch fünf Tage habe ich seinerzeit nur gelegen und gestarrt. Nichts gegessen, nichts getrunken. Fernsehen und Musik habe ich schlichtweg nicht ertragen, selbst meine Lieblingssänger sind mir wie wilde Derwische unter der Schädeldecke umhergesprungen und haben ein Tohuwabohu unter meinen kränkelnden Gedanken angerichtet. Also habe ich auch sie verstoßen, sie tagelang eliminiert. Nur dieser kompletten Abkehr von den Menschen habe ich es zu verdanken, dass ich damals nicht doch verhungert bin wie einst Holger Meins, der Terrorist. Sondern dass ich schon nach wenigen Tagen der Stille wieder beginnen konnte, feste Nahrung zu mir zu nehmen. Und das sogar ohne mich ständig vor mir selbst zu ekeln.

Den Kontakt zu den Menschen habe ich schon vor vielen Jahren verloren. Ich habe es nur nicht sehen können, weil mir dauernd eingeredet wurde, dass die Menschen andere Menschen brauchen. Dabei stimmt das gar nicht, denn wenn mich etwas nachhaltig zerstört hat, dann genau dieser stetige menschliche Kontakt. Ich habe keine Ahnung, was für ein Mensch ich wäre, hätte es in meinem Leben den Moritz nicht gegeben und auch nicht die Marie. Von Lohwald ganz zu schweigen. Doch eines dürfte feststehen. Ohne deren Bekanntschaft gemacht zu haben, wäre ich heute ein besserer, weil glücklicherer Mensch. Sicherlich, so falsch hat Lohwald nicht gelegen, als er sagte, dass mich manche Kollegen für etwas kauzig halten. Mein Drang Freundschaften zu schließen ist schon immer eher begrenzt gewesen, auch von gemeinsamen Unternehmungen halte ich wenig. Ginge es nach mir, ich würde auch nicht in einem Großraumbüro sitzen, sondern in einem eigenen kleinen Zimmer, gerne auch fensterlos und irgendwo im Keller. Musikredakteure sind schließlich nichts anderes als Archivmaden. Und die brauchen keine Fenster. Und Gesellschaft auch nicht.

Und plötzlich höre ich, wie ich Lohwald etwas frage. „Sage mal, Lohwald – reden sie im Sender bereits über mich? Tuscheln sie hinter meinem Rücken und sagen: ‚Da geht er ja, der Idiot?'"

Lohwald kann es nicht wissen, niemand kann es wissen, aber mir sind die Blicke der Frauen aus unserer Verkaufsabteilung schon früh aufgefallen. Früh haben diese Frauen begonnen, mir auf dem Flur aus dem Weg zu gehen, lange bevor auch Frauen aus anderen Abteilungen damit begonnen haben. Ganz an die andere Wandseite des Ganges haben sie sich gedrückt, den Blick zu Boden gesenkt, nur um nicht mit mir ins Gespräch zu kommen. Die Frauen aus dem Verkauf, mit ihren monotonen Sprechweisen und den einfältigen Gesichtern, die waren die ersten, die mich nicht gemocht haben. Sie haben meine blumigen und ausufernden Textnachrichten einfach nicht verstehen können, wie auch, sind sie als Verkäuferinnen doch nur auf Blazer und Lippenstift und Dreisatz-Botschaften geeicht, auf förmliche Anrede und ein Hochachtungsvoll am Ende. Sind darauf trainiert niemals unkontrolliert zu sein, niemals die Beherrschung zu verlieren und als vollendete Make-up-Masken durch die Stadt zu stolzieren, zu Kunden, zu Events, zu Happenings. Und haben meine Art zu reden und zu schreiben daher einfach nicht begriffen, nicht eine einzige meiner Aussagen in ihre Welt einordnen können. Und haben, wie einst Marie auch, immer nur mit dem Kopf geschüttelt und nichts verstanden. Eine von ihnen, die Verkaufsabteilungsleiterin, hat zwar einmal zu mir gesagt, wie sehr man mich und meine Arbeit schätze und dass es allen im Haus eine große Freude sei, mit jemandem wie mir zusammenzuarbeiten, doch ich habe sofort gewusst, dass das eine Lüge war, denn ihr Lob hatte gar keine Satzmelodie besessen. Und anstatt „mit dir" zu sagen, hatte sie gesagt: „Mit jemandem wie dir". Und sich damit verraten. Außerdem habe ich sofort das argwöhnische Funkeln in ihren Augen bemerkt, ihre während des Sprechens leicht nach unten gerichteten Mundwinkel und den belegten Tonfall. Dass es eine große Freude sei, mit jemandem wie mir zusammenzuarbeiten, sagte sie, doch gemeint hat sie damit nur, dass ich ein stetes Ziel für Lästereien und Spott bin.

Da war zum Beispiel die Hauptdisponentin, eine breithüftige Schönheit mit streng zu einem Pferdeschwanz zurückgekämmtem Haar und großen Creolen an den Ohrläppchen, die ich auf einer Betriebsfeier einmal stundenlang belagert habe. Ich erinnere mich noch, wie ich missmutig und angefüllt mit düsteren Gedanken zu diesem Pflichttermin gegangen bin. Der Hauptdisponentin, gerade wegen ihrer breiten Hüften ein durchaus apartes Geschöpf, war es an jenem Abend gegeben gewesen, doch noch mein Interesse zu wecken und mich ein wenig abzulenken von jenem Zement, der sich in meiner Brust breitmachte. Ja, sie weckte mein Interesse, strahlte sie neben Schönheit und Fruchtbarkeit doch ein geradezu unglaubliches Nichts aus. Ihre großen, braunen Augen, das perfekt geschminkte Gesicht – man konnte hineinsehen und sah gar nichts. Wo bei einem Raspe oder einem Meins der Freitod herauszulesen war und wo Nase, Mund- und Stirnpartie das Erzählen von tausend und einem Gedanken übernahmen, war bei der Hauptdisponentin nur das vollendete Nichts zu erblicken. Keine Gedanken, keine Geschichten, keine Zerwürfnisse. Vollkommen fasziniert hat mich die Aussagelosigkeit ihres doch so fraglos schönen Gesichts an jenem Abend auf der Betriebsfeier. Und im gleichen Maße doch erschrocken. Und so bin ich direkt auf sie zugegangen und habe sie belagert. Geradezu besessen bin ich mit einem Mal von dem Gedanken gewesen, ihr diese Aussagelosigkeit und dieses vollendete Nichts aus dem schönen Gesicht zu reißen. Und irgendeine verdammte Form von Gedanken in ihre Augen zu bekommen, ein Gefühl für Bewusstsein. Ein so schöner Mensch, habe ich damals gedacht, darf doch nicht einfach so verloren aus der Wäsche glotzen, so dumpf und kahl. Und so habe ich sie retten wollen, habe mit Doppeldeutigkeiten und kompromittierenden Aussagen versucht, ein wenig Zorn in ihre Augenbrauen zu pusten, ein wenig Verächtlichkeit und auch etwas Hass in ihre Sätze. Doch die Hauptdisponentin hatte einfach nur stumm, schön und nichtssagend dagestanden und meine Ausführungen über die Doppelbödigkeit der Realität und das Unwissen im Wissen an sich abprallen lassen. Hat – mit ihren breiten Hüften und dem schönen Gesicht auf reine Fruchtbarkeit getrimmt – kein Wort von meinem Geschwafel verstehen wollen. Ich bin dann natürlich wütend geworden, wütend über diese Unfähigkeit zu reagieren und ihre bodenlose Arroganz einfach nur dastehen zu können. Dazustehen und nichts als eine Idee von Fortpflanzung zu sein. Und so habe ich mich immer weiter in Rage geredet, bis einer unserer Produzenten an jenem Abend dann zu uns gekommen ist, den Arm um mich gelegt hat und meinte, dass ich mich nicht so aufregen solle. Schließlich hätten doch auch andere Mütter schöne Töchter. Er hatte mich und die Hauptdisponentin beieinander stehen sehen, meinen Überschwang und meinen wild auf- und zuklappernden Kiefer bemerkt, dazu ihren leeren Blick und war ihr sogleich wie ein Schmalspur-Casanova zur Seite gesprungen. Hatte den Arm um mich gelegt, mich von ihr fortgezogen und die schöne Prinzessin somit ritterlich aus den Klauen des feuerspeienden Drachens gerettet. Das Urteil, ich sei ein von der Hauptdisponentin grausam Verschmähter, hängt bis zum heutigen Tag über mir, wo immer ich mich im Sender auch aufhalte. Borge ich mir ein Aufnahmegerät aus, so gibt es mir unser Techniker mit einem bemitleidenden Blick, wie ihn nur Verschmähte erhalten. Stellt unsere Empfangsdame einen Anrufer zu mir durch, so macht sie dies mit einem Klicken in der Leitung, das speziell für Verschmähte entwickelt worden ist. Und sagen unsere Moderatoren einen Titel an, egal ob von den Rolling Stones oder Joe Cocker oder Rod Stewart, dann machen sie dies mit einem lockeren Spruch, aus dem jeder Hörer den Hohn herausfiltern kann und so verbreiten sie ihren Spott über mein Verschmähtendasein auf diese Weise über die ganze Stadt. Dass ich die breiten Hüften und das schöne Gesicht der Hauptdisponentin zwar sehe, jedoch nichts spüre, nun, das interessiert natürlich niemanden. Ich sehe ihre Schönheit, doch zu greifen bekomme ich sie nicht. Ich drehe mich in Gedanken um ihr Gesicht, verfange mich in diesen großen Ohrringen und strande doch immer nur in ihrem leeren Blick. Es ist ein offenes Geheimnis im Sender, so denke ich nun amüsiert, dass ich die Hauptdisponentin gerne ins Bett bekommen würde, jeder weiß das, jeder denkt das. Nur dass ich mit ihr gar nichts anzufangen wüsste, sei es nun im Bett oder im Leben, das kriegen sie alle nicht in ihre Kartoffelköpfe hinein. Nein, mir geht es schon lange nicht mehr um Intimität, der Zug ist abgefahren, vor vielen Jahren schon. Ich trachte einzig und allein danach ihr ihre grotesken leeren Augen aus dem Schädel zu ziehen, um dann über die Augenhöhlen in ihren verdammten Kopf zu gelangen und mich in ihrem Gehirn umzusehen, das will ich, das ist mein Antrieb. Aber das ist mein Geheimnis, so unkommunizierbar, dass ich lieber alle in dem Verdacht belasse, ich sei ein sexuell Verschmähter.

„Niemand hält dich für einen Idioten", lügt Lohwald und versucht ein väterliches Lächeln, das ihm jedoch misslingt und in einem schiefen Klamauk endet. Wie Benny Hill sieht er aus, wenn er versucht, väterlich zu lächeln. Er hat zwar weniger Haare als der britische Komiker, aber der Rest stimmt: Die Fratze, der dicke Körper, die grotesken Bewegungen und Gesichtszüge, alles da. Eine einzige Lachnummer. Und ein Lügner ist er auch noch. Dass Lohwald mich hasst, das hat schließlich schon Marie mir damals zugeflüstert, mitten im Seminarraum. Und dass er herumläuft und jedem erzählt, ich hätte keine Ahnung von Musik, nun, auch das ist bekannt.

Und doch sagt er, dass niemand mich für einen Idioten hält, wo er es doch selbst überall herumerzählt. Und er kann es schließlich beurteilen, ob ich nun ein Idiot bin oder nicht. Denn Lohwald ist wie ich und ich bin wie Lohwald. Und wir wissen alles über den anderen, weil wir uns gegenseitig spiegeln. Ich könnte also ein Mörder sein und im gleichen Atemzug könnte ich auch ein Idiot sein. Meine Art auch während hochwichtiger Meetings beständig vor mich hinzumurmeln, der seltsam stockende Gang, der Leute regelmäßig fragen lässt, ob ich eine Fußverletzung habe und mein Drang immer wieder meine Hände mit weit gespreizten Fingern vor mein Gesicht zu halten und zu überprüfen, ob alles da, alles nah und alles real ist – das alles könnte durchaus als Zeichen fortgeschrittenen Wahnsinns beurteilt werden.

Aber nein, Lohwald lügt lieber, behauptet einfach, dass niemand mich für einen Idioten hält und baut damit schon wieder eines seiner Marionettentheater auf. Dabei ist er doch angeblich zu mir gekommen, damit ich mich mal richtig aussprechen kann und weil man sich Sorgen um mich macht. Und doch vermeidet er es mir ehrlich ins Gesicht zu sagen: Idiot. Mit jedem spricht er über mich, so wie alle dort im Sender über mich sprechen. Nur mit mir spricht keiner. Sie alle zerreißen sich lieber die Münder und sagen ganz sicher: Idiot. Nur nie direkt zu mir, wo uns das doch allesamt einen großen Schritt weiterbringen würde. Aber nein, sie feixen hinter ihren Bildschirmen und ihren Laptops und schneiden ihre Grimassen, kaum dass ich an ihnen vorbeigelaufen bin mit meinem seltsamen, stockenden Gang. Einem Gang, den sie nie zuvor bei einem Menschen gesehen haben und den sie einfach nicht einordnen können, nicht unterbringen in ihrer geordneten und von klaren Strukturen bestimmten Welt. Und ich kann es ihnen noch nicht einmal vorwerfen, denn natürlich haben sie alle kein Gespür für das Chaos um mich herum. Natürlich sehen sie nicht, wie die Welt sich vom einen Augenblick zum anderen selbst ad absurdum führt, sich fortwährend selbst verschlingt und neu erschafft. Sie laufen nicht beständig auf Sand, wie ich seit vielen Jahren immer nur auf Sand laufe, bei jedem dritten Schritt tief einsacke und kaum vom Fleck komme, egal wie sehr ich mich auch anstrenge. Und die Konturen vor ihren Augen, die verschwimmen ihnen auch nicht regelmäßig. Ein Viereck bleibt bei ihnen viereckig, ein Kreis bleibt ein Kreis und eine Wand ist ihnen zu jedem Zeitpunkt eine Wand. Es sei denn ein Schaufelradbagger kommt des Weges und reißt sie ein, nur dann können sie sehen, dass eine Wand auch aufhören kann, eine Wand zu sein. Während mir die Wand niemals mit letzter Sicherheit eine Wand sein kann, mir auch ohne Bagger vor dem Gesicht hin- und herspringt, wahre Kapriolen veranstaltet und mich auslacht, mich und meine Suche nach Struktur.

Ich biete Lohwald eine weitere Flasche Bier an und denke, dass es die kleinen Dinge sind, die mich fertig machen. Krieg und Pest und Cholera sind mir nie ein Gräuel gewesen. AIDS und Arbeitslosigkeit und Selbstmordattentate nehme ich lustlos und mit zuckenden Schultern zur Kenntnis. Hiobsbotschaften, Tod und Verdammnis stehe ich so gleichgültig gegenüber. Aber die kleinen Dinge, die lassen mir die Sinne neblig werden und entziehen mir jegliche Kraft, eine feste Struktur in mein Leben zu bringen. Die Verwirrung, die ein einzelnes Wort auf meinen Lippen hinterlassen kann, die Verwüstung, die eine einzelne, unbedacht ausgeführte Geste in meinem Schädel verursacht und die Verstörung, die mich nach Zufälligkeiten immer wieder heimsucht – alles das macht mich zu einem gescheiterten Menschen.

Ich sage zum Beispiel „Flasche" und denke noch im gleichen Augenblick, noch während ich es sage: Was für ein seltsames Wort. Ich drehe und biege es in meinem Mund, zerlege es in seine Bestandteile, schaue mir jeden seiner Buchstaben ganz genau an, setze das Wort wieder zusammen und sage erneut: „Flasche". Und schon hat es jede Selbstverständlichkeit verloren, ist von dem Begriff für ein Flüssigkeitsbehältnis zu etwas ganz anderem geworden. Zu einem flüchtigen Gedanken ist es geworden, einer Idee, einer Vermutung. Alles kann sich von da an hinter diesem Wort „Flasche" verbergen. Alles. Und schon bringe ich es kaum noch heraus, dieses Wort, zittere es mir mehr durch die Zähne, als dass ich es wahrhaft ausspreche. Und eine wirkliche Flasche dann noch in der Hand zu halten, verkommt zur Mutprobe. Oder der Tadeusz, kommt mit einem Stapel Papier in mein Büro und sagt: „Hier, das sind die Streichlisten mit den Songs, die wir gestern nicht mehr spielen konnten in der Show!" Und dann hält er inne, der Tadeusz, kratz sich am Unterarm und fügt hinzu: „Das müssten alle sein, morgen gibt es die neuen Listen." Und dann geht er. Und ich denke: Was war das nur für ein Kratzen am Unterarm vom Tadeusz? Die Leute kratzen sich am Kopf, wenn sie überlegen, sie kratzen sich an Mückenstichen, wenn es juckt und sie kratzen sich auch zwischen den Beinen, wenn sie zu viel Testosteron mit sich herumtragen. Aber kein Mensch kratzt sich am Unterarm! Und ich werde ganz fuchsig und ganz wild bei der Überlegerei, warum der Tadeusz sich zwischen seinen beiden Sätzen am Unterarm gekratzt haben könnte. Und ich überlege, ob ich ihn vielleicht bei einer Lüge entlarvt habe. Vielleicht hat er gar nicht alle Streichlisten bei mir abgeliefert, vielleicht hat er einige Listen aus sonst einem Grunde zurückgehalten – und nun sitzen sie hinten in der Redaktion und lachen über meine Einfältigkeit, machen Witze darüber, dass ich dem Tadeusz geglaubt habe. Und die Winkelmann wird rufen: „Den kann man ja schön verarschen!" Und der Niedermayer feixt: „Morgen geben wir noch viel weniger Listen zurück!" Und dann, wenn ich durch den Sender laufe, wird diese ganze armselige Radio-SS vom Lohwald sich zuprosten und sagen: „Schaut nur, da geht er, der Idiot!" Und ich, ich liege nachts im Bett und bekomme kein Auge zu, nur weil der Tadeusz sich am Unterarm gekratzt hat. Wo doch alle Welt weiß, dass niemand, niemand sich je am Unterarm kratzt. Es sei denn, er will damit etwas ganz bestimmtes ausdrücken. Und als wenn das nicht reicht, belagern mich auch noch diese Zufälligkeiten, die niemals welche sind. Ich gehe zum Beispiel in Hamburg durch St. Pauli, schaue mir die Reeperbahn an, betrachte die Nutten und die Davidwache und biege dann in eine kleine dunkle Seitenstraße ein. Und plötzlich steht mein Nachbar aus Berlin neben mir, in einer kleinen, dreckigen Seitenstraße mitten in Hamburg. Und er ruft: „Gibt es doch gar nicht, dass wir uns hier über den Weg laufen!" Und ich, ich denke ebenso: Gibt es doch gar nicht, dass wir uns hier über den Weg laufen. Doch während mein Nachbar in schallendes Gelächter ausbricht, wegen des seltsamen Zufalls und der leicht anrüchigen Szenerie, in der wir uns angetroffen haben, wird mir ganz schummerig im Schädel. Nicht, dass es mir unangenehm ist, ihn zu treffen, doch diese Zufälligkeit raubt mir fast das Bewusstsein. Denn: Wäre ich nur eine Minute länger im Hotelzimmer geblieben oder hätte auch nur 30 Sekunden länger den großen, hochgedrückten

Busen der sich feilbietenden Russin an der Ecke bestaunt – es wäre nicht zu dieser Begegnung gekommen. Oder etwa doch? Hätte ich der Russin nur etwas länger auf den Busen gestarrt, hätte sich mein Nachbar dann vielleicht drei Straßen weiter ein kurzes Wortgefecht mit einem Türsteher geliefert? Nur damit es zu unserem Treffen kommen kann? Wäre ich etwas länger im Hotelzimmer geblieben, wäre – wie zum Ausgleich – mein Nachbar dann für eine verlängerte Zigarettenpause auf einer Bank an der Elbe sitzen geblieben?

Wo sind die Konstanten? Und wo die Variablen? Warum werden Menschen beim Überqueren einer Straße tödlich von einem Auto erfasst, sie hätten doch zu jedem anderen Zeitpunkt die Straße überqueren können? Oder ist es egal, wann jemand, der tödlich von einem Auto erfasst werden soll, die Straße überquert, eben weil das Tatauto in jedem Fall erst dann in die Straße biegen und Gas geben wird, wenn das Opfer sich entschließt, auf jene Straße zu treten?

Es sind die kleinen Dinge, die mich wahnsinnig machen. Und die Anzahl dieser kleinen Anlässe steigert sich. Noch als Schüler kannte ich die Angst vor den kleinen Anlässen nicht, doch heute bin ich schon so weit, dass ich die berühmte Angst vor der Angst habe.

„Niemand hält dich für einen Idioten", sagt Lohwald. Er presst ein falsches väterliches Lächeln hervor und hält einen Moment inne, um dann hinzuzufügen: „Wir haben nur das Gefühl, dass du in letzter Zeit etwas neben der Spur bist. Vielleicht brauchst du einfach einmal etwas Urlaub, eine kleine Auszeit. Was hältst du davon?"

Ich beobachte Lohwalds Kiefer, wie er beim Sprechen auf- und zuklappt, immer wieder, auf und zu, auf und zu. Und ich denke: Das ist es also. Das ist der Plan. Er will mich als unzurechnungsfähig hinstellen. Spielt sich als Wohltäter und Vaterersatz auf und versucht, mich auf diese Weise heimlich und diskret durch die Hintertür zu entsorgen. Aber das kann er knicken, schließlich bin ich doch längst im Bilde. Ich weiß, dass sie mich für einen Idioten halten, jeder im Sender. Keiner sagt es mir ins Gesicht, keiner hat den Mut mich direkt anzufahren und mir zu sagen: „Du bist der größte Idiot seit Erfindung der Menschheit." Sie alle grüßen immer, wenn ich ihre Wege kreuze, fragen mich nach meinem Wohlergehen und gefallen sich darin, normale und alltägliche Unterhaltungen mit mir zu führen. Doch in Wahrheit sehen sie nur den Idioten in mir und schicken nun Lohwald vor, mich hinters Licht zu führen. Mich erst einzuwickeln mit seiner List. Und mich dann abtransportieren zu lassen.

„Dein Vortrag vor zwei Wochen," fährt Lohwald fort, „der hat uns alle etwas erschrocken und ratlos zurückgelassen."

Der Vortrag. Dass Lohwald gerade den Vortrag aus der Schmutzkiste wühlt, darauf hätte ich ebenfalls vorbereitet sein müssen. Vor Volontären und Auszubildenden hatte ich sechs volle Stunden lang über Musik im Radio sprechen sollen. Über Research-Ergebnisse, Rotationen, Musikfarben, Kategorieeinteilungen und sonstige strategische und konzeptuelle Überlegungen des modernen Formatradios. Etwa zwanzig Teilnehmer hatte dieses Seminar gehabt und ich, ich hatte vorn gestanden, hatte geredet und geredet und war immer wieder gewichtig auf und ab geschritten. Hatte hochwichtige und hochgeheime Folien an die Wand geworfen, Verläufe analysiert, Prognosen aufgestellt und auch nicht vergessen, die Seminarteilnehmer immer wieder mittels eingestreuter Fragen in meinen Vortrag einzubeziehen. Gut vier Stunden hatte ich auf diese Weise fehlerfrei und vorbildlich zugebracht, als plötzlich mein Kopf leer war. Einfach leer. Gerade eben hatte ich noch über das Verhältnis von Power- zu Secondary-Titeln gesprochen und wie wichtig eine strategisch ausgewogene Aufteilung von Musiktiteln in einem Radioprogramm sei, schon waren mir sämtliche Gedanken und mit diesen Gedanken auch sämtliche Worte entglitten. Mitten im Satz hatte ich deswegen abbrechen müssen und einfach nicht mehr gewusst wie fortzufahren ist. Gerade noch vier Stunden lang der eloquente Vollprofi – und plötzlich der sprachlose Anfänger. Ich stand unschlüssig da und hatte mich dann meinen Stichwortkärtchen zugewandt. Doch auch die darauf vermerkten Gedächtnisstützen hatte ich zwar lesen, doch nicht mehr mit Sinn füllen können. Ich las: Chart-Hit – und hatte plötzlich keinen Begriff mehr davon in meinem Kopf gehabt. Ich las: Untergliederung nach Jahrzehnten – und auch damit hatte ich einfach nichts mehr anzufangen gewusst. Die Buchstaben waren durch mein Hirn gestolpert, ohne dabei noch etwas Schlüssiges zu hinterlassen, ohne einen Faden zu kreieren, den ich hätte aufnehmen können. Die hell erleuchtete Folie hinter mir an der Wand, mit der ich die ab- und zunehmende Beliebtheit von Songs hatte illustrieren wollen, sie hatte mit einem Mal keinerlei Sinn mehr ergeben, ja war, je länger ich sie betrachtete, immer grotesker und absurder geworden. Eine nichtssagende Ansammlung von Farblinien mit entlang dieser Linien vermerkten Zahlen. Ganz apathisch hatte ich dagestanden. Und während ich so apathisch dagestanden hatte, war mir die Schauspielerin Elisabeth Vogler in den Sinn gekommen, eine Figur aus dem

Filmklassiker *Persona* von Ingmar Bergman. In diesem Film war Vogler mitten in einer Theater-Aufführung gewesen, als sie plötzlich mit dem Spiel innehielt. Sie hatte nur noch auf der Bühne gestanden, sich ganz verwundert umgeschaut, aber nichts mehr gesagt, geschweige denn ihr Stück weitergespielt. Ich habe diesen Film schon viele Male gesehen, nicht zuletzt wegen dieser einen Szene, in der die Vogler mitten auf der Bühne mit dem Spielen aufhört. Ganz fasziniert hat mich von jeher dieses Phänomen, wie ein Mensch, geleitet von einer Intuition, einer Eingebung oder plötzlichen Erkenntnis, nicht nur das Sprechen, sondern auch jede weitere Mitwirkung am sozialen Leben einfach so einstellen kann. Ende und aus, wie auf Knopfdruck. Und genau wie Elisabeth Vogler hatte auch ich im Seminarraum vor den Volontären gestanden und nichts mehr gesagt, nichts mehr getan. Dachte aber immerhin noch: „Nun stehst du hier, ganz genauso wie die Vogler." Und: „So wie du es doch immer wolltest."

Lohwald rutscht unruhig auf meinem Sofa hin und her, ich werde mir eine neue Couch bestellen und diese lohwaldverpestete auf den Sperrmüll geben müssen. So zerfahren wie er sich präsentiert, kann es gar nicht anders sein, auch er scheint zu merken, dass hier Epochales geschieht. Dass hier zwei Männer darum kämpfen, sich gegenseitig auszulöschen. Marie fällt mir ein und wie sie mich immer wieder einen gewollten Untergeher genannt hat, damals. Hat mich einen gewollten Untergeher genannt und versucht, mich davon zu überzeugen, dass ich nicht Opfer, sondern Täter bin. Täter meiner eigenen Ideale. Bernhard, Bergman, Schopenhauer – wer so lebt und so liebt, der kann einfach kein Glück wollen, so hat sie zwar nie gesagt, aber wohl gedacht. Nein, untergehen wollte ich nie, da hat Marie danebengelegen, das habe ich längst verstanden. Aber: Ich will einen Therapeuten haben, ich will Antidepressiva nehmen, Tag für Tag diese kleinen Stimmungsaufheller in mich hineinwerfen. Und ich will auch ab und an auf meiner eigenen Bühne stehen und wie die Vogler komplett blockieren. Und so habe ich eben im Seminarraum gestanden und mit einem Male gar nichts mehr gesagt. Habe mich noch während des Nichtssagens an Elisabeth Vogler erinnert und ähnlich deplatziert und unschlüssig vor den Volontären und Auszubildenden gestanden, wie sie vor ihrem Theaterpublikum. Ein paar Minuten hatte ich dort gestanden, dann war ich einfach gegangen. Hatte meine Tasche genommen und war gegangen.

Es hatte dann allerdings einige Tage gedauert, bis die Nachricht über meinen Aussetzer in höhere Senderkreise vorgedrungen war, hatten sich die Seminarteilnehmer doch selbstverständlich erst einmal gefreut, früher Schluss zu haben. Doch dann erreichte die Nachricht meines Verstummens auch die höheren Funktionsträger, nachdem sie vorher durch alle Abteilungen gekrochen war.

„Warum hast du einfach so aufgehört mit deinem Vortrag?", nervt Lohwald weiter. Er rutscht nun nicht mehr auf dem Sofa umher, sondern sieht mich an, starrt fast.

Und ich überlege. Warum habe ich an Elisabeth Vogler denken müssen und einfach aufgehört zu sprechen? Schließlich habe ich schon dutzende Male zuvor an Elisabeth Vogler denken müssen, ohne gleich dermaßen zu blockieren. Sicherlich, ich habe einige Antworten im Kopf. Dass Marie mich immer einen gewollten Untergeher genannt hat. Dass ich meiner Therapeutin doch immer gesagt habe, dass mich ein Gefühl der schizophrenen Selbstentfremdung begleitet. Doch das eine wie auch das andere ist falsch, beides sind verzweifelte Theorien gewesen, mehr nicht. Warum also habe ich dann aufgehört zu sprechen? Ich beginne Lohwald von den Fahrten im Fahrstuhl zu erzählen. Denn die Fahrten im Fahrstuhl, hoch zum Sender, das sind stets groteske Situationen. Ich steige unten ein, im Untergeschoss, dort wo auch die U-Bahn ihre Haltestelle hat. Und fahre an guten Tagen allein bis hoch in die vierte Etage. Doch diese guten Tage, erzähle ich Lohwald, sind selten, sehr selten sogar. Zumeist wird haltgemacht im Erdgeschoss und in der ersten Etage, wo weitere Mitarbeiter zusteigen. Doch welche Menschenkonstellationen sich auch immer ergeben, sie ergeben einfach keinen Sinn. Zufällig können sie nicht sein. Doch nicht zu wissen, warum manche Leute einsteigen und andere aus, ja, das macht mich mürbe.

Lohwald sieht mich an, etwas seltsam, etwas pikiert und auch ein wenig ratlos. Er denkt wohl, dass meine Antwort doch schon wieder nichts mit seiner Frage zu tun hat. Und dafür kann ich ihn nicht verurteilen, denn entweder man sieht den Zusammenhang zwischen einem plötzlichen Verstummen und Menschen im Fahrstuhl oder man sieht ihn eben nicht. Ich bin wie Lohwald und Lohwald ist wie ich – doch an diesem Punkt kommt er vielleicht nicht mehr mit. Schließlich ist er ein Mann des Angriffs, während ich ein Mann der Verweigerung bin. Schlechte Menschen sind wir beide, doch in der Wahl unserer Waffen finden wir noch nicht zusammen.

Ich erinnere mich an den Tag, da ich einmal zwischen der Hauptdisponentin und dem Tadeusz eingeklemmt gewesen bin, eine quälend lange Fahrstuhlfahrt lang. Wir drei haben uns noch weniger zu sagen gehabt als Lohwald und ich jetzt, so dass sich die dumpfen SS-Blicke vom Tadeusz von rechts in meine Wangen gebohrt haben, ja sein starrer, von Lohwald geeichter Blick versuchte tief in mich einzudringen. Nicht ein einziges Wort hat der Tadeusz die ganze Fahrt über zu mir gesagt, nur geglotzt hat er, mir all seine vom Lohwald aufgetragene Ekelhaftigkeit direkt ins Gesicht geglotzt. Und auch wenn er nichts gesagt hat, seine Augen haben natürlich zu mir gesprochen. Ich habe es im Seitenspiegel des Fahrstuhls erfassen können. Warum ich nicht diesen Song in unserem Programm spiele und warum nicht jenen, haben die Augen vom Tadeusz mir hasserfüllt zugerufen. Warum mir nie auffällt, wie sehr sie mich verarschen, nach Strich und Faden hintergehen. Und ob ich wirklich ein solcher Idiot sei, der Menschheit größter Gehirnwaschlappen. Wie ein einzelner Mensch nur so verdammt würdelos sein kann, das haben mir die Augen vom Tadeusz entgegengeworfen. Und von der linken Seite haben mich die breiten Hüften der Hauptdisponentin bedrängt, haben sich an mich geschoben und mich mit all ihrer Fülle und ihren schalen Versprechungen geradezu bedroht. Auch die Hauptdisponentin hat nicht ein einziges Wort zu mir gesagt, hat seit jener Betriebsfeier, auf der ich sie belagert habe, ganz offensichtlich den Vorsatz gefasst, nie wieder mit einem Menschen wie mir zu reden. Und sie hat mir dennoch unablässig ihre breiten Hüften in die Seite gebohrt, mich mit Hass und Intimität zugleich bedrängt. Kaum oben im vierten Stock angekommen, habe ich mich dann mit wilden Ruderbewegungen von der Hauptdisponentin und dem Tadeusz befreien müssen, hatte ich gegen Ende unserer absurden Liftfahrt doch zunehmend weniger Luft bekommen und mich daher ruckartig und brutal von beiden trennen müssen. „Lasst mich, ihr Eindringlinge!", habe ich laut und hastig gerufen und bin dann davon gestürmt, hinein in den Sender, direkt zum WC und direkt über die Schüssel.

„Nein", sage ich zu Lohwald: „Wir sollten weniger Zeit in Fahrstühlen verbringen. Das wäre zwar keine Lösung, aber doch eine Linderung." Ich sehe es genau, jetzt kommt er nicht mehr mit. Er versteht ihn einfach nicht, den Zusammenhang zwischen Fahrstühlen und der großen Stummheit.

Dabei ist das offensichtlich, denn wie Elisabeth Vogler habe ich vor den Volontären und Auszubildenden gestanden, ohne Worte und mit Verstörung im Blick. Und dann habe ich bei mir gedacht: „Jetzt stehst du hier, tatsächlich genauso wie die Vogler damals in dem Film." Und während ich meine Tasche gepackt habe und aus dem Seminarraum geeilt bin, da sind mir Maries Vorhaltungen durch den Kopf gegangen. Jene Vorhaltungen, von denen ich damals noch nicht gewusst hatte, dass sie nicht zutreffen. Während ich die verblüfften Auszubildenden also hinter mir ließ, habe ich gedacht: „Ich inszeniere hier gerade etwas. Ich kann mich zwar nicht dagegen wehren, aber doch inszeniere ich hier etwas. Ich spiele das alles nur. Ich erfinde Untergänge, spiele meiner Umwelt immer wieder ein neues Stück vor. Mal ist es die Belagerung der Hauptdisponentin, dann die Flucht aus dem Fahrstuhl, davor die Entscheidung niemals wieder mit einer Frau schlafen zu wollen. Ich erfinde mir permanent etwas neues, um mich zu maskieren. Und für jeden, der in mein Gesicht schaut, habe ich etwas dabei, was ihn verstören wird. Je größer die Verstörung, umso mehr ein Gefühl von Leben in mir."

Ich erinnere mich noch gut an den Tag, an dem ich der Hauptdisponentin wieder einmal komisch gekommen bin, sie mitten auf dem Flur mit Worten belagert habe. Mit Worten, die in ihrer Welt und in ihrem Denken noch niemals vorgekommen sind. Sie hat derart wenig mit meinem Gefasel anfangen können, dass sie mir schon nach wenigen Sekunden zuraunte: „Dir scheint wohl besonders langweilig zu sein, dass du mir ständig mit deinem Mist auf die Nerven gehen musst." Exakt so hat sie es gesagt. Und ich, ich bin durch diese Bemerkung in meinem Redeschwall tatsächlich gestoppt worden. Hatte ihr soeben noch erklären wollen, dass ihr schönes Gesicht eine nicht zu greifende Wahrheit sei und ihr wunderbares Becken ein Versprechen, das am Ende doch immer nur den Wahnsinn der Welt am Laufen halten würde – und dann bin ich von nur einem Satz komplett ausgehebelt worden. Sie war dann weitergegangen, die Hauptdisponentin, mit ihrem leeren Gesicht, einfach den Flur entlang in Richtung Verkaufsabteilung, mit ihren großen Ohrringen und den schweren Hüften. Und ich stand da wie angewurzelt und habe mich an mein dauerndes Gefühl der Langeweile erinnert und meine so vergeblichen Versuche, dieser Langeweile des Lebens und der Welt zu entfliehen. Denn so wie in Maries Idee vom gewollten Untergeher natürlich auch ein Fünkchen Wahrheit steckt, so hat auch die Hauptdisponentin, gerade durch ihre Unbedarftheit, einen Nerv in mir treffen können. Mein Untergang ist nur ein inszenierter Untergang, mein Wahnsinn nur ein von mir zur Schau gestellter Wahnsinn und meine Paroxetin, die ich mir Tag für Tag durch meine Kehle in meine Eingeweide schleuse, tja, die sind nichts anderes als Placebo.

Ich bin aber nicht irre, ich bin nicht schizophren und vielleicht machen auch die vielen kleinen Dinge mich gar nicht verrückt. Und stattdessen ist mir einfach nur verdammt langweilig mit meinem Nichts, das ich mir beim Blick hinter den Vorhang eingefangen habe. Die Welt ist für mich nur eine Bühne. Und auf dieser Bühne habe ich mir aus lauter Langeweile die Rolle des absurden Clowns herausgepickt. Die kleinen Dinge machen mich womöglich gar nicht irre, auch eine Fahrstuhlfahrt ist für mich eventuell so ereignislos wie für jeden anderen Menschen auch. Zu mir sprechen auch keine Terroristen auf vergilbten Fahndungsplakaten und es ist sogar gut möglich, dass Lohwald und ich uns gar nicht in einem verzwickten Gedankenschach befinden. Alles das, was ich sehe, ist gar keine Kulissenschieberei, sondern sehr real. Ein Auto ist immer ein Auto, meine Hand ist immer meine Hand und Tulpen in Amsterdam sind niemals etwas anderes als Tulpen in Amsterdam. Und auch Bestimmungen gibt es keine, sondern die Welt ist einfach voller Zufälle. Ein Mann geht über die Straße. Ein Auto biegt gerade um die Ecke. Unfalltod. Und da stehe ich nun auf meiner Bühne und erkenne, dass es so gar nichts zum Spielen gibt. Nichts, woran ich rütteln könnte, nichts woran ich drehen könnte. Es gibt keinen doppelten Boden, sondern nur die eindimensionale Banalität. Da ist auch kein verborgener Sinn, der sich nur Auserwählten zu erkennen gibt. Es gibt nichts zu erforschen und auch nichts zu hinterfragen.

Ich habe die Welt entlarvt, aber nicht als trickreiche Taschenspielerwelt, sondern als entsetzlich langweilige Angelegenheit. Mein so lustvoll inszenierter Untergang ist also sein genaues Gegenteil: Eine Lebenssehnsucht. Und eine Hoffnung. Die Welt ist sterbenslangweilig? Dann denke ich mir eine eigene. Bis ich tatsächlich nicht mehr klar denken kann.

Marie hat mich für einen Theatraliker gehalten, einen gewollten Untergeher. Aber das stimmt nicht, das genaue Gegenteil ist der Fall – ich bin ein Revolutionär. Ich revoltiere gegen die Naturgesetze, indem ich nichts mehr für gegeben halte. Ich revoltiere gegen feste Strukturen und klare Formen, damit wir nicht alle eines Tages in unserer Festgefahrenheit verenden. Und ich opfere mich sogar auf, denn nicht jedem Menschen ist es gegeben, dagegen aufzubegehren. Und so mache ich mich selbst zur lebenden Bühne: „Sehet mich an – und begreift, dass nichts so sein darf, wie es ist!" Ja, ich revoltiere gegen die fadenscheinige Wirklichkeit, die uns so dumpf über unseren Planeten stapfen lässt, gefangen in vorhersehbaren Aktionen aus Eitelkeit und auf der Suche nach dem immer gleichen Glück.

Ich bin kein Franzose, der die Bastille stürmt, bin keine Johanna von Orleans, kein Che Guevara und nicht einmal ein Bob Dylan. Ich habe weder Messer noch Gewehr und schon gar keine Gitarre. Ich habe nicht einmal eine Stimme, die in der Lage wäre, meine Revolution auszurufen. Alles was ich habe, ist meine Inszenierung des Wahnsinns. Und die Stummheit. Ich stehe auf meiner Bühne wie die Vogler, schaue mich verstört um und verstöre damit auch die Volontäre und Auszubildenden. Und dann laufe ich aus dem Seminarraum. Doch das ist keine Flucht und auch kein panikartiges Davonlaufen, keine mich plötzlich überkommende Scham. Es ist ein stummer, doch aggressiver Ausruf, es ist meine Art wort- und lautlos zu brüllen: „Zu den Waffen!" Ich verweigere mich der Menschheit. Also breche ich meinen Vortrag einfach ab, verlasse die Bühne, gehe aus dem Raum und bedeute den Volontären und den Auszubildenden dadurch nichts anderes als: „Mir nach!"

Da sitzt Lohwald und versucht noch immer zu entschlüsseln, was Fahrstühle mit Stummheit zu schaffen haben könnten. Soll er doch sehen, ob er auf eine Lösung kommt und ob er was damit anfangen kann. Soll er doch krepieren an dem Versuch mir zu helfen. Aber er wird die Nuss nicht knacken, dafür ist er schon viel zu sehr damit beschäftigt, ein „Mann im dritten Frühling" zu sein. Vor lauter manipulativer Intelligenz hat er noch gar nicht bemerkt, dass er auch sich selbst längst manipuliert, dass er zu einem Opfer seiner selbst geworden ist.

Er kommt auf keine Lösung und so fragt er: „Was meinst du damit? Was soll das mit den Fahrstühlen?" Und ich antworte ihm: „Nun, am besten ist es, man steigt gar nicht erst hinein." Das findet Lohwald lustig. Ich sehe es genau, er kann sich das Grinsen kaum noch verkneifen. Natürlich hält er mich für übergeschnappt. Ich lasse ihm keine andere Wahl. Und so füge ich noch hinzu: „Alles eine Frage der Inszenierung. Wenn nichts anderes mehr da ist als das Nichts, dann wird es düster. Und sogar simple Aktionen und Situationen werden dann zu Todesfallen. Was also hilft, ist nur die Inszenierung."

Das müsste er aber verstanden haben, inszeniert sich Lohwald doch schon seit es ihm damals den Sohn zermatscht hat.

Es ist eine Einbahnstraße, auf der wir alle uns bewegen, Lohwald. Es gibt kein Zurück mehr, für keinen von uns. Uns bleibt nur noch diese Flucht nach vorne, in dem wir uns bereitwillig zu Unmenschen machen. Du auf deine und ich auf meine Art. Du bist in meine Wohnung gekommen wie in ein Freudenhaus, Lohwald. Unter dem fadenscheinigen Grund, dass gerade ich mich einmal richtig aussprechen müsse, bist du hier reinspaziert. Dabei bist du doch nur dem Spott und dem Amüsement auf der Spur gewesen, da du dich als schlechter Mensch inszenierst, seit dir dein Sohn abhandengekommen ist. Du kannst dich nicht umbringen, also wirst du ein Fiesling. Du bist hier also rein wie in ein Freudenhaus, bist dem Spott und dem Amüsement auf der Spur gewesen, die ein Idiot wie ich dir liefern könnte. Aber jetzt hörst du mich mein unsinniges Zeug stammeln und bemerkst, dass es für dich gar nicht so unsinnig ist. Und so beginnst du also dich über den Tripper zu wundern, der sich bereits an deinen Hoden zu schaffen macht. Über das ätzende Jucken in der Kehle, dass dich dazu zwingt, immer mehr Bier in deinen Hals zu schütten. Und auch über die Pocken auf deiner Seele, von denen du weißt, dass sie schon sehr lange da sind. Nur erscheinen sie dir plötzlich viel größer und viel mächtiger.

Und das passt dir überhaupt nicht.

Ich sehe Lohwald, wie er neben mir auf der Couch sitzt. Und ich weiß, dass ich mich sehr beeilen muss, will ich nicht die Art von Unmensch werden, die er geworden ist. Ein negatives Menschenbeispiel werde ich auf jeden Fall. Einer von dem es heißen wird, dass man ihn besser meiden solle. Und der, wenn rätselhafte Unglücke in der Gegend geschehen, stets zu den Verdächtigen gehört. Nicht mehr lange und ich werde in jeder Kartei stehen als besonders verhaltensauffällige Person. Dabei will ich den Menschen gar nicht schaden. Ich verhalte mich sogar wesentlich sozialer als sie alle zusammen. Nur sehen können sie es nicht. Wie sehr ich mich für sie aufreibe, bleibt ihnen komplett verborgen. Aber auch das ist nicht weiter schlimm: Pioniere sind immer zugleich auch Außenseiter gewesen. Ja, Lohwald ist genauso eingekerkert wie ich, er schreit nur lauter, strampelt heftiger mit den Beinen und schlägt mit den Fäusten wie ein Wahnsinniger auf die Mauern ein, die ihn umgeben. Ich hingegen hocke einfach nur lethargisch und stumpfsinnig auf dem Boden und probiere meine Maskensammlung aus.

„Ich glaube, ich kann ein wenig nachvollziehen, wie es dir geht und was du da so denkst", sagt Lohwald. Jetzt schaue ich ihn fragend an. Dabei will ich ihn gar nicht fragend ansehen.

„Doch, ich glaube, ich weiß sehr gut wie es dir geht", wiederholt er. Und gerät dann plötzlich ins Plaudern: „Weißt du, als ich vier Jahre alt war, ist mein Vater ermordet worden. Ja, wirklich: Ermordet. Er hat als Privatdetektiv gearbeitet, hauptsächlich für Kaufhäuser, für die er kleine Diebe auf frischer Tat ertappt hat."

Lohwald sieht an mir vorbei. Er erinnert sich an seinen Vater und hat behauptet, dass er mich verstehen kann. Und doch sieht er beim Erzählen an mir vorbei. Er visiert einen Punkt hinter mir an, einen Punkt, der knapp neben meinem linken Ohrläppchen liegen müsste. Dann fährt er fort: „Eines Tages hat er einen Mann erwischt, der Damensocken geklaut hatte. Nicht aus irgendeiner Perversion heraus, sondern für seine Frau. Der Mann war Kongolese und hatte kein Geld, um die Socken zu bezahlen. Das muss man sich einmal vorstellen, mitten in Deutschland müssen Männer für ihre Frauen Socken klauen, weil sie sich diese Socken nicht leisten können!"

Da ist es wieder, Lohwalds Marionettentheater. Perfekt inszeniert er sich als jemanden, der soziale Missstände aufdeckt und anprangert. Bekommt 15 000 Euro im Monat für seine dämliche, inhaltslose Laberei, die er in einem schalldichten Studio auf die Menschheit loslässt und inszeniert sich hier als investigativer Journalist mit sozialem Gewissen. Bekommt 15 000 Euro im Monat, lässt Tag für Tag nichts anderes heraushängen als den alten Geldsack. Und spielt mir jetzt den Mann mit Gewissen vor. Er hat sogar ganz empört gesagt: „Mitten in Deutschland!" Und hat dabei die Stimme und den Zeigefinger gehoben, hat seinen schwerfälligen und schwitzenden Körper leicht vom Sofa gedrückt und den Erschütterten gegeben. Respekt, Lohwald, jede deiner einstudierten Bewegungen sitzt.

„Er hat den Kongolesen dann mit nach hinten in sein Büro genommen", quasselt Lohwald weiter, noch immer an mir vorbei und auf den imaginären Punkt zu. „Mein Vater hat ihn befragt und dann die Polizei gerufen. Und während sie dort gesessen und auf die Polizei gewartet haben, ist der Kongolese plötzlich aufgesprungen, hat meinen Vater in den Schwitzkasten genommen, eine Pistole hervorgezogen und ihm dreimal in den Kopf geschossen. Und das nur, weil er Panik bekommen hatte, dass sein Asylantrag nach diesem Sockenklau abgelehnt wird und er zurück in den Kongo geschickt wird, wo ihn Folter und Tod erwarten würden. Genau deswegen musste mein Vater sterben, wegen eines schwebenden Asylverfahrens und den schlechten Lebensbedingungen im Kongo. Ist das nicht zum Lachen? Wegen Dingen, die alle nichts mit ihm selbst zu tun gehabt haben, ist mein Vater erschossen worden!"

Lohwald sieht mich an. Und ich antworte ihm prompt: „Ja, das ist wirklich ganz lustig. Lustige Todesfälle hast du da in deiner Familie, Lohwald." Ich kann ihn nicht genau deuten, diesen Blick. Denn er ist neu in seinem Gesicht. Ist das Trauer? Kälte? Oder Teilnahmslosigkeit? Er vernachlässigt sein Marionettentheater.

Gerade war ich noch voll des Lobes, nun schon finde ich ihn und seine Mimik sehr gewöhnlich. Hatte er sich soeben noch erregt erhoben, um deutsche Missstände anzuprangern, so ist er jetzt ruhig sitzen geblieben. Er hat den spannendsten Teil seiner Geschichte, den von dem Schwitzkasten und den Schüssen in den Kopf seines Vaters, fast stoisch und mit müden Augen heruntergeleiert.

„Ich muss mich entschuldigen, Lohwald", sage ich. Und bediene mich wieder der süffisanten Freundlichkeit, die auch unsere Unterhaltungen im Sender kennzeichnet. „Dieses Sterben von deinem Vater, das ist wirklich erschütternd. Ein Tod zwischen Damensocken und dem Achselschweiß eines Negers. Das ist widerlich, Lohwald, ganz, ganz widerlich ist das. Mein herzlichstes Beileid. Wo doch jeder gefallene Frontsoldat einen ehrenvolleren Tod erleidet. Und deinem Vater durchschrotet es für Damensocken die Birne. Das geht wirklich so gar nicht, Lohwald. Das ist kein schöner Tod."

Ich sollte erschüttert sein. Wahrhaft ergriffen sollte ich sein und zusammen mit Lohwald eine Trauerminute für den zerlöcherten Schädel seines Vaters abhalten. Stattdessen aber fühle ich mich bestens unterhalten, bin nicht schockiert, ja nicht einmal überrascht. Stattdessen denke ich: Was für eine großartige Geschichte! Was für ein wunderbar absurder Tod!

Ich bekenne damit: Ich bin ein kompromisslos schlechter Mensch. Ich beginne bereits zu taktieren, ich erlebe gerade die Anfänge meines eigenen Marionettentheaters. Denn ich spiele mit Lohwalds Schmerz, jongliere lustig seine Trauer und seinen Hass durch die Luft. Natürlich bin ich noch längst nicht so gut und so weit wie Lohwald selbst und werde noch viele Jahre brauchen, um zu einer solchen Meisterschaft zu gelangen. Doch hier und jetzt erlebe ich die ersten Ansätze dieser Kunst. Ich nehme es überhaupt zum ersten Mal als Kunst wahr und eben nicht als Schande.

Ich habe alle Anlagen, ein perfekter Lohwald zu werden.

Ich bin auserkoren, ein schlechter Mensch zu sein.

Ich frage nach: „Wie hat er denn geheißen?"

Lohwald sieht mir müde und abgekämpft ins Gesicht und scheint nicht recht zu begreifen. Also fragt er zurück: „Wer? Mein Vater? Dieter hat er geheißen. Dieter Lohwald."

Ich stehe wortlos auf, um Lohwald ein neues Bier zu holen. Schwerfällig schlurfe ich in die Küche und überlege auf dem Weg, was für ein

Mensch Dieter Lohwald wohl gewesen sein mag. Ich rechne zurück, Lohwald selbst schätze ich auf Ende 50. Die Durchschrotung des Schädels seines Vaters dürfte sich also in den frühen sechziger Jahren zugetragen haben. Die ersten Gastarbeiter, so erinnere ich mich, sind aber doch erst Mitte der sechziger Jahre nach Deutschland gekommen. Und dabei hat es sich doch hauptsächlich um Türken und Italiener gehandelt. Ein Kongolese in der deutschen, noch immer vom nationalsozialistischen Denken verseuchten Provinz – und das in den frühen sechziger Jahren? Alles das erscheint mir nun doch mehr als unwahrscheinlich. Und überhaupt, überlege ich weiter – hat es Asylverfahren vor 50 Jahren schon gegeben? Oder habe ich Lohwald einfach bei einer weiteren Unachtsamkeit ertappt? Versucht er hier mittels einer frei erfundenen Geschichte mein Vertrauen zu gewinnen, um mich dann, in einem Moment, in dem ich meine eigene Deckung vernachlässige, zu vernichten? Ich hole eine weitere Flasche Bier aus dem Kühlschrank, bestreiche wieder das ordentlich darauf platzierte Etikett und höre Lohwald ein weiteres „Mann im dritten Frühling"-Husten husten. Dann gehe ich zurück, vorbei an meinem großen Panorama-Fenster. Und zurück in Lohwalds Sichtfeld. Jetzt sieht er mich wieder, denke ich, während ich ihm seine neue Flasche Bier öffne und direkt in die speckige Hand drücke.

Aber gerade, in der Küche, da hat er mich nicht gesehen. Der größte Teil meines Handelns und Denkens spielt sich außerhalb seines schmalen Blickkanals ab – wie also kann er ernsthaft behaupten, nachempfinden zu können, wie es mir geht? Auch wenn ich jetzt bin, wie er einst gewesen ist und ich vielleicht bald selbst ein Lohwald sein werde, er sieht mich nur, wenn ich so wie jetzt direkt vor ihm sitze. Und selbst dann schafft er es nur sich selbst zu sehen, sieht durch seine Augen auf mich, transportiert Bilder von mir durch sein Gehirn. Das Bild, das Lohwald von mir hat, ist also zwangsläufig eher ein Bild von sich selbst. Er schaut mich an, schaut mir direkt ins Gesicht, denkt „Musikredakteur". Sieht aber nichts anderes als Lohwald, Lohwald, Lohwald.

Mit schnellen Zügen saugt er an seiner Bierflasche, spielt mir den halb Verdursteten vor und denkt gar nicht daran, das Behältnis wieder aus der Hand zu geben.

Und dann fragt er: „Warum wolltest du wissen, wie mein Vater geheißen hat?"

„Wollte ich gar nicht", antworte ich knapp. Und füge dann hinzu: „Der Name des Kongolesen, der hat mich interessiert, denn nur der ist wichtig in dieser Geschichte."

Fragend sieht Lohwald mich an. Interessant, denke ich, Lohwald sieht mich wirklich fragend an. Kein Marionettentheater. Nur das pure Unverständnis, mitten in seinem Gesicht. Lohwald ist wie ich und ich werde vielleicht ein Lohwald sein – und doch kapiert er nichts. Sitzt mit seinem schmalen Tunnelblick direkt neben mir und schafft es einfach nicht, meine Sätze einzuordnen.

Ich beschließe etwas Schwung in unsere Unterhaltung zu bringen: „Ja, hat er denn etwa keinen Namen gehabt, der Kongolese?"

Lohwald scheint gereizt. Endlich reagiert er auf meine Beleidigungen. Das ist gut, denn gereizte Lebewesen sind zwar gefährlich, aber sie machen auch die meisten Fehler. Und ich bin darauf angewiesen, dass er Fehler macht.

„Natürlich hat er einen Namen gehabt", antwortet er. „Aber wozu ist das wichtig? Das Wesentliche an der Geschichte ist doch, dass ich meinen Vater auf tragische Weise früh verloren habe!"

Ich schaue Lohwald ins Gesicht. Und sehe weder Traurigkeit noch Tragik. Sondern Hass. Ja, kampfeslustig funkelt er mich mit seinen müden Augen an.

„Nein", antworte ich ihm also, während ich mir seinen Daumen betrachtete, der erneut beginnt das ordentliche Etikett von der Bierflasche zu knibbeln. Und dann mache ich ihn ein Stück weit schlauer, lasse ihn zur Abwechslung einmal an meiner Weisheit teilhaben: „Wichtig an dieser Geschichte ist nur, Lohwald, dass wir keine Verbindung zu den Menschen aufbauen können. Niemand von uns kann das. Wir stochern uns immer nur einseitig und subjektiv durch die Dunkelheit. Was noch okay wäre, wären wir nicht zugleich so borniert dieses Nichtwissen in Alleswissen umzudeuten. Doch wir wissen nichts, gar nichts. Und so knibbelst du am Tod deines Vaters, wie du hier auch ganz besessen am Etikett der Bierflasche herumfummelst. Und das alles in der verwegenen Hoffnung auf irgendeine Überraschung darunter zu stoßen. Aber du entdeckst nichts, gar nichts. Im Gegenteil, das ständige Geknibbel macht dich krank, Lohwald. Und doch kannst du es nicht sein lassen, ja trinkst überhaupt nur deswegen so viel Bier, damit du immer was zum Knibbeln in der Hand hast. Gib es zu, Lohwald, du willst dir die Finger abhacken, nur um dieses Geknibbel endlich loszuwerden. Aber es funktioniert nicht und so machst du weiter, immer weiter."

Erwartungsgemäß stoppt Lohwald sofort sein Geknibbel am Flaschenetikett und sieht mich lange und durchdringend an. Und ich komme nicht umhin, mich nach wie vor zu fragen, ob ich ihn dabei ertappt habe, wie er diese wunderbare Geschichte rund um seinen Vater und einen Kongolesen aus purer Effekthascherei heraus einfach erfunden hat. Oder ob er doch beginnt zu begreifen, dass der Tod seines Vaters keinerlei Aussagekraft hat. Egal, ob so ein Tod langsam und sanft daherkommt oder aber spontan, brutal und blutrünstig, es spielt keine Rolle. Es spielt nicht einmal eine Rolle, ob der Tod aus freien Stücken herbeigeführt wird, so wie Moritz ihn herbeigeführt hat, oder ob er einen einfach so ereilt, so wie er Lohwalds Sohn einfach so ereilt hat. Wichtig ist nur, dass der Tod als solcher regelmäßig bei uns vorbeischaut. Solange das geschieht, ist alles gut. Verdammt sind nur diejenigen, denen der Tod sich entzieht. Und glücklich die, die sich von einer Todestrauer in die nächste hangeln. Die einzige Wahrheit, die wir haben und auf die wir uns wirklich verlassen können, ist unser Tod. Unausweichlich ist dieser Tod – und genau deswegen auch die einzige Gewissheit unseres Lebens.

Moritz und ich, wir haben jeden verstanden, der sich selbst umgebracht hat. Und ich verstehe bis zum heutigen Tag nur wenige Dinge so gut, wie Moritz' Entschluss, sich selbst umzubringen. Ob mir nun ein Kongolese den Kopf vom Hals ballert oder ich mir selbst einen Strick knüpfe und über ein Rohr an der Zimmerdecke lege, nein, das spielt nun wirklich keine Rolle. Denn der Tod ist niemals tragisch, er ist niemals unfair. Er kommt und er geht wie der Wind, unbestimmbar aber zuverlässig. Vom ersten Moment unseres Lebens an ist klar, dass wir sterben werden, wir alle wissen es, es ist die einzige Gewissheit, die wir haben und somit steckt auch niemals etwas Hinterhältiges im Tod.

Lohwald sagt gar nichts mehr, also sage ich ihm ins Gesicht: „Lohwald, einen Todesfall als tragisch zu bezeichnen ist arrogant. Was am Tod deines Vaters ist denn tragisch? Dass es ein Kongolese gewesen ist, der ihm das Hirn aus der Schale geschossen hat? Nein, ich habe mich informiert, Lohwald, Kongolesen machen das recht häufig. Was also dann? Dass er bei der Ausübung seines Berufes gestorben ist? Hm, Lohwald, auch das passiert so oft, dass es nicht tragisch, sondern eher üblich zu nennen ist. Oder ist es tragisch, dass er überhaupt gestorben ist? Auch diese Ansicht ist arrogant, Lohwald, denn wer kann schon entscheiden, ob ein solcher Tod zu früh oder zu spät über einen Menschen hereingebrochen ist? Wann ist er denn überhaupt, dieser angeblich richtige Zeitpunkt zum Sterben? Wann? Sagen wir nicht immer, man solle gehen, wenn es am schönsten ist?

Dann aber wieder bezeichnen wir es als tragisch, jammern was vom wunderbaren Menschen, der doch gerade erst mitten im Leben stand. Also sollten wir doch besser abtreten, wenn es uns am schlechtesten geht, ja? Aber dann heißt es, wir wären feige oder hätten noch so viel zu erledigen gehabt auf dieser Welt. Nein, Lohwald, Tode sind niemals tragisch. Sie sind, so lustig das auch klingt, überlebensnotwendig. Und immer vollkommen berechtigt und überfällig. Auch bei deinem Vater. Und deinem Sohn."

Lohwald entschließt sich, seinen starrenden Blick einzustellen und sich wieder seiner Bierflasche zuzuwenden. Er nimmt zwei Schluck, diesmal kleine, kaum als solche zu erkennen, streicht sich über seine schwitzende Glatze – und nickt.

Und dann überrascht er mich, indem er sagt: „Du hast vollkommen Recht." Mit dem Handrücken wischt er sich den Mund ab und fügt dann noch hinzu: „Wir kommen und wir gehen – und dazwischen hätten wir es gerne ein wenig schön." Dann lacht er. Und lacht dabei genauso wie auch Moritz immer lachte, wenn er diesen Satz gesagt hatte.

Lohwald gibt mir zwar Recht, denke ich. Dennoch kann er sich nicht mehr daran erinnern, wie der Kongolese geheißen hat. Hat seinen Vater in den Schwitzkasten genommen, ihm den Schädel weggepustet, ganz bestimmt wochenlang die Schlagzeilen in den Zeitungen bevölkert und eine Gerichtsverhandlung nach der anderen absolviert – und hat dem Lohwald dennoch nichts anderes hinterlassen als die schwammige Bezeichnung Kongolese. So wie ich mich nur noch mit Mühe an den Namen Camilla erinnere und sie mir längst nur noch als Chemielaborantin im Hirn haften geblieben ist, so ist auch der Lohwald unfähig Beziehungen zu Menschen aufzubauen. Nannte den Tod seines Vaters tragisch, hat wahrscheinlich jahrzehntelang versucht, diesen Vorfall – so er nicht frei erfunden ist – zu verarbeiten. Und hat sich dennoch geweigert dem angeblichen Grauen einen Namen und eine Persönlichkeit zu geben.

Ich sage: „Lohwald, dass dein Vater eines Tages sterben würde, das war weder tragisch noch überraschend. Die einzige Sache, der hier also wirklich nachzuspüren ist, ist jener Kongolese. Denn stelle dir einmal vor, du hättest die Chance gehabt, diesem Mann ein Gesicht zu geben. Und in dieses Gesicht einmal richtig hineinzusehen. In Augen zu blicken, die deinen Vater haben sterben sehen. Augen, die deinen Vater getötet haben. Das hätte dir geholfen und dich weit tragen können. So aber, Lohwald, hast du nur diese verrenkte Gestalt werden können, die du heute bist."

Sekunden verstreichen.

Etwas theatralisch lege ich mir die Finger auf die Lippen. Und dann flüstere ich: „Psssst! Kannst du das hören, Lohwald? Die Zeit, sie steht wieder einmal still."

Lohwald lacht. „Das kommt dir vielleicht so vor. In Wahrheit aber rast die Zeit, da können wir rennen wie wir wollen, die Zeit ist schneller. Du magst richtig liegen bei dem, was du da über den Tod gesagt hast. Dennoch solltest du nicht versuchen, deinen Schwarzen Peter in mein Blatt zu schmuggeln. Denn von der Zeit verstehst du nichts. Du magst sie ganz gut theoretisiert haben, wirklich hindurchgelaufen aber bist du nicht, mein Junge. Ich hingegen schon. Die Zeit ist so schnell, dass wir uns kaum umschauen können, ohne dass nicht schon wieder einer weg ist. Alle, die uns lieb und teuer gewesen sind, sie verschwinden schneller als wir denken können und ohne uns eine Nachricht zu hinterlassen. Sie sind einfach weg, vom einen auf den anderen Moment."

Er inspiziert mich. Ich sehe es genau, er hat noch ein Ass im Ärmel, eine Pointe, die erst noch kommt. Oder aber er versteckt einen Degen unter seinem verschwitzen Hemd. Mit dem er gleich zustechen wird.

Und tatsächlich, er spricht weiter. Er legt nach: „Ist das nicht der wahre Grund, warum du mitten in deinem Vortrag einfach aufgehört hast zu sprechen? Weil du dir deiner Einsamkeit bewusst geworden bist? Weil du plötzlich bemerkt hast, dass du zwar in einem Raum voller Menschen stehst – aber dennoch niemand bei dir ist? Genau deswegen bin ich hergekommen. Die Kollegen machen sich Sorgen, sie können nicht mehr umgehen mit deiner Verwirrtheit. Sie denken, verwirrten Menschen fehlt etwas. Dabei stimmt das nicht. Verwirrten Menschen fehlt nie etwas. Das genaue Gegenteil ist der Fall: Sie haben zu viel. Zu viel gesehen, zu viel erlebt, zu viel nachgedacht. Und zu viele richtige Schlüsse gezogen. Niemand wird grundlos zu einem Verwirrten. Die Überinformation gehört zwingend dazu. Ich wurde gebeten, dir zu helfen. Aber das kann ich nicht. Weil jedes Wort und jede Tat von mir zu weiteren Informationen führt. Ich sehe deine Probleme, mir ein Bier zu bringen. Oder einer simplen Unterhaltung zu folgen. Genau das ist deine Verwirrung, mein Junge. Sie hat dir dein natürliches Verhalten geraubt. Deine Intuition ist komplett zum Teufel. Ja, ich habe meine Zerwürfnisse hinter mir, meine nur unzureichend aufgearbeiteten Tiefschläge und meine viele

Sünden. Aber: Sie liegen hinter mir. Doch du, mein Junge, bist ganz verstopft. Du bist ein verstopfter Mensch."

Ein Vogel fliegt an meinem Wohnzimmerfenster vorbei, ich kann ihn sehen, für einen kurzen Augenblick, direkt über dem Kopf vom Lohwald. Und nun beginnt wieder der Boden unter unseren Füßen zu vibrieren. Erst ein Vogel, dann das Vibrieren. Der Vogel, mittelgroß und schwarz. Und das Vibrieren, leicht und sanft, eher wie eine Fußmassage als wie ein Erdbeben. Erst der Vogel, denke ich, ganz bestimmt ein Vogel. Ich würde keine Wetten darauf abschließen, aber doch zu mir selbst mit einiger Gewissheit sagen: Ein Vogel. Danach dann das Vibrieren und mir gegenüber Lohwald, der Lohwald aus dem Sender, der Lohwald, der 15 000 Euro im Monat bekommt, der Lohwald, der hinterhältig und gemein ist, der Lohwald, der mich nicht ausstehen kann und den ich genauso wenig ertrage wie er mich. Weil ich so bin, wie er einst war und er so ist, wie ich eines Tages sein werde.

Und doch: Alles Spekulationen. Der Vogel, denke ich, längst weg. Nicht mehr überprüfbar. Das Vibrieren? Vorbei. Der Lohwald aber: immer noch hier auf meinem Sofa. Ich schließe die Augen, öffne sie wieder und denke: Da, immer noch, der Lohwald. Ich neige den Kopf leicht zur Seite und verdrehe die Augen und denke: Und auch jetzt, immer noch, der Lohwald. Ich halte mir die Hand vor mein Gesicht, zähle lautlos bis drei und denke: Nun aber ist er weg, der Lohwald. Meine Hand reicht aus und schon ist er fort, der Lohwald. Und es kommt mir vor, als sei er niemals hier gewesen.

Lohwald sieht mich an. Ist das Spott in seinen Augen? Überheblichkeit? Oder das pure Wissen? Natürlich wird er gleich morgen durch den Sender laufen und jedem erzählen ich sei ein Durchgedrehter. Er könnte auch sagen, ich sei ein Verstopfter, wie er es mir gerade gesagt hat. Aber ein solches Wort funktioniert dort nicht, denn beginnt er so zu sprechen, dann werden sie ihn ebenfalls für einen Idioten halten. Ja, Lohwald weiß wie man sich verhält. Ich nicht. „Pssst, Lohwald!", sage ich. „Ich muss etwas überprüfen! Das ist auch wichtig für dich!"

Mit der lässigen Teilnahmslosigkeit des Triumphierenden nimmt er einen letzten Schluck aus der Bierflasche. Mit der Zunge wischt er sich die feuchten Lippen ab. „Ach", fragt er dann. „Was denn?"

„Na, ich muss überprüfen, ob du wirklich hier bist, Lohwald. Das ist wichtig!"

An jenem Tag, an dem ich meinen Vortrag vor all den Volontären und Auszubildenden hielt, da habe ich laut, vernehmlich und strukturiert gesprochen. Habe direkt zu ihnen geredet, in ihre Gesichter und Ohren hinein. Bis die Verwirrung kam, die Verstopfung, wie Lohwald es genannt hat. Unangemeldet und rücksichtslos. Ich versuche mir in Erinnerung zu rufen, was ich in jenen Momenten meines Vortrags dort vorne an der Tafel wirklich gedacht und vielleicht sogar gefühlt habe. Nicht, was ich mir als eine Art eingebildeter Kranker und gewollter Untergeher selbst zu denken befohlen habe, sondern was wahrhaftig in mir...

Das Gefühl, in jener Situation wie die Schauspielerin Elisabeth Vogler gewesen zu sein, ist allgegenwärtig, geradezu übermächtig. Doch auch das ist nur eine mächtige Mauer, ein Selbstschutz. So wie Lohwald sich eingeredet hat, dass die ihn umringenden Tode tragisch sind, so habe ich mir eingeredet, eine Filmszene zu simulieren. Es muss mir irgendwie gelingen, mich an jene Momente des Vortrags zu erinnern und zugleich an Elisabeth Vogler vorbeizuschauen. Ich muss sie aus meiner Erinnerung tilgen, sie als Hirngespinst betrachten, zur Seite schieben und schauen, was dann zum Vorschein kommt. Lohwald ist ein sehr einsamer Mensch. Er hat seinen Vater verloren und viele Jahre später auch seinen Sohn, den einen wie den anderen auf tragische Weise, wie er selbst vielleicht noch immer denken mag. Und so ist die Einsamkeit über ihn gekommen, eine Einsamkeit, die keine Frau der Welt, keine 15 000 Euro monatlich und auch kein Autogrammstapel jemals zu besiegen in der Lage sein werden. Lohwald ist furchtbar allein, durch den Tod seines Vaters und den Tod seines Sohnes ist er wie abgetrennt vom Leben. Wohin er auch läuft, nichts ist mehr vor ihm und nichts ist mehr hinter ihm. Der Lohwald flitzt wie ein Meteorit durch die Galaxie. Und die einzige Hoffnung, die er noch hat, ist unter lautem Getöse und mit gleißenden Blitzen an irgendeinem anderen Gesteinsbrocken zu zerschellen. Lohwald hat schon als kleiner Junge nie verstehen können, warum sein Vater von einem Kongolesen erschossen worden ist und wird sich ganz nach Art kleiner Kinder immer nur selbst die Schuld für dessen Tod gegeben haben. Ein ganzes Kinderleben und ein halbes Erwachsenenleben lang wird er sich gefragt haben, was er falsch gemacht haben könnte, so dass sein Vater ermordet worden ist, so rücksichtslos und so brutal. Und dann zermatscht es seinem Sohn auf einer Autofahrt ebenfalls den Schädel. Nach der Ermordung seines Vaters wird er sich nach Jahren mit der Gewissheit getröstet haben, dass er der nächste sein wird. Ja, dass es ihn jeden Moment erwischen könnte und ein jeder Augenblick der letzte sein könnte. Doch der Tod hat Lohwald immer nur die kalte Schulter gezeigt. Da hat er sich so schlecht, amoralisch und menschenfeindlich anstellen können wie er wollte, dem Tod ist er immer egal gewesen. Im Gegenteil: Verhöhnt und verspottet hat ihn der Tod, indem er ihm den Sohn genommen hat. Die Liste mit den genauen Todesfolgen, die Lohwald schon so lange in seinem Kopf herumträgt, hat der Tod rigoros missachtet, ist von Lohwalds Vater direkt auf Lohwalds Sohn gehopst. Und nun hockt Lohwald hier in meinem Wohnzimmer und auf meiner Couch und ist mit sich allein. Er hat meinen Urin und wohl auch den Fliesenreiniger, den ich ihm ins Bier geschüttet habe, bemerkt und gleichgültig hinuntergestürzt, denn Lohwald wird schon ganz andere Anstrengungen unternommen haben, um endlich vom Tod nicht länger verspottet, sondern für voll genommen zu werden.

Meine Therapeutin hat sehr lange mein verwandtschaftliches Beziehungsgeflecht durchleuchtet und nach Gründen gesucht, warum ich mich offenbar eines Tages entschieden habe, ein gewollter Untergeher zu sein. Gefunden hat sie nichts. Hat immer nur mit ihren übereinander geschlagenen Beinen und dem Notizblock auf ihren Knie dagesessen und unsagbar dämlich aus der Wäsche geschaut. Sie hat meine Mutter analysiert, sie auseinandergenommen und anschließend wieder zusammengesetzt und die wildesten geistigen Verrenkungen unternommen, um meiner Mutter irgendeine abstruse Form von Schuld in die Schuhe schieben zu können. Doch nichts hat sich bei meiner Mutter finden lassen, wie auch mein Vater über jede einzelne ihrer Lehrbuch-Theorien erhaben gewesen ist. Oft, wenn ich in ihrem Therapiezimmer auf dem weichen Ledersessel Platz genommen und ihren zwar spitzen und gut durchdachten, dennoch bei mir vollkommen ins Leere schießenden Fragen gelauscht habe, habe ich an Caspar Freiherr zu Schlietz und Rosalinde Gräfin zu Trauenstein denken müssen, die nur wenige hundert Meter von uns entfernt ihre Leben als Fachanwälte für Strafrecht führten. Und die sich schlichtweg weigerten, ihren klangvollen Namen ein Gesicht zu geben.

Ich hatte mir im Vorfeld fest vorgenommen, mit der Therapeutin ausführlich über mich zu reden, um in sämtliche Tiefen meines Unterbewusstseins vorzudringen. Dann aber habe ich doch nur ein Alibi-Gespräch mit ihr geführt und stattdessen die ganze Zeit immer nur die Gräfin und den Freiherrn im Schädel gehabt, wie sie graumeliert und gesichtslos ihr ehrwürdiges Fachanwalts-Leben lebten. Während die Therapeutin also versuchte, Geheimnisse aus meinem Verhältnis zu meinen Eltern zu quetschen, die es einfach nicht gibt, habe ich meine ganze Fantasie der Erkundung der Leben des Caspar Freiherr zu Schlietz und der Rosalinde Gräfin zu Trauenstein gewidmet. Früh hat die Therapeutin bei mir Anzeichen eines groß angelegten Verdrängens vermutet und hatte mich mit gütigem Therapeutinnenblick dazu aufgefordert, diesen Nebel des Verdrängens zu durchschreiten, mich frei zu machen von allen Ängsten und Beklemmungen und auch die negativen Erlebnisse und Erfahrungen ans Licht zu bringen.

Doch auch die Idee ist vollkommen für die Tonne gewesen. Ich habe bis heute keinen Nebel in meiner Vergangenheit ausmachen können. Meine Kindheit ist eine gute Kindheit gewesen und meine Jugend war eine gute Jugend. Zwar frei von überragenden Momenten, jedoch genauso frei von erschütternden Vorkommnissen. Nie hat mein Vater meine Mutter verprügelt, nie meine Mutter meine große Schwester und nie meine Schwester mich. Nur höchst selten ist in unserer Familie geschrien worden und auch Alkohol hat nur eine sehr untergeordnete Rolle gespielt. Mein Vater ging nie fremd und meine Mutter ging nie fremd und zu viert lebten wir eines dieser nahezu makellosen Vorstadtleben. Meine Schwester hat nie Drogen genommen, sie ist nie vergewaltigt worden und hat auch nie eine Abtreibung vornehmen müssen. In meinem ganzen Leben bin ich von Gleichaltrigen niemals verprügelt oder gemobbt worden, sei es zu Hause, in der Schule, im Sportverein. Nie haben wir finanzielle Probleme gehabt und nie ist der Sommerurlaub in Frankreich oder Italien oder den Niederlanden oder Jugoslawien ausgefallen. Ich habe viel zu viele Stunden damit verbracht, all die Fotos dieser familiären Vergangenheit zu durchwühlen, Fotos, die bis zum heutigen Tag sauber in Alben geklebt in den Regalen meiner Eltern stehen. Jedes einzelne dieser Fotos habe ich wieder und wieder betrachtet, wie ein Ermittler jede noch so beiläufig erscheinende Randnotiz auf diesen Bildern geortet und in Zusammenhänge einzuordnen versucht, dem großen Geheimnis einer Verschwörung, einer Nachricht hinter der Nachricht und einer doppelbödigen Realität auf der Spur. Ein Eisverkäufer am linken Bildrand, eine Burgruine im Hintergrund, eine vom Wind empor gehobene Locke meiner Schwester, alles habe ich zusammenzufügen versucht, zu Indizien für ein Verdrängen. Bis mir klar geworden war, dass es dieses Verdrängen niemals gegeben hat. Ich bin nie misshandelt worden, nie vernachlässigt worden, nie als Nichtsnutz oder Tunichtgut verunglimpft worden. Und doch habe ich im Alter von dreizehn Jahren begonnen, das große Familienbad zu meiden und nur noch das kleine Gäste-WC im Erdgeschoss benutzt. Und ich habe begonnen, meine Eltern nur noch mit ihren Vornamen anzureden, anstatt mit Mama oder Papa. Einfach so ist das passiert, vollkommen grundlos. Die Verstopfung, von der Lohwald spricht, ist dennoch da. Einfach da. Nichts an mir und meinem bisherigen Leben ist tragisch und nichts eignet sich, wie bei seinem Leben zur Verfilmung. Einen wunderbaren Actionstreifen könnte man aus Lohwalds Erfahrungen drehen, vielleicht auch tatsächlich eine klassische griechische Tragödie über Väter und Söhne, über Schuld und Sühne. Mit meinem Leben jedoch haben all diese reißerischen Elemente und Inhalte nichts zu tun. Denn meine Verstopfung kennt keine Situationen, keine Bilder, keine Stationen. Meine Verstopfung ist allgegenwärtig, sie füllt mich aus. Lohwald hat Recht, den Verwirrten fehlt nie etwas, sondern sie haben zu viel. Sie laufen zeitlebens mit einem schrecklich kleinen Kopf herum. Einem Schädel, der nicht konstruiert worden ist für den ganzen Wahn und den ganzen Stuss, der sich in ihm ansammelt. Auch meine Verwirrung macht hier keinen Unterschied, sie hat mich am Tag meiner Geburt in Empfang genommen und wird mich bis zu meinem Tod begleiten.

„Aber wie kann es angehen, dass nur ich verstopft bin?", frage ich Lohwald. „Warum bin nur ich verwirrt? Niemand hat derartig oft hinter den Vorhang geschaut wie ich, Lohwald. Und niemand tritt dem Tod mit einer derartigen Abgeklärtheit entgegen – und doch bin ich verwirrt! Ich bin nicht arrogant genug zu glauben, dass nur ich den Durchblick habe, Lohwald. Es gibt cleverere Menschen als mich, viele sogar. Jeder Mensch besitzt die Intelligenz ein solcher Verwirrter zu sein! Jeder kann hinter die Vorhänge schauen und das Nichts beglotzen und sich in der Folge dann den Schädel mit allerhand Unsinn überfrachten. Jeder kann das, hörst du, Lohwald? Jeder!"

Seltsamer Weise lacht Lohwald nicht. Es wäre eine gute Gelegenheit, mich zu verspotten, rede ich doch nicht mehr wie ein Mensch, sondern wie eine dem Untergang geweihte Figur aus einem antiken Drama. Ich meine jedes Wort so wie ich es sage, trete Lohwald mit der größtmöglichen Ehrlichkeit entgegen – und stehe doch wieder nur auf meiner Bühne, zelebriere meine Unfähigkeit.

Und Lohwald? Sagt gar nichts mehr. Sitzt nur da mit seiner Glatze und den speckigen Gliedmaßen und schaut mich regungslos an. Sekunden verstreichen, stumm. Ich spüre den Argwohn zwischen uns. Doch der Hass, so stelle ich verwundert fest, ist weg. Ich würde ihm weiterhin über keinen Weg der Welt trauen – aber ich hasse ihn nicht mehr. Vielleicht, so überlege ich, ist genau das eine jener Lektionen, die nur ältere Menschen erteilen können. Er macht sich wieder am Etikett seiner Bierflasche zu schaffen. Ich werde meine ganze Wohnung saugen müssen, sobald Lohwald fort ist. Es wird mich Stunden kosten, all die Krümel, die er von seinen vielen Flaschen gepult hat, von meinem Parkettboden zu entfernen.

„Fühlst du dich verwirrt?", fragt Lohwald dann, mitten in sein Geknibbel hinein. „Spürst du den Idioten in dir, von dem du dir sicher bist, dass alle anderen ihn in dir erspüren können?"

„Um den Idioten in sich zu bemerken", versuche ich mich an einer endlich einmal intuitiven Antwort, „muss man erst wissen, wie es ist, kein Idiot zu sein. So wie es die Kenntnis der Wärme braucht, um Kälte spüren zu können. Schwachsinn ist keine Entwicklung und auch kein spezielles Werden eines bestimmten Menschen, Lohwald. Nein, der Schwachsinn ist als eine unumstößliche Tatsache schon mit den ersten Sekunden unseres Lebens da. Und er wird uns auch niemals verlassen, bis er doch noch von der zweiten unumstößlichen Tatsache, dem Tod, abgelöst wird. Du redest davon, wie man sich umschaut und plötzlich feststellt, dass niemand mehr da ist. Und wie man plötzlich ganz allein in einem Raum steht. Ich aber spreche davon, wie man schon beim Eintreten feststellt, dass im Grunde niemand da ist. Man tritt in dem Raum ein, sieht die Gesichter und unterhalb dieser Gesichter die Körper und weiß sofort, dass im Grunde niemand da ist. Man beginnt mit seinem Vortrag, redet und erklärt und denkt sich zugleich, dass jedes einzelne dieser Gesichter und jeder einzelne dieser Körper eine einzige Einbildung ist. Und dann verliert man seine Selbstverständlichkeit, Lohwald. Man lauscht hinein in die Stille des Raumes, späht ganz genau von einem Gesicht zum nächsten, sucht nach einer Gewissheit, irgendeiner verdammten Gewissheit, dass es eben keine Einbildung ist, dass da wirklich Leute sitzen. Doch man findet einfach keine. Unsere fünf Sinne sind schwach, unser Geist täuscht uns bekanntlich, wo er nur kann. Und so bleibt alles Idee. Und ist die Selbstverständlichkeit erst einmal futsch, Lohwald, dann spürt man sich selbst nicht mehr. Und in dem Maße, wie man sich selbst nicht mehr spürt, beginnt auch die

Relation zu allem anderen zu schwinden. Zum Tisch, zur Tafel, zum Gesicht. Wenn sich ein Mensch selbst nicht mehr spürt, Lohwald, dann weiß er auch nicht, wie weit er von den anderen entfernt ist. Oder ob da überhaupt jemand ist."

Wie er jetzt schaut! Er glotzt geradezu. Ich muss an Marie denken, wie sie immer nur diesen Blick aufgesetzt hat, der so viel bedeutete wie: Ich verstehe dich nicht. Und wie sie dann nach und nach die Geduld mit mir verloren hat und mit der Geduld auch die Hoffnung. Moritz hingegen hat mich immer verstanden. Ein paar wenige Satzbrocken haben ausgereicht und schon hat Moritz verstanden, was ich habe sagen wollen. Und nicht nur das, meine eigenen Gedanken mit seinen eigenen Gedanken hat er sogleich mischen können und mir auf diese Weise immer wieder neue Erkenntnisse ermöglicht, andere Perspektiven, Denkalternativen. Doch der Moritz lebt nicht mehr. Er hat sich, wie es vorauszusehen war, selbst umgebracht, mitten in China. Und mich hat er zurückgelassen mit seinen Theorien und meinem Schwarzen Frost, der mich noch viele Jahre in dieser stumpfen Sinnlosigkeit vor mich hin leben lassen wird.

Mitten in meine Gedanken hinein prescht Lohwald plötzlich mit einer Frage: „Du weißt, dass die Frauen in unserem Sender Angst vor dir haben, oder? Du belästigst sie, sogar eine Abmahnung hast du schon wegen fortgesetzter Belästigung bekommen. Schau mich nicht so an, das ist ein offenes Geheimnis, dass du die Frauen belästigst."

Ich betrachtete Lohwald, betrachte das Flaschenetikett, das sich in seiner Hand zunehmend pulverisiert und frage mich, ob er die Stirn haben wird, tatsächlich noch ein weiteres Bier von mir zu fordern. Und mir fällt eine Begebenheit meiner Jugend ein, wie ich mit einem Freund in Abwesenheit seiner Eltern deren Mini-Bar ausgeräumt habe. Der Freund war schon nach zwei Stunden des Trinkens müde geworden und eingeschlafen. Ich aber hatte einfach weiter gebechert. Als wir dann aber am nächsten Vormittag müde und verkatert erwachten, hatte sich uns ein Bild des Schreckens geboten. Bis hoch ins Schlafzimmer seiner Eltern waren alle Zimmer verwüstet worden, Bücher aus den Regalen gezogen, Klamotten quer über die Treppen gelegt, Tische und Stühle umgeschmissen, CDs aus ihren Hüllen gezogen und wild durch die Wohnung geworfen worden. Die Zimmerwände waren mit Butter, Nutella und Honig beschmiert. Der Freund hatte sich das Chaos angesehen und geschworen, dass es, als er eingeschlafen war, noch nicht so ausgesehen hatte. Und dann war ihm noch eingefallen, dass er mich auf seinem frühmorgendlichen

Gang zur Toilette verwirrt auf der Treppe sitzend angetroffen hatte, ohne sich jedoch weiter was dabei zu denken.

Ich habe ihm damals gesagt, dass ich das nicht gewesen bin, dass ich für dieses Chaos nicht die Verantwortung trage. Denn ich habe mich an nichts erinnern können, an gar nichts. Und doch habe ich das Haus verwüstet damals, natürlich. Kein Fremder ist es gewesen, kein Eindringling, kein Dieb. Sondern ich, nur ich. Nicht eine einzige Erinnerung habe ich daran. Der Freund sagte zu mir, dass logisch betrachtet nur ich das alles habe machen können. Und auch wenn er es danach nie wieder gesagt hat und es uns gelang, sein Elternhaus mit viel Mühe wieder in den Normalzustand zu versetzen, so höre ich ihn bis heute manchmal zu mir sprechen: „Auf der Treppe hast du morgens gesessen und ganz verwirrt bist du gewesen! Wie ein Werwolf hast du da gesessen, die Finger noch beschmiert, das Shirt verschwitzt, sogar mit blutigen Striemen auf den Armen. Und du willst dich an nichts erinnern? Werwolf!"

Dieses Ereignis hat meine ganze Freundschaft zu ihm belastet und von den Eltern habe ich sogar Hausverbot erhalten. Sie könnten, sagten sie, dankend darauf verzichten, noch einmal mit mir zu tun zu haben. Der Freund selber hatte mir mitgeteilt, dass er für sehr viele Sachen, die im Alkoholrausch begangen werden, Verständnis habe, dass die Vorgänge jener Nacht ihm jedoch irgendwie Angst machten. Und ich, so denke ich jetzt, ich habe weitergelebt, ohne Erinnerungen an diese Nacht, ohne ein Zugeständnis an mich selbst, ohne auch nur den Ansatz eines Wissens darum, ob ich tatsächlich über jegliche Stränge unserer Zivilisation geschlagen bin. Ich habe mich über alles genauso gewundert wie der Freund. Und es wohl mit einer noch viel größeren Angst zu tun bekommen. Einer Angst vor mir selbst, die ich bis heute nicht losgeworden bin.

Und Lohwald, ein „Mann im dritten Frühling" wie er ekliger kaum entworfen werden könnte, macht sich darüber lustig, dass ich eine Abmahnung erhalten habe und dass die Frauen im Sender Angst vor mir haben. Er selbst nutzt seine Stellung ohne Rücksicht aus, macht sich eine junge Kollegin oder Praktikantin nach der anderen gefällig. Fasst direkt und gewollt und ungefragt an Brüste und Hintern – und amüsiert sich darüber, dass ausgerechnet ich eine Abmahnung erhalten habe, weil ich fortwährend Frauen belästigen würde mit meinem Geschwätz über das Nichts und die Ahnung. Der Lohwald hat jedes Wochenende eine andere Kollegin aus der Medienbranche im Bett und die Frauen, die sich ihm widersetzen, haben ernsthafte Konsequenzen für ihre Karriere zu befürchten. Aber ich, ausgerechnet ich, der vermutlich mit keiner einzigen Frau in seinem Leben mehr schlafen wird, der von Angst zerquält und zerklüftet von Tag zu Tag und von Nacht zu Nacht hetzt, ausgerechnet ich habe eine Abmahnung wegen Belästigung bekommen. Klar, dass ihm dieser Gedanke Spaß macht: Er, der Triebtäter, das wahre männliche Schwein, kommt mit allem durch, kann sich alles erlauben und ich, der Entmenschlichte, Erkaltete und fast schon Unsichtbare, ich werde abgestraft und bin kurz davor zum Aussätzigen erklärt zu werden. Oh ja, das ist wirklich lustig. Weil es bedeutet, dass sogar Triebtäterei, wie sie Lohwald zu eigen ist, von den Mitmenschen höher geachtet wird als dieser Schwarze Frost. Meine fortwährenden Versuche doch noch an etwas Wärme zu gelangen, doch noch etwas von dem, was man Leben nennt zu bekommen, es macht den Menschen Angst. Ich überreize alles, ich überziehe und überzeichne jede Situation, in der blinden Hoffnung ein Lebenszeichen von mir selbst zu erhalten, auf etwas anderes zu stoßen als immer nur diese dumpfe Kälte. Und erschrecke damit alle und jeden. Wenn es so etwas wie einen Todeskampf gibt, denke ich, dann befinde ich mich im Lebenskampf. Doch je heftiger ich kämpfe, umso mehr verschrecke ich meine Umwelt. Ich kämpfe und kämpfe, schreie und zetere, poltere mit den Fäusten gegen alle Wände und möchte allen Menschen zurufen, dass ich noch lebe, noch nicht aufgegeben habe, dass ich gar kein gewollter Untergeher bin, wie Marie es immer gemutmaßt hat, sondern dass ich leben will, leben will, leben will!

Und was passiert? Ich werde abgemahnt. Der Hauptdisponentin die Arglosigkeit von ihrem schönen Gesicht ziehen, das hatte ich gewollt. Ich wollte ihr etwas Gutes tun, in dem ich ihre Schönheit mit dem Wissen bereichern wollte, das mir Moritz hinterlassen hat. Unzählige Nachrichten habe ich ihr wohl geschickt, wie ich später in meiner schriftlichen Abmahnung nachlesen konnte. Und an nicht eine einzige dieser Nachrichten habe ich mich erinnern können. Sogar der genaue Wortlaut einiger meiner Nachrichten ist dort wie zum Hohn wiedergegeben worden und so oft ich meine angeblichen Nachrichten mittels meiner Abmahnung auch nachlese, nicht ein Funke an Erinnerung dringt vor zu mir. Und so lese ich in meiner Abmahnung wie in einem „Eltern haften für ihre Kinder"-Pamphlet, als ginge es darin gar nicht um mich, sondern jemand anderen, dessen mieses Betragen ich allerdings zu verantworten habe. Doch ich muss gestehen: Selten habe ich etwas mit so viel Genuss lesen können wie meine eigene Abmahnung. Denn meine Abmahnung liest sich wie ein Roman von Thomas Bernhard. Sie ist ein beeindruckendes Zeugnis der Wirrnis, der Einsamkeit und der Angst geworden. Ein Dokument des Verfalls und der Selbstzerstörung. Liest man meine Abmahnung, die mir mein Programmchef mit gespieltem oder auch tatsächlichem Bedauern persönlich überreicht hatte, so liest man die exemplarische Beschreibung eines Hauptcharakters von Thomas Bernhard.

Dass die Frauen im Sender Angst vor mir haben, hat Lohwald soeben gesagt. Und ich, ich werte genau das als eine korrekte Einschätzung. Ich bin der letzte, vor dem irgendjemand Angst haben müsste, richten sich meine Aggressionen doch immer nur gegen mich selbst, trachten sie doch immer nur danach, nur mich zu zerstören, mich selbst über die Wärme zum Untergang zu bewegen. Doch meine Worte, sie zeigen den Menschen eine Welt, die sie nicht sehen und erst recht nicht verstehen wollen. Sie wollen sich lieber einigeln in ihre grotesken Illusionen von Wahrheit und Fortbestand und Beziehung und erachten das, was ich ihnen zu sagen habe als Wirrnis. Und deshalb fürchten sich mich und meine martialische Clownerie.

„Mal ehrlich", fragt Lohwald. „Wie vielen Frauen hast du schon gesagt, dass du sie töten willst?"

Hinter ihm, direkt an meinem Wohnzimmerfenster, fliegt wieder ein Vogel entlang und ich frage mich, ob es sich dabei vielleicht um den gleichen Vogel handeln könnte, der vorhin erst an diesem Fenster vorbei geflogen ist. Wie groß, so überlege ich, mag die Chance sein, dass ein und derselbe Vogel innerhalb einer kurzen Zeitspanne zweimal am gleichen Fenster vorbeifliegt? Dem Vogel, der dort draußen vorbeigeflogen ist, gestehe ich ohne weiteres zu, dass es vielleicht gar nicht der gleiche Vogel ist wie vorhin. Ich erachte es ohne größere Schwierigkeiten als sehr plausibel, dass der zweite Vogel ein ganz anderer Vogel gewesen sein könnte. Doch Lohwald, so wie er hier sitzt, soll ich als den einen und einzigen Lohwald wahrnehmen. Wie viele Lohwalds mag ein Tag haben, frage ich mich. Ist der Lohwald, wie er jetzt vor mir sitzt und mich mit seinem widerlich-schiefen Lächeln anglotzt, der gleiche Lohwald wie der, der vor viel zu langer Zeit die Treppenstufen bis hier hinauf in den sechsten Stock gekeucht kam? Ich könnte ihn unter dem Mikroskop zerlegen, diesen Lohwald, ihn ganz genau analysieren – und würde wohl doch keine Antwort auf die Frage finden, wie viele Lohwalds ein einzelner

Tag kennt. Und genauso wie die Lohwalds ungezählt und kaum zu unterscheiden sind, habe ich auch der schönen Hauptdisponentin gestanden, dass das Ich, dass ihr gerade schreibt, schon im nächsten Moment verschwunden sein wird. Und ich ihr somit immer nur als Fremder werde begegnen können. „Ich bin ein Voyeur", hatte ich ihr geschrieben. „Ich beobachte dein schönes Gesicht so oft ich nur kann, versuche eine Wahrheit darin zu lesen, eine Wahrheit, die ich nicht kenne, die du vielleicht nicht einmal selbst kennst. Und bin doch verloren in dem Wissen darum, dass wir uns niemals anders werden begegnen können wie als Fremde. Du wirst mich sehen und ich werde nichts mehr mit dem Mann gemein haben, der dir diese Zeilen hier schrieb. Nur meine Beobachtung, mein Voyeurismus, der wird überleben."

Genau das habe ich der Hauptdisponentin geschrieben und war von ihr sofort als wirrer Belästiger empfunden worden, als Mensch, den es zu meiden gilt, als Grund, die Straßenseite zu wechseln.

Ob mein tägliches Leben im Radiosender einem Spießrutenlauf gleicht, hat die Therapeutin mich manchmal gefragt. Ob ich den stummen Vorwürfen und verängstigten Blicken der von mir entnervten Frauen überhaupt noch Stand halten könne, auch das hat sie wissen wollen. Ich laufe von der Musikredaktion in die Produktion und von der Produktion den langen Gang hinunter bis in die Redaktion, laufe also von A nach B und von B nach C. Und auf meinen Wegen begegne ich nur weiblichen Schatten, die seit meiner Abmahnung jegliche Kontur verloren haben. Vor langer Zeit als hoffnungsvolle Schatten gestartet, sind es nunmehr nur noch blasse, sehr abstrakte Schatten, die sich asexuell und nichtssagend an mir vorbeidrücken, und alles dafür tun, um nur nicht von mir angesprochen und belästigt zu werden. Angst hat man vor mir inzwischen im Sender, so heißt es. Die Hauptdisponentin hat sogar eine große Angst vor mir.

Mein ganzes Leben lang habe ich nichts so sehr gefürchtet wie das Unverständnis der Frauen, ihr Unvermögen meinen Schwarzen Frost zu begreifen und ihre noch viel größere Unfähigkeit mir ihre Sexualität als Wärme zu verkaufen. Und genau das ist eingetreten, ich habe mich ihnen nie begreiflich machen können.

Und auch den Spott habe ich gefürchtet, diesen gleißenden Spott derjenigen, die denken, alles zu verstehen, die aber dann doch nichts begreifen.

Geendet bin ich dadurch als einer, vor dem Frauen nun Angst haben. Als einer, der eine Abmahnung wegen Belästigung erhalten hat, weil er sich wieder und wieder aufrafft und gegen seinen Schwarzen Frost ankämpft, anstatt einfach liegen zu bleiben und ganz elendig zu verrecken.

Die Marie habe ich geschlagen. Ich habe sie geschlagen, nachdem sie mir meine Bücher genommen hatte, um mich zu retten. Ein kleiner, verkümmerter Schalter in meinem Kopf hatte sich plötzlich umgelegt und schon habe ich an jenem Tag begonnen, wie wahnsinnig auf sie einzuschlagen und meine Fäuste mit einer nie für möglich erachteten Verzweiflung auf ihren sanft gekrümmten Rücken zu dreschen. Und obwohl Marie später zugegeben hat, dass es allein ihre Schuld gewesen sei, dass ich dermaßen ausgerastet bin, hat mich jeder der Schläge, die ich ihr verpasst habe, selbst zehnmal so stark geschmerzt wie sie. Mein ganzes erkaltetes Leben habe ich in jenem Moment aus mir herausboxen wollen, wie meine Therapeutin mir später einleuchtend zu erklären versucht hat. Ich habe den Thomas Bernhard, den Arthur Schopenhauer und meine Paroxetin-Sucht durch Faustschläge aus meinem Kopf verdrängen wollen. Doch das ist mir nicht gelungen, natürlich nicht. Es ist das erste und einzige Mal gewesen, dass ich Gewalt gegen einen anderen Menschen angewendet habe. Denn alles was dieser beschämenden Aktion folgte, ist purer Selbsthass gewesen, Autoaggression in höchster Verantwortungslosigkeit. Marie habe ich gedemütigt, immer weiter gedemütigt, aufgehört mit ihr zu kommunizieren, aufgehört sie in den Arm zu nehmen, aufgehört mit ihr zu schlafen.

Und Moritz habe ich seinen Freitod nie ausgeredet, ihn stattdessen immer wieder getrieben, es doch endlich zu tun, sich doch endlich selbst zu töten. Gebraucht habe ich Marie und gebraucht habe ich Moritz.

Ich habe nur nichts mit ihnen anfangen können, gar nichts. Außer sie beide zu schänden, ist mir nichts eingefallen, denn ich habe keinen blassen Schimmer, was Menschen miteinander anfangen könnten. Und die Hauptdisponentin habe ich so sehr entnervt, dass sie sich nicht mehr anders zu helfen gewusst hat, als eine Abmahnung gegen mich zu initiieren.

Und zu guter Letzt, als Hohn und als eine Art ultimativer Selbstzufügung von Schmerz, habe ich sogar Lohwald zu mir eingeladen. Ausgerechnet ich. Ausgerechnet Lohwald. Darauf bauend, dass er nur danach trachtet, mich zu vernichten, mich auszulöschen.

Nichts habe ich bisher ausgelassen, um mich selbst zu schädigen. Und das alles, um doch noch ein Gespür für meine Existenz zu bekommen, ein Gefühl für Leben, ein Gefühl für Wärme. Einer Klinge gleich ritze ich Worte in mein Leben und tief hinein in die Menschen, die mich umgeben. Und ergötze mich dann an dem warmen Blut, das mir sogleich entgegenschießt.

Ich rede und schreibe, werfe mit wirren Worten um mich, die doch nur die blindwütige Effekthascherei eines Dahinscheidenden offenbaren.

Ich rede und schreibe und während ich rede und schreibe, schneide ich. Ich schneide und schneide, bis aufs Blut, durch Sehnen und durch Fleisch hindurch. Bis hinunter auf den nackten Knochen.

DRITTER TEIL
NACH LOHWALD

Lohwald ist fort, denke ich, in meinem Bett liegend.
Seit Stunden ist Lohwald nun bereits fort, ist nicht mehr als ein Schatten, eine Erinnerung. Und ich, ich liege hier, nackt und starr unter einer viel zu dünnen Bettdecke, die ich mir bis unter mein Kinn gezogen habe. Und kann ihm noch immer nicht entkommen, dem Lohwald. Wie lange mag er nun schon weg sein, überlege ich. Und ich horche vergeblich in die Stille und in die Dunkelheit meines Zimmers hinein. Wie in eine Uhr, die längst ihren Geist aufgegeben hat. Ist er bereits vor vier Stunden aufgebrochen? Oder doch erst vor zwei? Und was, wenn er erst gerade eben gegangen ist, ich erst vor wenigen Minuten die Türe hinter ihm geschlossen habe und sogleich, von einer inneren Panik getrieben, in diese Dunkelheit hier geflohen bin, nackt und verwirrt?

Berlin, denke ich, es kann nur Berlin sein. Diese Stadt, die sich zunächst an Moritz geheftet hat, so klebrig und aufdringlich bis er keine andere Wahl mehr gehabt hat, als nach China und somit in den sicheren Tod zu fliehen. Und nun bin ich drauf und dran, das nächste Opfer dieser gefräßigen Stadt zu werden, dieser Stadt, die bis zum Bersten gefüllt ist mit Lohwalds. Lohwalds, wohin man auch schaut, auf dem Ku'damm, in Kreuzberg, oben in Oranienburg und unten am Griebnitzsee. Im Reichstag, im Roten Rathaus, in den Sportstadien und auch an den Lenkrädern der gelben Doppeldeckerbusse – überall sitzen, stehen und laufen Lohwalds, immer nur darauf bedacht, ihren Nächsten zu zermürben, ihn mit ihrer aufgeplusterten Großartigkeit zu belästigen und sich selbst mit dem Lebenssaft argloser Opfer aufzuwerten. Eine Stadt voll von selbsternannten Königen und Königinnen. So verdammt vielen, dass es schon gar nicht mehr genug einfaches Volk gibt, um daraus noch einen vernünftigen Hofstaat bilden zu können. Ja, es ist Berlin. Berlin hat mich zu dem werden lassen, der ich jetzt bin, verwirrt, ratlos, mit einer Abmahnung wegen Belästigung ausgestattet.

Und mir selbst misstrauend.

Lohwald war hier, denke ich, die Decke unter mein Kinn gezogen.

Lohwald war hier, ich könnte es fast schwören, dass er hier gewesen ist. Den halben Tag hat er mit mir in meinem Wohnzimmer zusammengesessen. Keine 10 Meter von hier, wo ich gerade liege, hat er gesessen, mitten auf meiner Couch und ich, ich habe ihn gesehen und gerochen und sogar mit ihm geredet. Ich habe ihn so sehr gesehen, ihn so sehr gerochen und so sehr mit ihm geredet, dass ich nun fast mit Sicherheit bereit bin zu sagen: Er war hier. Lohwald war tatsächlich hier. Direkt in meine Wohnung ist er gekommen, die ganzen sechs Stockwerke bis hier oben ist er gelaufen, nur um zu mir zu kommen. Er hat es geschafft, denke ich, meine bis unter mein Kinn hochgezogene Decke mit meinen Fingern fester umschließend. Er hat es geschafft. Dass er mich verfolgt, habe ich schon lange gewusst, es eine gefühlte Ewigkeit lang gespürt. Doch heute hat er es geschafft, er ist direkt in meine Wohnung gekommen, soweit und so nah zu mir vorgedrungen, wie es noch nie zuvor einem Lohwald gelungen ist. Er hat meine Höhle und meinen Schutzraum entweiht, ist mit seiner speckigen Glatze hier hereinspaziert und herumgelaufen, als wäre es das natürlichste auf der Welt, dass er über kurz oder lang in meiner Wohnung stattfinden wird.

Lohwald hat mich nicht einfach besucht – er hat stattgefunden. Seinen Aufmarsch in meiner eigenen Wohnung als Besuch zu verniedlichen, wäre grotesk und wahnsinnig. Wenn Lohwald nur ein Besucher wäre, dann wären auch Hitler oder Dschingis Khan nur Besucher. Lohwald hat mich nicht besucht, er ist hier einmarschiert wie einst Hitler in Polen, hat zwar behauptet, dass er sehr überrascht über meine Einladung gewesen sei, hat de facto aber ganz genau gewusst, dass sein Einmarsch in meine Wohnung taktisch und strategisch von langer Hand geplant gewesen ist. So wenig überraschend wie Hitler in Polen einmarschiert ist, hat sich Moritz in China selbst das Leben genommen. Und so wenig überraschend wie Moritz sich in China das Leben genommen hat, ist Lohwald heute in meine Wohnung marschiert, ganz so, als wäre es Polen und er, der kleine groteske Lohwald, Hitler.

Kreise sind dazu da, sich zu schließen und hier, mitten in meiner Wohnung, hat sich heute ein Kreis geschlossen. Denn Lohwald ist heute über mich gekommen und ich habe die Wahl: Entweder gehe ich meinen vorbestimmten Weg, werde also zu einem Teil seines Regimes, werde ein Lohwald – oder aber ich fliehe. Raffe noch in dieser Nacht ein paar Habseligkeiten zusammen und verschwinde in die Dunkelheit. An einen Ort und in eine Gegend, die sicherer ist als meine Wohnung hier oben im sechsten Stock.

Ja, ein Kreis schließt sich, denn so sehr ich Moritz immer in allen möglichen Dingen verstanden habe, vor allem in den wahnwitzigen Dingen immer ganz genau gewusst habe, was er meint, was er sucht und was ihn schier verrückt werden ließ, so wenig habe ich seine Flucht nach China begreifen können. Wie sinnvoll es ist, Berlin zu verlassen, sich der Mitwirkung an dieser allgegenwärtigen Individualisierung und Arroganz zu verweigern, das habe ich schon vor langer Zeit gespürt. Doch nach China zu gehen, ausgerechnet nach China, das ist mir selbst jetzt, in diesem Moment, nackt unter meiner Decke liegend, nahezu unerklärlich. Und dennoch schließt sich ein Kreis, denke ich, denn so wie ich hier nun liege und in die Dunkelheit starre, so wird auch Moritz eines Nachts in seinem Bett gelegen und in die Dunkelheit gestarrt haben. Und er wird gewusst haben, dass es Zeit ist zu gehen, gespürt haben, dass seine Deckung aufgeflogen ist und es keine Rettung mehr für ihn geben wird an diesem Orte. Und das „weg" eben manchmal doch eine Richtung ist.

Nie hat Moritz mir von so etwas wie einem Lohwald erzählt, doch bei aller Offenheit, die mein Verhältnis zu ihm prägt: Auch ich habe ihm niemals von meinem Lohwald erzählen können, niemals darüber reden wollen. Ich erinnere mich genau, dass Moritz seinen Entschluss, nach China zu gehen, mir gegenüber nie artikuliert hat, im Gegenteil, vom einen auf den anderen Tag ist er einfach fort gewesen. Nachdem ich aus unserer Wohngemeinschaft in Potsdam in diesen sechsten Stock nach Berlin gezogen bin, haben wir, Moritz und ich, uns naturgemäß nicht mehr ganz so oft gesehen, nicht mehr ganz so oft geredet. Und so hat es tatsächlich eine ganze Zeit gebraucht, bis mir aufgefallen ist, dass er ganz offensichtlich einfach weg war. Marie, gefangen in ihrem aus Komplexen und Ängsten bestehenden Weltbild, hatte damals sofort begonnen sich die größten Sorgen um Moritz zu machen, was ich damals als lustig und unverschämt zugleich von ihr empfunden habe, hatte doch gerade sie nie besonders viel von Moritz gehalten, ja hat ihn und seine angstlose Art zu leben sogar als einen frontalen Angriff auf sich und auch auf mich verstanden, hat Moritz doch beständig ihre verzweifelte Suche nach Werten lächerlich gemacht. Dabei haben Marie und Moritz immer nur unter den gleichen Schmerzen gelitten. Wurzellosigkeitsschmerzen. Und auch wenn Marie im Gegensatz zu Moritz noch immer lebt, so lässt sich doch sagen, dass beide an genau diesen Wurzelosigkeitsschmerzen zu Grunde gegangen sind. Und dennoch, obwohl sie doch an der gleichen Krankheit litten, an dem gleichen Makel, der ihnen das Leben beständig zur Hölle hat werden lassen, haben sie nicht miteinander reden können. Hätte Moritz dazu die Möglichkeit gehabt, er hätte Marie auch eine Abmahnung wegen fortwährender Belästigung in die Hand gedrückt. Ja, er hätte sie wohl liebend gerne abgemahnt, wie auch Marie ihrerseits Moritz liebend gerne abgemahnt hätte. Schließlich würde Marie alle Männer, die ihr bis heute unter die Augen getreten sind, am liebsten abmahnen.

Der einzige Mensch, den Marie niemals abmahnen würde, so denke ich, meine Bettdecke mit kalten Fingern festhaltend, ist ausgerechnet ihre Mutter. Dabei ist Maries Mutter genauso wie Lohwald eine der abmahnungswürdigsten Personen. Doch es geschieht einfach nicht, Menschheitszerstörer werden niemals abgemahnt, sie werden immer nur befördert und unterstützt, ja durch ihre eigenen Opfer sogar immer wieder bestätigt. Was hätten Marie und Moritz sich gut verstehen müssen. Und was hätte Marie dem Moritz und Moritz der Marie weiterhelfen können. Doch anstatt sich miteinander zu unterhalten, haben sich beide immer nur an mich gekrallt, mich als Medium zwischen sich geschoben und mich mit ihren Komplexen und Wahrheiten vollgestopft. Sie haben mich so lange mit ihren Seelenschmerz geflutet, bis auch ich mit hilflosen Ruderbewegungen begonnen habe. Ruderbewegungen, die gerade gut genug gewesen sind, um nicht zu ertrinken. Bis heute.

Denn heute ist Lohwald hier gewesen. Immer habe ich gewusst, dass dieser Moment kommen könnte. Und nun ist er dagewesen, dieser Moment, von dem ich noch immer nicht sagen kann, ob er nun Stunden oder vielleicht doch nur wenige Minuten gedauert hat. Aber er ist dagewesen, meine Höhle ist entweiht, mein Rückzugsraum abgebrannt und ich, ich liege hier nackt im Dunklen, angeschossen und blutend wie ein wildes Tier, das merkt, wie es nun vielleicht doch mit ihm zu Ende geht. Mein ganzes Wissen, dass ich ein elendig langes Leben führen werde, diese ganze Klarheit, dass ich erst im hohen Alter als geradezu unanständig weiser Mann sterben werde, alles das ist weg. Mein langes Leben ist mit dem heutigen Tage einer Dunkelheit gewichen, die so schwarz ist, dass sie sogar mir, der ich das Schwarzsehen doch bereits seit Jahren gewohnt bin, eine unsagbare Angst einjagt. Nein, ich bin kein Moritz, ich bin kein Angstloser.

Gerade jetzt spüre ich, wie sie in mir hochsteigt, diese Angst. Und wie sie immer stärker wird und sich vermischt mit der Kälte in mir.

Vielleicht hätte ich mich beizeiten einfach richtig verlieben sollen.

Vielleicht hätte ich anstelle dieser Dunkelheit um mich herum und dieser Kälte tief in mir, nur einmal die Wärme zu einem anderen Menschen spüren müssen. Und schon hätte es Lohwald niemals bis hier hinauf geschafft, wäre vielleicht schon im ersten Stock kraftlos zusammengebrochen. Hätte ich jemals diese Wärme gespürt, Lohwald könnte mir nichts anhaben und vermutlich könnte sogar Berlin mir nichts anhaben. Ich könnte sicher und zielgerichtet die Straßen entlanglaufen und jeder mordlüsternen Fratze an jeder beliebigen Ecke begegnen. Und nichts würde passieren. Gar nichts.

Doch ich kenne diese Wärme nicht, sie ist mir komplett unbekannt und sie wird mir wohl ein ewiges Rätsel bleiben. Mit Marie habe ich mich selbst viel zu lange belogen. Ich habe versucht, das Drama einer Liebesbeziehung zu inszenieren, habe geküsst und geredet und sogar geschlagen, ja wutentbrannt und verzweifelnd mit den Fäusten auf Marie eingehämmert, doch das ist eine einzige große Inszenierung gewesen. Denn es ist dunkel und es ist kalt und alle meine zur Schau gestellten Emotionen sind erfunden, schal und schlecht aus Filmen, Büchern und Liedern zusammengeklaut, klammheimlich aus den Leben anderer Menschen geborgt und als schwarzweiße Kopie in meine eigene Realität gedrückt.

Genau das hat Marie bemerkt. Sie hat irgendwann festgestellt, dass ich eine Rolle spiele und hat dadurch schon lange vor der Hauptdisponentin und den anderen Kolleginnen begonnen, wirklich Angst vor mir zu haben. Angst vor meinen Sätzen, die sie zunehmend verwirrten. Angst vor dieser breiten Palette an Emotionen, von denen doch nicht eine einzige wirklich mir gehört und die ich alle immer nur wahllos hervorkrame.

Wenn ich rede dann rede ich nicht aus mir selbst heraus, sondern spiele auch hier eine Rolle, denn mein Reden ist ein stetiges Experiment, immer nur darauf gerichtet, einen Strahl von Leben, von Wärme und von Gefühl in meine kalten Glieder zu bringen.

Angst haben so viele Frauen vor mir, tatsächlich Angst, weil ich ihnen immer wieder ihre Schönheit vorhalte, eine Schönheit, die immer nur eine erdachte Schönheit sein kann, aber niemals Wahrheit. Ich gehe direkt auf die Frauen zu und möchte mit ihnen über ihre Schönheit sprechen, hoffe durch ihre Antworten einen Strahl Wärme abzubekommen. Doch auch das ist eine einzige große Inszenierung, denn in Wahrheit betrachte ich die Schönheit einer Frau immer nur wie ein Gemälde in einem Museum. Ich sehe die Schönheit, bin jedoch viel zu kalt, um mit dieser Schönheit etwas anfangen zu können. Die Frauen, sie haben Angst vor mir, da hat Lohwald richtig gelegen. Natürlich haben sie Angst, denn sie spüren, dass ich kein gewöhnlicher Belästiger bin. Sie spüren, dass ich es nicht darauf angelegt habe, sie in ein Gebüsch zu ziehen, sie anzufassen, sie zu schänden. Alles, wonach ich trachte, ist sie zu testen, ihnen wirre Sprachbrocken vorzuwerfen und zu sehen, wie sie damit umgehen, was sie daraus machen und wie sie aus Sätzen Emotionen erschaffen, ja wie ein einzelner Satz von mir ihnen Angst machen kann, während ein anderer ihnen Stolz vermittelt. Wie klein und unsicher die weibliche Grenze zwischen Stolz und Angst doch verläuft. Von Komplimenten ist es nur ein kurzer Schritt ins Reich der Belästigungen. Eine Nuance, ach, nur eine andere Betonung des gleichen Halbsatzes reicht aus, um eine Frau sich entweder geschmeichelt oder belästigt fühlen zu lassen.

Was anderen Männern die sexuelle Befriedigung ist, ist mir die Betrachtung eines Frauengesichts, das sich nur durch einen Halbsatz von mir verändern kann. Zu erleben wie ich ihr plötzlich nicht mehr geheuer bin, das ist das faszinierendste Spiel, das ich kenne. Dass ich ein gewollter Untergeher bin, hat Marie immer gesagt, doch das stimmt nicht. Ich bin ein Spieler, niemand spielt so viele Spielchen wie ich, all meine Beziehungen sind erstunken und erlogen. Ich spiele mich um Kopf und Kragen und immer an verschiedenen Tischen gleichzeitig. Ich spiele mit meinen Eltern, mit meinen Kollegen, mit meinen Freunden und mit den Frauen. Nicht selten verheddere ich mich dabei, verhalte mich wie ein Lügner, der den Überblick über seine Lügen verloren hat, nur dass ich nicht lüge, sondern immer nur die Wahrheit erzähle, die aber nichts anderes hinterlässt als Verwirrung und Abscheu und Angst.

Doch jetzt, jetzt ist Lohwald hier gewesen und auch wenn es ihm nicht gelungen ist, mich zu töten, so hat er mir dennoch meine Spielchen genommen. All die Jahre, in denen ich den Schwarzen Frost meine Beine hinaufklettern gespürt habe, habe ich mit den Menschen meine Spielchen gespielt, ihnen mein emotionales Theater inszeniert, das nur ganz vorne, am vordersten Bühnenrand, tatsächlich die Aura echter Emotionen ausgestrahlt haben mag. Doch weiter hinten, dort wo der Vorhang über billiges Sperrholz schuppert, dort wirkt diese Aura schon lange nicht mehr.

Sie sind mir abhanden gekommen, die Dinge, an die ich noch glauben kann. Ich komme nicht mehr heraus aus der Rolle des spöttelnden Menschheitsbeobachters, stecke fest wie in einer Sackgasse.

Ja, ich beobachte euch Menschen und ich durchschaue euch sogar. Ich seziere und entlarve euch wieder und wieder. Doch wohin hat er mich geführt, mein mit den Jahren immer schärfer werdender Blick? Was hat er mir eingebracht, außer einem Stammplatz im ewigen Abseits?

Dass der Moritz sich in China umbringen wird, ich habe es gewusst, schon weit vorher, als er noch hier in Berlin gewohnt hat, habe ich das gewusst, denke ich, meine Bettdecke glatt streichend, in die Dunkelheit starrend. Es hat mich kein Stück überrascht wie ich davon am Telefon erfahren habe. Denn schon in seiner Wohnung in Wuhan habe ich bemerkt, dass dies die Wohnung eines Sterbenden ist. Und das habe ich auch Moritz so gesagt. Dass er sich schon bald umbringen wird, sehr bald. Und Moritz, ja, er hat laut gelacht, hat wie ein Wahnsinniger den Kiefer aufgerissen, seine Zähne gezeigt, so groß und so klar wie ich sie nie vorher gesehen habe. Ich weiß noch wie ich gedacht habe: Was für makellose Zähne der Moritz doch hat. Und im gleichen Moment habe ich aber auch gewusst, dass auch sein tolles Gebiss ihm nicht weiterhelfen wird. Ganz laut gelacht hat der Moritz und dann zu mir gesagt, dass ich das mit dem Freitod wohl nicht lassen könne, dass es Irrsinn sei, wie heftig ich immer noch darauf herumreite, schon in Potsdam hätte ich beständig versucht ihm einzureden, dass er sich schon bald umbringen wird. Und dann hat er mich gefragt, was mich denn so sicher macht, dass nicht ich derjenige sein werde, der sich umbringt. Der Moritz ist immer der Intelligentere von uns gewesen und hat selbst in seinen letzten Zügen, wie mir nun auffällt, versucht den Sokrates zu spielen, und mir mit gewieften Fragen die Falschheit meiner These vor Augen zu führen. Doch er ist kein Sokrates gewesen, der Moritz, sondern vom ersten Lebtag an der geborene Freitodwillige. Geboren, um sich mittelfristig selbst zu erledigen, sich selbst zu erlegen, sich selbst den Garaus zu machen. Und er hat es geschafft, er hat sich umgebracht, so wie ich es ihm immer empfohlen habe, tatsächlich empfohlen. Weil ich viel besser als er selbst gewusst habe, was gut für ihn ist. Moritz ist also ehrenhaft und klug gestorben, in der Blüte seiner Jahre, nicht ein einziger Schandfleck klebt an seinem Grabstein. Er würde mir dankbar sein, da bin ich mir sicher. Aus seiner verschimmelten Todeskiste heraus, die sie irgendwo in China verbuddelt haben, würde er mich mit Dankbarkeit überschütten. Er ist tot. Und ich? Ich wurde geboren, um weiter vor mich hinzuvegetieren. Und um meinen Schwarzen Frost durch die Welt zu tragen. Er wird mir weiterhin Abmahnungen und Vorwürfe einbringen, dieser Schwarze Frost. Und er wird dazu führen, dass sich mir entgegenkommende Menschen an die Wand drücken, um nur nicht mit mir ins Gespräch zu kommen. Ich werde ein furchtbar langes Leben lang mit dem Getuschel der Kollegen leben müssen. Und auch damit, dass man sich Sorgen um mich macht und mich als wirr empfindet.

Ich liege hier in der vollkommenen Düsternis. Und fürchte mich ausschließlich vor mir selbst. Schließlich könnte ich ein Mörder sein. Und Menschen, die kalt genug sind, um Mörder sein zu können, denen sollte niemand trauen. Ich denke an diese Kälte, die immer stärker wird, mich immer mehr umfängt. Ich liege unter meiner Decke und doch fühlt es sich an, als läge ich ohne eine Decke hier. Eine Decke über meinen nackten Körper zu ziehen ist eine Farce. Es ist Selbstbetrug, schließlich wird eine Decke kaum etwas an meiner Kälte ändern können.

„Ich bin ein gewollter Untergeher!", spreche ich laut Maries Einschätzung ein letztes Mal vor mich hin, direkt hinein in die dunkle Tiefe vor meinen Augen. Hätte sie doch nur richtig gelegen damit. Denn in Wahrheit bin ich doch unfähig unterzugehen. Darum habe ich doch auch Moritz an meiner Stelle untergehen lassen. Mit einem schnellen Ruck schiebe ich meine Bettdecke zur Seite, übergebe meinen nackten Körper der Dunkelheit und der Erinnerung. Was wenn Moritz richtig gelegen hat? Was, wenn meine ständigen Bemerkungen, dass er sich schon bald umbringen wird, gar nicht ihm, sondern immer nur mir selbst gegolten haben?

Ich erinnere mich wie Marie meinen nackten Körper berührt hat, damals. Wie sie ihn streichelte, wieder und wieder, und in mir dabei nur Abscheu und Verachtung wachgerufen hat. Sie hat die Wärme gesucht. Und diese Wärme hat sie sich ausgerechnet von mir erhofft, dem kältesten Menschen der Welt. Ich erinnere mich genau, wie sie die Innenseite meiner Oberschenkel entlang strich mit ihren wundervollen, grazilen und so schönen Fingern. Wie sie mir ins Ohr geflüstert hat, spät in der Nacht und früh am Morgen. Worte des Verlangens und Worte der Einsamkeit. Und ich habe immer nur den Stein gegeben und Marie an mir abprallen lassen. So lange, so oft und so unbarmherzig, bis sie gar nicht mehr gewusst haben wird, wohin vor lauter Schmerzen. Auch Marie habe ich töten wollen, denke ich plötzlich. Weil ich selbst ein entsetzlich langes Leben als gewollter Untergeher leben werde, töte ich alles um mich herum. Und was ich nicht töte, das verstöre ich, bestürze es zutiefst.

Dem Moritz habe ich vor meinem Abflug zurück nach Deutschland sogar einen Strick besorgt und diesen Strick an ein paar rostigen Rohren an seiner Zimmerdecke befestigt. Dass diese Rohre niemals halten werden, habe ich dabei lachend zum Moritz gesagt, dass ich ihm nur ein Gefühl dafür geben möchte, wie es in etwa sein könnte, sich selbst umzubringen, habe ich behauptet. Und zugleich gewusst, dass es sich dort oben, an der Zimmerdecke vom Moritz, mitten in Wuhan, um die besten und stärksten Rohre in ganz Zentralchina handeln dürfte. Und Moritz hat mich ausgelacht und gemeint, dass ich wirklich sonderbarer sei, als er immer gedacht hätte. Dass er den Strick aber gerne hängen lassen könne, man wisse ja nie, hat er dann gescherzt. Und ich habe mitgelacht. Den Strick über die Rohre geworfen und einen Knoten geflochten, wie ich ihn schon oft in meinen Gedanken ausprobiert und verfeinert, jedoch nie in die Praxis umgesetzt hatte. Sogar einen Stuhl habe ich Moritz dann noch unter diese Rohr-Strick-Konstruktion gestellt. Und ihn dann ermuntert, es einfach einmal zu probieren. Hinaufzusteigen auf diesen Stuhl, den Kopf durch die Schlinge zu stecken, sich baumeln zu lassen. Es einfach einmal zu probieren. „Probieren kostet doch nichts, Moritz", habe ich gesagt. „Probieren ist ganz umsonst."

Lohwald ist weg und ich liege hier ohne Bettdecke, vollkommen nackt. Und ich bekomme kein Auge zu. Ich denke an Moritz, an Marie und an meinen Schwarzen Frost. Als Marie von mir ging, da war ich ganz erleichtert. Sechs Jahre habe ich eine Beziehung mit ihr geführt und dennoch sechs Jahre lang immer wieder nur versucht, sie von der Aussichtslosigkeit einer Beziehung mit mir zu überzeugen. Wie hartnäckig Marie aber gewesen ist, und ihre Tränen, diese Tränen, die mir sechs lange Jahre immer nur der größte Triumph gewesen sind. Als Beweis für meine Fähigkeit Emotionen hervorzurufen. Wenn schon nicht bei mir, so doch bei anderen. So unsagbar hartnäckig ist Marie gewesen, doch warum nur? Warum nur ist sie so verzweifelt gewesen, dass Hartnäckigkeit daraus geworden ist?

Moritz habe ich den Strick und sogar einen Stuhl zum Hinaufklettern besorgt. Einen echten Strick, einen echten Stuhl. Marie aber habe ich diesen Service nie gegeben, ihr nie gestattet den Notausgang zu nehmen, vor all den Qualen davonzulaufen.

Moritz habe ich alles bereit gelegt, aber Marie habe ich nicht geholfen, habe ihr stattdessen immer nur wieder und wieder ihre verkorkste Familiengeschichte als Spiegel vor ihr schönes Gesicht gehalten und sie genüsslich beim Älterwerden und Verzweifeln beobachtet. Von all den Falten, die Marie heute in ihrem noch immer schönen Gesicht mit sich herumträgt, gehen fast alle auf mein Konto. Ich selbst habe sie ihr an die Augen und neben die Mundwinkel geritzt, mit Worten, scharf wie Rasierklingen. Ich habe sie missbraucht, so wie ich alle meine Frauen immer nur missbraucht habe. Ich blicke zurück und finde nicht eine einzige positive, mich wärmende Erinnerung in meinen Beziehungen. Da ist nichts, was mir signalisiert: Geh es wieder an, versuche diesen Zustand einer Beziehung wieder zu erreichen. Alles was ich stattdessen erkenne ist lähmende Ratlosigkeit. Und mit jedem neuen Tag werde ich müder, immer müder. Ich bin schon jetzt so unsagbar müde, dass ich mich kaum mehr auf den Beinen halten kann. Nein, ich will mit niemandem mehr mitgehen. Alles in mir verkrampft sich bei dem Gedanken daran, mit auch nur einem weiteren Menschen noch mitzugehen. Ich habe weder die Kraft mitzugehen noch anzurennen, erneut anzurennen und immer nur gegen eine Wand zu laufen, gegen Beton, gegen diese unerträgliche Kälte. Und gegen das Verlangen, alles und jeden für meine lebensfeindlichen Zwecke missbrauchen zu wollen.

„Ich schäme mich", hat Moritz gesagt, kurz bevor er nur zum Spaß auf den Stuhl stieg. „Ich schäme mich, das Menschliche im Menschen nicht sehen, die Menschlichkeit als solche nicht greifen zu können, nie ein Mensch gewesen zu sein und niemals ein Mensch unter Menschen sein zu dürfen." Wäre es meine Aufgabe gewesen, ihn noch zurückzuhalten? Er hat doch gelacht und wir haben Spaß gehabt, als er sich die Schlinge nur zum Spaß um den Hals legte. Ich habe gedacht, als ich nur so zum Spaß gegen den Stuhl trat, dass es doch egal ist, ob man nun mit 30 oder mit 70 stirbt, ist doch ein zum Tode Verurteilter stets glücklicher als einer, der nicht zum Tode verurteilt ist. Denn der zum Tode Verurteilte stirbt bewusst, während alle anderen immer nur in ihren Tod hineinstolpern.

Lohwald ist gegangen. Ich habe ihn nicht getötet, ganz bestimmt nicht. Ich habe ihn ganz sicher gehen lassen, denn Lohwald ist wie ich und ich bin wie er. „Es funktioniert nicht", hat er noch zu mir gesagt, kurz bevor er gegangen ist, jetzt erinnere ich mich. „Es funktioniert nicht", das hat er noch zu mir gesagt, es sind seine letzten Worte gewesen, herausgelöst aus jeglichem Zusammenhang.

Er hat seine Schuhe angezogen, seine leichte Jacke übergeworfen, ist zur Tür, hat sie geöffnet und dann – im Grunde bereits draußen – hat er sich noch einmal umgedreht und mir gesagt, dass es nicht funktioniere. Das Glas Wasser, das er mir zum Abschied auf meinen Tisch gestellt hat, steht noch immer dort. Und auch die vielen Schlaftabletten. So viele Schlaftabletten hat Lohwald aus seiner Hosentasche gekramt, ganz überrascht bin ich gewesen. Er hat gelacht, als er sie neben das Glas auf den Tisch gelegt und gesagt hat, sich solle sorgsam damit umgehen, nicht alle auf einmal nehmen, hat er lachend zu mir gesagt.

Und ich habe mitgelacht: „Wie käme ich auch auf einen solchen Gedanken. Alle auf einmal", habe ich zu ihm gesagt. „Das wäre ja tödlich."

Und er hat mir die Hand auf die Schulter gelegt und gesagt: „Ja. Alle auf einmal. Das wäre tödlich."

Wie richtig Lohwald doch liegt. Niemand kennt mich so gut wie dieser widerliche Mensch mit seinem speckigen Körper und seiner ekelhaften Selbsterhöhung. Denn, ja: Meine mir selbst auferlegte Wirrnis, meine Therapiebesuche, die Paroxetin, alles das funktioniert einfach nicht. Ich verschaffe mir vielleicht etwas Linderung, doch mit dieser Linderung erwachsen mir immer nur weitere Gedankendschungel. Die Suche nach Liebe bringt nichts, denn selbst wenn ich dieser Liebe begegnen sollte, werde ich ihr nicht mehr glauben können. Hat man erst einmal gesehen, dann wird man niemals wieder blind. Da hilft alles Strampeln und Augenverschließen nicht, Hass gegen sich selbst und Hass gegen andere ist unnütz und grotesk, genauso wie die Liebe zu sich selbst und die Liebe zu einem anderen Menschen.

Rien ne va plus, nichts geht mehr.

Ich sollte alles aufschreiben, die Geschichte dieses Besuchs der Nachwelt hinterlassen. Für irgendwen und für irgendwas. Doch auch dazu reicht die Kraft nicht mehr und so würde es wohl in einem heillosen, chaotischen Gesabbel enden. Bei null beginnend und bei null endend, von nichts kommend und zu nichts führend.

Ich habe Durst. Und auf meinem Nachttisch steht ein großes Glas, gefüllt mit herrlich klarem und frischem Wasser.

Lohwald hat es mir hingestellt.

Danke, Lohwald.

Danke.

ENDE

MEHR BÜCHER, DIE ANDERS SIND,
FINDEST DU AUF

WWW.PERIPLANETA.COM